O lobo

e outros contos

Hermann Hesse

O lobo

e outros contos

seleção e posfácio
Volker Michels

tradução
Sonali Bertuol

todavia

O lobo 7

Da infância 11

Lua do feno 32

Taedium vitae 76

A cidade 100

O fim do dr. Knölge 107

O padre Matthias 115

A olho-de-pavão noturna 147

A noite de autor 155

O ciclone 164

A não fumante 183

Se a guerra durar mais dois anos 190

O império 198

Meditação 204

Alma de criança 209

Klein e Wagner 244

O último verão de Klingsor 332

A cidade dos estrangeiros no Sul 391

Com os masságetas 397

O mendigo 402

Os contos de Hermann Hesse,
por Volker Michels 425

O lobo

Nunca antes houvera nas montanhas francesas um inverno tão terrivelmente frio e longo. Fazia semanas que o ar estava claro, áspero e frio. Durante o dia, os grandes campos oblíquos de neve se estendiam num branco pálido e sem fim sob o azul rutilante do céu; à noite, acima deles, a lua clara e pequena seguia seu curso, uma gélida e cruel lua amarelada, cuja luz forte se tornava azul e sombria sobre a neve e parecia a própria encarnação do frio. As pessoas evitavam todas as estradas e sobretudo os cumes; praguejando, elas se sentavam inertes nas cabanas da aldeia, cujas janelas avermelhadas à noite assomavam turvas e esfumaçadas ao lado do luar azul e logo se apagavam.

Foi um período difícil para os animais da região. Os menores congelavam em quantidade, também os pássaros sucumbiam ao frio, e os mirrados cadáveres eram presas de açores e lobos. Mas também estes sofriam horrivelmente com o frio e a fome. Ali viviam apenas poucas famílias de lobos, e a necessidade os obrigava a uma maior coesão. Durante o dia, eles saíam separados. Aqui e acolá um deles perambulava pela neve, magro, faminto e alerta, silencioso e esquivo como um fantasma. Sua sombra delgada deslizava na neve a seu lado. Farejando, ele esticava o focinho pontudo no vento e de vez em quando soltava um uivo seco e torturante. Mas à noite eles saíam todos em peso e rondavam as aldeias com seus uivos roucos. Nelas, o gado e as aves ficavam bem guardados, e atrás das sólidas portadas das janelas havia espingardas em prontidão. Apenas raramente lhes cabia uma pequena presa, como um cão, e dois da alcateia já haviam sido mortos.

O frio perdurava. Por vezes, os lobos se deitavam juntos, silenciosos e aflitos, aquecendo-se uns nos outros e perscrutando aflitos o ermo sem vida, até que um deles, torturado pelos atrozes martírios da fome, de repente se erguia com um bramido aterrador. Então todos os outros viravam o focinho para ele, sacudiam-se e irrompiam juntos num uivo terrível, plangente e ameaçador.

Finalmente a parte menor do bando decidiu emigrar. Ao raiar do dia, eles deixaram seus covis, juntaram-se e, excitados e apreensivos, farejaram o ar congelante. Então eles partiram, num trote rápido e constante. Os que ficaram assistiram à partida com olhos pasmos, vidrados, trotaram algumas dezenas de passos atrás deles, pararam hesitantes e atônitos e voltaram lentamente para suas tocas vazias.

Ao meio-dia, os emigrantes se separaram. Três deles se voltaram para o leste, em direção ao Jura suíço, enquanto os outros seguiram rumo ao sul. Os três eram animais belos e fortes, mas terrivelmente esgalgados. O ventre claro, chupado, era estreito como uma correia, no peito as costelas sobressaíam miseravelmente, as bocas estavam secas e os olhos arregalados e aflitos. Juntos, os três se embrenharam no Jura; no segundo dia, eles abateram um carneiro; no terceiro, um cão e um potro, e por todos os lados foram furiosamente perseguidos pelos camponeses. Na região, que é rica em aldeias e cidadezinhas, espalharam-se o terror e o medo dos insólitos invasores. Os trenós do correio foram armados, ninguém ia de uma aldeia a outra sem espingarda. Em território alheio, depois de tão rico butim, os três animais se sentiram amedrontados e ao mesmo tempo à vontade; eles ficaram mais audaciosos do que nunca em casa e invadiram um estábulo em plena luz do dia. Vacas berrando, estalos da madeira, cercas se partindo, pisoteio de cascos e respirações pesadas e sôfregas ocuparam o estreito, quente recinto. Mas dessa vez os homens vieram sem demora. Havia uma recompensa pelos lobos, isso duplicou a coragem dos agricultores. E eles mataram dois deles, um foi atingido no pescoço por um tiro de espingarda, o outro foi abatido com um machado. O terceiro escapou e correu até cair semimorto na neve. Era o mais jovem e mais belo dos três, um soberbo animal de força possante e formas ágeis. Por um longo tempo, ele ficou deitado, arquejante. Círculos vermelhos como sangue rodopiavam diante de seus olhos, e de vez em quando ele emitia um uivo doloroso e sibilante. Um golpe de machado o atingira nas costas. Mas ele juntou forças e conseguiu se erguer novamente. Só então foi que viu o quanto havia corrido. Por toda parte ao seu redor não havia mais casas nem pessoas. Logo à sua frente, erguia-se uma imponente montanha nevada. Era a Chasseral. Ele decidiu contorná-la. Como a sede o torturasse, ele comeu pequenos bocados da dura crosta congelada da superfície nevada.

Do outro lado da montanha, ele se deparou com uma aldeia. Caía a tarde. Ele esperou numa densa floresta de abetos. Então, esgueirando-se com cautela pelas cercas dos jardins, avançou seguindo o cheiro dos estábulos quentes. Não havia ninguém na rua. Ávido e furtivo, ele coriscava entre as casas. Então espocou um tiro. O lobo lançou a cabeça para o alto e tomou impulso para correr, quando um segundo tiro foi disparado. Ele fora atingido. Em seu abdômen esbranquiçado, num flanco, havia uma mancha que sangrava lentamente, em gotas viscosas. Mesmo assim, ele conseguiu escapar com grandes saltos e chegou até a floresta no sopé da montanha. Ali esperou e escutou por um momento, e ouviu vozes e passos vindos dos dois lados. Apavorado, olhou para o cume da montanha. Ela era íngreme, coberta por uma floresta e difícil de escalar. Mas ele não tinha escolha. Com a respiração ofegante, avançou pela encosta escarpada, enquanto abaixo dele uma barafunda de imprecações, comandos e luzes se espalhava em volta da montanha. Trêmulo, o lobo ferido continuou sua escalada pela floresta escura, o sangue marrom escorrendo em seu flanco.

O frio havia amainado. A oeste, o céu estava enevoado e parecia prometer neve.

Por fim, o combalido animal alcançou o cume. Agora ele estava num grande campo de neve ligeiramente inclinado, perto do monte Crosin, sobre a aldeia da qual escapara. Ele não sentia fome, mas a dor indistinta e persistente do ferimento. Um latido fraco, doente, saiu de seu focinho descaído, seu coração batia pesada e dolorosamente e a mão da morte sobre ele era um peso indizível a sufocá-lo. Um abeto solitário, de ampla galharia, o atraiu; ali ele se sentou desolado e fitou a noite cinza de neve. Meia hora se passou. Então uma tênue luz vermelha caiu sobre a neve, estranha e suave. O lobo se levantou com gemidos e virou sua bela cabeça na direção da luz. Era a lua, que nascia gigantesca e rubra no sudeste e lentamente se alçava no céu enevoado. Fazia muitas semanas que ela não nascia tão vermelha e grande. Triste, o olho do animal moribundo se fixou no disco opaco da lua e, mais uma vez, doloroso e afônico, um uivo fraco soou na noite.

Luzes e passos se aproximavam. Camponeses em pesados capotes, caçadores e jovens rapazes com gorros de pele e grossas polainas pisoteavam a neve. Gritos de júbilo. Eles haviam descoberto o lobo agonizante, dois tiros foram disparados contra ele e ambos falharam. Então viram que o lobo já estava morrendo e se lançaram em cima dele com bastões e porretes. Ele não sentia mais.

Com os membros quebrados, o lobo foi arrastado para baixo, até St. Immer. Os homens riam, se gabavam, se deliciavam com a aguardente e o café que os esperavam, cantavam, praguejavam. Nenhum deles viu a beleza da floresta coberta de neve, nem o brilho no planalto, nem a lua vermelha pendurada sobre a Chasseral, cuja luz fraca se quebrava nos canos das espingardas, nos cristais de neve e nos olhos vítreos do lobo esfacelado.

(1903)

Da infância

A distante floresta marrom tem, faz alguns dias, um alegre matiz de verde jovem; no Lettensteg, hoje encontrei a primeira prímula semidesabrochada; no céu claro e úmido, sonham as mansas nuvens de abril, e os extensos campos recém-lavrados são de um marrom tão brilhante e se estendem tão nostálgicos para o ar morno, como se desejassem ser fecundados e germinar, pôr à prova, sentir e repartir suas forças silenciosas em milhares de brotos verdes e caules vicejantes. Tudo espera, tudo se prepara, tudo sonha e germina numa sutil, ternamente sôfrega febre por vir a ser — o broto em busca do sol; as nuvens, do campo; o capim novo, do ar. Ano após ano, com impaciência e inquietude, eu me ponho à espreita desse tempo, como se algum momento especial me fosse revelar o milagre da renovação, como se de repente fosse acontecer de eu assistir, durante uma hora, à revelação da força e da beleza em sua plenitude e compreender e ver a vida brotar risonha da terra e abrir grandes olhos jovens para a luz, e ano após ano, sonoro e fragrante, passa por mim esse milagre, amado e adorado — e incompreendido; ele veio e eu não o vi chegar, não vi a cápsula do germe se romper, nem a primeira tenra fonte tremeluzir. De repente, há flores por toda parte, as árvores resplandecem com largas folhas brilhantes ou com a branca espuma das inflorescências, e os pássaros se lançam alegremente em belos arcos pelo quente azul. O milagre se cumpriu, mesmo eu não o tendo visto, as florestas se cobriram de abóbadas e os cumes distantes chamam, e é tempo de pegar botas e mochila, vara de pescar e remos e, com todos os sentidos, se alegrar com o novo ano, que é sempre mais bonito do que nunca, e a cada vez parece passar mais depressa. — Quão longa, quão inesgotavelmente longa era antes a primavera, quando eu era menino!

E se a hora permite e o meu coração está disposto, eu me deito na relva úmida ou escalo o próximo bom tronco, me balanço nos galhos, sinto o perfume dos brotos e da resina fresca, vejo a trama de galhos e o verde e o azul se embaralharem acima de mim, adentro sonâmbulo, como um hóspede silencioso, o bem-aventurado jardim da minha infância. Isso acontece tão raramente, e é tão prazeroso me lançar dentro dele mais uma vez e respirar o claro ar matutino da primeira juventude e ver, por alguns momentos, o mundo tal como saiu das mãos de Deus e como todos o vimos na infância, quando se operava em nós mesmos o milagre da força e da beleza.

As árvores se erguiam nos ares tão alegres e obstinadas, no jardim brotavam narcisos e jacintos tão esplendorosamente belos; e as pessoas que conhecíamos ainda tão pouco nos tratavam com delicadeza e bondade, porque sentiam em nossa fronte lisa o sopro do Divino, do qual nada sabíamos e que, sem que quiséssemos ou nos déssemos conta, perdíamos no ímpeto de crescer. Que garoto rebelde e impulsivo eu era, quanta preocupação meu pai teve comigo desde pequeno, e quantos temores e suspiros a minha mãe! — e mesmo assim o brilho de Deus reluzia na minha fronte, e o que eu via era belo e vivo e por vezes em meus sonhos e pensamentos, embora não de um tipo religioso, passavam fraternalmente anjos e milagres e fábulas.

Dos tempos de criança, tenho uma lembrança associada ao cheiro da terra recém-arada e ao verde vicejante das florestas que me assalta a cada primavera e me obriga a reviver durante horas aquele tempo quase esquecido e incompreendido. Também agora penso nela e quero tentar, se for possível, contar sobre ela.

Em nosso pequeno quarto, as portadas da janela estavam fechadas, e eu, semidesperto e deitado no escuro, ouvia ao meu lado a respiração firme e compassada do meu irmãozinho, e me admirava de ver, com os olhos fechados, em vez da negra escuridão, uma profusão de cores, círculos violeta e de um vermelho-escuro e turvo que se expandiam cada vez mais até se desfazerem na escuridão e se renovavam constantemente, brotando do centro, cada um deles com uma tênue faixa amarela ao redor. Eu também escutava o vento que vinha das montanhas em lufadas mornas e mansas e revolvia suavemente os grandes álamos e por vezes se apoiava contra o telhado e o fazia gemer. Lamentei mais uma vez que as crianças não pudessem ficar acordadas à noite, nem sair ou pelo menos ficar à janela, e me lembrei de uma noite em que a minha mãe se esquecera de trancar as portadas.

Eu havia acordado no meio da noite, me levantara titubeante e andara até a janela e, para meu espanto, do lado de fora estava claro, e não absolutamente escuro e tenebroso como eu havia imaginado. Tudo parecia embaçado, borrado e triste, grandes nuvens gemiam atravessando o céu, e as montanhas pretas e azuladas pareciam se juntar a elas, como se estivessem todas com medo e tentassem fugir de uma catástrofe iminente. Os álamos dormiam e estavam totalmente opacos, como uma coisa morta ou apagada, mas o banco estava no pátio como sempre, junto com o poço e a jovem castanheira, também estes um pouco cansados e tristes. Não sabia se fazia muito ou pouco tempo que eu estava sentado na janela contemplando o pálido e alterado mundo lá fora; então perto dali um animal começou a ganir, assustado e choroso. Podia ser um cão ou uma ovelha ou um bezerro que tivesse acordado e sentisse medo no escuro. O medo me assaltou também e fugi de volta para o quarto e para a cama, sem saber se deveria ou não chorar. Mas antes que pudesse decidir, eu já havia adormecido.

Agora tudo estava novamente cheio de mistérios e à espreita lá fora, atrás das janelas fechadas, e teria sido tão belo e perigoso olhar de novo para fora. Imaginei as árvores tristes, a luz cansada, insegura, o pátio emudecido, as montanhas em fuga junto com as nuvens, as faixas pálidas no céu e a estrada clara se apagando e desaparecendo na amplidão cinzenta. Então, envolto numa grande capa preta, passava furtivamente um ladrão ou um assassino ou alguém perdido e vagueava com medo da noite e perseguido por animais. Talvez fosse um menino, da minha idade, que tivesse se perdido ou fora raptado ou estivesse sem os pais e, apesar de sua coragem, poderia ser morto pelo próximo demônio noturno ou levado pelo lobo. Ou talvez ladrões o raptassem para viver com eles na floresta, e ele próprio se tornaria um ladrão, receberia uma espada ou uma pistola de dois canos, um grande chapéu e botas altas de montaria.

Dali era somente um passo, um deixar-se cair frouxamente, e eu estaria na Terra dos Sonhos e poderia ver com os olhos e tocar com as mãos tudo o que ainda era recordação e pensamento e fantasia.

Mas não adormeci, pois nesse momento, vindo do quarto dos meus pais, entrou pelo buraco da fechadura um estreito feixe de luz vermelha, encheu a escuridão com uma fraca e trêmula noção de luminosidade e pintou na porta do guarda-roupa, que de repente adquirira um brilho pálido, uma mancha amarela com contornos dentados. Eu sabia que meu pai iria para a cama agora. Ouvi seus passos suaves, só de meias, e logo depois sua voz grave e abafada. Ele ainda falou um pouco com a minha mãe.

"As crianças estão dormindo?", eu o ouvi perguntar.

"Estão, faz tempo", disse minha mãe, e senti vergonha por estar acordado. Então se fez silêncio por um tempo, mas a luz continuou acesa. O tempo parecia não passar e o sono já começava a me pesar nas pálpebras, quando a minha mãe recomeçou.

"E você perguntou pelo Brosi?"

"Eu mesmo o visitei", disse meu pai. "Estive lá no fim do dia. Ele está que dá pena."

"Está tão mal assim?"

"Muito mal. Você vai ver, quando a primavera chegar, ela o levará. Quero dizer… ele já tem a morte no rosto."

"O que você acha", disse minha mãe, "devo mandar o menino lá uma vez? Talvez possa fazer bem."

"Como você quiser", disse meu pai, "mas não é necessário. O que uma criança pequena como ele entende dessas coisas?"

"Bem, boa noite."

"Boa noite."

A luz se apagou, o ar parou de tremer, o chão e a porta do armário ficaram escuros outra vez e, quando fechei os olhos, pude ver flutuarem e se expandirem novamente os círculos violeta e vermelho-escuros com borda amarela.

Mas enquanto os meus pais adormeciam e tudo estava quieto, a minha alma de repente excitada trabalhava intensamente na noite. A conversa, compreendida apenas em parte, caíra dentro dela como uma fruta na lagoa, e agora círculos que cresciam velozmente passavam apressados e ansiosos e uma curiosidade apreensiva a fazia estremecer.

O Brosi do qual os meus pais haviam falado já estava quase completamente fora do meu círculo de conhecidos, ele era no máximo uma imagem pálida, quase apagada. Agora, que eu quase esquecera o seu nome, ele lutava para vir à tona e pouco a pouco voltava a ser uma imagem viva. De início, apenas lembrava que antes costumava ouvir esse nome com frequência e eu mesmo o chamava. Então me veio à memória um dia de outono, em que alguém me deu uma maçã. Depois me lembrei de que havia sido o pai do Brosi, e de repente tudo me veio à mente outra vez.

Vi então um menino bonito, um ano mais velho, mas não mais alto que eu, que se chamava Brosi. Talvez fizesse um ano que seu pai se tornara nosso vizinho e o menino, o meu camarada; mas a minha memória não recuava até tão longe. Eu o via nitidamente: ele usava um gorro de lã azul de tricô com dois curiosos chifres, sempre carregava maçãs ou fatias de pão na mochila, e costumava ter pronta uma ideia ou um jogo ou uma proposta quando o tédio ameaçava se instalar. Ele usava um colete, mesmo em dias de semana, no que eu muito o invejava, e antes eu não imaginava que ele pudesse ser forte, até que uma vez ele deu uma surra no ajudante do ferreiro da aldeia, que zombara dele por causa de seu gorro de chifres (e o gorro fora tricotado por sua mãe), e então durante um tempo senti medo dele. Ele tinha um corvo domesticado, mas no outono o pássaro havia se empanturrado de batatas verdes e morrera, e nós o enterramos. O ataúde era uma caixa de papelão, mas era muito pequena e a tampa não queria fechar, e eu fiz uma oração fúnebre como um pastor, e quando o Brosi começou a chorar, o meu irmãozinho desatou a rir; então o Brosi bateu nele, eu bati nele também, o pequeno abriu o berreiro e nós dois debandamos, e depois a mãe de Brosi foi lá em casa e disse que sentia muito e, se quiséssemos ir a sua casa no dia seguinte à tarde, haveria café e trança de aveia, que já estava no forno. E, durante o café, o Brosi nos contou uma história que, quando chegava no meio, recomeçava do início outra vez e, embora eu nunca tivesse conseguido memorizá-la, sempre caía na risada cada vez que me lembrava dela.

Mas isso foi apenas o começo. Milhares de acontecimentos me vinham à memória ao mesmo tempo, todos do verão e do outono em que Brosi fora meu camarada e dos quais eu me esquecera completamente nos poucos meses que haviam se passado desde que ele não viera mais. Agora as lembranças me assaltavam de todos os lados, todas ao mesmo tempo, como pássaros que se apinham quando alguém lhes joga grãos no inverno, nuvens inteiras delas.

De repente, me lembrei do esplendoroso dia de outono em que o falcão de Dachtelbauer escapou da cocheira. Sua asa podada crescera, ele arrebentara a correntinha de latão que o prendia pelo pé e abandonara o escuro e sufocante abrigo. Agora ele estava pousado sossegadamente numa macieira em frente à casa, e na rua devia haver uma dúzia de pessoas olhando para cima, falando e dando palpites. Nós, os meninos, estávamos estranhamente apreensivos, tanto eu quanto o Brosi, em meio a toda aquela gente olhando para o pássaro, que estava quieto no seu galho e olhava para baixo altivo e desafiador. "Esse não volta mais", alguém exclamou. Mas Gottlob, o cocheiro, disse: "Se ele ainda pudesse voar, já teria ganhado o mundo faz tempo". O falcão testou várias vezes suas grandes asas, sem soltar as garras do galho; estávamos terrivelmente nervosos, e eu mesmo não sabia o que desejava mais, que o pegassem ou que ele fugisse. Finalmente, Gottlob encostou uma escada no tronco, Dachtelbauer subiu em pessoa e estendeu a mão para o seu falcão. Então o pássaro largou o galho e começou a agitar vigorosamente as asas. Nós, meninos, sentíamos nosso coração bater tão forte que mal conseguíamos respirar; ficamos ali parados contemplando fascinados o belo pássaro agitar suas asas, e então veio o momento glorioso em que o falcão deu alguns grandes saltos e, vendo que ainda podia voar, começou a subir, lento e orgulhoso, no ar azul, mais e mais alto, até ficar pequeno como uma cotovia e desaparecer silenciosamente no céu reluzente. Nós dois, porém, depois que as pessoas foram embora, ainda ficamos ali com a cabeça deitada para trás e vasculhamos todo o céu, e então de repente o Brosi deu um grande pulo de alegria e gritou para o pássaro: "Voe, voe, agora você é livre novamente".

Com isso, também a cocheira do nosso vizinho me veio à lembrança. Dentro dela nos recolhíamos nos dias em que chovia e parecia que o céu vinha abaixo, os dois juntos abrigados na penumbra escutávamos os estrépitos e os bramidos do aguaceiro lá fora e observávamos o chão do pátio, onde brotavam riachos, rios e lagos, que transbordavam e se entrecruzavam, alterando suas formas. E uma vez, quando estávamos assim refugiados, os ouvidos atentos, o Brosi começou: "Escute, agora vai vir o dilúvio, o que vamos fazer? Todas as aldeias estão inundadas, a água já está chegando na floresta". Então elaboramos todo um plano, espreitamos cada canto do pátio, perscrutamos a chuva torrencial e ouvimos nela o bramir de ondas distantes e correntes marítimas. Eu disse que precisávamos construir uma jangada com quatro ou cinco tábuas, ela deveria bastar para nós dois. Então o Brosi gritou comigo: "Ah, é? E o seu pai e a sua mãe, e o meu pai e a minha mãe, e o gato e o seu irmãozinho? Eles não vão também?". De fato, em meio à excitação e ao perigo, eu não havia pensado neles, e inventei uma desculpa: "É que pensei que todos tinham se afogado". Mas ele ficou pensativo e triste, porque imaginou isso claramente, e então disse: "Vamos brincar de outra coisa".

E uma vez, quando o seu pobre corvo ainda vivia e saracoteava por toda parte, nós o levamos para a nossa cabana do jardim, onde ele foi posto sobre a viga do telhado e ali ficou andando para lá e para cá, pois não sabia descer. Eu estendi o dedo para ele e disse de brincadeira: "Aqui, Jakob, morde!". Então ele bicou o meu dedo. Não doeu muito, mas fiquei com raiva e fui para cima dele e queria castigá-lo. O Brosi, porém, me agarrou e me segurou até que o pássaro, que de medo se jogara da viga, estivesse a salvo. "Me largue", gritei, "ele me mordeu", e lutei com o Brosi. "Você mesmo disse: morde, Jakob!", exclamou o Brosi, e me demonstrou por que o pássaro estava perfeitamente no seu direito. Eu fiquei com raiva da sua lição, disse "tudo bem", mas secretamente decidi me vingar do corvo numa outra ocasião.

Depois, quando Brosi já havia deixado o jardim e estava a meio caminho de sua casa, ele me chamou outra vez e deu meia-volta, e eu esperei por ele. Ele veio até mim e disse: "Escute, você promete de verdade que não vai fazer mais nada para o Jakob?". E como eu não respondesse e continuasse embirrado, ele me prometeu duas maçãs grandes, e eu aceitei, e então ele foi para casa. Não demorou até que amadurecessem no pomar de seu pai as primeiras maçãs brancas precoces, as chamadas maçãs de Jakob; ele me deu as duas maçãs prometidas, das maiores e mais bonitas do pé. Então fiquei com vergonha e não quis aceitá-las de imediato, até que ele disse: "Pegue, não é mais por causa do Jakob; eu também teria dado para você à toa, e o seu irmãozinho vai ganhar uma também". Então aceitei.

Mas uma vez passamos uma tarde inteira para cima e para baixo na campina, e depois entramos na floresta, onde crescia um belo musgo macio sob os arbustos. Estávamos cansados e nos sentamos no chão. Algumas moscas zuniam sobre um cogumelo, e voava todo tipo de pássaros por ali; alguns deles nós conhecíamos, mas a maioria não; também ouvimos um pica-pau martelando, empenhado, o seu tronco, e nos sentíamos bem e estávamos contentes, de modo que quase nada nos dizíamos e, somente quando um descobria algo especial, apontava para lá e mostrava para o outro. Sob a redoma verde da floresta, escorria uma luz suavemente esverdeada, enquanto o fundo da floresta se perdia ao longe numa penumbra marrom cheia de presságios. O que se movia lá atrás, rumorejar de folhas ou bater de asas, provinha de fabulosas terras encantadas, soava com um tom misterioso e estranho e podia significar muitas coisas.

Como o Brosi estava com muito calor da corrida, ele tirou o casaco, e depois também o colete, e se deitou totalmente estendido no musgo. Foi então que se virou e sua camisa ficou aberta no pescoço, e eu tive um choque terrível, pois vi uma longa cicatriz vermelha que corria sobre seu ombro branco. Imediatamente, quis lhe perguntar de onde vinha a cicatriz e já me deliciava com uma verdadeira história calamitosa; mas não sei como foi, de repente não quis mais perguntar e fiz de conta que não tinha visto nada. Ao mesmo tempo, porém, senti uma imensa pena de Brosi com sua grande cicatriz, com certeza ela sangrara e doera horrivelmente, e naquele momento senti por ele uma ternura muito mais forte do que antes, mas não consegui dizer nada. Mais tarde, saímos juntos do bosque e fomos para a minha casa; então fui até o quarto buscar a minha taça mágica* preferida, que uma vez o cocheiro fizera para mim de um grosso caule de sabugueiro, desci de volta e dei-a para o Brosi. No começo, ele achou que eu estava brincando, mas depois não quis aceitar e até mesmo pôs as mãos para trás, e tive que enfiar o brinquedo em seu bolso.

E, uma por uma, todas as histórias me voltaram à memória. Como a da floresta de abetos; ela ficava do outro lado do riacho, e uma vez eu a atravessei com o meu camarada, porque queríamos ver as corças. Penetramos no amplo recinto, andamos sobre o liso solo marrom por entre os altíssimos troncos retilíneos, mas, por mais que avançássemos, não encontramos uma só corça. Em compensação, vimos uma quantidade de grandes pedaços de rocha entre as raízes nuas dos abetos, e quase todas essas pedras tinham pontos onde cresciam pequenos

---

* "Kugelbüchse": taça com tampa dupla para executar a mágica de fazer aparecer e desaparecer uma esfera, hoje conhecida em versão industrializada, originalmente esculpida em madeira. [Esta e as demais notas são da tradutora.]

tufos de musgo claro, como pequenas pintas esverdeadas. Eu quis arrancar uma daquelas plaquetas de musgo, ela não era muito maior do que uma mão. Mas o Brosi rapidamente disse: "Não, deixe aí onde está!". Perguntei por quê, e ele me explicou: "Isso aparece quando um anjo passa pela floresta, são as suas pegadas; em cada lugar que ele pisa, cresce instantaneamente uma plaquinha de musgo na pedra". Então esquecemos as corças e esperamos que talvez justo naquele momento passasse um anjo. Ficamos quietos e prestamos atenção, reinava um silêncio mortal em toda a floresta e manchas claras de sol tremeluziam no chão marrom, ao longe os troncos verticais se juntavam numa alta parede vermelha de colunas, no alto, para além das densas copas negras, pairava belo e solene o céu azul. De vez em quando, soprava inaudível uma brisa muito suave e fria. Nós dois ficamos apreensivos e solenes, pois estava tudo tão quieto e solitário e talvez logo viesse um anjo, e depois de um tempo fomos embora juntos, calados e velozes, deixando para trás as muitas pedras e troncos e a floresta. Quando atravessamos o riacho e estávamos de volta à campina, ainda ficamos na margem contemplando o outro lado por um tempo, e então voltamos correndo para casa.

Depois disso, eu ainda tive mais uma briga com Brosi, e também nos reconciliamos novamente. O inverno já se aproximava quando me disseram que o Brosi estava doente e se eu não queria visitá-lo. E eu fui, uma ou duas vezes, ele ficava na cama e quase não dizia nada, e eu estava aflito e entediado, embora a mãe dele me tivesse dado meia laranja. E depois disso não houve mais nada; eu brincava com meu irmão e com o Löhnersnikel ou com as meninas, e assim se passou muito, muito tempo. A neve caiu e derreteu de novo e caiu mais uma vez; o riacho congelou, voltou a degelar e ficou marrom e branco, e causou uma inundação e trouxe consigo dos altos do vale uma porca afogada e muita madeira; nasceram pintinhos e três deles morreram, um após o outro; meu irmãozinho adoeceu e sarou novamente; nos celeiros foram debulhados os cereais e nas casas foi fiada a lã, e agora os campos estavam sendo lavrados mais uma vez, tudo isso sem o Brosi. Assim, ele fora ficando cada vez mais distante, e no final desaparecera e fora esquecido por mim — até agora, até a noite em que a luz vermelha penetrou pelo buraco da fechadura e eu ouvi meu pai dizer para minha mãe: "Quando a primavera chegar, ela o levará".

Em meio às muitas lembranças e sentimentos que se embaralhavam, adormeci, e talvez já no dia seguinte, no imperativo de viver, a memória do companheiro de brincadeiras ausente tivesse submergido de novo, e talvez nunca mais voltasse com o mesmo frescor, beleza e intensidade. Mas, logo no café da manhã, minha mãe me perguntou: "Você ainda se lembra do Brosi, que sempre brincava com vocês?".

Eu exclamei "sim", e ela prosseguiu com sua voz bondosa: "Na primavera, sabe, era para vocês dois irem para a escola na mesma classe, ainda que ele fosse um ano mais velho. Mas agora ele está tão doente que talvez isso não seja possível. Você quer fazer uma visita a ele?".

Ela disse isso com um ar tão sério, e eu pensei no que ouvira meu pai dizer à noite, e senti um arrepio de pavor, mas ao mesmo tempo também uma curiosidade temerosa. Segundo as palavras do meu pai, o Brosi tinha a morte no rosto, e isso me pareceu indizivelmente aterrador e maravilhoso.

Eu disse "sim" mais uma vez, e minha mãe me recomendou expressamente: "Lembre-se de que ele está muito doente! Você não pode brincar com ele, nem fazer barulho".

Eu prometi tudo e já desde aquele momento me esforcei por ser muito discreto e silencioso, e ainda na mesma manhã fui até lá. Em frente à casa, que à luz fria da manhã estava silenciosa e um tanto solene atrás das suas duas castanheiras desfolhadas e podadas em forma de esfera, parei e esperei um pouco, espreitei o vestíbulo e quase senti vontade de correr de volta para casa. Então, criei coragem, subi rapidamente os três degraus de pedra vermelha e passei pela metade aberta da porta, vi a mim mesmo andando e bati na próxima porta. A mãe do Brosi era uma mulher pequena, ágil e gentil, ela veio para fora e me ergueu do chão e me deu um beijo, e então perguntou: "Você queria ver o Brosi?".

Não demorou muito, e ela estava no andar de cima em frente a uma porta branca e me segurava pela mão. Nessa sua mão, que deveria me conduzir a assombrosas maravilhas que eu vagamente pressentia, não vi outra coisa senão a mão de um anjo ou de um mago. Meu coração batia temeroso e exaltado como se me advertisse, e hesitei ao máximo e tentei recuar, de modo que a mulher quase precisou me arrastar para dentro do quarto. Era um grande aposento, bem iluminado e aconchegante; fiquei na porta, receoso e embaraçado, olhando para a cama clara, até que a mulher me levou até lá. Então o Brosi se virou para nós.

E eu olhei atentamente para o seu rosto, que era estreito e pontudo, mas não consegui ver a morte nele, apenas uma luz tênue, e nos olhos algo inusitado, bondosamente sério e resignado, cuja visão desencadeou em meu coração algo semelhante ao que senti quando apuráramos os ouvidos e perscrutáramos a silenciosa floresta de abetos, pois, em minha curiosidade ansiosa, suspendi a respiração e senti passos de anjo perto de mim.

O Brosi me cumprimentou com a cabeça, contente e feliz, e me estendeu uma mão que estava quente e seca e mirrada. Sua mãe o acariciou, acenou para mim com a cabeça e saiu do quarto novamente; então fiquei sozinho junto à sua pequena cama alta olhando para ele, e por um tempo ambos não dissemos palavra.

"Então, você ainda está por aqui?", disse então o Brosi.

E eu: "Sim, e você também?".

E ele: "Sua mãe falou para você vir?".

Eu fiz que sim.

Ele estava cansado e deixou a cabeça cair de volta no travesseiro. Eu absolutamente não sabia o que dizer, mordia o pompom do meu gorro e só olhava para ele, e ele para mim, até que ele sorriu e fechou os olhos de brincadeira.

Então ele se virou um pouco para o lado, e da forma como o fez, de repente vi sob os botões da camisola, através da abertura, algo vermelho brilhando; era a grande cicatriz em seu ombro e, ao vê-la, de repente não pude segurar o choro.

"Ei, o que você tem?", ele logo perguntou.

Eu não consegui dar uma resposta, continuei a chorar e esfreguei as minhas bochechas com o áspero gorro até doer.

"Vamos, me diga. Por que está chorando?"

"É que você está tão doente", eu disse então. Mas essa não era a verdadeira razão. Era apenas uma intensa e piedosa onda de ternura, como eu já havia sentido antes uma vez, que de repente brotava em mim e não tinha outra forma de extravasar.

"Não é tão grave assim", disse o Brosi.

"Você vai sarar logo?"

"Sim, talvez."

"Quando?"

"Não sei. É demorado."

Depois de um tempo, de repente percebi que ele adormecera. Esperei mais um pouco, então saí do quarto, desci as escadas e voltei para casa, onde fiquei muito feliz por minha mãe não me encher de perguntas. Ela devia ter visto que eu estava alterado e vivera algo importante e apenas acariciou os meus cabelos e assentiu com a cabeça sem dizer nada.

Todavia, é bem possível que ainda naquele dia eu tenha sido muito travesso, rebelde e malcriado, fosse brigando com meu irmãozinho ou incomodando a empregada no fogão, fosse perambulando pelo campo molhado e voltando muito sujo para casa. Algo assim deve ter acontecido, pois me lembro perfeitamente de que na mesma noite a minha mãe me fitou com um olhar muito sério e carinhoso — talvez ela quisesse, sem palavras, me lembrar daquela manhã. E eu a entendi e senti remorsos, e ela, quando percebeu isso, fez algo especial. Ela me deu um pequeno caco de cerâmica cheio de terra da sua floreira que ficava junto à janela, e nele havia um bulbo escuro, que já havia dado algumas jovens folhinhas pontiagudas, de um verde muito claro e viçoso. Era um jacinto. Ela o entregou para mim e disse: "Preste atenção, estou dando isso para você agora. Depois vai nascer aqui uma grande flor vermelha. Vou deixá-la ali, e você terá que cuidar dela, não pode encostar nela nem carregá-la por aí, e é preciso regar duas vezes por dia; se você esquecer, eu o lembrarei. Mas se nascer uma linda flor, você pode pegá-la e levá-la para o Brosi, que ele vai ficar contente. Você consegue se lembrar?".

Ela me pôs na cama, e eu pensei com orgulho na flor, cujo cuidado me pareceu uma tarefa honrosa e importante, mas já na manhã seguinte esqueci de regá-la e minha mãe me lembrou. "E como vai indo a flor do Brosi?", ela perguntou, e teve que me dizer isso mais de uma vez naqueles dias. No entanto, nada me ocupava nem me alegrava tanto quanto o meu pé de flor. Ainda havia muitos outros, na sala e no jardim, maiores e mais bonitos, que meu pai e minha mãe costumavam me mostrar. Mas era a primeira vez que eu me empenhava de coração, cheio de desejos, cuidados e preocupações, em acompanhar um pequeno crescimento como aquele.

Por alguns dias, a florzinha não parecia ir muito bem, como se tivesse algum distúrbio e não encontrasse as forças certas para crescer. Quando fiquei primeiro triste e depois impaciente com isso, minha mãe me disse: "Veja só, com o pé de jacinto está acontecendo o mesmo que com o Brosi, que está tão doente. Agora é preciso ser gentil e cuidadoso como sempre".

Essa comparação fez sentido para mim e logo me levou a uma ideia totalmente nova, que acabou me tomando por completo. Eu sentia uma ligação secreta entre a plantinha que se esforçava arduamente e o enfermo Brosi, e acabei imbuído da forte crença de que, se o jacinto vingasse, meu camarada também teria que sarar. Mas se o jacinto não fosse em frente, ele morreria, e eu, se negligenciasse a planta, seria um pouco culpado. Quando essa cadeia de pensamentos se fechou dentro de mim, passei a cuidar da flor cheio de receios e de zelos, como a um tesouro em que se encerrassem poderes mágicos especiais que somente eu conhecia e haviam sido confiados apenas a mim.

Três ou quatro dias após a minha primeira visita — a planta ainda tinha um aspecto bastante precário —, fui mais uma vez à casa vizinha. Brosi tinha que ficar deitado muito quieto e, como eu não tinha nada para dizer, fiquei perto da cama olhando para o rosto terno e quente do doente, que estava voltado para cima entre os lençóis brancos. De vez em quando, ele abria os olhos e fechava novamente, de resto não se mexia, e um espectador mais velho e perspicaz talvez tivesse sentido de alguma maneira que a alma do pequeno Brosi já se inquietava e queria se preparar para o seu regresso. Justamente quando o medo do silêncio no quartinho queria me assaltar, a vizinha entrou e com gestos delicados e passos silenciosos me levou dali.

Na vez seguinte, cheguei lá com o coração muito mais feliz, pois em casa o meu pé de flor botava suas folhas alegres e pontiagudas com vontade e forças renovadas. Dessa vez, também o doente estava bastante animado.

"Lembra quando Jakob ainda estava vivo?", ele me perguntou. E nos lembramos do corvo e falamos dele, imitamos as três palavrinhas que ele sabia dizer e conversamos, cheios de anseios e nostalgia, sobre um papagaio cinza e vermelho que uma vez teria se perdido e acabara dando por ali. Eu me animei com a conversa e, enquanto o Brosi já estava cansado outra vez, eu me esqueci completamente da sua doença por alguns instantes. Contei a história de um papagaio fujão, que era uma das lendas da nossa casa. O ponto culminante era quando um antigo criado da Corte, tendo visto o belo pássaro pousado no telhado da cabana, ia buscar uma escada com a intenção de capturá-lo. Quando ele subia no telhado e se aproximava cautelosamente do papagaio, este dizia: "Bom dia!". Então o velho criado tirava o gorro e dizia: "Peço que me desculpe, quase cheguei a pensar que vossa senhoria fosse um pássaro".

Quando terminei de contar, pensei que o Brosi não se seguraria e riria muito alto. Como isso não aconteceu, olhei para ele muito espantado. Vi que ele sorria gentil e amavelmente e que suas bochechas estavam um pouco mais vermelhas do que antes, mas ele não disse nada, nem riu alto.

De repente, tive a impressão de que ele era muitos anos mais velho do que eu. Perdi todo o bom humor no mesmo instante e, em seu lugar, fui tomado por perplexidade e angústia, pois sentia fortemente que algo novo, estranho e perturbador surgira entre nós. Uma grande mosca de inverno começou a zumbir pela sala e eu perguntei se deveria caçá-la.

"Não, pode deixar!", disse o Brosi.

Isso também soou para mim como se tivesse sido dito por um adulto. Embaraçado, fui embora.

A caminho de casa, senti pela primeira vez na minha vida algo da beleza velada e pressagiosa dos dias que antecedem a primavera, algo que só viria a sentir novamente anos depois, já no fim da infância.

Não sei o que foi e como surgiu. Mas me lembro de que soprava um vento morno, que na beira dos campos lavrados se erguiam torrões de terra úmidos e escuros e brilhavam em faixas reluzentes, e havia no ar o cheiro quente do vento sul. Também me lembro de que quis cantarolar uma melodia e logo parei, porque algo me oprimia e me fazia calar.

Esse curto caminho de volta da casa vizinha é para mim uma memória estranhamente profunda. Quase não me lembro de detalhes; mas às vezes, quando fecho os olhos e me é permitido voltar até ela mais uma vez, penso ver de novo a Terra com olhos de criança — como dádiva e criação divina, em doces e ardentes sonhos de beleza intocada, como nós, os velhos, conhecemos apenas das obras dos grandes artistas e poetas. O caminho talvez não chegasse a duzentos passos, mas nele, acima dele e ao seu redor, vivia e acontecia infinitamente mais do que durante viagens inteiras que depois empreendi.

Calvas árvores frutíferas lançavam no ar ramos serpenteantes e ameaçadores e, das finas pontas dos galhos, despontavam brotos marrom-avermelhados e resinosos; acima delas, corriam o vento e as nuvens em debandada, embaixo, a terra nua brotava na fermentação da primavera. Uma vala cheia de água da chuva transbordava e despejava sobre a rua um córrego estreito e turvo, no qual flutuavam velhas folhas de pereira e toquinhos de madeira marrom, e cada um deles era um navio, que singrava nas correntezas, encalhava, passava por alegrias e dissabores e destinos cambiantes, e eu também vivia tudo isso.

De repente, diante dos meus olhos, um pássaro escuro pairou no ar, deu uma pirueta e revoluteou titubeante, então subitamente soltou um longo trinado e arrojou-se para o alto, levando o seu brilho cada vez mais longe, e o meu coração voou junto, fascinado.

Uma carroça vazia com um único cavalo atrelado se aproximou, rangeu e seguiu adiante, prendendo o meu olhar ainda até a próxima curva, com seus fortes corcéis, vinda de um mundo desconhecido e nele desaparecendo, despertando e levando consigo belos pressentimentos.

Eis uma pequena lembrança, ou duas e três; mas quem pretende enumerar as experiências, emoções e alegrias que uma criança, entre o bater de uma hora e outra, encontra nas pedras, nas plantas, nos pássaros, nos ares, nas cores e nas sombras e logo esquece novamente e ainda assim carrega consigo através do tempo, de seus destinos e transformações? Uma coloração especial do ar no horizonte, um pequeno ruído na casa, no jardim ou na floresta, a visão de uma borboleta ou um aroma fugaz trazido pelo vento muitas vezes levantam dentro de mim, por um momento, nuvens inteiras de lembranças daqueles primeiros tempos. Elas não são clara e isoladamente reconhecíveis, mas todas têm o mesmo delicioso perfume daqueles dias, quando havia entre mim e cada pedra e pássaro e riacho uma vida e uma convivência íntima e uma ligação profunda, cujas reminiscências me empenho zelosamente em preservar.

Enquanto isso, meu pé de jacinto se aprumava, esticava mais alto suas folhas e se robustecia a olhos vistos. Com ele crescia minha alegria e minha crença na recuperação do meu camarada. E de fato chegou o dia em que, entre as suculentas folhas, começou a se expandir e a tomar corpo um botão redondo e avermelhado, e também o dia em que o botão desabrochou, trazendo à mostra um misterioso franzido de pétalas vermelhas brilhantes com bordas esbranquiçadas. Mas o dia em que carreguei o vaso com orgulho e alegre cautela até a casa vizinha e o entreguei a Brosi se apagou totalmente da minha memória.

Depois houve um dia claro de sol; finas pontas verdes já cortavam o chão escuro das plantações, as nuvens tinham bordas douradas e nas ruas, pátios e átrios úmidos refletia-se um céu puro e suave. A pequena cama do Brosi havia sido arrastada para mais perto da janela, em cujo batente o jacinto vermelho resplandecia ao sol; o doente fora ligeiramente erguido e apoiado em almofadas. Ele conversou comigo mais do que o habitual, a luz quente escorria com um brilho alegre sobre sua cabeça loira raspada e se avermelhava através de seus ouvidos. Eu estava muito animado e tinha certeza de que logo ele estaria completamente curado. Sua mãe estava sentada ao seu lado e, quando lhe pareceu suficiente, ela me deu uma pera de inverno amarela e me mandou para casa. Ainda na escada, mordi a pera, era macia e muito doce, e o sumo escorria no meu queixo e na minha mão. No caminho, joguei o caroço bem longe num grande arco.

No dia seguinte, choveu copiosamente, eu tive que ficar em casa e ganhei permissão para, depois de lavar bem as mãos, me entreter com a *Bíblia ilustrada*, na qual eu já tinha muitas figuras favoritas, mas as primeiras de todas eram o leão do Paraíso, os camelos de Eliezer e Moisés menino entre os juncos. Porém, quando continuou a chover no dia seguinte, fiquei entediado. Passei a metade da manhã na janela olhando para o pátio murmurejante e para a castanheira, depois foi a vez dos meus jogos, um por um, e quando estes acabaram e já anoitecera, eu ainda tive uma briga com meu irmão. A velha cantilena: nos provocávamos um ao outro, até o pequenino me dizer um palavrão muito feio, então eu batia nele, e ele corria aos prantos pela sala, corredor, cozinha, escada e quarto até a nossa mãe, que o acolhia quando ele se jogava em seu colo e, com um suspiro, me mandava sair. Até meu pai chegar em casa, ouvir toda a história, me punir e, com as devidas advertências, me mandar para a cama, onde eu me sentia indescritivelmente infeliz, porém logo adormecia, ainda com as lágrimas escorrendo.

Quando, provavelmente na manhã seguinte, voltei ao quarto de doente do Brosi, sua mãe punha de tempos em tempos o dedo sobre os lábios e olhava para mim em advertência, mas o Brosi estava deitado com os olhos fechados e gemia baixinho. Eu olhei aflito para seu rosto, ele estava pálido e desfigurado pela dor. E quando a mãe dele pegou a minha mão e a pôs sobre a dele, ele abriu os olhos e me fitou em silêncio por um momento. Seus olhos estavam grandes e alterados e, quando se voltavam para mim, tinham uma estranha expressão de espanto, como se ele viesse de muito longe, como se absolutamente não me conhecesse e se admirasse da minha presença, mas ao mesmo tempo tivesse outros pensamentos muito mais importantes. Pouco tempo depois, saí novamente do quarto de mansinho.

À tarde, porém, enquanto, a seu pedido, sua mãe lhe contava uma bela história, ele mergulhou num sono cansado que durou até a noite e durante o qual o fraco batimento de seu coração pouco a pouco adormeceu e se apagou.

Quando fui me deitar, minha mãe já sabia. Mas ela me contou somente pela manhã, depois do leite. Eu então passei o dia inteiro como um sonâmbulo, imaginando que o Brosi estava com os anjos e que ele próprio havia se tornado um deles. Eu não sabia que seu pequeno corpo magro, com a cicatriz no ombro, ainda estava na casa, e também não fui ao funeral nem ouvi nada sobre ele. Meus pensamentos tiveram muito trabalho com isso, e deve ter se passado um bom tempo até que o menino morto ficasse distante e invisível para mim. Mas, de repente, ainda cedo e toda de uma só vez, chegou a primavera, voou amarela e verde sobre as montanhas, no jardim se espalhava um cheiro de vida jovem, a castanheira tateava o ar com macias folhas enroladas recém-saídas das cascas rebentadas dos brotos e, em todas as valas, sobre gordos caules, riam em seu amarelo dourado os refulgentes dentes-de-leão.

(1903)

Lua do feno*

A casa de campo Erlenhof ficava na planície elevada, não longe da floresta e das montanhas.

Na frente da casa havia um grande largo de cascalho onde desembocava a estrada. Quando chegavam visitas, as carruagens podiam parar ali. De resto, o largo quadrangular estava sempre quieto e vazio e com isso parecia ainda maior do que era, especialmente com tempo bom no verão, quando a luz ofuscante do sol e o ar quente e trêmulo o enchiam de tal maneira que ninguém gostava de pensar em atravessá-lo.

O largo e a estrada separavam a casa do jardim. Pelo menos "jardim" era o que se dizia; na verdade, era um parque relativamente grande, não muito extenso, mas profundo, com belos e imponentes olmos, bordos e plátanos, caminhos sinuosos, um bosque de jovens abetos e muitos bancos para descansar. Entre as árvores, havia gramados claros e ensolarados, alguns vazios e outros adornados com redondéis de flores ou arbustos ornamentais, e nesse luminoso, tépido território livre dos gramados, destacavam-se, únicas e solitárias, duas grandes árvores.

Uma delas era um salgueiro-chorão. Em volta de seu tronco, corria um estreito banco de ripas, e os galhos longos, sedosos e cansados caíam ao seu redor tão baixos, e tão juntos uns dos outros que dentro era uma tenda ou templo, onde, apesar

---

* Antiga designação germânica para o mês de julho, quando se dá a colheita do feno no hemisfério Norte.

da permanente sombra e meia-luz, ardia um calor constante e suave.

A outra árvore, separada do chorão por um gramado com uma cerca baixa, era uma imponente faia de sangue. De longe, ela parecia marrom-escura e quase preta. Mas quando se chegava perto ou, estando embaixo dela, se olhava para cima, todas as folhas dos galhos exteriores, transpassadas pela luz do sol, ardiam num brando, morno fogo purpúreo que brilhava solene com um ardor contido e abafado como num vitral. A velha faia era a beleza mais ilustre e curiosa do grande jardim e podia ser vista de todos os lados. Ela ficava sozinha e escura no meio do claro gramado, e era alta o suficiente para que, de onde quer que se estivesse no parque, se pudesse ver sua copa abobadada, redonda, firme, calma e bela, no meio do ar azul, e quanto mais brilhante e mais intenso o azul, mais escura e solene a copa repousava nele. Ela podia adquirir aspectos muito variados, de acordo com o tempo e a hora do dia. Muitas vezes se podia ver que ela sabia como era bela e que não era sem razão que ficava sozinha e sobranceira, longe das outras árvores. Ela se aprumava envaidecida e, ignorando todo o resto, olhava com frieza para o céu. Já outras vezes ela fazia crer que sabia ser a única de sua espécie no jardim e não ter irmãs. Então ela olhava para as outras árvores e procurava algo na distância, cheia de nostalgia. Pela manhã era quando ficava mais bela, e também no final da tarde até que o sol avermelhava, porém de repente ela como que se apagava e ao seu redor a noite parecia cair uma hora mais cedo do que no resto do parque. Mas era nos dias de chuva que tinha a aparência mais característica e melancólica. Enquanto as outras árvores respiravam, se espreguiçavam e brilhavam alegremente em seu verde mais claro, ela ficava como morta em sua solidão, mostrando-se escura da copa até o chão. Mesmo que não tremesse, era possível ver que sentia frio e que era com desconforto e vergonha que ficava ali tão exposta e sozinha.

Antigamente, com o plantio e os cuidados regulares, o parque era uma verdadeira obra de arte. Mas depois, quando vieram tempos em que as pessoas se cansaram da faina de esperar e cuidar e podar, e ninguém mais se interessava pelos exemplares cultivados com esforço, as árvores ficaram entregues à própria sorte. Elas travaram amizade umas com as outras, esqueceram seu papel estético, isolado; na adversidade, lembraram-se de sua antiga floresta natal, se apoiaram, se abraçaram e se ampararam mutuamente. Elas esconderam os caminhos retilíneos com densa folhagem e, lançando longas raízes, os trouxeram para mais perto e os transformaram em nutritivos solos florestais, entrelaçaram e expandiram suas copas, e viram crescer sob sua proteção uma jovem e pujante população arbórea, que preencheu o vazio com troncos mais lisos e folhas de cores mais claras, conquistou o solo inculto e, com sombras e folhas caducas, tornou a terra escura, macia e gorda, de forma que agora os musgos e as ervas e os pequenos arbustos também podiam prosperar com facilidade.

Quando mais tarde as pessoas voltaram a vir para o antigo jardim e quiseram usá-lo para descanso e recreio, ele se convertera numa pequena floresta. Elas tiveram que se conformar. Somente o antigo caminho entre as duas fileiras de plátanos foi restaurado, de resto nada se fez além de abrir trilhas estreitas e sinuosas por entre o denso arvoredo, semear as clareiras com grama e instalar bancos verdes em bons lugares. E as pessoas cujos avós haviam plantado e podado os plátanos em linhas retas, enfileirando-os e moldando-os a seu bel-prazer, agora vinham visitá-los com seus filhos e se alegravam de que, durante o longo abandono, tivesse surgido em lugar das alamedas uma floresta na qual o sol e o vento podiam descansar e os pássaros cantar e as pessoas se entregar a seus pensamentos, sonhos e desejos.

Paul Abderegg estava deitado na meia-sombra entre o arvoredo e a relva e tinha na mão um livro encadernado em branco e vermelho. Ora lia, ora observava as borboletas azuis esvoaçantes sobre a grama. Ele estava justamente na passagem em que Frithjof navega pelo mar, Frithjof, o amante apaixonado, o destruidor do templo, o expatriado. Rancor e remorso no peito, em pé atrás do timão, ele veleja pelo inóspito oceano; tempestade e vagas hostis se abatem sobre o veloz barco-dragão e uma amarga nostalgia oprime o forte timoneiro.

No gramado o calor fervilhava, os grilos estridentes cantavam alto, e do interior da pequena floresta vinha o canto mais grave e mais doce dos pássaros. Era magnífico ficar deitado em meio àquela solitária barafunda de aromas e sons e espiar o céu quente com os olhos apertados, ou aguçar os ouvidos e escutar dentro das árvores escuras atrás dele, ou se espreguiçar com os olhos fechados e sentir em todos os membros um cálido e profundo bem-estar. Mas Frithjof singrava os mares, e amanhã chegariam visitas e, se ele não terminasse de ler o livro hoje, talvez não o fizesse mais, como no último outono. Ele também se deitara ali e começara a ler a saga de Frithjof, e também haviam chegado visitas, e a leitura não fora adiante. O livro ficara na casa, mas ele fora para a sua escola na cidade e, entre Homero e Tácito, pensava constantemente no livro iniciado e no que aconteceria no templo, com o anel e com os ídolos em seus pedestais.

Ele lia com entusiasmo renovado, a meia-voz, e acima dele corria um vento fraco pelas copas dos olmos, cantava o passaredo e voavam cintilantes borboletas, mosquitos e abelhas. E quando fechou o livro e se levantou de um salto, ele concluíra a leitura, a relva estava toda sombreada e no céu avermelhado o dia se apagava. Uma abelha cansada pousou em sua manga e se deixou carregar. Os grilos ainda cantavam. Paul passou depressa pelos arbustos e pela alameda dos plátanos, cruzou a estrada e o largo silencioso e entrou na casa. Era bonito vê-lo na força esbelta de seus dezesseis anos, e ele ia com a cabeça abaixada e os olhos silenciosos, ainda imbuído dos destinos do herói nórdico e absorto em suas reflexões.

A sala de verão, onde eram feitas as refeições, ficava nos fundos da casa. Na verdade, ela era um corredor, separado do jardim apenas por uma parede de vidro, e avançava bastante além da casa, como uma pequena ala. Ali ficava o jardim propriamente dito, que desde os primeiros tempos era chamado de "jardim do lago", muito embora, em vez de um lago, houvesse apenas um pequeno e estreito espelho d'água entre os canteiros, treliças, sementeiras, caminhos e pomares. A escada que levava dessa sala para o ar livre era ladeada por oleandros e palmeiras; de resto, o "jardim do lago" não tinha um aspecto senhorial, mas campestre e acolhedor.

"Então nossos hóspedes chegam amanhã", disse o pai. "Espero que esteja contente com a visita, Paul."

"Estou sim."

"Mas não de coração? Pois é, meu filho, não há nada que se possa fazer. Para nós poucos, a casa e o jardim são grandes demais, e todas essas maravilhas não estão aqui para ser desperdiçadas! Uma casa de campo e um parque existem para pessoas alegres andarem por eles, e quanto mais, melhor. Aliás, você está solenemente atrasado. A sopa já acabou."

Então ele se virou para o preceptor.

"Meu caro, nunca o vemos no jardim. Sempre pensei que fosse um entusiasta da vida no campo."

O sr. Homburger franziu a testa.

"Talvez o senhor tenha razão. Mas eu gostaria de aproveitar ao máximo o período de férias para os meus estudos particulares."

"Meus respeitos, sr. Homburger! Se um dia a sua fama se espalhar pelo mundo, mandarei pôr uma placa embaixo da sua janela. Espero ainda estar vivo para ver."

O preceptor franziu o rosto. Ele estava muito nervoso.

"O senhor superestima a minha ambição", ele disse em tom glacial. "A mim não importa a mínima se o meu nome será conhecido ou não. Quanto à placa..."

"Oh, não se preocupe, meu caro! Mas o senhor é definitivamente muito modesto. Paul, eis um exemplo para você!"

Então a tia achou que já era hora de salvar o candidato.* Ela conhecia aquele tipo de diálogos corteses com os quais o dono da casa se divertia tanto, e ela os temia. Enquanto oferecia vinho, ela desviou a conversa para um outro trilho, e nele a manteve. A conversa girava sobretudo em torno dos esperados hóspedes. Paul quase não prestava atenção. Ele se concentrava em comer, e à parte se perguntava mais uma vez como podia ser que o jovem preceptor, ao lado de seu pai já bastante grisalho, sempre parecesse o mais velho.

Diante das janelas e das portas de vidro, o jardim, o arvoredo, a lagoa e o céu começavam a se transformar, tocados pelas primeiras emanações da noite que se anunciava. Os arbustos enegreciam e confluíam em escuras ondas, e as árvores, cujas copas cobriam a distante linha das colinas, expandiam-se sombrias no céu mais claro com uma paixão silenciosa e com formas insuspeitadas, nunca vistas durante o dia. A profusa, multifacetada paisagem perdia cada vez mais sua natureza pacificamente diversa e dispersa e se aglomerava em grandes massas compactas. As montanhas distantes arrojavam-se mais audazes e resolutas para o alto, a planície se estendia em preto e deixava entrever apenas o relevo mais acentuado do

---

* "Kandidat": designação acadêmica para o aspirante ao grau de doutor.

solo. Diante das janelas, a luz do dia ainda presente lutava cansada com a claridade que caía dos lampiões.

Paul estava em frente à porta aberta e assistia sem muita atenção e sem muito pensar. Ele pensava sim, mas não no que via. Ele via se tornar noite. Mas não conseguia sentir como isso era belo. Ele era jovem e ativo demais para suportar e contemplar algo assim e nisso encontrar algum contentamento. O que ocupava seus pensamentos era uma noite no mar do Norte. Na praia, entre árvores negras, com suas tétricas chamas, o templo incendiado lança cinzas e fumaça para o céu; nos rochedos, o mar arrebenta e reflete luzes vermelhas enfurecidas; no escuro, um barco viking afasta-se a todo pano.

"Então, filho", exclamou o pai, "que calhamaço era aquele que você levou hoje para o jardim?"

"Ah, o *Frithjof*!"

"Sei, os jovens ainda leem isso? Sr. Homburger, o que pensa a respeito? O que se pensa hoje em dia desse velho sueco? Ele ainda tem algum valor?"

"O senhor se refere a Esaias Tegnér?"

"Isso mesmo, Esaias. E então?"

"Ele está morto, sr. Abderegg, completamente morto."

"Também quero crer que sim! Já no meu tempo ele não vivia mais, quero dizer, na época em que o li. A minha pergunta foi se ele ainda está na moda."

"Sinto muito, não estou informado sobre moda e modismos. Quanto à avaliação estético-científica..."

"Justamente a isso que me referi. Portanto, o que a ciência..."

"A história da literatura registra esse Tegnér apenas como um nome. Ele foi, como o senhor disse muito corretamente, uma moda. E isso é tudo. O autêntico, o bom, nunca esteve na moda, mas sempre vive. E Tegnér está, como eu disse, morto. Para nós ele não existe mais. Hoje ele soa falso, rebuscado, piegas..."

Paul virou-se num ímpeto.

"Mas não pode ser, sr. Homburger!"

"Posso perguntar por que não?"

"Porque é bonito! Sim, é bonito simplesmente."

"É? Mas isso não é motivo para ficar tão exaltado."

"O senhor disse que ele é piegas e não tem valor. Só que é realmente bonito."

"Você acha? Bem, se sabe com tanta certeza o que é bonito, você deveria ganhar uma cadeira na universidade. Mas, como pode ver, Paul, dessa vez o seu julgamento não coincide com a estética. Veja, com Tucídides acontece justamente o contrário. A ciência o acha bonito e você o acha horrível. E o *Frithjof...*"

"Oh, isso não tem nada a ver com a ciência."

"Não há nada, absolutamente nada no mundo que não tenha a ver com a ciência. Mas, sr. Abderegg, permita-me que me retire agora."

"Já?"

"Ainda tenho que escrever algo."

"Que pena, justamente agora que a conversa estava ficando boa. Mas, acima de tudo, a liberdade! Boa noite então!"

Cerimonioso e empertigado, o sr. Homburger saiu da sala e desapareceu silenciosamente no corredor.

"Quer dizer que você gostou das velhas aventuras, Paul?", riu o dono da casa. "Então não deixe nenhuma ciência estragar isso, senão você estará bem-arranjado. Mas você não está aborrecido por causa disso, está, Paul?"

"Oh, não, imagine. Mas, sabe, eu esperava que o sr. Homburger não viesse conosco para o campo. Você tinha dito que eu não precisaria queimar as pestanas nessas férias."

"Sim, se eu disse, então assim é e você pode ficar contente. E afinal o senhor professor não morde."

"Por que ele teve que vir junto?"

"Sabe, filho, onde você queria que ele ficasse? No lugar de onde ele vem, infelizmente não é muito agradável. E eu também quero ter o meu divertimento! Relacionar-se com homens instruídos e eruditos é uma vantagem, grave bem isso. Eu não gostaria de abrir mão do nosso sr. Homburger."

"Oh, papai, com você nunca se sabe quando está brincando ou falando a sério."

"Então aprenda a distinguir, meu filho. Será útil para você. Mas agora vamos fazer um pouco de música, está bem?"

Imediatamente, Paul puxou entusiasmado seu pai pelo braço até a sala contígua. Não era muito frequente que o pai tocasse com ele sem ser solicitado. E isso não era de admirar, pois o pai era um mestre no piano e, comparado a ele, o garoto apenas arranhava um pouco o instrumento.

Tia Grete ficou para trás, sozinha. Pai e filho eram do tipo de músicos que não gostam de ter um ouvinte diante de si, e sim alguém invisível, que eles sabem estar sentado ao lado escutando. E a tia sabia disso. E como poderia não saber? Como ela poderia não conhecer um único, pequeno traço naqueles dois que fazia anos ela envolvia com amor, protegia e via, a ambos, como crianças?

Ela estava sentada numa das poltronas reclináveis de bambu e escutava. O que escutava era uma ouverture tocada a quatro mãos, que certamente não ouvia pela primeira vez, cujo nome, porém, ela não saberia dizer, pois, por mais que gostasse de ouvir, não entendia muito de música. Ela sabia que depois, quando saíssem, o velho ou o menino lhe perguntariam: "Tia, que peça foi essa?". Então ela diria "Mozart" ou "de *Carmen*", e eles ririam dela, porque sempre era alguma outra coisa.

Ela escutava recostada no espaldar e sorria. Era uma pena que ninguém pudesse vê-la, pois seu sorriso era do tipo verdadeiro. Ele acontecia menos com os lábios do que com os olhos; todo o rosto, testa e bochechas, também irradiava um brilho e evocava profundo carinho e compreensão.

Ela sorria e escutava. Era uma bela peça, que ela deveras apreciava. Mas a tia absolutamente não ouvia apenas a ouverture, embora tentasse acompanhá-la. Primeiro, ela tentou descobrir quem tocava o *segundo* e quem tocava o *primo*. Paul fazia o *segundo*, ela logo ouviu. Não que ele tocasse mal, mas as vozes mais altas soavam tão leves e ousadas e vinham de dentro de uma maneira que um estudante não consegue tocar. E agora ela podia imaginar todo o resto. Os dois estavam sentados diante do piano de cauda. Nas passagens grandiosas, ela via o pai sorrir com ternura. Mas a Paul, nesses momentos, ela via se esticar mais alto na cadeira, os lábios abertos e os olhos flamejantes. Nos alegros particularmente vivazes e expansivos, ela cuidava se Paul conseguia não rir. É que muitas vezes nesses momentos o velho fazia uma careta ou um movimento cômico com o braço, de forma que era difícil para os jovens se conterem.

Quanto mais a ouverture avançava, mais claramente ela via os dois diante de si, mais profundamente ela lia em seus rostos avivados pela execução da peça. E, com a música veloz, passava diante dela uma grande porção de vida, experiência e amor.

Era tarde, eles já haviam dito "boa-noite" e cada um fora para o seu quarto. Aqui e ali uma porta, uma janela ainda se abriu ou fechou. Então tudo ficou em silêncio.

O que no campo é algo óbvio e natural, o silêncio da noite, para o citadino é sempre um milagre. Quem sai de sua cidade e vai para uma herdade ou uma pequena propriedade rural e, na primeira noite, permanece junto à janela ou deitado na cama, é envolvido por esse silêncio, um encantamento de terra natal e porto seguro, como se estivesse mais perto do são e do verdadeiro e sentisse um sopro do eterno.

Não é um silêncio perfeito. Ele está cheio de sons, mas são os sons escuros, abafados e misteriosos da noite, enquanto na cidade os ruídos da noite a rigor se distinguem muito pouco dos diurnos. É o canto dos sapos, o farfalhar das árvores, o rumorejar do riacho, o voo de um pássaro noturno, de um morcego. E quando de repente um carrinho de mão atrasado passa depressa ou um cão de guarda começa a latir, essas bem-vindas saudações da vida são abafadas e absorvidas pela majestosa amplidão dos ares.

O preceptor ainda estava com a luz acesa e, inquieto e cansado, andava para lá e para cá dentro do quarto. Ele havia lido durante horas, até cerca de meia-noite. Esse jovem sr. Homburger não era o que parecia ou queria parecer. Ele não era um pensador. Tampouco era uma mente científica. Mas ele tinha alguns dons e era jovem. Assim, como não houvesse em sua natureza um núcleo gravitacional dominante e inevitável, não lhe podiam faltar ideais.

Naqueles dias, ele se ocupava com alguns livros nos quais, com uma linguagem aprazível e bem-sonante, alguns jovens espantosamente flexíveis supunham assentar os tijolos de uma nova cultura, roubando ora de Ruskin, ora de Nietzsche, todo tipo de pequenas joias bonitas e fáceis de transportar. Esses livros eram muito mais divertidos de ler do que os próprios Ruskin e Nietzsche, de uma graciosidade coquete, pródigos em nuances e de um elegante brilho acetinado. E quando era o caso de um grande efeito, de uma última palavra e de paixão, eles citavam Dante ou Zaratustra.

Por isso, a fronte de Homburger também estava anuviada, os olhos cansados como se tivessem medido espaços descomunais, e seus passos, agitados e irregulares. Ele sentia que haviam se erguido barreiras por toda parte no insípido mundo cotidiano ao seu redor e que era preciso se guiar pelos profetas e arautos da nova felicidade. A beleza e o espírito inundariam o seu mundo e cada passo dentro dele transpiraria poesia e sabedoria.

Diante de suas janelas, ofereciam-se o céu estrelado, a nuvem flutuante, o parque sonhador, o campo respirando sonolento e toda a beleza da noite. Ela esperava que ele se aproximasse da janela e a observasse. Ela esperava por ferir seu coração com anseios e nostalgia, banhar seus olhos em frescor, soltar as asas atadas de sua alma. Mas ele se deitou na cama, puxou para mais perto a lâmpada da cabeceira e continuou a ler.

Paul Abderegg já havia apagado a luz, mas ainda não dormia e estava sentado de camisola no peitoril da janela olhando para as copas silenciosas das árvores. Ele esquecera o herói Frithjof. Ele não pensava em nada definido, apenas desfrutava da hora tardia, cuja vívida sensação de felicidade não o deixava dormir. Como eram bonitas as estrelas diante do fundo negro da noite! E como seu pai havia tocado hoje mais uma vez! E como o jardim estava quieto e fantástico na escuridão!

A noite de junho envolveu o garoto estreita e suavemente; ela veio silenciosa ao seu encontro, arrefeceu o que nele ainda era ardente e fervilhante. Ela removeu calmamente o excesso de sua juventude indômita, até que seus olhos se acalmaram e suas têmporas esfriaram, e olhou em seus olhos sorrindo como uma boa mãe. Ele não sabia mais quem olhava para ele, nem onde estava, ele ficou deitado e, entre o sono e a vigília, respirava fundo e olhava arrebatado e sem pensamentos para os grandes e silenciosos olhos em cujo espelho o ontem e o hoje se convertiam em imagens curiosamente entrelaçadas e em sagas difíceis de desenredar.

Agora também a janela do candidato estava escura. Se acaso algum notívago passasse pela estrada nesse momento e visse a casa e o largo, o parque e o jardim imersos silenciosos em seu sono, talvez olhasse para eles com nostalgia e desejasse, com uma ponta de inveja, usufruir daquela serena visão. E se fosse um pobre andarilho desabrigado, ele poderia entrar sem receio no parque aberto e escolher o banco mais longo para pernoitar.

* * *

Pela manhã, dessa vez contrariando seus hábitos, o preceptor acordou antes de todos os outros. Mas não porque estivesse bem-disposto. Ele ficara com dor de cabeça da longa leitura à luz do lampião; quando finalmente apagou a luz, a cama já estava quente e desarrumada demais para dormir, e agora ele estava de pé, em jejum, com frio e os olhos baços. Ele sentiu mais claramente do que nunca a necessidade de um novo renascimento, mas no momento não tinha vontade de prosseguir seus estudos e sentia uma forte necessidade de ar fresco. Assim, saiu de mansinho da casa e se pôs a andar lentamente pelo campo.

Por toda parte, os camponeses já estavam trabalhando e lançavam olhares furtivos e, como às vezes queria lhe parecer, zombeteiros para o sisudo caminhante. Isso o magoou e ele apertou o passo em direção à floresta próxima, onde foi cercado pelo frio e por uma suave penumbra. Mal-humorado, andou a esmo durante meia hora. Então sentiu um vazio dentro de si e começou a cogitar se logo não haveria um café. Ele se virou e, passando pelos campos já banhados de sol e calor e pelos incansáveis camponeses, andou de volta até a casa.

Na porta da casa, de repente lhe pareceu indelicado chegar esbaforido e esganado para o café da manhã. Ele voltou, dominou-se e decidiu dar antes uma volta pelas trilhas do parque, com passo moderado, para não aparecer à mesa tão descomposto. Forçando-se a um ritmo lento e confortável, andou pela alameda dos plátanos e estava prestes a virar no caminho dos olmos quando uma visão insólita o assustou.

No último banco, que estava um pouco escondido pelas moitas de sabugueiros, havia um homem estendido. Ele estava deitado de bruços, com o rosto apoiado nos cotovelos e nas mãos. O sr. Homburger, no primeiro choque, quase pensou em alguma atrocidade, mas logo a respiração profunda e regular do homem lhe mostrou que ele estava diante de um pacífico hóspede noturno. Este tinha um aspecto maltrapilho, e quanto mais o professor se dava conta de que tinha que lidar com um rapazote um tanto franzino e muito jovem, mais a coragem e a indignação cresciam em sua alma ofendida. Ele foi tomado por um sentimento de superioridade e por um belo orgulho viril e, após breve hesitação, aproximou-se do banco e sacudiu o dorminhoco.

"Levante-se, homem! O que está fazendo aqui?"

O jovem artífice itinerante* ergueu-se com um susto e olhou aturdido e amedrontado para o mundo. Ele viu um cavalheiro de casaca com um ar autoritário em pé diante de si e refletiu por um momento sobre o que aquilo poderia significar, então se lembrou de que durante a madrugada entrara num jardim aberto e pernoitara ali. Ele pretendia seguir caminho quando clareasse o dia, mas dormira demais e agora lhe pediam satisfações.

"Não sabe falar, o que está fazendo aqui?"

"Só estava dormindo", suspirou o tão rispidamente interpelado rapazote, e terminou de se levantar. Quanto estava em pé, a delicada compleição de seus membros confirmou a expressão jovial e imatura de seu rosto quase infantil. Ele devia ter no máximo dezoito anos.

"Venha comigo!", ordenou o candidato, e levou o estranho, que o seguiu obedientemente até a casa, onde logo na porta encontrou o sr. Abderegg.

"Bom dia, sr. Homburger, acordou cedo hoje! Mas que companhia inusitada é esta que o senhor traz?"

---

* Segundo a tradição medieval até hoje cultivada na Alemanha, os jovens artífices deviam cumprir parte de seu aprendizado nos chamados *Wanderjahre*, alguns anos em que viajavam a pé pelo país, trabalhando em oficinas de diferentes localidades para conhecer novas técnicas e adquirir experiência de vida.

"Esse jovem usou seu parque como albergue noturno. Julguei ser meu dever informá-lo a respeito."

O dono da casa compreendeu imediatamente. Ele sorriu.

"Eu lhe agradeço, meu caro. Para dizer a verdade, não teria imaginado que o senhor tivesse um coração tão generoso. Mas concordo consigo, evidentemente esse pobre rapaz precisa tomar pelo menos um café. Talvez o senhor possa pedir à senhorita lá dentro para mandar um café da manhã para ele aqui fora? Ou espere, vamos levá-lo diretamente à cozinha. Venha, meu garoto, deve ter algumas sobras."

À mesa do café, o cofundador de uma nova cultura cercou-se de uma pomposa nuvem de seriedade e silêncio, o que não causou pouca alegria ao velho cavalheiro. Contudo, não houve provocações, pois os convidados hoje esperados ocupavam todos os pensamentos.

A tia, sempre atenciosa e sorridente, saltitava de um cômodo a outro, os criados também estavam um tanto alvoroçados ou então apenas observavam sorrindo, e por volta do meio-dia o dono da casa sentou-se na carruagem, e na companhia de Paul, dirigiu-se à estação ferroviária, que não ficava longe dali.

Se, por seu temperamento, Paul temia as interrupções causadas pelas visitas na vida sossegada a que estava habituado durante suas férias, por outro lado também se inclinava na medida do possível a travar conhecimento à sua maneira com os recém-chegados, observá-los e de algum modo se apropriar de sua natureza. Assim, no caminho para casa, na carruagem um tanto lotada, ele observava os três estranhos com uma atenção silenciosa, primeiro o falante e expansivo professor, depois, com alguma timidez, as duas moças.

Ele gostou do professor, já porque sabia que era um velho amigo de seu pai. De resto, achou-o um pouco austero e um tanto antiquado, mas não antipático e de qualquer forma incrivelmente inteligente. Muito mais difícil foi chegar a uma conclusão sobre as jovens. Uma delas não passava de uma garotinha, uma meninota, de qualquer forma alguém da mesma idade que ele. Tudo dependeria de ela ser do tipo sarcástica ou gentil, conforme fosse haveria guerra ou amizade entre ele e ela. No fundo, todas as meninas daquela idade eram iguais e, para ele, era igualmente difícil conversar e se dar bem com elas. Ele gostou de que pelo menos ela ficasse calada e não fosse logo abrindo um saco de perguntas.

A outra lhe deu mais o que adivinhar. Devia ter, ele não sabia calcular direito, uns vinte e três ou vinte e quatro anos, e era daquele tipo de damas que, embora Paul gostasse muito de ver e sempre observasse de longe, num contato mais próximo o intimidavam e costumavam lhe causar inúmeros embaraços. Em tais criaturas, ele não sabia separar a beleza natural da atitude e das roupas elegantes, geralmente achava seus gestos e penteados afetados e suspeitava nelas uma série de conhecimentos superiores sobre coisas que para ele eram enigmas profundos.

Se pensasse bem, ele odiava todo esse gênero. Todas eram bonitas, mas todas também tinham a mesma delicadeza e segurança humilhante no modo de se portar, as mesmas pretensões arrogantes e a mesma condescendência desdenhosa em relação aos rapazes de sua idade. E quando riam ou sorriam, o que faziam com muita frequência, pareciam insuportavelmente falsas e mentirosas. Nisso as mais novas eram muito mais razoáveis.

Além dos dois homens, apenas a srta. Thusnelde — ela era a mais velha, a elegante — participava da conversa. A pequena e loira Berta mantinha-se calada com a mesma timidez e obstinação de Paul, na frente de quem estava sentada. Ela usava um grande chapéu ligeiramente curvo de palha não tingida com fitas azuis e um vestido leve de verão de um azul muito pálido com um cinto solto e finos debruns em branco. Ela parecia estar totalmente absorta diante da visão dos prados ensolarados e dos campos quentes de feno.

Mas de vez em quando arriscava um rápido olhar para Paul. Ela gostaria tanto de voltar a Erlenhof quando o garoto não estivesse lá. Parecia tudo em ordem com ele, mas ele era inteligente, e os inteligentes costumavam ser os mais desagradáveis. Portanto, haveria ocasionalmente aquelas palavras estrangeiras capciosas e perguntas mal-intencionadas, como o nome de uma flor do campo, e se ela não soubesse, lá vinha então um sorriso arrogante e coisas do tipo. Ela conhecia isso por seus dois primos, um dos quais estava na universidade e o outro no liceu, e este último era o pior, pois ou era malcriado como uma criança mimada, ou vinha com aqueles insuportáveis galanteios sarcásticos que ela tanto temia. Pelo menos, uma coisa Berta aprendera, e também agora decidira se orientar por ela: chorar não era bom, em hipótese alguma. Não chorar e não ficar com raiva, senão estaria perdida. E ela não deixaria que isso acontecesse ali, custasse o que custasse. Ela se consolou em pensar que haveria ali uma tia para qualquer eventualidade; se fosse necessário, ela teria a quem se dirigir em busca de proteção.

"Paul, você ficou mudo?", exclamou o sr. Abderegg de repente.

"Não, papai. Por quê?"

"Porque você esqueceu que não está sozinho na carruagem. Você poderia ser um pouco mais gentil com Berta."

Paul suspirou de forma inaudível. Tinha começado.

"Veja, srta. Berta, lá atrás está a nossa casa."

"Mas, crianças, vocês não vão se tratar por senhor e senhorita!"

"Não sei, papai — acho que vamos sim."

"Bem, então continuem! Mas é absolutamente desnecessário." Berta enrubescera e Paul não notara, pois lhe acontecia o mesmo. A conversa entre os dois havia chegado ao fim, e ambos estavam contentes de que os mais velhos não tivessem notado. Eles se sentiam desconfortáveis e respiraram aliviados quando a carruagem, com um estrondo repentino, entrou no acesso de cascalho e parou diante da casa.

"Por favor, senhorita", disse Paul, ajudando Berta a descer. Com isso, ele se livrara temporariamente dos cuidados com ela, pois a tia já estava no portão e parecia que toda a casa sorria, se abria e convidava a entrar, tão hospitaleiramente alegre e cordial ela saudava os recém-chegados com acenos de cabeça e apertando a mão de todos, um após o outro, e depois uma segunda vez para cada um. Os hóspedes foram acompanhados até seus aposentos e convidados a se apresentarem à mesa sem demora e com muita fome.

Sobre a mesa branca havia dois grandes buquês de flores, cujo intenso perfume se misturava aos aromas da comida. O sr. Abderegg trinchava o assado, a tia mantinha pratos e travessas sob estrita observação. O professor estava sentado alegre e cerimonioso, em sobrecasaca, no lugar de honra, lançava olhares gentis para a tia e interrompia o anfitrião, que tentava se esmerar em seu trabalho, com inúmeras perguntas e gracejos. Sorridente e delicada, a srta. Thusnelde ajudava a servir os pratos e se sentia muito pouco ocupada, pois seu vizinho, o candidato, comia pouco e falava menos ainda. A presença de um professor à moda antiga e de duas jovens damas exercia sobre ele um efeito paralisante. No temor de sua jovem dignidade, ele estava o tempo todo prevenido contra ataques, ou mesmo ofensas, dos quais tentava se defender antecipadamente com olhares frios e um silêncio tenso.

Berta sentou-se ao lado da tia e sentiu-se protegida. Paul dedicou-se com afinco ao seu prato a fim de não se deixar enredar em conversas, esqueceu-se do resto e realmente foi quem melhor desfrutou da comida.

Já no final da refeição, o anfitrião, após acalorada disputa com o amigo, conquistou a palavra e não deixou que a tomassem de novo. Só então o derrotado professor encontrou tempo para comer e conseguiu tirar o atraso satisfatoriamente.

O sr. Homburger finalmente viu que ninguém planejava atacá-lo, mas percebeu tarde demais que seu silêncio fora indelicado e pensou se sentir observado com sarcasmo por sua vizinha. Por isso, ele abaixou a cabeça a ponto de se formar uma ligeira dobra sob o queixo, ergueu as sobrancelhas e parecia ruminar problemas em sua cabeça.

Como o preceptor continuava a se esquivar, a srta. Thusnelde iniciou uma conversa muito afetuosa com Berta, da qual a tia participou.

Enquanto isso, Paul fartara-se de comer e, sentindo-se de repente empanturrado, cruzara os talheres. Erguendo o olhar ao acaso, ele surpreendeu o professor justamente num momento cômico: este tinha um considerável bocado de comida entre os dentes e ainda não havia tirado o garfo da boca, quando um palavrão na fala de Abderegg chamou a sua atenção. Então, por um momento, ele esqueceu de puxar o garfo e ficou com os olhos arregalados e a boca aberta olhando para seu amigo, que continuava a falar. Então, Paul, sem conseguir resistir a um súbito acesso de riso, irrompeu em risadinhas, que se esforçava por tentar abafar.

No calor de seu discurso, o sr. Abderegg apenas encontrou tempo para um rápido olhar de fúria. O candidato entendeu que era ele o motivo das risadas e mordeu o lábio inferior. Contagiada, Berta de repente também começou a rir, sem um motivo definido. Ela estava muito feliz de que essa infantilidade tivesse acontecido a Paul. Pelo menos ele não era do tipo irrepreensível.

"O que viram de tão engraçado?", perguntou a srta. Thusnelde.

"Oh, nada não."

"E você, Berta?"

"Nada também. Só estou rindo junto."

"Posso encher de novo o seu copo?", perguntou o sr. Homburger, com um tom aflito.

"Não, obrigada."

"Mas o meu sim, por favor", disse a tia gentilmente, porém depois deixou o vinho intocado.

Os pratos foram levados, e café, conhaque e charutos foram trazidos.

A srta. Thusnelde perguntou a Paul se ele também fumava.

"Não", ele disse, "eu não gosto."

Então, após uma pausa, ele acrescentou com repentina sinceridade: "E também ainda não tenho permissão".

Quando disse isso, a srta. Thusnelde lhe deu um sorriso maroto e inclinou a cabeça ligeiramente para o lado. Nesse momento, ela pareceu encantadora a Paul, e ele lamentou o ódio que anteriormente lhe havia dedicado.

Ela também podia ser muito simpática.

A noite estava tão quente e convidativa que às onze horas eles ainda estavam sentados lá fora no jardim, à luz bruxuleante das lanternas. E agora não passava mais pela cabeça de ninguém que os hóspedes estavam cansados da viagem e que na verdade gostariam de ir cedo para a cama.

O ar morno um pouco abafado agitava-se inconstante e sonhadoramente em ondas intermitentes, bem no alto, o céu estava estrelado e tinha um brilho úmido e, na direção das montanhas, era de um negro profundo transpassado pelo dourado das veias febris dos relâmpagos. Os arbustos exalavam um perfume doce e pesado e o jasmim branco despontava pálido, com um brilho incerto, da escuridão.

"Então o senhor acha que essa reforma de nossa cultura não virá da consciência coletiva, mas de um ou de alguns indivíduos geniais?"

O professor carregara com certa indulgência o tom de sua pergunta. "É o que penso", retrucou o preceptor um tanto constrangido e iniciou um longo discurso, que ninguém além do professor escutava.

O sr. Abderegg gracejava com a pequena Berta, que era amparada pela tia. Ele estava confortavelmente recostado na cadeira e bebia vinho branco com água mineral.

"Então a senhorita também leu *Ekkehard*?",* perguntou Paul à srta. Thusnelde.

Ela repousava numa cadeira reclinável com o espaldar abaixado, de modo que a cabeça estava completamente deitada, e olhava para o alto.

"Sim, eu li", disse ela. "Na verdade, deveriam proibi-lo de ler esses livros."

"É mesmo? Por quê?"

"Porque na sua idade ainda não se pode entender tudo."

"A senhorita acha?"

"Claro."

"Mas há passagens que eu talvez tenha entendido melhor que a senhorita."

"Sério? Quais?"

"As latinas."

"Cada piada que o mocinho faz!"

Paul estava muito animado. No jantar, haviam lhe servido mais vinho do que o habitual, agora ele se deleitava em conversar na noite suave, escura, e estava curioso por saber se conseguiria tirar um pouco a elegante dama de sua plácida serenidade e levá-la a uma contestação mais incisiva ou a uma gargalhada. Mas ela não olhava para ele. Estava deitada, imóvel, o rosto voltado para o alto, uma mão na cadeira, a outra

---

* Romance histórico publicado em 1865 por Joseph Victor von Scheffel (1826-86), um dos mais populares escritores de língua alemã do século XIX.

pendurada, tocando o chão. Seu pescoço branco e seu rosto branco destacavam-se das árvores negras com um brilho opaco.

"De que mais gostou em *Ekkehard*, meu amigo?", ela perguntou, novamente sem olhar para ele.

"A bebedeira do sr. Spazzo."

"É mesmo?"

"Não, gostei de como a velha da floresta é expulsa."

"Ah, é?"

"Ou talvez eu tenha gostado mais de como Praxedis o deixou fugir da masmorra. Isso foi ótimo."

"Sim, essa parte é ótima. Como foi mesmo?"

"Depois ela espalha cinzas..."

"Ah, sim. Sim, lembrei."

"Mas agora me diga a senhorita também o que mais lhe agradou."

"Em *Ekkehard*?"

"Sim, claro."

"A mesma parte. Quando Praxedis ajuda o monge a fugir. Como ela lhe dá um beijo, depois sorri e volta para o castelo."

"Sei... sei", Paul disse lentamente, mas não conseguia se lembrar do beijo.

A conversa do professor com o preceptor havia chegado ao fim. O sr. Abderegg acendeu um Virgínia, e Berta observava curiosa como ele carbonizava a ponta do longo charuto sobre a chama da vela. A garota mantinha o braço direito em volta da tia, que estava sentada ao seu lado, e ouvia com olhos arregalados as fabulosas experiências sobre as quais o velho senhor lhe contava. Ele falava de aventuras de viagem, particularmente em Nápoles.

"Isso aconteceu de verdade?", ela ousou perguntar uma vez.

O sr. Abderegg riu.

"Isso depende somente de você, minha pequena senhorita. A verdade numa história é sempre aquilo em que o ouvinte acredita."

"Então não é?! Vou ter que perguntar ao papai."

"Faça isso!"

A tia acariciou a mão de Berta, que estava em volta de sua cintura.

"Ele está brincando, minha criança."

Ela ouvia a conversa, espantava as mariposas atarantadas do copo de vinho de seu irmão e retribuía com um olhar gentil a cada um que acaso olhasse para ela. Ela se alegrava com os velhos senhores, com Berta e com Paul, que conversava empolgado com a bela Thusnelde, que contemplava o azul noturno à margem da tertúlia, e com o preceptor, que se comprazia com seus discursos sagazes. Ela ainda era bastante jovem e não havia esquecido como as noites de verão no jardim podiam ser quentes e agradáveis na mocidade. Quanto destino ainda esperava por todos aqueles belos jovens e velhos inteligentes! E pelo preceptor também.

Como era importante para cada um a sua vida, com seus desejos e pensamentos! E que linda era a srta. Thusnelde! Uma verdadeira beldade.

A bondosa dama acariciou a mão direita de Berta, sorriu docemente para o candidato, que agora estava um tanto isolado, e de vez em quando tateava atrás da cadeira do anfitrião para saber se a garrafa de vinho branco ainda estava bem colocada no gelo.

"Conte-me algo da sua escola!", disse Thusnelde a Paul.

"Oh, a escola! Agora estou de férias."

"Não gosta de ir ao liceu?"

"A senhorita conhece alguém que gosta?"

"Mas ir para a universidade é o seu objetivo?"

"Sim. É o que eu gostaria."

"Mas o que gostaria ainda mais de fazer?"

"Ainda mais? Ha ha. Ainda mais, eu gostaria era de ser um corsário."

"Um corsário?"

"Sim, um corsário. Um pirata."

"Mas um pirata não poderia ler tanto."

"E não seria necessário. Eu arranjaria um jeito de passar o tempo."

"É mesmo?"

"Sim, é claro. Eu faria..."

"O quê?"

"Eu... Ah, isto não dá para dizer."

"Então não diga."

Ele se aborreceu. Então se virou para Berta e escutou junto com ela. O pai dele estava incrivelmente divertido. Agora só ele falava e todos escutavam e riam.

Então a srta. Thusnelde levantou-se devagar com seu fino, solto vestido inglês e andou até a mesa.

"Eu gostaria de dizer boa-noite."

Então todos se levantaram, olharam para o relógio e não podiam acreditar que realmente já fosse meia-noite.

No curto caminho até a casa, Paul andou ao lado de Berta, de quem de repente estava gostando muito, principalmente depois que a ouvira rir tão à vontade das piadas de seu pai. Ele tinha sido um asno por se aborrecer com as visitas. Na verdade, era ótimo passar a noite daquela maneira conversando com jovens damas.

Ele se sentia um cavalheiro e começou a lamentar que tivesse se ocupado apenas da outra a noite inteira. E ela era uma esnobe. Ele gostava muito mais de Berta e sentia pena por não ter ficado com ela hoje. E tentou lhe dizer isso. Ela deu uma risadinha.

"Oh, o seu pai estava tão divertido! Foi adorável."

Ele lhe propôs uma caminhada pelo Eichelberg no dia seguinte. Não era longe e era muito bonito. Ele começou uma descrição, falou do caminho e da vista e estava muito entusiasmado.

Então a srta. Thusnelde passou por eles, justamente quando ele estava mais empolgado. Ela se virou um pouco e olhou para o rosto dele. Foi um gesto calmo e um pouco curioso, mas ele achou sarcástico e se calou de repente. Berta olhou para ele surpresa e viu seu aborrecimento sem entender o motivo.

Nessa altura, eles já estavam dentro da casa. Berta estendeu a mão a Paul. Ele disse boa-noite. Ela inclinou a cabeça e foi para o quarto.

Thusnelde tinha ido na frente sem dizer boa-noite. Ele a viu subir a escada carregando uma lanterna e, enquanto a observava, sentiu raiva dela.

Paul estava acordado na cama e sucumbira à sutil febre da noite quente. O ar parecia cada vez mais abafado, o clarão dos relâmpagos tremeluzia continuamente nas paredes. Às vezes, ele pensava ouvir ao longe o som surdo de trovões. Com longas pausas, chegava e ia embora um vento frouxo, que mal fazia farfalharem as copas das árvores.

Entressonhando, o garoto rememorou a noite e sentiu que ela havia sido diferente de outras anteriores. Ele se sentia mais adulto, ou antes, parecia-lhe que havia se saído melhor no papel de adulto do que em tentativas anteriores. Tivera boas conversas, com a senhorita e também com Berta, depois.

Era torturante para ele não saber se Thusnelde o levara a sério. Talvez ela realmente apenas tivesse brincado com ele. E amanhã ele tinha que reler a passagem do beijo de Praxedis. Ele realmente não havia entendido, ou apenas esquecido?

Ele se perguntava se a srta. Thusnelde era bonita, realmente bonita. Parecia que sim, mas ele não confiava em si mesmo, nem nela. Tinha gostado de vê-la na cadeira sob a luz fraca das lanternas, meio sentada, meio deitada, tão esbelta e calma, com a mão pendendo até o chão. O modo descontraído como ela olhava para cima, meio alegre e meio cansada, e o pescoço branco, esguio — com o elegante vestido longo claro — bem poderia ser o motivo de uma pintura. Mas na verdade ele preferia Berta, decididamente. Talvez ela fosse um pouco ingênua, mas era gentil e bonita, e ele podia conversar com ela sem recear que ela estivesse zombando dele secretamente. Se lhe tivesse dado atenção desde o início, e não apenas no último momento, talvez agora eles já pudessem ser muito bons amigos. Agora ele começava a lamentar que os hóspedes quisessem ficar só dois dias. Mas por que, quando estava rindo com Berta no caminho para casa, a outra olhara para ele daquela maneira?

Ele a viu novamente passar e virar a cabeça, e viu de novo seus olhos. Ela era bonita, sim. Ele imaginou tudo mais uma vez com detalhes, mas não conseguiu se tranquilizar — o seu olhar havia sido sarcástico, desdenhoso e sarcástico. Por quê? Ainda por causa do *Ekkehard*? Ou porque ele estava rindo com Berta?

Essa preocupação acompanhou-o no sono. De manhã, o céu estava todo encoberto, mas a chuva ainda não caíra. Por toda parte espalhava-se um cheiro de feno e de poeira quente.

"Que pena", reclamou Berta quando desceu do quarto, "não poderemos dar um passeio hoje?"

"Ah, mas talvez nem chova durante todo o dia", consolou-a o sr. Abderegg.

"Normalmente você não liga tanto para passeios", disse a srta. Thusnelde.

"Mas vamos ficar tão pouco tempo aqui!"

"Temos um boliche aéreo,* sugeriu Paul. "No jardim. E também um croquet. Mas croquet não tem graça."

"Eu acho croquet muito bonito", disse a srta. Thusnelde.

"Então podemos jogar."

---

* Versão do jogo de boliche em que a bola é lançada no ar, suspensa por uma corda.

"Está bem, depois. Antes temos que tomar café."

Depois do café da manhã, os jovens foram para o jardim; o candidato também os acompanhou. Eles acharam que a grama estava alta demais para jogar croquet e se decidiram pelo outro jogo. Solícito, Paul foi buscar os pinos e os posicionou.

"Quem começa?"

"Sempre quem pergunta."

"Está bem. Quem vai jogar?"

Paul formou uma dupla com Thusnelde. Ele jogava muito bem e esperava que ela o elogiasse ou mesmo o provocasse por causa disso. Mas ela nada notou, nem sequer prestava atenção no jogo. Quando Paul lhe deu a bola, ela a lançou distraída e nem ao menos contou quantos pinos havia derrubado. Em vez disso, continuou a conversar com o preceptor sobre Turguêniev. O sr. Homburger estava muito gentil hoje. Apenas Berta parecia interessar-se pelo jogo. Ela sempre ajudava a recolocar os pinos e deixava que Paul lhe mostrasse os alvos.

"O rei no meio!", exclamou Paul. "Agora vamos ganhar, senhorita. São doze pontos."

Ela apenas assentiu com a cabeça.

"Na verdade, Turguêniev não é realmente russo", disse o candidato, esquecendo que era sua vez de jogar. Paul ficou furioso.

"Sr. Homburger, é sua vez!"

"Eu?"

"Sim, estamos todos esperando."

Paul teve vontade de arremessar a bola na canela do preceptor. Berta, que percebeu o seu humor, também ficou nervosa e errou a jogada.

"Também podemos parar de jogar."

Ninguém teve nada contra. A srta. Thusnelde afastou-se lentamente, o preceptor a seguiu. Irritado, Paul derrubou com um chute os pinos que ainda estavam em pé.

"Quer continuar jogando?", perguntou Berta timidamente.

"Oh, só em dois não tem graça. Vou guardar."

Ela o ajudou em silêncio. Quando todos os pinos estavam de volta na caixa, ele olhou ao redor à procura de Thusnelde. Ela desaparecera no parque. Claro, para ela, ele não passava de um garoto bobo.

"E agora?"

"Não quer me mostrar um pouco o parque?"

Ele ia na frente pelas trilhas, tão depressa que Berta estava sem fôlego e quase tinha que correr para acompanhá-lo. Ele lhe mostrou o bosque e a alameda dos plátanos, depois a faia de sangue e os gramados. Quase se envergonhava por ser tão rude e lacônico, mas ao mesmo tempo se admirava de nunca ficar realmente envergonhado diante de Berta. Ele a tratava como se ela fosse dois anos mais nova. E ela permanecia calada, calma e acanhada, quase não dizia uma palavra e apenas de vez em quando olhava para ele como se pedisse desculpas por alguma coisa.

Junto ao salgueiro-chorão, eles se encontraram com os outros dois. O candidato continuava a falar, a senhorita estava quieta e parecia aborrecida. Paul de repente ficou mais loquaz. Ele chamou a atenção para a velha árvore, abriu uma passagem entre os ramos pendentes e mostrou o banco ao redor do tronco.

"Vamos nos sentar", ordenou a srta. Thusnelde.

Todos se sentaram lado a lado no banco. Estava muito quente e enevoado ali, a penumbra verde era lânguida e letárgica e dava sonolência. Paul estava sentado ao lado de Thusnelde, à sua direita.

"Está tão quieto aqui!", começou o sr. Homburger.

A senhorita assentiu com a cabeça.

"E tão quente!", ela disse. "Vamos ficar um pouco sem dizer nada."

Então os quatro ficaram ali sentados em silêncio. Ao lado de Paul, a mão de Thusnelde repousava no banco, uma mão feminina longa e estreita com dedos magros e unhas finas bem cuidadas e de um brilho pálido. Paul não tirava os olhos daquela mão. Ela saía de uma manga larga azul-acinzentada, tão branca quanto o braço à mostra acima do pulso, ligeiramente dobrada para fora, totalmente imóvel, como se estivesse cansada.

E todos estavam calados. Paul pensava na noite anterior. Então a mesma mão também ficara por muito tempo repousando quieta, pendurada, e toda a figura de Thusnelde ficara imóvel, meio sentada, meio deitada. Combinava com ela, com seu feitio e suas roupas, com sua voz suave e agradável, não inteiramente livre, e também com o rosto, que, com seus olhos calmos, parecia tão inteligente, atento e sereno.

O sr. Homburger olhou para o relógio.

"Peço que me perdoem, minhas senhoras, tenho que trabalhar agora. Você fica, não é, Paul?" Ele fez uma mesura e saiu.

Os outros ficaram sentados em silêncio. Lentamente e com receosa cautela, como se cometesse um crime, Paul levou sua mão esquerda até bem perto da mão de Thusnelde e deixou-a repousar sobre o banco. Ele não sabia por que estava fazendo isso. Acontecera sem a sua vontade e, ao mesmo tempo, ele ficara tão aflito e angustiado e quente que sua testa se encheu de gotículas.

"Eu também não gosto de croquet", disse Berta com voz baixa, como se de dentro de um sonho. Com a saída do preceptor, surgira um espaço entre ela e Paul, e ela não conseguia decidir se deveria se aproximar ou não. Quanto mais hesitava, mais difícil lhe parecia fazê-lo, e então, apenas para não se sentir sozinha, começou a falar.

"Realmente não é um jogo divertido", ela acrescentou após uma longa pausa, a voz insegura. Mas ninguém respondeu. Estava tudo quieto novamente. Paul pensou ouvir seu coração bater. Teve um impulso de se levantar de repente e dizer algo engraçado ou estúpido, ou sair correndo. Mas continuou sentado, a mão pousada no mesmo lugar, enquanto sentia como se o ar pouco a pouco lhe faltasse, até beirar a asfixia. Ao mesmo tempo era agradável, de uma forma triste e torturante, mas agradável.

Com seu olhar calmo e um pouco cansado, a srta. Thusnelde olhou para o rosto de Paul. Viu que ele olhava fixamente para a sua mão esquerda, que estava muito perto da mão direita dela no banco.

Então ela ergueu um pouco a sua mão direita, e colocou-a firmemente sobre a mão de Paul e a manteve assim.

A mão dela era macia e ao mesmo tempo forte, e de um calor seco. Paul assustou-se como um ladrão surpreendido e começou a tremer, mas não tirou a mão. Ele mal conseguia respirar, tão intensas eram as batidas de seu coração, e todo o seu corpo ardia e sentia frio ao mesmo tempo. Lentamente, ele empalideceu e olhou para Thusnelde suplicante e temeroso.

"Assustou-se?", ela riu baixinho. "Acho que o meu amigo pegou no sono, não foi?"

Ele não conseguiu dizer nada. Ela havia retirado a mão, mas a dele ainda estava lá, e ainda sentia o toque da dela. Ele queria afastá-la, mas estava tão sem forças e confuso que não conseguia chegar a uma conclusão ou decisão ou fazer qualquer coisa, nem mesmo isso.

De repente, um som abafado e aflito atrás dele o sobressaltou. Ele se libertou e se levantou do banco e respirou fundo. Thusnelde também se levantara.

Berta estava sentada encolhida em seu lugar e chorava.

"Vá na frente", disse Thusnelde a Paul, "iremos logo em seguida."

E enquanto Paul se punha a andar, ela ainda acrescentou: "Ela ficou com dor de cabeça".

"Vamos, Berta. Aqui está muito quente, o calor está sufocante. Venha, acalme-se! Vamos para a casa."

Berta não respondeu. Seu pescoço magro estava deitado na manga azul-clara de seu vestidinho leve de menina, da qual pendia o braço fino, anguloso, com o pulso largo. E ela chorava com soluços baixos e abafados, até que, após algum tempo, ergueu-se enrubescida e espantada, ajeitou os cabelos para trás e lentamente começou a sorrir de uma forma mecânica.

Paul não encontrava sossego. Por que Thusnelde colocara sua mão sobre a dele daquela maneira? Fora apenas uma brincadeira? Ou ela sabia a dor estranha que isso causava? Por mais que ele voltasse a rememorar tudo novamente, a cada vez tinha a mesma sensação: uma contração sufocante de muitos nervos ou veias, uma pressão e uma leve vertigem na cabeça, um calor na garganta e um estranho, irregular e paralisante tamborilar do coração, como se a pulsação fosse interrompida. Mas, por mais que doesse, era agradável.

Ele passou pela casa e foi até o lago e andou de um lado para outro entre as árvores do pomar. Enquanto isso, o calor ficava cada vez mais sufocante. O céu se encobrira completamente e parecia ameaçar tempestade. Não havia vento, apenas de vez em quando um leve e tímido estremecimento nos ramos das árvores, com o qual o pálido e liso espelho do lago também se sobressaltava, encrespando-se e emitindo reflexos prateados por instantes.

O velho bote, que estava amarrado à margem relvada, chamou a sua atenção. Ele embarcou e sentou-se no único banco que ainda havia para remar. Mas não desamarrou o pequeno barco: já não havia remos ali. Mergulhou as mãos na água, que estava desagradavelmente morna.

Sem se dar conta, foi tomado por uma tristeza profunda, que lhe era completamente estranha. Era como se estivesse num sonho aflitivo e tentasse mas não conseguisse mover um só membro. A luz pálida, o céu escurecido pelas nuvens, o lago morno e turvo e o velho bote de madeira sem remos, com o chão coberto de musgo, tudo isso lhe pareceu triste, infeliz e miserável, rendido a uma pesada e sombria desolação, da qual ele participava sem motivo.

Ouviu som de piano vindo da casa, baixo e indistinto. Portanto, agora os outros estavam lá dentro, e provavelmente seu pai tocava para eles. Logo Paul reconheceu também a peça, era da música de Grieg para *Peer Gynt*, e ele sentiu vontade de entrar. Mas ficou ali sentado, olhando sem ver a água parada e o céu pálido por entre os galhos cansados e imóveis das árvores. Ele nem mesmo conseguia alegrar-se como de costume com a tempestade que certamente logo desabaria e seria a primeira de verdade daquele verão.

Então o som do piano cessou e houve um momento de total silêncio. Até que soaram alguns compassos suaves, acalentadores, uma música cálida e tímida, de um tipo incomum. E então um canto, uma voz feminina. Paul não conhecia a canção, nunca a ouvira, e também não pensou sobre isso. Mas a voz ele conhecia, a voz levemente abafada, um pouco cansada e indolente. Era Thusnelde. Seu canto talvez nada fosse de especial, talvez nem mesmo bonito, mas o atingiu e o inquietou de maneira tão sufocante e aflitiva quanto o toque da mão dela. Ele escutou imóvel e, ainda enquanto estava ali sentado ouvindo, caíram mornas e pesadas as primeiras, lentas gotas de chuva no lago. Elas tocaram suas mãos e seu rosto sem que ele percebesse. Ele apenas sentiu que alguma coisa urgente, fervilhante, apreensiva se condensava e se expandia ao seu redor ou dentro dele e buscava maneiras de sair. Simultaneamente, lembrou-se de uma passagem do *Ekkehard* e, naquele momento, de repente, uma clara certeza o surpreendeu e o assustou. Ele soube que amava Thusnelde. E ao mesmo tempo

63

não ignorava que ela era adulta e uma dama, e ele um garotinho, e que amanhã ela partiria.

Então soou — o canto cessara já havia algum tempo — o sino claro da mesa, e Paul se pôs lentamente a caminho da casa. Diante da porta, enxugou as gotas de chuva das mãos, ajeitou os cabelos e inspirou profundamente, como se estivesse prestes a dar um passo difícil.

"Oh, já começou a chover", reclamou Berta. "Então não vai dar?"

"O quê?", Paul perguntou, sem levantar os olhos do prato.

"Mas nós… tínhamos combinado de ir até o Eichelberg hoje."

"Ah, isso. Não, com esse tempo não vai dar, é claro."

Por um lado, ela desejava que ele olhasse para ela e lhe perguntasse como se sentia, por outro, estava feliz que ele não o fizesse. Ele havia esquecido completamente o momento embaraçoso sob o chorão, quando ela irrompera em lágrimas. De qualquer forma, aquela explosão repentina não o impressionara muito e apenas o fortalecera em sua crença de que ela realmente ainda era apenas uma menininha. Em vez de prestar atenção nela, ele lançava olhares de esguelha para a srta. Thusnelde.

Esta tinha com o preceptor, que se envergonhava do papel tolo que fizera ontem, uma animada conversa sobre esportes. Com o sr. Homburger acontecia o mesmo que com muitas outras pessoas: ele falava com muito mais prazer e desenvoltura sobre coisas das quais não entendia do que sobre as que eram familiares e importantes para ele. Na maior parte do tempo, a dama tinha a palavra e ele se contentava com perguntas, acenos de cabeça, confirmações e expressões que apenas serviam para preencher as pausas. Essa destreza um tanto coquete da jovem dama na arte da conversação amenizou o habitual feitio pesado do candidato; ele até mesmo conseguiu rir quando derramou o vinho ao servi-lo e encarou o incidente com leveza e humor. Contudo, seu pedido, introduzido na conversa com astúcia, de permissão para ler um capítulo de um de seus livros favoritos para a dama após o jantar foi delicadamente rejeitado.

"Já passou a sua dor de cabeça, minha criança?", perguntou a tia Grete.

"Ah, sim, já passou", disse Berta a meia-voz. Mas ela ainda parecia bastante abatida.

"Oh, minhas crianças!", pensou a tia, a quem também não escapara a inquieta insegurança de Paul. Ela tinha suas suspeitas e decidiu não incomodar desnecessariamente os dois jovens, mas ficar atenta e prevenir eventuais tolices. Para Paul, era a primeira vez, ela sabia com toda a certeza. Mas por quanto tempo ainda ela saberia, antes que ele se furtasse aos seus cuidados e trilhasse caminhos que seus olhares não alcançariam mais? — Oh, minhas crianças!

Lá fora estava quase totalmente escuro. A chuva caía e arrefecia com as rajadas cambiantes do vento, a tempestade ainda hesitava e os trovões soavam a milhas de distância.

"A senhorita tem medo de tempestades?", perguntou o sr. Homburger à sua dama.

"Pelo contrário, nada conheço de mais belo. Depois poderíamos ir ao pavilhão e assistir. Você vem conosco, Berta?"

"Se você quiser, sim, com prazer."

"O senhor também, naturalmente, senhor candidato? — Que bom, não vejo a hora. É a primeira tempestade deste ano, não é?"

Logo após o jantar, eles partiram com guarda-chuvas até o pavilhão, que ficava perto dali. Berta levava consigo um livro.

"Não quer se juntar a eles, Paul?", a tia o incentivou.

"Não, obrigado. Na verdade, preciso treinar."

Em meio a uma confusão de emoções emergentes, ele entrou na sala do piano. Mas assim que começou a tocar, ele mesmo não sabia o quê, seu pai entrou.

"Filho, você não poderia ir para outra sala? É ótimo que você queira treinar, mas tudo tem a sua hora, e nós, dos semestres mais avançados, gostaríamos de tentar dormir um pouco apesar desse calor. Até mais, meu querido!"

O garoto saiu e atravessou a sala de jantar, andou pelo corredor e chegou ao portão. Dali viu os outros entrando no pavilhão. Quando ouviu atrás de si os passos macios da tia, saiu depressa e começou a correr na chuva, sem cobrir a cabeça, as mãos nos bolsos. Os trovões estavam cada vez mais fortes, e os primeiros tímidos relâmpagos rasgavam tremulantes o cinza-escuro.

Paul deu a volta na casa e tomou a direção do lago. Com uma dor cheia de brios, ele sentia a chuva penetrar através de suas roupas. O ar ainda estava parado e não refrescara, de modo que ele estendeu as mãos e os braços semidespidos buscando alívio nas pesadas gotas que caíam do céu. Agora os outros estavam juntos e se divertiam no pavilhão, riam e conversavam, e ninguém pensava nele. Ele se sentiu tentado a ir até lá, mas o orgulho prevaleceu; já havia recusado uma vez, não era agora que iria correndo atrás deles. E também Thusnelde não o chamara. Ela convidara Berta e o sr. Homburger, e não a ele. Por que a ele não?

Totalmente encharcado, sem prestar atenção no caminho, chegou à cabana do jardineiro. Agora os relâmpagos caíam quase ininterruptamente, atravessando o céu em fantásticas linhas ousadas, e o rumor da chuva estava mais alto. Sob a escada de madeira da cabana, algo tilintou e, com rosnados contidos, o grande cão de guarda apareceu. Quando reconheceu Paul, ele trotou alegre e servil em sua direção. E Paul, com repentina e transbordante ternura, colocou o braço em volta do pescoço dele, puxou-o de volta para o canto semiescuro sob a escada e ali ficou agachado, falando com ele e o acariciando, sem saber por quanto tempo.

No pavilhão, o sr. Homburger havia arrastado a mesa de ferro do jardim até a parede de tijolos, sobre a qual estava pintada uma paisagem costeira italiana. As cores alegres, azul, branco e rosa, não combinavam com o cinza da chuva e pareciam sentir frio apesar do calor sufocante.

"A senhorita teve azar com o tempo em Erlenhof", disse o sr. Homburger.

"Por quê? Acho a tempestade magnífica."

"E a srta. Berta também?"

"Oh, eu gosto muito de ver."

Ele ficara furioso que a garotinha tivesse ido junto. Justamente agora que ele começava a se entender melhor com a bela Thusnelde.

"E a senhorita partirá realmente amanhã?"

"Por que diz isso em tom tão trágico?"

"Porque me causa pena."

"É mesmo?"

"Ora, minha cara senhorita…"

A chuva tamborilava no telhado fino e despejava-se da boca das calhas em jorros apaixonados.

"Sabe, senhor candidato, o seu aluno é um garoto de ouro. Deve ser um prazer ensinar a alguém assim."

"A senhorita fala a sério?"

"Mas é claro. Ele é adorável. Não é, Berta?"

"Oh, não sei, quase não o vi."

"Você não gosta dele?"

"Gosto sim, claro que sim."

"O que representa a pintura na parede, senhor candidato? Parece uma *veduta* da Riviera?"

Depois de duas horas, Paul voltou para casa ensopado e exausto, tomou um banho frio e trocou de roupa. Então esperou até que os três voltassem para casa e, quando entraram e a voz de Thusnelde soou no corredor, ele estremeceu e sentiu seu coração palpitar. Mas logo depois fez algo que um momento antes ele mesmo não imaginaria ter coragem para fazer.

Quando Thusnelde subia a escada sozinha, ele estava à espreita e a surpreendeu no corredor do andar superior. Ele se aproximou e lhe estendeu um pequeno buquê de rosas. Eram rosas-bravas, que ele colhera na chuva lá fora.

"É para mim?", perguntou Thusnelde.

"Sim, para a senhorita."

"O que fiz para merecer isso? Eu já estava começando a pensar que não gostasse de mim."

"Oh, a senhorita está só se divertindo às minhas custas."

"Claro que não, querido Paul. E obrigada pelas flores. Rosas-silvestres, não é?"

"Rosas-caninas."

"Vou usar uma delas mais tarde."

E com isso ela foi para o quarto.

À noite, dessa vez, eles se sentaram na sala dentro da casa. Estava bem mais fresco e do lado de fora os reluzentes galhos lavados ainda gotejavam. Eles tinham pensado em fazer música, mas o professor preferira passar mais algumas horas conversando com Abderegg. Assim, agora todos conversavam confortavelmente sentados na grande sala, os cavalheiros fumavam e os jovens tinham copos de refrescos à sua frente.

A tia via um álbum com Berta e contava velhas histórias. Thusnelde estava de bom humor e ria muito. O preceptor, que fora pesadamente atingido pela longa conversa malsucedida no pavilhão, estava nervoso outra vez e os músculos de seu rosto tremiam ligeiramente. Ele achou de mau gosto que agora ela coqueteasse tão alegre com o garotinho, e procurava criteriosamente a melhor maneira de lhe dizer isso.

Paul era o mais animado de todos. Ver Thusnelde usar as rosas no cinto e lhe chamar de "querido Paul" subira-lhe à cabeça como um vinho forte. Ele fazia piadas, contava histórias, tinha as bochechas em brasa e não tirava os olhos de sua dama, que tão graciosamente aceitara sua homenagem. Ao mesmo tempo, no fundo de sua alma uma voz gritava sem cessar: "Amanhã ela vai embora! Amanhã ela vai embora!", e quanto mais alta e dolorosa soava, mais ele se apegava ao belo momento e se punha a falar mais alegremente.

O sr. Abderegg, que o escutara por um momento, exclamou com uma risada: "Paul, você está começando cedo!".

Ele não se deixou perturbar. Por um instante, assaltou-o uma necessidade urgente de sair, encostar a cabeça no batente e chorar. Mas não, não!

Enquanto isso, Berta e a tia haviam adotado entre si o tratamento familiar, e a pequena se entregara agradecida à sua proteção. Pesava-lhe como um imenso fardo que Paul simplesmente não quisesse saber dela, que o dia inteiro quase não lhe tivesse dirigido a palavra e, cansada e infeliz, abandonou-se à ternura bondosa da tia.

Os dois velhos cavalheiros puseram-se a resgatar memórias, entusiasmados, e quase nada sentiram do fato de que ao seu lado paixões jovens e não declaradas se cruzavam e se combatiam.

O sr. Homburger cada vez perdia mais terreno. De vez em quando, ele lançava na conversa uma frase de efeito ligeiramente envenenada, que mal era percebida, e quanto mais cresciam nele a amargura e a revolta, menos lhe ocorriam palavras apropriadas. Ele achou infantil como Paul se deixava levar, e imperdoável como a senhorita o aceitava. Teve ganas de dizer boa-noite e se retirar. Mas isso apenas pareceria uma confissão de que esgotara sua munição e estava incapacitado para lutar. Ele preferiu ficar e resistir. E por mais que achasse desagradável o modo descontraído e alegre de Thusnelde naquela noite, ele não gostaria de renunciar à visão de seus gestos suaves e de seu rosto levemente corado.

Thusnelde percebeu o que se passava com ele e não fez nenhum esforço para dissimular seu contentamento com as atenções apaixonadas de Paul, ainda mais porque via que isso aborrecia o candidato. E este, que não era uma pessoa forte em nenhum sentido, sentiu pouco a pouco sua raiva se transformar naquela resignação feminilmente melancólica, inerte, com a qual até agora haviam terminado quase todas as suas investidas amorosas. Alguma vez ele já fora compreendido por uma mulher e estimado por seu valor? Ah, mas ele era artista o bastante para desfrutar da decepção, da dor, da solidão com todos os seus mais recônditos encantos. Sim, ele desfrutava, ainda que com lábios trêmulos; e apesar de incompreendido e desprezado, ele era o herói da cena, o protagonista de uma tragédia silenciosa, sorrindo com o punhal no coração.

Já era tarde quando eles se recolheram. Ao entrar em seu quarto frio, Paul viu pela janela aberta o céu pacificado, coberto de nuvens silenciosas e brancas como leite; o luar penetrava suave e poderoso através de sua fina tessitura e se refletia mil vezes nas folhas molhadas das árvores do parque. Ao longe, sobre as colinas, não muito acima do escuro horizonte, brilhava, estreito e alongado como uma ilha, um pedaço de céu puro, úmido e suave, e nele uma única e pálida estrela.

O garoto olhou para fora por um longo tempo e não viu nada disso, viu apenas uma onda pálida e sentiu o ar puro e refrescado ao seu redor, ouviu vozes nunca antes ouvidas, graves como o rugir de tempestades longínquas, e respirou o ar suave de um outro mundo. Ele estava debruçado na janela e olhava para fora sem nada ver, como que ofuscado, e diante dele estendia-se vasta e incerta a terra da vida e das paixões, agitada por tempestades quentes e sombreada por nuvens escuras e sufocantes.

A tia foi a última a ir para a cama. Vigilante, ela ainda verificou as portas e as janelas, apagou todas as lanternas e deu uma olhada na cozinha escura, então foi para seu quarto e sentou-se à luz de velas na velha poltrona. Agora ela sabia como o pequeno se sentia e, no seu íntimo, estava feliz de que os convidados quisessem partir amanhã. Tomara que tudo corresse bem! Era desconcertante perder uma criança como aquela da noite para o dia. Ela sabia muito bem que a alma de Paul agora se esquivaria dela e se tornaria mais e mais impenetrável, e com preocupação ela o via dar seus primeiros passos de menino no jardim do amor, de cujos frutos ela mesma desfrutara muito pouco em seus dias, e quase somente dos mais amargos. Então pensou em Berta, suspirou e sorriu um pouco, depois passou um bom tempo procurando em suas gavetas um presente de despedida reconfortante para a pequena. De repente, assustou-se quando viu como já era tarde.

Sobre a casa adormecida e o jardim escuro, flutuavam calmas as nuvens brancas como leite e tênues como plumas, a ilha de céu no horizonte pouco a pouco se expandia num campo amplo, puro, escuro e límpido, delicadamente iluminado por estrelas de brilho fraco, e sobre as colinas mais distantes corria uma suave e estreita linha prateada que as separava do céu. No jardim, as árvores refrescadas descansavam e respiravam profundamente e, no gramado do parque, alternava-se com tênues, incorpóreas sombras de nuvens o negro círculo da sombra da faia de sangue.

O ar suave, ainda saturado de umidade, evaporava-se lentamente em direção ao céu totalmente limpo. Pequenas poças de água no cascalho e na estrada reluziam douradas ou refletiam o delicado azul. A carruagem chegou com rangidos e eles subiram. O candidato fez várias mesuras profundas, a tia balançava afetuosamente a cabeça e apertou mais uma vez todas as mãos, as empregadas assistiam à partida do fundo do vestíbulo.

Paul sentou-se em frente a Thusnelde na carruagem e se mostrou alegre. Ele elogiou o bom tempo, vangloriou-se das deliciosas excursões às montanhas que planejava para as férias e sorveu com avidez cada palavra e cada risada da moça. No início da manhã, ele se esgueirara até o jardim com a consciência culpada e colhera do canteiro preferido de seu pai, sempre rigorosamente poupado, a mais esplêndida rosa-chá semidesabrochada. Ele a carregava agora, acomodada entre papéis de seda, escondida no bolso do peito, o tempo todo preocupado de que pudesse esmagá-la. Estava igualmente receoso da possibilidade de ser descoberto pelo pai.

A pequena Berta estava muito quieta e segurava diante do rosto o ramo de jasmim florido que a tia lhe havia dado. No fundo, ela estava quase feliz por partir.

"Quer que lhe envie uma carta?", perguntou Thusnelde, animada.

"Ah, sim, não esqueça! Seria muito bom."

E então ele acrescentou: "Mas a srta. Berta também deve assinar".

Berta se assustou um pouco e assentiu.

"Está bem, espero não esquecer", disse Thusnelde.

"Eu a lembrarei."

Eles haviam chegado à estação. O trem passaria somente dali a quinze minutos. Paul sentiu esse quarto de hora como um precioso prazo de misericórdia. Mas ele se sentia estranho; desde que haviam descido da carruagem e começado a andar para lá e para cá em frente à estação, não lhe ocorrera nenhum gracejo ou palavra. De repente, sentiu-se oprimido e apequenado, olhava com frequência para o relógio e escutava se o trem já estava chegando. Apenas no último momento ele pegou a rosa e a entregou nas mãos da moça, ao pé da escada do vagão. Ela inclinou a cabeça e sorriu para ele e entrou. Então o trem partiu e tudo estava acabado.

Ele estava com medo de voltar para casa com o pai e, depois que este subiu na carruagem, ele tirou o pé da boleia e disse: "Na verdade, eu gostaria de ir a pé para casa".

"Consciência pesada, Paul?"

"Oh, não, pai, também posso ir com você."

Mas o sr. Abderegg recusou com uma risada e partiu sozinho.

"É só uma questão de digerir", resmungava consigo mesmo no caminho, "ele não vai morrer por causa disso." E então pensou, pela primeira vez em anos, em sua primeira aventura amorosa, e se espantou de como ainda se lembrava de tudo. Agora já estava na vez do seu pequeno! Mas ele apreciara que o garoto tivesse roubado a rosa. Ele vira muito bem.

Em casa, ele parou por um momento diante da estante de livros na sala de estar. Pegou o *Werther* e o pôs no bolso, mas logo o tirou de novo, o folheou um pouco, começou a assobiar uma música e pôs o livrinho de volta em seu lugar.

Entretanto, Paul voltava para casa pela estrada quente, o tempo todo se esforçando por evocar a imagem da bela Thusnelde. Somente quando, exausto e acalorado, alcançou a cerca viva do parque, ele abriu os olhos e pensou no que faria agora. A lembrança que lhe veio à mente num lampejo o atraiu irresistivelmente até o salgueiro-chorão. Ele caminhou até a árvore com um desejo intenso e ardente, esgueirou-se por entre os ramos pendentes e sentou-se no banco, no mesmo lugar onde ontem se sentara ao lado de Thusnelde e onde ela pusera sua mão sobre a dele. Ele fechou os olhos, deixou a mão repousar na madeira e mais uma vez sentiu toda a tempestade que ontem o havia assolado e inebriado e atormentado. Chamas se agitavam ao seu redor, oceanos sussurravam e ondas quentes tremulavam sibilantes em asas purpúreas.

Não fazia muito que Paul estava sentado ali quando soaram passos e alguém se aproximou. Ele ergueu os olhos espantado, arrancado de centenas de sonhos, e viu o sr. Homburger em pé à sua frente.

"Ah, você está aqui, Paul? Faz tempo?"

"Não, fui com eles até a estação. Voltei a pé."

"E agora está sentado aqui, melancólico."

"Não estou melancólico."

"Então não. Mas já o vi mais alegre."

Paul não respondeu.

"Você se empenhou bastante com as damas."

"O senhor acha?"

"Especialmente com uma delas. Eu teria pensado que você preferiria a senhorita mais nova."

"A meninota? Hm."

"Isso mesmo, a meninota."

Então Paul viu o candidato abrir um sorriso sinistro e, sem dizer uma palavra, dar meia-volta e sair andando pelo gramado.

Na hora do almoço, tudo correu calmamente à mesa.

"Parece que estamos todos um pouco cansados", sorriu o sr. Abderegg. "Você também, Paul. E o sr. Homburger? Mas foi uma distração agradável, não foi?"

"Sem dúvida, sr. Abderegg."

"O senhor teve boas conversas com a senhorita? Dizem que ela é incrivelmente culta."

"Sobre isso é preciso perguntar a Paul. Infelizmente, só tive esse prazer por alguns momentos."

"O que você diz, Paul?"

"Eu? De quem vocês estão falando?"

"Da srta. Thusnelde, se você não tiver nada contra. Você parece estar um pouco distraído…"

"Oh, por que que o garoto se preocuparia tanto com as damas?", disse a tia.

Já estava quente de novo. O largo de cascalho irradiava calor e na estrada as últimas poças de chuva haviam secado. Em seu campo ensolarado, a velha faia era banhada por uma luz quente, e num de seus fortes galhos estava sentado o jovem Paul Abderegg, as costas apoiadas no tronco, completamente envolto pela sombra escura e avermelhada das folhas. Ali era um dos lugares favoritos do garoto, onde estava a salvo de qualquer surpresa. Ali, naquele galho da faia, três anos antes, no outono, ele lera escondido *Os salteadores*; ali ele havia fumado o seu primeiro meio charuto, e ali fizera o poema satírico sobre o seu antigo preceptor, com cuja descoberta a tia ficara tão terrivelmente nervosa. Ele pensou nessas e em outras transgressões com um sentimento de superioridade e indulgência, como se fizesse séculos que tudo acontecera. Criancices, criancices!

Com um suspiro, endireitou-se, virou-se com cuidado ainda sentado, pegou o canivete e começou a riscar o tronco. Ele queria entalhar um coração envolvendo a letra T, e pretendia fazê-lo perfeito e bem-acabado, mesmo que para isso precisasse de vários dias.

Na mesma tarde, foi até o jardineiro para afiar o seu canivete. Ele mesmo girou a pedra. No caminho de volta, sentou-se no bote por um tempo, chapinhou com a mão na água e tentou se lembrar da melodia da canção que ouvira dali ontem. O céu estava um pouco nublado, como se anunciasse para a noite mais uma tempestade.

(1904)

Taedium vitae

Primeiro serão

É começo de dezembro. O inverno ainda hesita, tempestades uivam, e há dias cai uma chuva fina e apressada, que às vezes, quando ela própria se entedia, se converte em neve molhada por uma hora. As estradas estão intransitáveis, o dia dura apenas seis horas.

Minha casa fica sozinha no campo aberto, cercada pelo uivante vento oeste, por crepúsculos chuvosos e um constante chapinhar, pelo jardim marrom, gotejante, e por caminhos empoçados que se tornaram navegáveis e não levam a lugar nenhum. Ninguém vem, ninguém vai; em algum lugar, longe daqui, o mundo acabou. Tudo é como muitas vezes desejei: solidão, silêncio completo, sem pessoas, sem animais, apenas eu sozinho num estúdio, em cuja chaminé a tempestade chora e em cujas vidraças tamborila a chuva.

Os dias se passam da seguinte maneira: acordo tarde, bebo leite, cuido da estufa. Então me sento no estúdio, entre três mil livros, dos quais estou lendo dois, alternadamente. Um deles é a *Doutrina secreta*, da sra. Blavatsky, uma obra pavorosa. O outro é um romance de Balzac. Levanto-me algumas vezes para pegar charutos da gaveta, duas para comer. A *Doutrina secreta* está cada vez mais grossa, nunca vai acabar e me acompanhará no túmulo. O Balzac está cada vez mais fino, ele encolhe a cada dia, embora eu não lhe dedique muito tempo.

Quando me doem os olhos, eu me sento na poltrona e observo a escassa luz do dia agonizar e se extinguir nas paredes cobertas de livros. Ou me ponho diante das paredes e contemplo as suas lombadas. Eles são meus amigos, são o que me resta, eles sobreviverão a mim; e ainda que o meu interesse por eles esteja em vias de desaparecer, preciso me apoiar neles, pois nada mais tenho. Olho para eles, esses amigos mudos, que se mantiveram fiéis à força, e penso nas suas histórias. Há aqui um magnífico volume grego, impresso em Leiden, algum filósofo. Não o posso ler, já não sei mais grego. Comprei-o em Veneza porque era barato e porque o dono do sebo estava fortemente convencido de que eu lia grego fluentemente. Comprei-o por constrangimento e o carreguei pelo mundo, em malas e caixas, empacotando-o e desempacotando-o com cuidado, até chegar aqui, onde me fixei e também ele encontrou o seu retiro.

Assim se passa o dia, e parte da noite se passa com luz de lampiões, livros, charutos, até cerca de dez horas. Depois me deito na cama no frio quarto contíguo sem saber por quê, pois não consigo dormir muito. Vejo flutuar na palidez da noite o retângulo da janela, o lavatório branco, um quadro branco sobre a cama, ouço a tempestade rugir no telhado e vibrar nas janelas, ouço o gemer das árvores, o cair da chuva fustigada, a minha respiração, o leve pulsar do meu coração. Abro os olhos, volto a fechá-los; tento pensar em minhas leituras, mas não consigo. Em vez disso, penso em outras noites, em dez, vinte noites passadas, em que eu também estava assim deitado, a janela pálida também brilhava e o leve pulsar do meu coração contava as horas pálidas e vazias. Assim se passam as noites.

Elas não têm sentido, assim como os dias também não, mas elas passam, e esse é o seu destino. Elas continuarão a vir e a passar, até que voltem a ter algum sentido, ou até que cheguem ao fim, até que o pulsar do meu coração não possa mais

contá-las. Então virá o ataúde, a sepultura, talvez num dia azul-
-claro de setembro, talvez com vento e neve, talvez no belo
mês de junho, quando floresce o lilás. Mas nem todas as minhas noites são assim. Uma, meia delas em cada cem é diferente. É quando de repente me volta à mente aquilo em que
na verdade quero pensar e que muitas vezes os livros, o vento,
a chuva, a noite pálida me ocultam e me furtam. Então penso
mais uma vez: por que é assim? Por que Deus me abandonou?

Por que a minha juventude me abandonou? Por que estou
tão morto?

Estas são as minhas horas boas. É quando a névoa sufocante
se dissipa. A paciência e a indiferença vão embora, eu olho
acordado para o terrível deserto e consigo sentir novamente.
Sinto a solidão como um lago congelado ao meu redor, sinto
a vergonha e a estupidez desta vida, sinto arder ferozmente a
dor pela juventude perdida. Dói, é claro, mas é dor, é vergonha, é agonia, é vida, pensamento, consciência.

Por que Deus me abandonou? Para onde foi a minha juventude? Eu não sei, nunca vou descobrir. Mas são perguntas,
mas é revolta, mas já não é morte. E, em vez da resposta, que
não espero, encontro novas perguntas. Por exemplo: quanto
tempo faz? Quando fui jovem pela última vez?

Reflito, e a memória congelada começa a fluir lentamente,
move-se, abre olhos inseguros e de repente irradia suas imagens nítidas que dormiam sob o cobertor da morte e não estavam perdidas.

No começo, quer me parecer que as imagens são tremendamente antigas, que têm pelo menos dez anos. Mas a embo-
tada noção de tempo torna-se cada vez mais alerta, analisa o
padrão esquecido, assente e mede. Percebo que todas as imagens estão muito mais próximas umas das outras, e agora também a consciência adormecida da identidade abre os olhos alti-
vos, assente arrogante e confirma as coisas mais inacreditáveis.

Ela passa de imagem em imagem e diz: "Sim, era eu", e cada imagem abandona imediatamente sua fria contemplação e se torna uma parte da vida, uma parte da minha vida. A consciência da identidade é algo mágico, alegre de se ver, e ainda assim assustador. Ela existe em cada um e, no entanto, é possível viver sem ela, o que acontece com bastante frequência, quando não a maior parte do tempo. Ela é magnífica, pois extingue o tempo; e é ruim, pois nega o progresso.

As funções despertadas trabalham, e elas verificam que certa noite eu estava em plena posse da minha juventude, e que isso foi há apenas um ano. Foi uma experiência insignificante, pequena demais para que possa ser em sua sombra que agora eu viva há tanto tempo sem luz.

Mas foi uma experiência e, como eu estava havia semanas, talvez meses, completamente sem experiências, ela se me afigura como uma coisa maravilhosa, volta seus olhos para mim como um pequeno paraíso e se apresenta como muito mais importante do que seria necessário. Somente a mim ela é cara, sou infinitamente grato por isso. Tenho uma boa hora. As fileiras de livros, a sala, a estufa, a chuva, o quarto, a solidão, tudo se dissolve, escorre, derrete. Eu movimento, por uma hora, membros libertos.

Foi há um ano, em fins de novembro, e o tempo estava semelhante ao de agora, só que era alegre e tinha um sentido. Chovia muito, mas de uma forma melodiosamente bela, e eu não ouvia da escrivaninha, mas caminhava na rua em capa de chuva e galochas macias e flexíveis e contemplava a cidade. Assim como a chuva, os meus passos e os meus movimentos e a minha respiração não eram mecânicos, mas belos, voluntários, cheios de sentido. Os dias também não escoavam natimortos como agora, eles passavam com ritmo, com altos e baixos, e as noites eram ridiculamente curtas e refrescantes, pequenas pausas entre dois dias, contadas apenas pelos relógios. Que magnífico é ter noites assim, passar um terço da vida com boa disposição, em vez de ficar deitado e contar os minutos, dos quais nenhum tem o menor valor.

A cidade era Munique. Eu viajara até lá para tratar de um negócio, que depois, porém, resolvi por carta, pois encontrei tantos amigos, vi e ouvi tantas coisas belas, que não era possível pensar em negócios. Uma noite, eu estava sentado num bonito salão maravilhosamente iluminado e ouvia um francês de baixa estatura e ombros largos chamado Lamond tocar peças de Beethoven. A luz brilhava, os belos vestidos das damas cintilavam festivamente, e pelo salão muito alto voavam grandes anjos brancos, anunciavam o Juízo Final e anunciavam a boa nova, vertiam cornucópias de prazer e choravam atrás de mãos diáfanas postas diante de seus rostos.

Uma manhã, depois de uma noite regada a bebidas, eu passeava com amigos pelo Englischer Garten, cantava canções e tomava café no Aumeister. Uma tarde, eu estava cercado por pinturas, por retratos, por clareiras na floresta e paisagens à beira-mar, muitas das quais respiravam maravilhosamente altaneiras e paradisíacas tal qual uma nova, imaculada criação. À noite, eu via o brilho das vitrines, que para a gente do campo é algo infinitamente belo e perigoso, via fotografias e livros à mostra, arranjos de flores exóticas, caros charutos embrulhados em papel prateado e artigos de couro de risonha elegância. Via os reflexos de lampiões elétricos reluzirem nas ruas úmidas, e os zimbórios das torres das velhas igrejas desaparecerem no crepúsculo nublado.

Com tudo isso, o tempo passava depressa e de forma agradável, tal como se esvazia um copo do qual se desfruta cada gole. Era noite, eu havia feito a mala para viajar no dia seguinte, sem que o lamentasse. Já me alegrava com a viagem de trem através de aldeias, florestas e montanhas cobertas de neve e com o meu regresso a casa.

Naquela noite, eu ainda tinha um convite para um belo edifício novo numa elegante rua do bairro de Schwabing, onde passei bons momentos em meio a conversas animadas e finas iguarias. Havia também algumas mulheres, mas sou tímido e inapto no trato com elas, de forma que preferi me juntar aos homens. Bebíamos vinho branco em finas taças de cristal e fumávamos bons charutos, cujas cinzas deixávamos cair em cinzeiros de prata com o interior dourado. Falávamos sobre cidade e campo, sobre caça e teatro, e também sobre a cultura, que parecia muito próxima de nós. Conversávamos com vozes altas e suaves, com fervor e ironia, sérios e jocosos, e nos olhávamos com olhos vivos e acesos. Só mais tarde, quando o serão quase acabara e a conversa dos homens se voltou para a política, da qual pouco entendo, é que olhei para as damas convidadas. Elas estavam sendo entretidas por alguns jovens pintores e escultores que, embora fossem uns pobres-diabos, estavam todos vestidos com grande elegância, de modo que perante eles, em vez de pena, só pude sentir respeito e admiração. E não apenas fui amavelmente tolerado por eles, como também encorajado de forma bastante acolhedora na qualidade de viajante e visitante do interior, de modo que deixei de lado minha timidez e também com eles conversei de maneira bastante fraterna. Ao mesmo tempo, eu lançava olhares curiosos para as jovens damas.

Entre elas, encontrei uma muito jovem, de dezenove anos de idade talvez, com cabelos loiro-claros e finos como os de uma criança e um estreito rosto de menina com olhos azuis. Ela usava um vestido claro com debruns azuis e, atenta e satisfeita, escutava a conversa sentada em sua cadeira. Eu mal a vi, e a sua estrela já se elevou diante de mim, de modo que apreendi com o coração a sua esbelta figura e a sua beleza inocente, profunda, e senti a melodia pela qual ela se movia. Uma alegria e emoção calma fizeram meu coração bater leve e rapidamente, e tive vontade de falar com ela, mas não me ocorreu nada consistente para lhe dizer. Ela mesma falava pouco, apenas sorria, assentia e cantava respostas curtas com uma voz leve e graciosamente flutuante. Sobre o seu pulso fino, caía um punho de rendas, do qual saía vívida e infantil a mão de dedos delicados. O pé, que ela balançava distraidamente, estava calçado com uma fina bota alta de couro marrom, e a forma e o tamanho, assim como os de suas mãos, mantinham uma proporção adequada e harmoniosa com toda a sua figura.

"Ó menina!", pensei comigo mesmo, e olhei para ela, "Ó criança! Ó meu lindo pássaro! Que felicidade a minha poder vê-la em sua primavera."

Havia outras mulheres ali, mais vistosas e promissoras em maduro esplendor, e inteligentes, com olhos penetrantes, mas nenhuma delas tinha um tal perfume e nenhuma delas estava de tal modo envolvida por uma música suave. Elas conversavam e riam e travavam guerras com seus olhos de todas as cores. Elas também me incluíram bondosa e provocativamente na conversa e demonstraram simpatia, mas eu apenas respondia como se sonhasse, e permaneci em espírito com a jovem loira, para guardar em mim sua imagem e não deixar se perder da minha alma a flor do seu ser.

Sem que eu notasse, ficou tarde e de repente todos se levantaram agitados, andaram para lá e para cá e se despediram. Então, também eu me levantei rapidamente e fiz o mesmo. Lá fora, vestimos casacos e golas, e ouvi um dos pintores dizer à bela moça: "A senhorita me permite acompanhá-la?". E ela disse: "Sim, mas é um grande desvio para o senhor. Também posso tomar uma carruagem".

Então me aproximei rapidamente e disse: "Deixe que eu a acompanhe, vou pelo mesmo caminho".

Ela sorriu e disse: "Está bem, obrigada". E o pintor se despediu educadamente, olhou para mim espantado e se afastou.

Agora eu caminhava pela rua noturna ao lado da minha querida figura. Numa esquina, um fiacre noturno estava estacionado e nos olhava com lanternas cansadas. Ela disse: "Não prefere que eu tome um fiacre? É meia hora daqui". Mas eu pedi que ela não o fizesse. Então, de repente, ela perguntou: "Como sabe onde eu moro?".

"Oh, isso não importa. Aliás, não faço ideia."

"Mas você disse que era o seu caminho?"

"Sim, é o meu caminho. Eu teria passeado durante meia hora de qualquer maneira." Olhamos para o céu, que agora estava limpo e cheio de estrelas, e nas ruas largas, silenciosas, soprava um vento fresco, frio.

No começo, fiquei embaraçado, porque não sabia absolutamente sobre o que conversar. Ela, porém, andava de uma forma livre e descontraída, respirava o ar puro da noite com prazer e apenas de tempos em tempos, quando algo lhe ocorria, soltava uma exclamação ou fazia uma pergunta, à qual eu prontamente respondia. Então eu também fiquei livre e contente e, na cadência de nossos passos, foi surgindo uma conversa tranquila, da qual hoje não me lembro de uma só palavra.

Mas ainda me lembro de como soou sua voz; ela soou pura, leve como um pássaro e ao mesmo tempo quente, e sua risada, calma e firme. Seu passo acompanhava ritmadamente o meu, nunca caminhei tão feliz e flutuante, e a cidade adormecida, com palácios, portais, jardins e monumentos, passava por nós, silenciosa e cheia de sombras.

Encontramos no caminho um velho homem maltrapilho, que já não andava firme em suas pernas. Ele tentou se desviar de nós, mas não aceitamos e abrimos espaço para ele dos dois lados, e ele se virou devagar e ficou olhando para nós. "Sim, olhe bem para nós!", eu disse, e a menina loira riu bem-humorada.

De altas torres, soavam as badaladas das horas, que voavam claras e exultantes ao vento fresco do inverno sobre a cidade e ao longe se misturavam nos ares num rumor que pouco a pouco se dissipava. Uma carruagem passou por uma praça, os cascos soavam como matracas no calçamento, mas não se ouviam as rodas, que giravam com pneus de borracha.

Ao meu lado, a bela e jovem figura andava com vigor e vivacidade, a música do seu ser também me envolvia, meu coração batia no mesmo ritmo que o dela, meus olhos viam tudo o que seus olhos viam. Ela não me conhecia e eu não sabia o seu nome, mas ambos éramos jovens e despreocupados, éramos camaradas como duas estrelas ou duas nuvens que percorrem o mesmo caminho, respiram o mesmo ar e se sentem completamente bem sem palavras. Meu coração tinha dezenove anos outra vez e estava são.

A mim parecia que continuaríamos caminhando sem destino, incansáveis. A mim parecia que estávamos andando lado a lado havia um tempo inconcebivelmente longo e que isso nunca poderia ter um fim. O tempo fora extinto, ainda que os relógios continuassem a bater.

Mas então ela parou inesperadamente, sorriu, apertou a minha mão e desapareceu na entrada de um edifício.

Segundo serão

Li durante metade do dia e os meus olhos doem, sem que eu saiba por que os esforço tanto. Mas de alguma maneira tenho que matar o tempo. Agora é noite novamente e, ao ler o que escrevi ontem, aquele tempo passado se ergue de novo, pálido e arrebatado, mas ainda reconhecível. Vejo dias e semanas, acontecimentos e desejos, coisas pensadas e vividas, tudo perfeitamente interligado e encadeado numa sequência significativa, uma verdadeira vida com continuidade e ritmo, com interesses e objetivos, e com a maravilhosa justificativa e naturalidade de uma vida normal e sã, o que desde então me escapou tão completamente. Assim, no dia seguinte àquele belo passeio noturno com a jovem desconhecida, tomei o trem e fui para casa. Eu estava quase sozinho no vagão e me alegrava com o bom trem expresso e com os claros e resplandecentes Alpes, que por algum tempo foi possível avistar ao longe. Em Kempten, comi uma salsicha no café da estação e conversei com o condutor, de quem comprei um charuto. Mais tarde, o tempo se fechou e vi o lago de Constança se estender grisalho e grande como um mar em meio à névoa e ao suave murmurar da neve.

Em casa, no mesmo recinto em que me encontro agora, acendi um bom fogo na estufa e me lancei com afinco ao trabalho. Cartas e livros chegavam pelo correio e me davam o que fazer, e uma vez por semana eu ia até a cidadezinha, fazia minhas poucas compras, bebia um copo de vinho e jogava uma partida de bilhar.

Mas pouco a pouco fui percebendo que a feliz vivacidade e o prazer contente de viver com o qual não fazia muito tempo eu flanara pela cidade de Munique ameaçavam se esgotar e escorrer por uma pequena e estúpida fenda qualquer, de modo que caí lentamente num estado menos lúcido, devaneante. No começo, pensei que poderia estar incubando alguma moléstia, então fui até a cidade e tomei um banho de vapores, que no entanto de nada adiantou. Logo notei que o mal não estava nos ossos e no sangue, pois percebi que eu começava, totalmente contra ou sem a minha vontade, a pensar em Munique em todas as horas do dia com certa obsessão, como se tivesse perdido algo essencial naquela agradável cidade. E pouco a pouco esse algo essencial tomou forma em minha consciência, e era a adorável e graciosa figura da jovem loira de dezenove anos. Percebi que sua imagem e aquela noite gratamente feliz ao seu lado não haviam se convertido numa mera lembrança silenciosa dentro de mim, mas numa parte de mim mesmo, que agora começava a doer e a sofrer.

A primavera já se aproximava mansamente, quando a coisa se tornou madura e aguda e não se deixou mais escamotear. Agora eu sabia que precisava rever aquela jovem encantadora antes que pudesse pensar em qualquer outra coisa. Se estivesse certo, eu não poderia me esquivar da ideia de dizer adeus à minha vida pacata e conduzir o meu singelo destino para o meio do torvelinho. Ainda que até então a minha intenção tivesse sido seguir meu caminho sozinho como espectador distanciado, agora uma necessidade imperiosa parecia querer as coisas de outra maneira.

Por isso, ponderei em pormenor tudo o que era necessário e cheguei à conclusão de que me era perfeitamente possível e lícito propor casamento a uma jovem, se as coisas tomassem esse rumo. Eu tinha pouco mais de trinta anos, era são e de bom temperamento, e dispunha de um patrimônio tal que uma mulher, se não fosse muito mimada, poderia se confiar a mim sem preocupações. Em fins de março, portanto, voltei a Munique, e dessa vez tive muito em que pensar durante a longa viagem de trem. Eu me propus a conhecer primeiro a moça mais de perto e não achei completamente impossível que então minha necessidade se mostrasse menos premente e passível de superação. Talvez, pensei, simplesmente bastasse revê-la para curar a minha melancolia, e depois o meu equilíbrio interior se restauraria por si só.

Mas isso eram apenas tolas suposições de um inexperiente. Agora me lembro novamente muito bem do prazer e da astúcia com que eu tecia esses pensamentos durante a viagem, enquanto no coração eu já estava feliz, pois me sabia perto de Munique e da moça loira.

Mal eu voltara a pisar no familiar calçamento, sobreveio-me uma sensação confortável que por semanas eu não sentira. Ela não estava livre de anseios e de uma inquietação velada, mas fazia muito tempo que não me sentia tão bem. Novamente tudo o que eu via me alegrava e tinha um brilho especial, as ruas conhecidas, as torres, as pessoas no bonde com seu dialeto, os grandes edifícios e monumentos silenciosos. Nos bondes, eu dava a cada condutor vinte centavos de gorjeta, deixei-me levar por uma sofisticada vitrine a adquirir um elegante guarda-chuva, permiti-me também numa tabacaria algo mais refinado do que na verdade se adequava à minha condição e meios, e no ar fresco de março me sentia realmente bem-disposto.

Depois de dois dias, perguntei com toda a discrição sobre a jovem e não soube de quase nada que fosse diferente daquilo que mais ou menos eu esperava. Ela era órfã de uma boa família, mas pobre, e frequentava uma escola de artes aplicadas. Tinha um parentesco distante com o meu conhecido da Leopoldstraße, em cuja casa eu a vira naquela noite. E foi ali também que a revi. Era uma pequena tertúlia, quase todos os rostos daquela época apareceram novamente, alguns me reconheceram e me apertaram a mão com simpatia. Eu no entanto estava muito embaraçado e nervoso, até que finalmente ela também apareceu, junto com outros convidados. Então fiquei calmo e satisfeito e, quando me reconheceu, ela inclinou a cabeça e logo me lembrou daquela noite em que andamos pelas ruas, a minha velha confiança se refez, e eu consegui falar com ela e olhá-la nos olhos como se desde então o tempo não tivesse passado e ainda soprasse à nossa volta o mesmo vento frio daquela noite de inverno. Mas não tínhamos muito o que contar um ao outro, ela apenas me perguntou como eu havia passado desde então e se permanecera o tempo todo no campo. Depois disso, ficou em silêncio por alguns momentos, então olhou para mim com um sorriso e foi ter com seus amigos, enquanto eu aproveitava para observá-la à vontade, de alguma distância. Ela me pareceu um pouco mudada, mas não sabia definir como e no quê, e só depois, quando ela foi embora e pude sentir as duas imagens que tinha dela se confrontarem em mim e compará-las, descobri que agora ela prendera o cabelo de um jeito diferente e também tinha as maçãs do rosto um pouco mais cheias. Eu a observava em silêncio, com a mesma sensação de alegria e espanto por existir algo tão belo e ardentemente jovem e por me ser permitido conhecer essa primavera numa pessoa e olhar em seus olhos luminosos.

Durante o jantar e depois, enquanto bebíamos o vinho Moselle, fui envolvido pela conversa dos cavalheiros e, embora se falasse sobre coisas diferentes de quando eu estivera ali pela última vez, a conversa me pareceu uma continuação da anterior e percebi, com uma ponta de satisfação, que aquelas pessoas animadas e mimadas da cidade, apesar de tantas novidades e prazeres para os olhos, tinham certo círculo em que suas mentes e suas vidas se moviam, e que, apesar de toda a variação e diversidade, também aqui era inflexível e relativamente estreito. Embora me sentisse bastante confortável em seu meio, não me pareceu que eu tivesse perdido algo em toda a minha longa ausência, e não pude reprimir completamente a ideia de que aqueles cavalheiros e damas ainda estavam todos sentados desde aquele dia e continuavam a ter a mesma conversa. Naturalmente, esse pensamento era incorreto e se devia apenas ao fato de que dessa vez minha atenção e interesse se desviavam da conversa com frequência.

Assim que pude, também me dirigi à sala contígua, onde as damas e os jovens tinham a sua conversa. Não deixei de notar que os jovens artistas estavam fortemente atraídos pela beleza da moça loira e a tratavam em parte com camaradagem, em parte com deferência e admiração. Apenas um deles, um pintor retratista chamado Zündel, mantinha-se reservado junto às mulheres mais velhas e observava a nós, os admiradores, com um desprezo condescendente. Ele conversava descontraído, escutando mais do que falando, com uma bela mulher de olhos castanhos sobre a qual eu ouvira contar que desfrutava da reputação de grande periculosidade e de muitas aventuras amorosas passadas ou ainda em curso.

Mas tudo isso eu percebia apenas em segundo plano e com meios sentidos. A jovem loira ocupava toda a minha atenção, porém sem que eu entrasse na conversa geral. Eu sentia como ela vivia e se movia cercada por uma música suave, e o fascínio sereno e profundo de seu ser me envolveu tão perto e doce e forte como o perfume de uma flor. Mas, ainda que me fizesse bem, eu podia sentir claramente que apenas a sua visão não poderia me saciar e satisfazer, e que o meu sofrimento seria ainda mais torturante se tivesse que me separar dela outra vez. Parecia que em sua graciosa pessoa a minha própria felicidade e a vicejante primavera da minha vida me sorriam, para que eu as segurasse e conservasse comigo, pois não voltariam outra vez. Não era o desejo carnal por beijos e uma noite de amor, como algumas belas mulheres já haviam despertado em mim por algumas horas, e com isso me inflamado e torturado. Era antes uma confiança contente de ver que a minha felicidade queria me encontrar nessa figura adorável, que a sua alma me era aparentada e amiga, e que a minha felicidade seria a sua também.

Portanto, decidi ficar perto dela e, na hora certa, fazer-lhe a minha pergunta.

Terceiro serão

É preciso contar o que foi começado, pois continuemos!

Passei então dessa vez uma bela temporada em Munique. Meu apartamento não ficava longe do Englischer Garten, que eu visitava todas as manhãs. Eu também costumava ir às galerias de pintura e, quando via algo especialmente maravilhoso, era sempre como um encontro do mundo exterior com a imagem sublime que eu guardava em mim.

Uma tarde, entrei num pequeno sebo para comprar algo para ler. Vasculhei prateleiras empoeiradas e encontrei uma bela edição finamente encadernada de Heródoto, que adquiri. Sobre esse livro tive uma conversa com o livreiro que me atendeu. Era um homem extremamente educado, de uma cortesia discreta, com um rosto modesto, mas secretamente iluminado, e de todo o seu ser emanava uma bondade gentil e pacífica, que se notava de imediato e que também se podia ler em seus traços e gestos. Ele mostrou ser muito culto e, como eu simpatizara tanto com ele, voltei várias vezes para comprar alguma coisa e conversar com ele por um quarto de hora. Sem que ele nada dissesse a respeito, me deu a impressão de ser um homem que havia esquecido ou superado trevas e tempestades e agora levava em paz uma boa vida.

Depois de passar o dia na cidade com amigos ou em exposições, à noite, antes de ir dormir, eu ainda ficava sentado por uma hora no meu quarto alugado, envolto por um cobertor de lã, e lia Heródoto ou deixava meus pensamentos irem atrás da linda jovem, cujo nome, Maria, agora eu também sabia.

No encontro seguinte, consegui conversar um pouco melhor com ela, falamos com intimidade e fiquei sabendo algumas coisas sobre a sua vida. Também tive permissão para acompanhá-la até sua casa, e para mim foi como um sonho caminhar outra vez ao seu lado pelas mesmas ruas tranquilas. Eu lhe disse que havia pensado naquele caminho muitas vezes e desejara percorrê-lo novamente. Ela deu uma risada alegre e me fez algumas perguntas. E por fim, como eu estava em confissão, olhei para ela e disse: "Vim para Munique apenas por sua causa, srta. Maria". Logo temi que tivesse sido ousado demais e fiquei embaraçado. Mas ela não disse nada e apenas me fitou com calma e alguma curiosidade. Depois de um tempo, ela disse: "Na quinta-feira, um camarada meu dará uma festa no seu ateliê. Você também gostaria de ir? — Então me pegue aqui às oito horas".

Estávamos na frente de seu apartamento. Agradeci e me despedi. Desse modo, portanto, eu fora convidado por Maria para uma festa. Uma grande alegria tomou conta de mim. Sem esperar muito daquela festa, era maravilhosamente doce a ideia de ser convidado por ela e lhe dever alguma coisa. Refleti sobre como poderia agradecer e decidi levar-lhe um belo buquê de flores na quinta-feira.

Nos três dias que ainda tive de esperar, não voltei a encontrar o estado de espírito alegre e satisfeito no qual estivera nos últimos tempos. Desde que lhe disse que tinha viajado até lá por sua causa, perdi toda a minha paz e equilíbrio. Eu havia me declarado a ela, e agora não conseguia deixar de pensar que ela sabia do meu estado e talvez refletisse sobre o que me responderia. Durante esses dias, passei a maior parte do tempo em passeios fora da cidade, nos grandes parques de Nymphenburg e Schleißheim ou no vale do Isar, nas florestas.

Quando chegou a quinta-feira e caiu a tarde, eu me vesti, comprei na loja um grande buquê de rosas vermelhas e fui com ele num fiacre até Maria. Ela desceu de imediato, eu a ajudei a entrar na carruagem e lhe dei as flores, mas ela estava nervosa e embaraçada, o que notei claramente apesar do meu próprio embaraço. Mas também a deixei à vontade, e gostei de vê-la ansiosa como uma menina antes de uma festa e de encontrar seus amigos. No trajeto pela cidade na carruagem aberta, fui pouco a pouco tomado por uma grande alegria, na qual queria me parecer que Maria se declarava a mim, ainda que por apenas uma hora, numa espécie de amizade e entendimento. Foi uma honra festiva tê-la sob minha proteção e companhia naquela noite, pois certamente não lhe teriam faltado outros amigos solícitos.

A carruagem parou em frente a um grande edifício de fachada lisa, cujo vestíbulo e pátio tivemos que atravessar. Então, no bloco dos fundos, subimos escadas intermináveis até que no último corredor irrompeu em nossa direção uma onda de luz e de vozes. Deixamos nossas coisas num aposento contíguo, onde uma cama de ferro e algumas caixas já estavam cobertas de sobretudos e chapéus, e entramos no ateliê, que estava bem iluminado e cheio de gente. Eu conhecia vagamente três ou quatro pessoas, mas as outras me eram totalmente estranhas, inclusive o dono da casa.

Maria me apresentou a ele e disse: "Um amigo meu. Eu podia trazê-lo, não é?".

Isso me assustou um pouco, pois pensava que ela havia me anunciado. Mas o pintor apertou firmemente a minha mão e disse em tom sereno: "Sim, tudo bem". No ateliê, a atmosfera era bastante animada e descontraída. Cada um se sentava onde encontrava lugar, e as pessoas ficavam sentadas lado a lado mesmo sem se conhecer. Também cada um pegava o que queria dos pratos frios que havia aqui e ali, do vinho ou da cerveja, e enquanto alguns apenas estavam chegando ou ainda comendo, outros já tinham acendido os charutos, cuja fumaça no começo de fato se dissipava facilmente no recinto bastante alto.

Como ninguém se ocupou de nós, eu servi a Maria e depois também a mim alguma comida, que consumimos sem sermos perturbados, sentados a uma pequena mesa baixa de desenho, na companhia de um homem alegre de barba ruiva que nenhum dos dois conhecia, mas que balançava bastante a cabeça para nós com um ar jovial e encorajador. De vez em quando, alguém que havia chegado mais tarde e para quem não havia lugar à mesa pegava um pão com presunto por cima dos nossos ombros, e quando os suprimentos terminaram, muitos ainda se queixaram de fome, e dois dos convidados saíram para comprar mais alguma coisa, para o que um dos camaradas pedia e recebia dos outros pequenas contribuições em dinheiro.

O anfitrião olhava placidamente para aquela figura animada e um tanto espalhafatosa, comia em pé uma fatia de pão com manteiga e andava para lá e para cá com o pão e um copo de vinho nas mãos e conversava com os convidados. Também eu não me importei com esse comportamento expansivo, mas em meu íntimo não pude deixar de lamentar que Maria, ao que tudo indicava, se sentisse bem e à vontade ali. Eu sabia que os jovens artistas eram seus colegas e em parte pessoas muito respeitáveis, e não tinha nenhum direito de desejar outra coisa. Ainda assim, havia em mim uma pequena dor e quase uma pequena decepção em ver como ela se comprazia com aquela um tanto estouvada confraternização. Logo eu estava sozinho, pois ela se levantou para cumprimentar seus amigos após a breve refeição. Fui apresentado aos dois primeiros e ela tentou me incluir na conversa, no que eu francamente fracassei. Ela então ficou, ora aqui, ora acolá, com seus conhecidos e, como não parecia sentir a minha falta, me recolhi a um canto, me encostei na parede e fiquei observando calmamente o animado serão. Eu não esperava que Maria passasse a noite inteira perto de mim e estava contente por vê-la, conversar com ela de vez em quando e depois acompanhá-la de volta para casa. Contudo, pouco a pouco, um desconforto tomou conta de mim e, quanto mais alegres os outros ficavam, mais eu me sentia um peixe fora da água, e apenas rara e fugazmente era abordado por alguém.

Entre os convidados, notei também aquele retratista Zündel, bem como a bela mulher de olhos castanhos da qual me haviam dito ser perigosa e um tanto mal-afamada. Ela parecia bem conhecida nesse círculo e era vista pela maioria com certa familiaridade sorridente, mas também com visível admiração pela sua beleza. Zündel também era um homem bonito, alto e forte, com olhos escuros e penetrantes e um porte seguro, orgulhoso e altivo, como um homem vaidoso e consciente da impressão que causava. Observei-o com atenção, pois tenho por natureza um estranho interesse, misturado com humor e também com alguma inveja, por homens desse tipo. Ele tentou zombar do anfitrião por causa da deficiente hospitalidade.

"Nem mesmo cadeiras suficientes você tem", ele disse com desdém. Mas o dono da casa não se deixou perturbar. Ele encolheu os ombros e disse: "Se me dedicasse a pintar retratos, também eu poderia ter tudo do bom e do melhor...". Então Zündel criticou os copos: "Não dá para beber vinho em baldes. Você nunca ouviu falar que vinho se bebe em taças finas?". E o anfitrião respondeu com irreverência: "Talvez você entenda alguma coisa de taças, mas de vinhos não entende nada. De qualquer forma, prefiro um bom vinho a um copo fino". A mulher bonita escutava sorridente, e seu rosto parecia estranhamente satisfeito e feliz de um modo que não poderia ter sua razão apenas naqueles gracejos. Mas logo vi que, sob a mesa, ela tinha a mão enfiada profundamente na manga esquerda do pintor, enquanto o pé dele brincava de maneira leve e displicente com o dela. Contudo, ele parecia mais educado do que carinhoso, enquanto ela se agarrava a ele com um fervor desagradável, e a sua visão logo se tornou insuportável para mim. Aliás, logo Zündel também se desvencilhou dela e se levantou. Agora o ateliê estava fortemente enfumaçado, mulheres e moças também fumavam cigarros, risadas e conversas ruidosas soavam ao mesmo tempo, as pessoas andavam para lá e para cá, sentavam-se em cadeiras, em caixotes, na caixa de carvão, no chão. Alguém tocava uma flauta piccolo e, no meio dessa algaravia, um jovem ligeiramente ébrio leu um poema sério para um grupinho gargalhante.

Eu observava Zündel, que andava lentamente para lá e para cá e se mantinha sempre calmo e sóbrio. Enquanto isso, eu olhava de vez em quando para Maria, que estava sentada num divã com duas outras moças e conversava com alguns jovens cavalheiros, que estavam em pé e seguravam nas mãos os seus copos de vinho. Quanto mais durava a diversão e mais barulhenta ficava, mais uma tristeza e uma angústia se apoderavam de mim. Tive a impressão de ter ido a um lugar impuro com a minha maravilhosa criança e comecei a desejar que ela acenasse para mim e quisesse ir embora.

O pintor Zündel agora se afastara e acendera um charuto. Ele observava os rostos e também olhava atentamente para o divã. Então Maria levantou os olhos, eu vi perfeitamente, e olhou para ele nos olhos por breves instantes. Ele sorriu, mas manteve o olhar firme e tenso, e em seguida eu o vi fechar um olho e erguer a cabeça interrogativamente e ela assentir de forma discreta.

Então uma sensação sufocante e sombria tomou o meu coração. Eu não sabia nada, e poderia ter sido uma piada, uma coincidência, um gesto quase involuntário. Mas não me consolei com isso. Eu tinha visto, houvera um acordo entre os dois, que durante toda a noite não tinham trocado palavra e se mantido quase ostensivamente distantes um do outro.

Naquele momento, a minha felicidade e as minhas ingênuas esperanças desmoronaram, sem que restasse delas o menor vestígio. Eu não sentia sequer uma tristeza pura e sincera, que teria suportado de bom grado, mas somente vergonha e decepção, nojo e um gosto repugnante. Se tivesse visto Maria com um noivo feliz ou um amante, eu o teria invejado, mas também me alegrado. Mas aquele homem era um conquistador e mulherengo, cujo pé meia hora antes havia brincado com o da mulher de olhos castanhos. Apesar disso, fiz um esforço e me recompus. Ainda assim, poderia ser um engano, e eu tinha que dar a Maria a oportunidade de refutar minhas más suspeitas.

Fui até ela e olhei desolado para o seu rosto doce, primaveril. E perguntei: "Está ficando tarde, srta. Maria, permite-me acompanhá-la até sua casa?".

Ah, então, pela primeira vez, eu a vi constrangida e dissimulada. Seu rosto perdeu a tênue aura divina, e também a sua voz soou falsa e mentirosa. Ela riu e disse alto: "Oh, desculpe-me, eu não tinha pensado nisso. Alguém vem me buscar. Já quer ir embora?".

Eu disse: "Sim, eu quero. Adeus, srta. Maria".

Não me despedi de ninguém e não fui detido por ninguém. Desci lentamente as muitas escadas, atravessei o pátio e o edifício da frente. Na rua, pensei no que deveria fazer, então voltei e me escondi no pátio atrás de uma carruagem vazia. Ali esperei muito tempo, quase uma hora. Então veio Zündel, jogou fora uma ponta de charuto e abotoou o sobretudo, foi até a rua pela entrada de carruagens, mas logo voltou e parou junto ao portão.

Passaram-se cinco, dez minutos, e eu ainda tinha ganas de aparecer, chamá-lo, dizer-lhe que era um canalha e agarrá-lo pelo colarinho. Mas não fiz isso, fiquei quieto em meu esconderijo e esperei. E não demorou muito, ouvi novos passos descendo a escada, e a porta se abriu. Maria saiu, olhou ao redor, caminhou até a saída e enganchou o seu braço no do pintor sem dizer nada. Rapidamente eles se puseram em marcha, eu os observei se afastarem e tomei o meu caminho.

Em casa, deitei-me na cama, mas não consegui encontrar sossego; de forma que me levantei novamente e fui ao Englischer Garten. Lá vagueei por quase toda a madrugada, depois voltei para o meu quarto e então dormi profundamente até tarde.

À noite, eu havia decidido que seguiria viagem logo pela manhã. Mas para isso eu acordara tarde demais e, portanto, agora tinha mais um dia para me ocupar. Fiz as malas e paguei o quarto, despedi-me de meus amigos por escrito, comi no centro da cidade e me sentei num café. O tempo parecia não passar, e pensei no que poderia fazer à tarde. Então comecei a sentir a minha miséria. Fazia anos que não me encontrava na horrível e indigna condição de temer o tempo e não saber como passá-lo. Passear a pé, ver pinturas, ouvir música, andar de carruagem, jogar uma partida de bilhar, ler, nada disso me atraía, tudo era estúpido, insípido, sem sentido. E quando olhei à minha volta na rua, vi casas, árvores, pessoas, cavalos, cães, tudo infinitamente banal, enfadonho e sem graça. Nada me falava, nada me agradava, despertava meu interesse ou curiosidade. Enquanto tomava uma xícara de café para passar o tempo e cumprir uma espécie de dever, ocorreu-me que eu deveria me matar. Fiquei feliz por ter encontrado essa solução e refleti objetivamente sobre o que seria necessário. Mas meus pensamentos eram excessivamente instáveis e infundados para ficarem comigo por mais de alguns minutos. Distraído, acendi um charuto, joguei-o fora outra vez, pedi a segunda ou terceira xícara de café, folheei uma revista e finalmente segui caminho. Então me lembrei de que pretendia partir, e decidi fazê-lo impreterivelmente no dia seguinte. De repente, a ideia de voltar para casa me aqueceu e, por momentos, em vez do tédio miserável, senti uma tristeza sincera e verdadeira. Lembrei-me de como era bonito em casa, como as montanhas verdes e azuis se erguiam suavemente do lago, como o vento soava nos choupos e como as gaivotas voavam ousadas e temperamentais. E me pareceu que eu apenas precisava sair daquela maldita cidade e retornar para casa, para que o feitiço se quebrasse e eu pudesse voltar a ver, entender e amar o mundo em seu esplendor.

Enquanto perambulava e pensava, me perdi nas vielas da cidade velha, sem saber exatamente por onde ia, até que de repente me encontrei diante da loja do meu livreiro. Havia uma placa de cobre pendurada na janela, o retrato de um estudioso do século XVII, e ao redor havia livros antigos encadernados em couro, pergaminho e madeira. Isso despertou em minha mente cansada uma nova série de pensamentos fugazes, nos quais eu procurava desesperadamente por consolo e distração. Eram ideias agradáveis, um tanto indolentes, de estudo e vida monástica, de uma felicidade singela, silenciosa, resignada e um tanto empoeirada à luz de lampiões de leitura e com cheiro de livros. A fim de prolongar esse efêmero consolo por algum tempo, entrei na loja, onde fui imediatamente recebido pelo simpático livreiro. Ele me conduziu por uma estreita escada em espiral até o andar superior, com suas grandes salas repletas de estantes que tomavam a parede inteira. Os sábios e poetas de muitas épocas me olhavam tristemente com os olhos cegos dos livros, o livreiro silencioso aguardava e me observava discretamente.

Então tive a ideia de pedir consolo àquele homem tranquilo. Olhei para o seu rosto bondoso e franco e disse: "Por favor, me recomende algo para ler. O senhor deve saber onde encontrar algo salutar e reconfortante; o senhor parece estar bem e consolado".

"O senhor está doente?", ele perguntou em voz baixa.

"Um pouco", eu disse.

E ele: "É grave?".

"Não sei. É *taedium vitae*."

Então seu rosto humilde assumiu uma grande seriedade. Ele disse em tom sério e penetrante: "Conheço um bom caminho para o senhor".

E quando perguntei com os olhos, ele começou a falar e me contou sobre a comunidade de teosofistas à qual pertencia. Algo do que ele dizia não me era de todo desconhecido, mas eu não estava em condições de escutá-lo com a devida atenção. Eu apenas ouvia uma fala suave, bem-intencionada e cordial, frases sobre carma, frases sobre renascimento, e quando ele parou e se calou quase envergonhado, eu não sabia o que responder. Por fim, perguntei se ele sabia me dizer em que livros eu podia estudar esse assunto. Ele imediatamente me trouxe um pequeno catálogo de livros teosóficos.

"Qual deles devo ler?", perguntei, inseguro.

"O livro básico sobre a doutrina é de Mme. Blavatsky", disse ele com determinação.

"Me dê este então!"

Mais uma vez ele ficou embaraçado. "Não o tenho aqui, teria que encomendá-lo para o senhor. Mas, na verdade… a obra tem dois grandes volumes, é preciso paciência para ler. E, infelizmente, é muito caro, custa mais de cinquenta marcos. Devo tentar obtê-lo como empréstimo para o senhor?"

"Não, obrigado, encomende-o para mim!"

Escrevi-lhe o meu endereço e pedi que enviasse o livro para ser pago contra entrega, despedi-me e fui embora. Já então eu sabia que a *Doutrina secreta* não me ajudaria. Eu apenas quis fazer uma pequena alegria para o livreiro. E afinal por que não deveria me sentar alguns meses atrás dos volumes de Blavatsky?

Também pressentia que as minhas outras esperanças não eram mais sustentáveis. Sentia que também em casa todas as coisas haveriam se tornado cinzentas e sem graça, e que seria assim aonde quer que eu fosse.

Esse pressentimento não foi enganoso. Algo que existia antes no mundo se perdeu, uma certa fragrância e encanto inocente, e não sei se pode voltar.

(1908)

A cidade

"Vamos em frente!", exclamou o engenheiro, quando chegou pelos trilhos, assentados apenas no dia anterior, o segundo trem cheio de gente, carvão, ferramentas e mantimentos. A planície ardia suavemente à luz amarela do sol; no horizonte azul enevoado erguiam-se as montanhas cobertas por florestas. Cães selvagens e búfalos espantados assistiam a trabalho e tumulto tomarem conta do deserto e no campo verde surgirem manchas de carvão e de cinzas e de papel e de metal. A primeira plaina ecoou estridente pela terra assustada, o primeiro tiro de espingarda espocou e rimbombou pelas montanhas, a primeira bigorna retiniu sob os golpes rápidos do martelo. Surgiu uma casa de lata e, no dia seguinte, uma de madeira e mais algumas, e diariamente outras novas, e logo também foi a vez das de pedra. Os cães selvagens e os búfalos mantiveram-se afastados, a região se tornou mansa e fértil, já na primavera seguinte ondulavam ao vento planícies cheias dos verdes frutos da terra, celeiros e estábulos e galpões erguiam-se do chão, estradas cortavam a natureza selvagem.

A estação foi concluída e inaugurada, e a sede do governo, e o banco; várias cidades irmãs, apenas poucos meses mais jovens, nasceram nas proximidades. Vieram trabalhadores de todo o mundo, do campo e da cidade; vieram comerciantes e advogados, sacerdotes e professores; foi fundada uma escola, três comunidades religiosas, dois jornais. No oeste, foram encontrados poços de petróleo, a jovem cidade viveu uma grande prosperidade. Mais um ano, e já havia batedores de carteira, cafetões, assaltantes, uma loja de departamentos, uma associação de abstêmios, um alfaiate parisiense, uma cervejaria bávara. A concorrência das cidades vizinhas acelerou o ritmo desse desenvolvimento. Do discurso eleitoral à greve, do cinema à associação espírita, nada mais faltava. Era possível obter na cidade vinho francês, arenque norueguês, salame italiano, tecidos ingleses, caviar russo. Cantores, dançarinos e músicos de segunda categoria já excursionavam pela região.

E lentamente também chegou a cultura. A cidade, que no início era apenas um empreendimento, começou a se tornar uma pátria. Havia ali uma maneira de cumprimentar as pessoas, uma maneira de menear a cabeça em encontros que se diferenciava leve e sutilmente da maneira das outras cidades. Homens que haviam participado da fundação da cidade desfrutavam de respeito e popularidade, e deles se originou uma pequena nobreza. Ali cresceu uma jovem geração para a qual a cidade já era quase uma velha pátria que sempre tivesse existido. A época em que ali ecoara o primeiro golpe de martelo, acontecera o primeiro assassinato, fora realizado o primeiro culto e impresso o primeiro jornal estava longe no passado, já era história.

A cidade elevara-se a uma posição hegemônica entre as cidades vizinhas e à capital de um grande distrito. Nas ruas largas e ensolaradas, onde outrora, ao lado de montes de cinzas e poças d'água, haviam surgido as primeiras cabanas de tábuas e de zinco, agora erguiam-se austeros e imponentes edifícios de escritórios, bancos, teatros e igrejas. Os estudantes iam a pé tranquilamente para a universidade e para a biblioteca, as ambulâncias dirigiam-se em silêncio para os hospitais, a carruagem de um deputado era reconhecida e saudada; todos os anos, o dia da fundação da gloriosa cidade era celebrado com hinos e palestras em vinte gigantescos edifícios escolares de pedra e ferro. A antiga planície fora coberta de plantações, fábricas, aldeias e era atravessada por vinte linhas ferroviárias; as montanhas estavam mais próximas e um trem funicular avançava até o coração dos desfiladeiros. Ali ou mais longe à beira-mar, os ricos tinham suas casas de veraneio.

Um terremoto, cem anos após sua fundação, pôs abaixo a cidade, exceto por pequenas áreas. Mas ela se ergueu novamente e tudo o que antes era de madeira foi feito de pedra; tudo o que era pequeno, grande; tudo o que era estreito, largo. A estação ferroviária era a maior do país, a Bolsa de Valores, a maior de todo o continente, arquitetos e artistas decoravam a cidade rejuvenescida com prédios públicos, parques, fontes, monumentos. No decorrer desse novo século, a cidade adquiriu a reputação de ser a mais bela e rica do país e tornou-se uma atração turística. Políticos e arquitetos, técnicos e prefeitos de cidades estrangeiras viajavam até lá para estudar as edificações, a canalização das águas, a administração e outros equipamentos da famosa cidade. Naquela época, foi iniciada a construção da nova prefeitura, um dos maiores e mais esplêndidos edifícios do mundo e, como esse período de prosperidade e orgulho citadino coincidiu com uma elevação do gosto popular, sobretudo na arquitetura e na escultura, a cidade em rápido crescimento converteu-se numa arrojada e aprazível maravilha. O distrito central, cujas edificações eram feitas, sem exceção, de uma pedra nobre cinza-clara, era cercado por um amplo cinturão verde de magníficos parques e, além desse círculo, as linhas das ruas e as casas se estendiam largamente até se perderem de vista no campo aberto. Havia um enorme museu muito visitado e admirado, em cujas centenas de salões, pátios e pavilhões era representada a história da cidade, desde sua criação até o último estágio de desenvolvimento. O descomunal primeiro pavilhão desse complexo representava a antiga planície, com animais e plantas bem cuidadas, e maquetes exatas das casas miseráveis e das vielas e equipamentos dos primeiros tempos. Os jovens da cidade iam até lá para passear e observar o desenvolvimento de sua história, desde a tenda e a cabana de madeira da primeira estrada de ferro desnivelada até o esplendor das grandes avenidas da metrópole. E eles aprenderam, guiados e instruídos por seus professores, a compreender as leis gloriosas do desenvolvimento e do progresso, como do bruto surgia o fino, do animal o homem, do selvagem o educado, do necessário o supérfluo, da natureza a cultura.

No século seguinte, a cidade atingiu o auge de seu esplendor, que se desenvolveu em prodigiosa abundância e rapidamente se intensificou, até que uma sangrenta revolução das classes baixas pôs fim a tudo isso. A plebe começou a incendiar muitas das grandes refinarias de petróleo situadas a algumas milhas da cidade, de modo que grande parte da região, com suas fábricas, empresas agrícolas e aldeias foi incendiada ou abandonada. A própria cidade viveu massacres e atrocidades de todo tipo, mas ela resistiu e se recuperou lentamente em décadas de austeridade, ainda que nunca mais voltasse à sua antiga forma arrojada de viver e construir. Foi durante esse seu período ruim que um país distante, do outro lado do oceano, de repente viveu um grande florescimento, fornecendo cereais e ferro, prata e outros tesouros com a prodigalidade de seu solo inesgotável, que ainda dava seus frutos de boa vontade. O novo país atraiu violentamente para si as forças dispersas, as aspirações e desejos do velho mundo, e nele surgiam cidades da noite para o dia, florestas desapareciam, cataratas eram domadas.

Pouco a pouco, a bela cidade foi empobrecendo. Ela não era mais o coração e o cérebro de um mundo, não era mais o mercado e a Bolsa de Valores de muitos países. Ela tinha que ficar contente por conseguir se manter viva e não se extinguir totalmente no atropelo dos novos tempos. As forças ociosas, quando não evadiam para o distante mundo novo, nada mais tinham a construir e conquistar ali, e muito menos a negociar e a lucrar. Em vez disso, germinou uma vida espiritual em seu velho solo cultural; a cidade cada vez mais pacata gerava estudiosos e artistas, pintores e poetas. Os descendentes daqueles que outrora haviam construído as primeiras casas no jovem solo passavam seus dias a sorrir, num pacífico e tardio florescimento de prazeres e aspirações espirituais; eles pintavam o melancólico esplendor de velhos jardins musgosos, com estátuas corroídas e águas verdes, e cantavam em doces versos o distante tumulto dos heroicos tempos de outrora ou os sonhos silenciosos de pessoas cansadas em velhos palácios. Com isso, o nome e a fama dessa cidade ecoaram mais uma vez pelo mundo. Por mais que lá fora guerras abalassem os povos e uma grande faina os ocupassem, a cidade soube manter a paz em sua reclusão silenciosa e conservar discretamente o esplendor de tempos antigos: ruas quietas, sobre as quais pendiam galhos floridos, fachadas de edifícios monumentais coloridas pelo tempo sonhando sobre praças desertas, fontes cobertas de musgo tomadas por águas escorrendo em música suave.

Durante vários séculos, a velha cidade sonhadora era para o mundo jovem um lugar amado e venerável, cantado pelos poetas e visitado pelos amantes. Mas a vida da humanidade se expandia cada vez mais poderosamente por outros continentes. E na própria cidade, os descendentes das antigas famílias nativas foram levados à extinção ou à decadência. O último período de florescimento espiritual já tivera seu apogeu, e restava apenas um tecido em degeneração. Fazia muito tempo as cidades vizinhas menores haviam desaparecido, suas silenciosas ruínas às vezes eram visitadas por pintores e turistas estrangeiros ou então habitadas por ciganos e criminosos fugitivos.

Após um terremoto, que poupara a cidade propriamente dita, o curso do rio se alterou e uma parte da terra deserta se converteu num pântano, enquanto a outra se tornou seca e estéril. E das montanhas, nas quais desmoronavam os restos de antiquíssimas pontes de pedra e casas de campo, a floresta, a velha floresta começou a descer lentamente. Ela viu estendida à sua frente a vasta região deserta e pouco a pouco anexou a terra em seu círculo verde, cobrindo um pântano com verde sussurrante aqui, o solo de seixos com jovens e vigorosas coníferas ali.

No final, não viviam mais cidadãos na cidade, apenas corjas de gente hostil e selvagem que se alojavam nos palácios decaídos e arruinados de outrora e tangiam suas cabras magras pelas ruas e pelos antigos jardins. Pouco a pouco, também essa última população desapareceu, vítima de doenças e de estupidez; toda a região, desde que se convertera em pântano, foi assolada por uma febre e sucumbiu ao abandono.

As ruínas da velha prefeitura, que havia sido o orgulho de seu tempo, ainda altas e imponentes, eram cantadas em canções em todas as línguas e constituíam uma fonte de numerosas lendas para os povos vizinhos, cujas cidades fazia muito tempo haviam sido negligenciadas e cuja cultura se degenerava. Nas histórias infantis de fantasmas e nas melancólicas canções pastoris, ainda apareciam tetricamente desfiguradas e distorcidas as menções à cidade e às glórias do passado, e estudiosos de povos distantes que viviam agora um período de florescimento por vezes realizavam perigosas expedições às ruínas, sobre cujos segredos os escolares de países distantes debatiam apaixonadamente. Dizia-se haver por lá portões de puro ouro e mausoléus cheios de pedras preciosas, e acreditava-se que as ferozes tribos nômades da região haviam preservado dos antigos e fabulosos tempos os restos perdidos de uma magia milenar.

Mas a floresta continuou a descer das montanhas para a planície, lagos e rios se formaram e desapareceram, e a floresta avançou e lentamente ocupou e cobriu toda a terra, os restos dos antigos muros nas ruas, dos palácios, templos, museus; e raposas e martas, lobos e ursos povoaram o deserto.

Sobre um dos palácios arruinados, do qual não restara pedra sobre pedra, havia um jovem pinheiro, que um ano antes fora o mensageiro avançado e pioneiro da floresta em expansão. Agora era ele que via despontar ao longe uma nova geração.

"Vamos em frente!", gritou um pica-pau que martelava o tronco e contemplava satisfeito a nova floresta e o magnífico, verdejante progresso sobre a Terra.

(1910)

O fim do dr. Knölge

O sr. dr. Knölge, um antigo professor do liceu que se aposentara cedo e a partir de então se dedicara a seus estudos filológicos particulares, certamente jamais teria entrado em contato com vegetarianos e vegetarianismo se certa vez uma propensão à asma e ao reumatismo não o tivesse levado a um tratamento com uma dieta vegetariana. O sucesso foi tão notável que, a partir de então, todos os anos o estudioso passava alguns meses em algum sanatório ou pousada vegetariana, geralmente no Sul, e assim, apesar de sua prevenção contra tudo o que fosse insólito e inusitado, acabou entrando em contato com círculos e indivíduos com os quais nada tinha em comum e cujas visitas esporádicas à sua terra natal, que nem sempre conseguia evitar, ele absolutamente não apreciava.

Durante alguns anos, o dr. Knölge passou o período da primavera e do início do verão ou mesmo os meses do outono numa das muitas aprazíveis pensões vegetarianas na costa meridional francesa ou no lago Maggiore. Nesses lugares, ele conhecera todo tipo de gente e se habituara a certas coisas, como a andar descalço e a apóstolos de cabelos compridos, fanáticos do jejum e gourmands vegetarianos. Entre os últimos, ele fizera alguns amigos, e o próprio doutor, a quem sua moléstia proibia cada vez mais o consumo de comidas pesadas, convertera-se num modesto gastrônomo no campo das frutas e das hortaliças. Ele absolutamente não se satisfazia com qualquer salada de chicória e jamais comeria uma laranja californiana no lugar de uma italiana. De resto, dava pouca atenção ao vegetarianismo, que para ele não passava de uma dieta e, no máximo, se interessava ocasionalmente por todos os fabulosos neologismos dessa área, que, como filólogo, julgava curiosos. Havia vegetarianos, vegetalianos, vegetabilistas, crudívoros, frugívoros e vegetaristas!

O próprio doutor, segundo a terminologia dos iniciados, era um vegetarista, pois não consumia apenas frutas e vegetais crus, mas também legumes cozidos e até mesmo alimentos feitos com leite e ovos. Ele não ignorava que, para os verdadeiros vegetarianos, sobretudo os crudívoros de restrita observância, isso era um horror. Mas ele mantinha distância das fanáticas disputas confessionais desses irmãos e dava a conhecer o seu pertencimento à classe dos vegetaristas apenas através da prática, enquanto alguns colegas, principalmente austríacos, ostentavam seu credo em cartões de visita.

Como foi dito, Knölge não tinha muito em comum com essas pessoas. Já seu rosto plácido e corado e sua figura corpulenta lhe conferiam uma aparência bem diferente daquela dos irmãos do vegetarianismo puro, em sua maioria magros, de olhar ascético, muitas vezes vestidos de forma extravagante, entre os quais alguns deixavam o cabelo crescer até os ombros e todos levavam a vida como fanáticos, professadores e mártires de seu ideal particular. Knölge era filólogo e patriota, não compartilhava das concepções de humanidade e das ideias de reforma social, nem do peculiar estilo de vida de seus colegas vegetarianos. Ele tinha uma aparência tal que, nas estações de trem e nas paradas dos barcos de Locarno ou Pallanza, os mensageiros dos hotéis profanos, que costumavam farejar de longe qualquer "apóstolo do rabanete", recomendavam-lhe confiantes sua hospedagem e ficavam muito surpresos quando aquele homem, de aparência tão decorosa, entregava sua mala ao carregador de uma Thalysia* ou

---

* Pensão e restaurante vegetariano em Viena em finais do século XIX e início do XX.

Ceres ou ao condutor do burro de carga do monte Verità.* Todavia, com o tempo, ele passou a se sentir muito à vontade no estranho ambiente. Ele era um otimista, quase um artista da vida, e pouco a pouco foi encontrando entre os herbívoros de todos os países que visitavam esses lugares, especialmente entre os franceses, um e outro amigo pacífico e de bochechas coradas, ao lado do qual podia consumir em paz sua salada de folhas tenras e seu pêssego, em agradáveis conversas à mesa, sem que um fanático da estrita observância o repreendesse pelo seu vegetarismo, ou um budista mastigador de arroz por sua indiferença religiosa.

Então aconteceu que o dr. Knölge, primeiro pelos jornais, depois por informes diretos do círculo de seus conhecidos, ouviu falar sobre a grande fundação da Sociedade Vegetariana Internacional, que adquirira uma grande extensão de terra na Ásia Menor e convidava todos os irmãos do mundo para se instalarem ali a preços módicos, fosse a título de visitantes ou de moradores permanentes. Era uma iniciativa daquele grupo idealista de herbívoros alemães, holandeses e austríacos, cujas aspirações consistiam numa espécie de sionismo vegetariano e se propunham a adquirir para os adeptos e professadores de sua fé um território próprio, com governo próprio, em algum lugar do mundo onde estivessem dadas as condições naturais para a vida que imaginavam como ideal. Um começo disso era aquela fundação na Ásia Menor. Seus apelos dirigiam-se "a todos os amigos do estilo de vida vegetariano e vegetabilista, do nudismo e da reforma da vida", e eram tão promissores, e soavam tão bem, que até mesmo o sr. Knölge não resistiu ao nostálgico tom paradisíaco e se inscreveu como hóspede para o outono seguinte.

---

* Monte em Ascona, na Suíça, onde no início do século XX existiu uma comunidade que se opunha aos valores da sociedade burguesa conservadora e cujas propostas incluíam o vegetarianismo, o nudismo e a liberação sexual.

Dizia-se que o país produzia frutas e legumes em prodigiosa abundância e palatabilidade, a cozinha da grande casa central estava sob a direção do autor de *Caminhos para o paraíso*, e para muitos era particularmente agradável a circunstância de que ali se podia viver em paz absoluta e a salvo do escárnio do mundo ruim. Todos os tipos de vegetarianismo e de aspirações por reforma da indumentária humana eram permitidos e não havia outra proibição além da do consumo de carne e álcool.

E de todos os lugares do mundo chegavam seres excêntricos em busca de refúgio, parte deles para encontrar ali na Ásia Menor paz e bem-estar numa vida condizente com sua natureza, parte para tirar sua vantagem e seu sustento daqueles que afluíam até lá sequiosos por salvação. Ali buscavam acolhida sacerdotes e doutrinadores de todos os credos, falsos hindus, ocultistas, professores de idiomas, massagistas, magnetopatas, magos, benzedeiros. Essa pequena população de existências excêntricas consistia menos de vigaristas e pessoas más do que de inofensivos embusteiros que atuavam em pequena escala, pois não havia grandes vantagens a obter e a maioria não aspirava a nada além de seu sustento, o que nos países meridionais é muito econômico para um herbívoro.

A maioria dessas pessoas marginalizadas na Europa e nos Estados Unidos trazia consigo como único vício a indolência característica de tantos vegetarianos. Eles não buscavam ouro e prazeres, poder e diversões, mas queriam sobretudo levar sua vida modesta sem trabalhar e sem ter preocupações. Muitos deles haviam percorrido várias vezes toda a Europa a pé como modestos limpadores de maçanetas da casa de seus irmãos mais abastados, como profetas em pregação ou como curandeiros, e Knölge, quando chegou a Quisisana, encontrou alguns velhos conhecidos que de vez em quando o visitavam em Leipzig como humildes mendigos. Mas sobretudo encontrou os expoentes e os heróis de todas as alas do vegetarianismo. Homens bronzeados com barbas e cabelos compridos andavam por toda parte em túnicas brancas e sandálias como no Antigo Testamento, enquanto outros usavam traje esporte de linho claro. Alguns honoráveis varões andavam nus, apenas com tangas de fibras, tecidas por eles próprios. Haviam se formado grupos e até mesmo associações organizadas, os frugívoros encontravam-se em determinados lugares, em outros os ascetas jejuadores, em outros ainda os teósofos ou os devotos da luz. Um templo foi construído por adoradores do profeta americano Davis; um grande salão estava reservado ao serviço religioso dos neoswedenborgistas.

No começo, não era sem constrangimento que o dr. Knölge se movia em meio a essa curiosa multidão. Ele assistia às palestras de um ex-professor de Baden chamado Klauber, que lecionava para os povos da terra, no mais puro dialeto alemânico, sobre os acontecimentos do país de Atlântida, e admirava o iogue Vishinanda, que na verdade se chamava Beppo Cinari e, após décadas de esforços, adquirira a capacidade de reduzir voluntariamente em cerca de um terço os seus batimentos cardíacos.

Na Europa, em meio aos fenômenos da vida industrial e política, essa colônia teria causado a impressão de um manicômio ou de uma comédia burlesca. Ali, na Ásia Menor, tudo parecia bastante razoável e absolutamente plausível. De vez em quando, viam-se recém-chegados vagueando extasiados com a realização de seus sonhos mais caros, os rostos fantasmagoricamente luminosos, ou em brilhantes lágrimas de alegria, flores nas mãos, saudando a todos que encontravam em seu caminho com o beijo da paz.

Mas o grupo que mais chamava a atenção era o dos frugívoros puros. Eles haviam renunciado a qualquer tipo de templos, casas e organizações e não mostravam outra aspiração que não a de se tornarem cada vez mais naturais e, como diziam, "se aproximarem da terra". Eles viviam ao ar livre e não comiam nada além do que podiam extrair de árvores ou arbustos. Desprezavam infinitamente todos os outros vegetarianos, e um deles disse na cara do dr. Knölge que comer arroz e pão era exatamente a mesma porcaria que consumir carne e que não conseguia encontrar diferença entre alguém dito vegetariano que tomasse leite e um pau-d'água qualquer.

Entre os frugívoros, destacava-se o venerável irmão Jonas, o mais consistente e bem-sucedido representante dessa linha. Ele usava uma tanga, que porém mal se distinguia de seu peludo corpo bronzeado, e vivia num pequeno bosque, em cuja galharia era possível vê-lo se mover com ágil desenvoltura. Seus polegares e dedões do pé estavam num maravilhoso processo de atrofia, e todo o seu modo de ser e viver representava o mais persistente e bem-sucedido retorno à natureza que se podia imaginar. Alguns trocistas o chamavam entre si de Gorila; de resto, Jonas desfrutava da admiração e do respeito de toda a colônia.

O grande crudívoro havia renunciado ao uso da linguagem. Quando irmãos ou irmãs conversavam na beira de seu bosque, às vezes ele se sentava num galho que pendia sobre suas cabeças, sorria encorajador ou ria em desaprovação, mas não proferia uma palavra e procurava dar a entender através de gestos que sua linguagem era a linguagem infalível da natureza, que com o tempo se tornaria o idioma universal de todos os vegetarianos e naturistas. Seus amigos mais próximos estavam com ele diariamente, desfrutavam de suas lições sobre a arte da mastigação e de descascar nozes e assistiam com admiração ao seu constante aperfeiçoamento, mas nutriam o receio de perdê-lo em breve, pois provavelmente, em pouco tempo e em total unidade com a natureza, ele se recolheria ao seu berço nas montanhas selvagens.

Alguns entusiastas propuseram conceder honras divinas a essa admirável criatura, que completara o ciclo da vida e reencontrara o ponto de partida da hominização. Contudo, quando uma manhã, ao nascer do sol, eles foram até o bosque com essa intenção e iniciaram seu culto com cânticos, o homenageado apareceu em seu galho favorito, despiu e lançou desdenhosamente pelos ares a sua tanga e se pôs a jogar duras pinhas nos seus adoradores.

Esse Jonas, o Perfeito, esse "Gorila", era abominado pelo dr. Knölge no mais íntimo de sua modesta alma. Nessa figura, ele foi confrontado de forma assustadora com tudo aquilo que em seu coração sempre se movera silenciosamente contra as aberrações da filosofia vegetarianista e seu louco fanatismo e que agora até mesmo parecia escarnecer de seu próprio vegetarianismo moderado. No peito do modesto estudioso ergueu-se ofendida a dignidade do homem, e ele, que havia suportado tantas opiniões contrárias com serenidade e tolerância, não podia passar pelo local de moradia do Perfeito sem sentir ódio e indignação contra ele. E o Gorila, que do alto de seu galho contemplava com indiferença todo tipo de seguidores, admiradores e críticos, também sentia contra aquele homem, cujo ódio seu instinto sem dúvida havia farejado, uma crescente irritação animal. Todas as vezes que o doutor passava por ali, o arborícola o media com olhares reprovadores e ofensivos, aos quais o outro respondia arreganhando os dentes e rosnando ferozmente.

Knölge já havia decidido deixar a colônia no mês seguinte e retornar à sua pátria, quando, quase contra sua vontade, numa radiante noite de lua cheia, foi atraído para um passeio nas proximidades do bosque. Ele pensou com nostalgia nos tempos antigos, quando ainda vivia em plena saúde como carnívoro e como homem comum entre seus semelhantes e, na lembrança de anos mais belos, começou sem querer a assobiar uma velha canção de estudante.

Então o silvícola, excitado e enfurecido com aqueles sons, irrompeu ruidosamente de uma moita em atitude ameaçadora. Ele se pôs na frente do caminhante brandindo uma clava rudimentar. Porém o doutor surpreendido estava tão irritado e furioso que não pensou em fugir, mas sentiu que havia chegado a hora de se confrontar com seu inimigo. Com um sorriso feroz, ele fez uma reverência e disse com tanto escárnio e ofensa quanto pôde carregar em sua voz: "Permita-me que me apresente. Dr. Knölge".

Então, com um grito colérico, o Gorila jogou longe a sua clava, investiu contra o fraco homem e num instante o estrangulou com suas mãos terríveis. O corpo foi encontrado pela manhã, alguns tinham suas suspeitas, mas ninguém ousou fazer nada contra o macaco Jonas, que descascava suas nozes com indiferença em cima de seu galho. Os poucos amigos que o estrangeiro fizera durante sua estada no paraíso enterraram-no nas proximidades e puseram sobre seu túmulo uma placa simples com a breve inscrição: "DR. KNÖLGE, VEGETARISTA DA ALEMANHA".

(1910)

O padre Matthias

I

Na curva do rio verde, bem no meio da velha cidade sobre colinas, na luz matutina de um ensolarado dia no fim do verão, jazia o mosteiro silencioso. Separado da cidade pelo jardim de muros altos e do também grande e silencioso convento das freiras pelo rio, o edifício largo e escuro repousava em plácida venerabilidade na margem curva e, com muitas vidraças cegas, olhava altivo para o tempo corrompido. Em suas costas, no lado sombreado da colina, com suas igrejas, capelas, colégios e solares eclesiásticos, a piedosa cidade subia até a alta catedral; à sua frente, porém, para além das águas e do solitário convento das freiras, o sol claro banhava a encosta íngreme, cujos luminosos pastos e pomares eram interrompidos aqui e ali pelo brilho marrom-dourado dos taludes de cascalho e das minas de barro.

Sentado junto a uma janela aberta do segundo andar, dedicava-se à leitura o padre Matthias, um homem no vigor da idade com uma barba loura, que desfrutava, no mosteiro e fora dele, da reputação de ser um cavalheiro gentil, bondoso e muito respeitável. Mas, sob a superfície de seu belo rosto e olhar calmo, insinuava-se uma sombra de escuridão e desordem dissimuladas, que os irmãos, quando davam por ela, consideravam uma suave ressonância da profunda melancolia juvenil que, doze anos antes, levara o padre àquele tranquilo mosteiro e que já havia um bom tempo parecia cada vez mais submersa e convertida em gentil serenidade. Mas as aparências enganam, e o próprio padre Matthias era o único que conhecia as causas ocultas dessa sombra.

Após fortes tormentas de uma mocidade impetuosa, um naufrágio levara o ardoroso jovem ao convento, onde ele passou anos em destrutiva abnegação e melancolia, até que o paciencioso tempo e a vigorosa saúde original de sua natureza lhe trouxeram esquecimento e novo ânimo de viver. Ele se tornara um irmão estimado e tinha a abençoada fama de possuir um dom especial para tocar corações e abrir mãos em viagens missionárias e casas piedosas das paróquias rurais, de forma que sempre regressava dessas excursões para o afortunado mosteiro com legados válidos e fartos rendimentos em espécie.

Sem dúvida, essa reputação era merecida, porém o seu brilho e o do metal tilintante haviam cegado os padres para alguns outros traços na figura de seu querido irmão. Era verdade que o padre Matthias havia superado as tempestades interiores dos conturbados tempos de juventude e dava a impressão de um homem que se tornara sereno sem perder seu temperamento alegre e cujos desejos e pensamentos conviviam em paz com as obrigações; contudo, um verdadeiro conhecedor da alma humana teria visto que a agradável bonomia do padre na verdade expressava somente uma parte de seu estado interior e que muitas vezes não passava de uma bonita máscara cobrindo algumas pequenas irregularidades. O padre Matthias não era ninguém perfeito, em cujo peito todas as cinzas do passado tivessem esfriado; ao contrário, com a recuperação de sua alma, o antigo núcleo inato desse homem se refizera e, ainda que com olhos diferentes e controlados, já mirava novamente com grande apetite a fulgurante vida mundana.

Para dizê-lo sem rodeios: o padre quebrara mais de uma vez os votos monásticos. Sua natureza escrupulosa relutava em buscar o prazer mundano sob o manto da devoção, e ele jamais maculara a sua batina. Muitas vezes, porém, e disso ninguém sabia, ele a pusera de lado, a fim de mantê-la limpa e, após uma breve incursão na vida secular, vesti-la novamente.

O padre Matthias tinha um segredo perigoso. Ele possuía, escondidas em local seguro, roupas civis confortáveis e até mesmo elegantes, incluindo roupa de baixo, chapéu e acessórios, e embora passasse noventa e nove em cada cem de seus dias de forma totalmente honrosa em sua batina e no cumprimento de seus deveres, seus pensamentos secretos detinham-se demasiadas vezes naqueles raros e misteriosos dias que passava aqui e ali como um homem do mundo entre as pessoas do mundo.

Essa vida dupla, cuja ironia a mente do padre era honesta demais para apreciar, pesava em sua alma como um crime inconfessado. Fosse ele um padre ruim, negligente e malquisto, já há muito teria encontrado a coragem para se declarar indigno das vestes da ordem e obter uma honrosa liberdade. Mas ele se via respeitado e estimado, e prestava à sua ordem os mais excelentes serviços, perante os quais por vezes suas transgressões até mesmo queriam lhe parecer quase perdoáveis. Ele se sentia bem e com o coração leve quando podia trabalhar honestamente para a Igreja e para sua ordem. Também se sentia bem quando, por caminhos proibidos, conseguia satisfazer os anseios de sua natureza e remover os espinhos dos desejos longamente reprimidos. Contudo, em todos os intervalos que então se seguiam, surgia em seu olhar bondoso aquela triste sombra, e sua alma ansiosa por segurança oscilava entre arrependimento e rebeldia, coragem e medo, e ora ele invejava todos os irmãos por sua inocência, ora todas as pessoas da cidade por sua liberdade. Também agora, sentado junto à janela, ele se sentia assim e, sem conseguir se concentrar totalmente na leitura, desviava com frequência o seu olhar do livro para a paisagem lá fora. Enquanto contemplava com olhos indolentes a alegre e luminosa encosta à sua frente, ele avistou ao longe um estranho cortejo, que saíra da rua principal e se aproximava por uma viela.

Eram quatro homens, um dos quais estava vestido de modo quase elegante, enquanto os outros iam em andrajos miseráveis; um gendarme em seu uniforme cintilante ia na frente e outros dois gendarmes seguiam na retaguarda. O padre, que assistia à cena com curiosidade, logo percebeu que se tratava de condenados que estavam sendo conduzidos por aquele atalho da estação para a prisão do distrito, como ele já vira acontecer outras vezes.

Animado pela distração, ele observava o triste grupo, mas não sem tecer algumas considerações insatisfeitas em seu secreto mau humor. Ele sentia compaixão por aqueles pobres-diabos, um dos quais ia de cabeça baixa e dava cada passo com relutância, mas ao mesmo tempo lhe pareceu que eles não estavam assim tão mal quanto sugeria sua situação no momento.

"Cada um desses prisioneiros", ele pensou, "tem pela frente, como objetivo ardentemente desejado, o dia em que sairá da prisão e será livre novamente. Porém eu não tenho tal dia pela frente, nem perto nem longe, mas apenas um cômodo e infindável cativeiro, interrompido somente por algumas parcas horas roubadas de presumida liberdade. É possível que um ou outro desses pobres sujeitos agora me vejam aqui sentado e me invejem profundamente. Mas assim que estiverem livres e voltarem à vida, a inveja terá um fim, e eles pensarão em mim apenas como um pobre coitado bem nutrido, sentado atrás de grades elegantes."

Ainda enquanto, absorto ante a visão dos condenados conduzidos pelos soldados, ele se ocupava com esses pensamentos, um irmão se aproximou e anunciou que ele era esperado pelo guardião em seu gabinete. O padre Matthias proferiu gentilmente a saudação e o agradecimento de hábito, levantou-se com um sorriso, pôs o livro em seu lugar, espanou a manga marrom de sua batina na qual dançava um reflexo de luz que vinha da água e lhe pintava manchas cor de ferrugem e, com seu indefectível andar elegante e digno, atravessou os longos e frios corredores e foi ter com o guardião.

Este o recebeu com moderada cordialidade, ofereceu-lhe uma cadeira e iniciou uma conversa sobre os tempos difíceis, o aparente retraimento do reino de Deus na Terra e a crescente inflação. Padre Matthias, que já conhecia de cor esse discurso, enunciou com seriedade as respostas e observações esperadas e aguardou com alegre expectativa o seu desfecho, do qual seu digno superior se aproximava sem qualquer pressa. Era muito necessária, este concluiu então com um suspiro, uma excursão ao campo, na qual Matthias deveria animar a fé de almas fiéis e repreender a inconstância das infiéis e da qual, esperava-se, ele traria para casa um belo espólio de oferendas. O momento era extraordinariamente favorável, já que num distante país meridional, por ocasião de uma revolução política, igrejas e mosteiros haviam sido saqueados de forma sangrenta, fato que todos os jornais haviam noticiado. Então ele forneceu ao padre uma esmerada seleção de detalhes, em parte terríveis, em parte comoventes, sobre esses recentes martírios da batalhadora Igreja.

O padre agradeceu e retirou-se satisfeito, tomou notas em sua caderneta, refletiu com os olhos fechados sobre sua missão e encontrou uma série de sentenças e soluções felizes, à hora habitual foi para a mesa bem-disposto e passou a tarde ocupado com os muitos pequenos preparativos para a viagem. Logo sua humilde trouxa estava pronta; muito mais tempo e cuidado, porém, exigiram as cartas anunciando sua chegada às casas paroquiais e aos fiéis e hospitaleiros devotos, alguns dos quais ele já conhecia. À tardinha, ele levou um punhado de cartas ao correio e depois ainda se demorou um tempo no telégrafo. Por fim, reuniu um bom suprimento de pequenos folhetos, panfletos e santinhos e depois dormiu o sono profundo e tranquilo de um homem bem preparado para realizar um trabalho honroso.

2

Pela manhã, imediatamente antes de sua partida, houve ainda uma pequena cena desagradável. Vivia no mosteiro um jovem irmão leigo de inteligência limitada, que por um tempo sofrera de epilepsia, mas que, em razão de sua mansa inocência e afetuosa solicitude, era estimado por todos na casa. Esse jovem simplório acompanhou o padre Matthias até a estrada de ferro, carregando sua pouca bagagem. Já no caminho ele se mostrou um tanto agitado e perturbado, mas de repente na estação, com gestos de súplica, arrastou o padre prestes a partir até um canto onde não havia outras pessoas e, com lágrimas nos olhos, pediu-lhe em nome de Deus que desistisse da viagem, cujo funesto desfecho lhe fora anunciado por um infalível pressentimento.

"Eu sei, o senhor não voltará!", ele exclamou às lágrimas, com o semblante transtornado. "Oh, tenho certeza de que o senhor nunca mais voltará!"

O bom Matthias fez todos os esforços para dissuadir o desconsolado rapaz, cuja afeição conhecia; no final, ele quase precisou se desvencilhar dele com violência e pulou para dentro do vagão quando as rodas do trem já começavam a girar. E, enquanto se afastava, viu de longe o rosto apreensivo do jovem retardado voltado para ele com melancolia e preocupação. A humilde figura em sua batina surrada e remendada acenou longamente numa suplicante despedida e ainda por algum tempo um discreto calafrio acompanhou o viajante.

Logo, porém, ele foi tomado pela tão ansiada alegria de viajar, o que apreciava acima de todas as coisas, de modo que rapidamente esqueceu a embaraçosa cena e, com olhos satisfeitos e forças tensas da alma, seguiu rumo às aventuras e vitórias de sua expedição. A paisagem montanhosa e rica em florestas, já perpassada pelos primeiros fogos outonais, brilhava pressagiosa ao encontro de um dia esplendoroso, e logo o padre viajante deixou de lado o breviário, junto com a bem equipada caderneta, e, em grata expectativa, olhou pela janela aberta do vagão para o dia vitorioso que era gerado além das florestas e de vales ainda enevoados e ganhava forças para logo se erguer imaculado e resplandecente em azul e dourado. Seus pensamentos saltitavam entre o prazer de viajar e as tarefas que tinha pela frente. Como ele gostaria de pintar a pródiga beleza daqueles dias de colheita, e os iminentes e certos ganhos em frutas e vinho, e como contrastariam com aquele solo paradisíaco os fatos terríveis que ele tinha a relatar sobre os desolados devotos naquele herege país distante!

As duas ou três horas da viagem de trem passaram depressa. Na humilde estação em que o padre Matthias desceu e que ficava solitária em campo aberto junto a um pequeno bosque, esperava-o um belo cabriolé, cujo dono saudou com deferência o hóspede eclesiástico. Ele respondeu em tom afável e subiu satisfeito no confortável veículo, que logo a seguir já passava por campos lavrados e belos prados em direção à próspera aldeia onde se iniciaria sua atividade e que, situada entre vinhedos e jardins, em breve lhe sorriria festiva e acolhedora. O feliz recém-chegado contemplou com simpatia a bela e hospitaleira localidade. Ali cresciam cereais e nabos, amadureciam as frutas e o vinho, havia batatas e couve em abundância, em toda parte era sensível um bem-estar e grande prosperidade; como daquele manancial exuberante não se poderia destinar um copo cheio de oferendas também para o hóspede que batia à sua porta? O vigário recebeu-o e lhe ofereceu alojamento na casa paroquial, e também lhe comunicou que o sermão do convidado na igreja da aldeia já estava anunciado para aquela noite e que, levando em consideração a fama do senhor padre, era de esperar também um considerável afluxo de fiéis da paróquia filial. O hóspede recebeu a lisonja com amabilidade e fez um esforço por cercar o seu colega de gentilezas, pois conhecia muito bem a propensão dos pequenos párocos da província a sentirem ciúmes quando convidados eloquentes e bem-sucedidos subiam em seus púlpitos.

Por outro lado, o vigário se prevenira com um almoço bastante suntuoso, que foi servido logo após a chegada à casa paroquial. E também aqui Matthias soube encontrar o meio-termo entre o dever e o prazer, dando conta, sob o lisonjeiro reconhecimento das artes culinárias locais e com são apetite, do que lhe era oferecido, sem exceder — muito menos no caso do vinho — a medida do que seria capaz de digerir, nem se esquecer de sua missão. Revigorado e satisfeito, já após um descanso bastante breve, ele pôde dizer ao anfitrião que se sentia plenamente disposto a começar seu trabalho nas vinhas do Senhor. Assim, se o anfitrião tinha a má intenção de paralisar o nosso padre com tão opulenta hospitalidade, ele fracassara totalmente.

Em compensação, o vigário havia arranjado para o hóspede um trabalho que nada deixava a desejar em termos de dificuldade e delicadeza. Havia pouco tempo, numa casa de campo recém-construída, vivia naquela aldeia, onde nascera seu falecido marido, a viúva de um rico cervejeiro, que não era menos conhecida e temida por sua mente cética e sua língua desenvolta e elegante do que por seu dinheiro. Essa sra. Franziska Tanner estava em primeiro lugar na lista de visitas especiais que o vigário recomendara ao padre Matthias.

Assim, pouco preparado pelo colega clerical para o que tinha pela frente, o saciado padre apareceu, na hora esperada da tarde, na casa de campo da sra. Tanner, à qual se fez anunciar. Uma simpática criada conduziu-o até a sala de visitas, onde ele teve que esperar por longo tempo, o que, parecendo-lhe uma falta de respeito, o desconcertou e o advertiu. Então, para sua surpresa, não entrou na sala uma viúva camponesa vestida de preto, mas uma dama em seda cinza lhe deu calmamente as boas-vindas e lhe perguntou o que desejava.

E então ele bateu, uma após a outra, em todas as teclas, e todas falharam, e lance após lance, todos caíam no vazio, enquanto a habilidosa mulher se esquivava sorridente e, frase após frase, lançava novas armadilhas. Se ele usava um tom solene, ela começava a brincar; se ele vinha com ameaças espirituais, ela trazia à luz inocentemente a sua riqueza e seu apreço por obras de caridade, de modo que ele se inflamava outra vez e recomeçava a argumentar, e ela então dava claramente a entender que sabia de sua intenção final e estava disposta a doar dinheiro apenas se ele pudesse lhe provar a real utilidade de tal donativo. Se ela acabava de enredar o nada desajeitado cavalheiro com um leve e sociável tom mundano, logo voltava a se dirigir a ele com devoção e reverência, e se ele assumia uma atitude clerical e a admoestava como filha, ela de repente se convertia numa fria dama.

Apesar desses jogos de máscaras e disputas retóricas, os dois simpatizaram um com o outro. Ela apreciou no belo padre a atenção masculina com a qual ele procurava acompanhar seu jogo e poupá-la na derrota, e ele, em meio ao suor da aflição, sentia um secreto prazer natural com o espetáculo do desembaraçado coquetismo feminino, de modo que, apesar de momentos difíceis, houve uma conversa muito boa e a longa visita transcorreu em boa paz, embora, de forma não pronunciada, a vitória moral tenha ficado do lado da dama. Ela chegou a entregar ao padre uma nota bancária e manifestou reconhecimento perante ele e sua ordem, mas isso aconteceu de forma bastante formal e quase com uma ponta de ironia, e também a ele os agradecimentos e as despedidas lhe saíram tão familiares e mundanos que ele até mesmo se esqueceu da habitual bênção solene.

As demais visitas na aldeia foram um tanto abreviadas e transcorreram como de costume. O padre Matthias ainda se recolheu por meia hora em seu aposento, do qual saiu bem preparado e revigorado para proferir o seu sermão.

Esse sermão teve um êxito extraordinário. Entre os altares e mosteiros saqueados no longínquo Sul e a necessidade do próprio mosteiro por alguns fundos monetários surgiu, como que por magia, uma íntima conexão, que se baseava menos em frias deduções lógicas do que numa atmosfera de compaixão criada e estimulada com artifícios retóricos e numa vaga exaltação religiosa. As mulheres choravam e as caixas de oferendas tilintavam, e o pastor viu com espanto a sra. Tanner sentada entre os devotos, assistindo às vésperas, se não com entusiasmo, pelo menos com a mais gentil das atenções.

Com isso, a solene missão coletora do popular padre tivera um brilhante começo. Seu semblante irradiava devoção ao dever e íntima satisfação; no bolso oculto em seu peito, repousava e crescia o pequeno tesouro, convertido em aprazíveis notas bancárias e moedas de ouro. Nessa altura, não era do conhecimento do padre, e ele tampouco teria se deixado perturbar por isso, que lá fora no mundo os principais jornais noticiavam que a situação dos mosteiros prejudicados por aquela revolução não era tão ruim como parecera na confusão dos primeiros dias.

Seis, sete paróquias tiveram a alegria de recebê-lo, e toda a viagem não poderia ter sido mais satisfatória. Agora, já em direção à vizinha região protestante, enquanto se aproximava do último vilarejo ainda a visitar, ele pensava com orgulho e nostalgia no esplendor desses dias de triunfo e na circunstância de que agora, às gratas emoções de sua jornada, se seguiriam indefinidamente o silêncio do mosteiro e o tédio fastidioso.

Esses períodos eram sempre adversos e perigosos para o padre, pois era quando cessavam os ecos e as emoções de uma grata atividade extraordinária, e por trás do magnífico cenário espreitava o insípido cotidiano. A batalha chegara ao fim, a recompensa estava no bolso, agora nada mais restava de atraente, exceto a alegria fugaz da entrega e o reconhecimento quando chegasse em casa, e essa alegria já não era verdadeira.

Por outro lado, o lugar onde ele guardava seu insólito segredo não ficava muito longe dali, e à medida que ia se apagando nele a disposição festiva e se aproximava o momento de voltar ao mosteiro, o desejo de aproveitar a oportunidade e desfrutar de um extravagante e prazeroso dia sem batina tornava-se cada vez mais irresistível. Ainda ontem, ele não teria querido saber de nada disso, porém todas as vezes acontecia a mesma coisa, e ele já estava cansado de lutar contra ela: no final dessas viagens, sempre o Tentador de repente aparecia, e quase sempre lhe tomava as rédeas. Foi o que aconteceu também dessa vez. O pequeno vilarejo ainda foi visitado e conscienciosamente atendido, então o padre Matthias foi a pé até a próxima estação, deixou passar impassível o trem que o conduziria para casa e comprou uma passagem para a cidade grande mais próxima, que ficava em território protestante e lhe oferecia segurança. Na mão, porém, ele tinha uma bela valise, que no dia anterior ninguém o vira carregar.

3

Na estação de um movimentado subúrbio, na qual muitos trens entravam e saíam continuamente, o padre Matthias desceu do vagão carregando sua valise e, com toda a calma, sem ser notado por ninguém, dirigiu-se a uma pequena edificação de madeira, em cuja placa branca estava escrito "PARA HOMENS". Nesse local, ele se demorou pelo menos uma hora, até o exato momento em que diversos trens despejaram uma nova multidão na plataforma, e, quando saiu, ainda carregava a mesma valise, mas já não era o padre Matthias, e sim um cavalheiro alegre e gentil, bem-vestido, embora não totalmente de acordo com a moda, que então deixou sua bagagem em guarda no guichê da estação para, em seguida, ainda sem nenhuma pressa, se pôr a caminho da cidade, onde pôde ser visto ora na plataforma de um bonde, ora diante de uma vitrine, até que finalmente desapareceu no bulício das ruas.

Com a incessante e múltipla vibração sonora, com o brilho das lojas e a poeira ensolarada das ruas, o sr. Matthias respirou a inebriante variedade e o agradável colorido do insensato mundo, para os quais seus sentidos pouco embotados eram receptivos, e entregou-se de bom grado a cada uma das muitas alegres impressões. Era magnífico ver as damas elegantes passeando com chapéus de plumas ou em luxuosas carruagens, era delicioso tomar café da manhã num belo local com mesas de mármore, uma xícara de chocolate e um delicado, doce licor francês. E em seguida, interiormente aquecido e animado, flanar pelas ruas, informar-se nas colunas de anúncios sobre as diversões prometidas para a noite e pensar em qual seria o melhor lugar para almoçar; isso lhe fazia bem, ao corpo e à alma. Ele cedia a todos esses prazeres, tanto aos maiores quanto aos menores, sem pressa, com grata infantilidade, e quem o observasse jamais teria imaginado que aquele singelo e simpático cavalheiro pudesse estar trilhando caminhos proibidos.

Um esplêndido almoço, prolongado com café preto e um charuto, levou Matthias pela tarde adentro. Ele se sentou perto de uma das enormes janelas que iam até o chão do restaurante e de onde, através da fumaça perfumada de seu charuto, observava com deleite a rua movimentada. Ele se sentia um pouco pesado por causa da comida e do longo tempo sentado e assistia indolente à passagem dos transeuntes do lado de fora. Apenas uma vez ele se aprumou de repente e, ligeiramente enrubescido, olhou com atenção especial para uma elegante figura feminina, na qual por um instante pensou ter reconhecido a sra. Tanner. Mas ele viu que se enganara, sentiu um leve desapontamento e levantou-se para seguir caminho.

Uma hora depois ele estava parado indeciso diante dos cartazes de um teatro cinematográfico, lendo os títulos impressos em letras graúdas que anunciavam as apresentações. Ele segurava na mão um charuto aceso e de repente foi interrompido na leitura por um jovem que educadamente lhe pediu fogo para seu charuto.

Solícito, ele atendeu ao pequeno pedido, olhou para o estranho e disse: "Parece-me que já o vi antes. O senhor não estava no Café Royal esta manhã?".

O estranho disse que sim, agradeceu gentilmente, levou a mão ao chapéu e fez menção de seguir, mas de repente mudou de ideia e disse com um sorriso: "Acho que ambos somos de fora. Estou em viagem e nada procuro além de algumas horas de boa conversa e talvez um pouco de gentil feminilidade para a noite. Se não se importar, podemos nos fazer companhia".

Isso agradou deveras ao sr. Matthias, e agora os dois flanavam juntos, lado a lado, o estranho sempre mantendo cortesmente o mais velho à esquerda. Ele perguntou, sem que com isso soasse impertinente, sobre a origem e as intenções do novo conhecido e, quando notou que Matthias apenas se expressava de forma vaga e quase se mostrava um pouco constrangido, simplesmente deixou as perguntas para lá e começou uma conversa animada, que o sr. Matthias apreciou muito. O jovem sr. Breitinger parecia ser muito viajado e conhecer bem a arte de passar um dia aprazível em cidades desconhecidas. Também naquela ele já havia estado uma e outra vez e se lembrava de vários locais de recreação onde encontrara companhia realmente agradável e desfrutara de horas bastante prazerosas. Assim logo se estabeleceu, com o grato consentimento do sr. Matthias, que ele assumiria a liderança. Apenas num ponto delicado o sr. Breitinger se permitiu tocar antecipadamente. Ele pediu que não o levasse a mal se fazia questão de que sempre cada um pagasse sua despesa no ato e de seu próprio bolso. Era porque, acrescentou se desculpando, embora longe de ser um homem calculista e avarento, em questões de dinheiro ele apreciava uma ordem rigorosa e, além disso, não estava disposto a sacrificar mais do que algumas poucas coroas de ouro para o seu divertimento naquele dia, e se acaso seu companheiro tivesse hábitos mais suntuosos, então seria melhor se separarem em boa paz do que correrem o risco de decepções e aborrecimentos.

Também essa franqueza caiu bem ao gosto de Matthias. Ele disse que umas coroas a mais ou a menos não lhe faziam diferença, mas que concordava de bom grado e estava de antemão convencido de que os dois se dariam muito bem.

Aliás, Breitinger, como ele próprio disse então, já sentia alguma sede e, de qualquer forma, em sua opinião, estava na hora de comemorar o agradável conhecimento e brindar com um bom copo de vinho. Ele conduziu o amigo por ruas desconhecidas até uma pequena taverna mais afastada, onde se podia ter certeza de obter um vinho excepcional, e por uma porta de vidro que se abriu com rangidos, eles entraram no acanhado local de teto baixo, onde eram os únicos clientes. A pedido de Breitinger, um taverneiro um tanto mal-educado trouxe uma garrafa, que então abriu e da qual lhes serviu um vinho amarelo-claro, fresco e levemente frisante, com o qual eles fizeram o brinde. Então o taverneiro se retirou, e logo apareceu em seu lugar uma moça alta e bonita, que cumprimentou os cavalheiros com um sorriso e que, tão logo se esvaziou o primeiro copo, assumiu o serviço.

"Saúde!", disse Breitinger a Matthias, e voltando-se para a moça: "Saúde, bela senhorita!".

Ela riu e brincou, estendendo ao cavalheiro um saleiro para brindar.

"Oh, você não tem nada para brindar", exclamou Breitinger e foi buscar ele mesmo um copo para ela na cristaleira. "Venha, senhorita, e nos faça um pouco de companhia."

Com isso, encheu o copo dela e convidou-a para se sentar entre ele e o conhecido, e ela não se fez de rogada. Essa descontraída facilidade para travar conhecimentos impressionou o sr. Matthias. Ele também brindou com a moça e arrastou sua cadeira para mais perto dela. Enquanto isso, já havia escurecido no triste recinto, a garçonete acendeu algumas lâmpadas a gás e então observou que não havia mais vinho na garrafa.

"A segunda garrafa é por minha conta!", exclamou o sr. Breitinger. Mas o outro não quis tolerar isso, e houve uma pequena altercação, até que ele cedeu com a condição de que depois se bebesse uma garrafa de champanhe por sua conta. Nesse ínterim, a srta. Meta trouxera a nova garrafa e retomara o seu posto e, enquanto o mais jovem se ocupava da rolha, ela acariciou suavemente debaixo da mesa a mão do sr. Matthias, que correspondeu com ardor a essa iniciativa e ainda foi além, pondo o seu o pé sobre o dela. Ela recolheu o pé, mas em compensação acariciou novamente a mão dele, e então eles se mantiveram assim sentados lado a lado, triunfantes, num acordo tácito. Matthias agora estava loquaz, falava sobre o vinho e contava histórias de farras das quais participara antigamente, sempre voltando a brindar com os dois, e o estimulante vinho falsificado fazia seus olhos brilharem.

Quando, algum tempo depois, a srta. Meta disse que tinha uma amiga muito simpática e divertida na vizinhança, nenhum dos cavaleiros teve qualquer objeção a que ela a convidasse para celebrar com eles aquela noite. Uma mulher idosa, que havia substituído o taverneiro, foi incumbida de chamá-la. Quando o sr. Breitinger se retirou por alguns minutos, Matthias agarrou a bela Meta e beijou-a impetuosamente na boca. Ela deixou que isso acontecesse calada e sorridente, mas quando ele ousou e desejou mais, ela o fitou com olhos fogosos e resistiu: "Mais tarde, mais tarde!".

Mais do que os gestos arrefecedores dela, foram os rangidos da porta de vidro que o detiveram, e junto com a velha entrou não só a esperada amiga, mas também uma segunda, com seu noivo, um rapazola deselegante com um chapeuzinho duro e cabelos pretos lisos com uma risca no meio, cuja boca espreitava arrogante e agressiva sob um bigodinho enrolado. Ao mesmo tempo, Breitinger também voltara; foram feitas as apresentações e duas mesas foram encostadas para que todos jantassem juntos. Coube a Matthias fazer o pedido, e ele se decidiu por um peixe seguido de carne assada; além disso, por sugestão de Meta, foi acrescentada uma travessa de caviar, salmão e sardinhas e, a pedido de sua amiga, um bolo de frutas. O noivo, porém, declarou com estranho desprezo e irritação que, sem uma ave, um jantar não servia para nada e, se a carne não fosse seguida de faisão assado, ele preferia nem participar. Meta quis demovê-lo, mas o sr. Matthias, que entrementes passara a um vinho da Borgonha, exclamou alegremente: "Oh, que nada, vamos pedir o faisão! Espero que todos aceitem ser meus convidados!".

Todos aceitaram, a velha desapareceu com o cardápio, o taverneiro reapareceu. Meta agora estava colada a Matthias, a amiga sentada em frente ao sr. Breitinger. A comida, que parecia não provir da cozinha da casa, mas ser trazida da rua, não demorou a ser servida e estava boa. À sobremesa, a srta. Meta apresentou um novo néctar a seu admirador: ele recebeu uma bebida especial, num copo grande sem pedestal, que ela preparara especialmente para ele e que, segundo contou, consistia numa mistura de champanhe, cherry e conhaque. O sabor era bom, apenas um pouco pesado e doce, e ela mesma bebericava do copo a cada vez que o convidava a beber. Matthias quis então oferecer um desses copos ao sr. Breitinger. Este, porém, recusou, pois não gostava de coisas doces, e aquela bebida tinha a triste desvantagem de admitir depois apenas a degustação de champanhe.

"Ho-ho, isso não é desvantagem!", exclamou Matthias muito alto. "Garçom, champanhe!"

Ele irrompeu numa forte gargalhada que fez seus olhos lacrimejarem e, a partir daquele momento, ele era um homem irremediavelmente bêbado, que ria a todo instante sem motivo, derramava vinho sobre a mesa e se deixava arrastar de forma leviana por uma vasta maré de embriaguez e opulência. Algumas vezes, apenas por instantes, ele voltava a si, olhava espantado para a divertida mesa, e segurava a mão de Meta, que beijava e acariciava, para logo largá-la e se esquecer dela novamente. Uma vez ele se levantou para fazer um brinde, mas o instável copo caiu de sua mão e se quebrou, encharcando a toalha, o que o fez irromper mais uma vez numa gargalhada sincera, porém já cansada. Meta puxou-o de volta para a cadeira e Breitinger lhe propôs, com sérios argumentos, um copo de kirsch, que ele bebeu e cujo gosto áspero foi a última coisa que lhe ficou vagamente na memória dessa noite.

4

Depois de um sono pesado, o sr. Matthias acordou e piscou os olhos com uma sensação horrível de vazio, abatimento, dor e náuseas. A dor de cabeça e as tonturas não o deixavam se levantar, seus olhos ardiam secos e inflamados, na mão lhe doía um largo arranhão com uma crosta de sangue, de cuja origem não se lembrava. Lentamente recuperou a consciência, então de repente se sentou na cama e olhou para si mesmo, procurando pontos de apoio para sua memória. Ele estava deitado semidespido, num quarto e numa cama estranha e, quando de repente se ergueu alarmado e foi até a janela, viu na luz da manhã uma rua estranha. Com gemidos, encheu o lavatório de água e banhou o rosto quente e desfigurado e, quando se secava com a toalha, de repente uma suspeita terrível atravessou sua mente como um raio. Imediatamente, correu até a sua casaca, que estava no chão, ergueu-a, apalpou-a e virou-a do avesso, revistou todos os bolsos e deixou-a cair de suas mãos trêmulas, horrorizado. Ele fora roubado. A carteira de couro preta, que ele carregava oculta no peito, desaparecera.

Ele fez um esforço e de repente tudo lhe veio à memória. Eram mais de mil coroas em ouro e papel-moeda.

Em silêncio, voltou para a cama e ficou ali estendido como um morto por cerca de meia hora. O torpor do vinho e a sonolência haviam se dissipado por completo, ele também não sentia mais dor, apenas um grande cansaço e tristeza. Lentamente, pôs-se de pé outra vez, lavou-se com cuidado, espanou e alisou, tanto quanto possível, suas roupas sujas, vestiu-se e olhou-se no espelho, onde um rosto inchado e triste o fitava como a um estranho. Então reuniu todas as suas forças numa firme determinação e refletiu sobre sua situação. E então, calmo e amargurado, fez o pouco que lhe restava a fazer.

Antes de mais nada, ele vasculhou meticulosamente toda a roupa, bem como a cama e o chão. A casaca estava vazia, mas nas calças ele encontrou uma nota amassada de cinquenta coroas, além de dez coroas em ouro. De resto, não havia mais nenhum dinheiro.

Então ele tocou a campainha e perguntou ao camareiro que atendeu a que horas ele havia chegado durante a noite. O jovem olhou para ele sorrindo e disse que, se o próprio cavalheiro não conseguia se lembrar, apenas o porteiro saberia lhe dizer.

E ele mandou chamar o porteiro, deu-lhe a moeda de ouro e o interrogou. Quando ele havia sido trazido para a hospedaria? — Por volta das doze horas. — Ele estava inconsciente? — Não, apenas parecia embriagado. — Quem o trouxera ali? — Dois homens jovens. Eles disseram que o cavalheiro havia se excedido num banquete e desejava dormir ali. No começo, ele não quis aceitá-lo, mas depois foi convencido por uma boa gorjeta. — O porteiro reconheceria os dois homens? — Sim, ou melhor, apenas um deles, aquele com o chapéu duro. Matthias dispensou o homem e pediu a conta e uma xícara de café. Ele o bebeu quente, pagou e foi embora.

Ele não conhecia a parte da cidade onde ficava a sua hospedaria e ainda que, depois de muito andar, tenha dado em ruas mais ou menos conhecidas, não conseguiu encontrar, em várias horas de busca cansativa, a pequena taverna onde haviam sucedido os acontecimentos da véspera.

De qualquer forma, ele quase não nutria esperanças de recuperar sua perda. Desde o momento em que, assaltado pela suspeita repentina, revistara sua casaca e encontrara o bolso vazio, em seu íntimo estava convencido de que nem mesmo o mínimo poderia ser salvo. Esse sentimento nada tinha a ver com a sensação causada por um aborrecimento eventual ou uma grande tragédia, mas estava isento de qualquer revolta e parecia antes uma aceitação definitiva, ainda que amarga, perante o que acontecera. Esse sentimento de harmonia entre o acontecido e a própria disposição de espírito, entre a necessidade externa e a interna, do qual muito poucas pessoas raramente são capazes, salvou do desespero o pobre padre ludibriado. Nem por um instante ele pensou em se safar de alguma maneira astuciosa e fraudar a própria honra e respeito, tampouco lhe passou pela cabeça atentar contra si mesmo. Não, tudo o que sentia era uma necessidade perfeitamente clara e justificada, que o entristecia, é verdade, mas contra a qual ele não se revoltou com um só pensamento. Mais forte do que o medo e a preocupação, nele estava presente, embora ainda oculto e inconsciente, o sentimento de uma grande redenção, pois agora, sem qualquer dúvida, havia sido posto um fim à sua insatisfação e à ambígua vida dupla que levara em segredo durante anos. Agora ele sentia, como em algumas outras vezes após pequenas transgressões, a dolorosa libertação interior de um homem que se ajoelha diante do confessionário e que, a despeito da humilhação e punição que tem pela frente, já sente ceder em sua alma o fardo opressivo de atos escusos.

Contudo, ele ainda não tinha clareza sobre o que deveria fazer. Se em seu íntimo ele já havia se desligado da ordem e renunciado a toda honra, por outro lado, ter que se submeter a todas as cenas horríveis e dolorosas de uma condenação e expulsão solenes parecia-lhe desagradável e de todo inútil. Afinal, do ponto de vista secular, ele não cometera nenhum crime tão vergonhoso, e quem roubara a vultosa soma que pertencia ao mosteiro não havia sido ele, e sim, ao que tudo indicava, o sr. Breitinger.

A única coisa que estava clara é que algo decisivo tinha que acontecer ainda naquele dia; pois, se ele passasse muito mais tempo fora do mosteiro, haveria suspeitas e investigações, e sua liberdade de ação seria tolhida. Cansado e faminto, ele procurou um restaurante, tomou um prato de sopa e, rapidamente saciado e ainda atormentado pelas imagens que se embaralhavam em sua memória, olhou para a rua com olhos cansados através da janela, exatamente como fizera na véspera mais ou menos à mesma hora.

Enquanto examinava de vários ângulos a sua situação, sentiu pesar-lhe cruelmente na alma que não tivesse na Terra uma só pessoa a quem pudesse confidenciar e lamentar a sua miséria e de quem pudesse esperar que o ajudasse e aconselhasse, que o censurasse ou o salvasse ou apenas o reconfortasse. Uma cena a que ele assistira havia somente uma semana, e da qual se esquecera por completo, de repente surgiu de forma estranha e comovente em sua memória: o jovem irmão leigo retardado, com sua batina remendada, na estação de trem próxima ao mosteiro, assistindo amedrontado e suplicante à sua partida.

Ele repeliu energicamente essa imagem e forçou seus olhos a seguirem a vida nas ruas lá fora. Então, por estranhos caminhos da memória, de repente surgiu diante de sua alma um nome e uma figura, aos quais ele imediatamente se agarrou com uma confiança instintiva.

Essa figura era a da sra. Franziska Tanner, aquela jovem e rica viúva cujo espírito e discernimento não fazia muito tempo o haviam impressionado e cuja imagem graciosamente austera o acompanhara de forma oculta. Ele fechou os olhos e a viu em seu vestido de seda cinza, com a boca inteligente e quase zombeteira no belo rosto pálido, e quanto mais de perto ele observava e mais nitidamente lhe voltavam à mente o som de sua voz clara e o olhar firme e silencioso de seus olhos cinzentos, mais fácil, mais evidente lhe parecia, em sua situação invulgar, apelar para a confiança daquela mulher invulgar.

Grato e feliz por finalmente ver com clareza diante de si o próximo trecho de seu caminho, ele partiu sem demora a fim de pôr em prática a sua decisão. A partir desse minuto até aquele em que de fato estava diante da sra. Tanner, todos os seus passos foram rápidos e seguros, apenas uma única vez ele hesitou. Foi quando chegou novamente à estação do subúrbio em que na véspera havia começado seu pecado e desde então estava guardada a sua valise. Ele estava propenso a aparecer diante da venerável senhora como padre, com a batina, para não lhe causar um choque muito grande e por isso tomara o caminho até ali. Agora, porém, quando precisava dar apenas um passo até o guichê para recuperar seus pertences, de repente essa intenção lhe pareceu tola e desonesta; de fato, ele sentia, como nunca antes, verdadeiro terror e repulsa por retornar ao traje monástico, de modo que alterou seu plano no último momento e jurou a si mesmo nunca mais vestir a batina, acontecesse o que acontecesse.

Nesse momento, ele não sabia nem considerou que, junto com seus demais pertences e valores, havia sido levado também o comprovante da bagagem. De qualquer forma, ele deixou sua valise para trás e percorreu de volta, agora em simples trajes civis, o mesmo caminho pelo qual viera na manhã do dia anterior, ainda como padre. Durante o trajeto, sentia seu coração palpitar e, à medida que se aproximava de seu destino, aumentava seu constrangimento, pois ele passava novamente pela região em que dias antes fizera suas prédicas, e supunha em cada novo passageiro alguém que o reconheceria e seria o primeiro a assistir à sua desonra. Mas o acaso e a noite que se aproximava o favoreceram, de modo que ele chegou à última estação sem ser reconhecido ou importunado.

Enquanto caía a noite, ele avançava com pernas cansadas em direção à aldeia pelo mesmo caminho que percorrera pela última vez à luz do sol, num cabriolé, e ainda na mesma noite, uma vez que notara luz atrás das portadas das janelas, tocou a sineta do portão da casa de campo da sra. Tanner.

A mesma empregada do outro dia veio atender e perguntou-lhe o que desejava, sem reconhecê-lo. Matthias pediu para falar com a dona da casa ainda naquela noite e deu à moça um bilhete lacrado, que ele escrevera por precaução antes de deixar a cidade. Receosa em razão da hora tardia, ela o deixou esperando do lado de fora, fechou o portão e se ausentou por momentos aflitivos.

Mas então ela voltou e abriu depressa o portão, pediu-lhe que entrasse, desculpando-se embaraçada por seus receios anteriores, e conduziu-o até sala de estar da dona da casa, que ali o esperava sozinha.

"Boa noite, sra. Tanner", ele disse com uma voz um pouco envergonhada, "posso incomodá-la novamente por alguns instantes?" Ela o cumprimentou cerimoniosamente e olhou para ele.

"Como o senhor vem, conforme me diz seu bilhete, por conta de um assunto muito importante, fico feliz de estar à sua disposição. — Mas que trajes são esses?"

"Vou lhe explicar tudo, por favor, não se assuste! Eu não a teria procurado se não tivesse confiança de que não me abandonaria sem conselhos e sem compaixão numa situação tão difícil. Oh, venerada senhora, o que foi feito de mim!"

Sua voz se embargou, e ele parecia sufocado por lágrimas contidas. Mas se recompôs bravamente, pediu exaustivas desculpas e, então, repousando numa confortável poltrona, iniciou seu relato. Ele começou dizendo que havia vários anos estava cansado da vida monástica e era culpado de diversos delitos. A seguir, fez uma breve descrição de sua vida pregressa e dos tempos de mosteiro, de suas viagens em pregação, bem como de sua última missão. E depois contou, sem muitos detalhes, mas de forma sincera e compreensível, sua aventura na cidade.

5

Seguiu-se ao seu relato uma longa pausa. A sra. Tanner ouvira atentamente e sem qualquer interrupção, ora sorrindo, ora sacudindo a cabeça, mas seguira cada palavra com a mesma seriedade tensa. Agora estavam ambos calados havia algum tempo.

"Antes de mais nada, o senhor não gostaria de comer alguma coisa?", ela finalmente perguntou. "De qualquer forma, o senhor pode pernoitar aqui, na casa do jardim."

O padre aceitou a acolhida com gratidão, mas não quis saber de comer e beber.

"O que o senhor quer de mim?", ela perguntou calmamente.

"Sobretudo o seu conselho. Eu mesmo não sei exatamente de onde vem a minha confiança na senhora. Mas, em todas essas horas ruins, não me ocorreu mais ninguém em que eu pudesse depositar alguma esperança. Por favor, diga-me o que devo fazer!"

Então ela sorriu um pouco.

"É realmente uma pena", ela disse, "que o senhor não me tenha perguntado naquele outro dia. Posso muito bem entender que, para um monge, o senhor seja bom demais ou apegado demais à vida. Mas não é bom que tenha preferido realizar tão secretamente o seu regresso à vida mundana. Agora o senhor está sendo punido por isso. A sua saída da ordem, que deveria ter sido feita de livre vontade e de forma honrosa, terá que ser feita independentemente da sua vontade. Parece-me que o senhor não tem outra opção além de expor o seu caso com toda a franqueza aos seus superiores. Também não pensa assim?"

"Sim, penso; não imaginei fazer outra coisa."

"Muito bem. E depois, o que vai ser do senhor?"

"É essa a questão! Não há dúvida de que não serei mantido na ordem, o que eu também jamais aceitaria. Minha vontade é começar uma vida tranquila como um homem honesto e trabalhador; sim, pois estou disposto a fazer qualquer trabalho decente e tenho alguns conhecimentos que me podem ser úteis."

"Está certo, era o que eu esperava do senhor."

"Sim. Mas eu não apenas serei expulso, como também terei que me responsabilizar pessoalmente pelas somas que me foram confiadas e que pertencem ao mosteiro. Mas, sobretudo, como não roubei esse dinheiro, e sim o perdi para gatunos, seria extremamente injusto que eu fosse responsabilizado como um vigarista qualquer."

"Sim, entendo. Mas como pretende impedir isso?"

"Ainda não sei. Eu tentaria, como é evidente, restituir o dinheiro da forma mais rápida e integral possível. Se me fosse possível obter uma fiança e um prazo, um processo judicial poderia ser totalmente evitado."

A mulher fitou-o perscrutadora.

"Quais seriam seus planos nesse caso?", ela perguntou calmamente.

"Eu procuraria um trabalho fora do país e antes de mais nada me empenharia em saldar essa dívida. Se, no entanto, a pessoa que me afiançar, me aconselhar outra coisa e desejar me aproveitar de outra maneira, naturalmente esse desejo seria para mim uma ordem."

A sra. Tanner levantou-se e deu alguns passos agitados pela sala. Parou na penumbra, fora do círculo de luz da lâmpada, e dali disse com voz baixa: "E a pessoa da qual fala e que deverá afiançá-lo, o senhor pensa que seja eu?".

O sr. Matthias também se levantara.

"Se a senhora o desejar — sim", disse ele, respirando profundamente. "Como me abri a tal ponto para a senhora, a quem eu pouco conhecia, terei também mais essa ousadia. Oh, minha cara sra. Tanner, quase não posso acreditar que me atreva a tanto em minha situação miserável. Mas não conheço nenhum juiz a cujo veredicto eu me submeteria tão facilmente e de bom grado, qualquer que ele fosse, além da senhora. Diga uma palavra, e agora mesmo desaparecerei da sua vista para sempre."

Ela voltou para junto da mesa, onde repousavam desde a tarde um fino bordado e um jornal dobrado, e escondeu as mãos ligeiramente trêmulas atrás das costas. Então deu um sorriso muito suave e disse: "Obrigada por sua confiança, sr. Matthias, ela está em boas mãos. Mas negócios não devem ser decididos em atmosfera noturna. Agora vamos descansar, a empregada o acompanhará até a casa do jardim. Amanhã de manhã, às sete horas, tomaremos o café da manhã aqui e conversaremos mais, e o senhor ainda poderá tomar o primeiro trem sem dificuldades".

* * *

Naquela noite, o fugitivo sacerdote teve um sono muito melhor do que sua benévola anfitriã. Num profundo descanso de oito horas, ele recuperou o sono perdido em dois dias e duas noites e acordou na hora certa bem descansado e com olhos claros, de modo que a sra. Tanner se deparou com ele surpresa e satisfeita no café da manhã.

Ela mesma perdera com Matthias a maior parte de seu descanso noturno. O pedido do padre, no que concernia apenas ao dinheiro perdido, não a teria perturbado dessa maneira. Mas seu coração fora tocado de forma inquietante ao ter diante de si um estranho que ela antes cruzara fugazmente em seu caminho apenas uma vez e que na hora da aflição fora ter consigo tão cheio de confiança, quase como um filho com sua mãe. E que ela própria na verdade não tivesse se espantado com isso, que o tivesse compreendido sem hesitações e quase tomado como algo esperado, quando de um modo geral era mais propensa a levantar suspeitas, parecia indicar que entre ela e o estranho existiam fortes traços de fraternidade e de secreta harmonia.

Já antes, em sua primeira visita, o padre lhe causara uma impressão agradável. Ela reconhecera nele uma pessoa corajosa e de boa índole; além disso, ele era um homem bonito e culto. O que ela soubera agora não havia mudado em nada esse julgamento, mas a figura do padre fora exposta à luz incerta da aventura, que inegavelmente revelara certa vulnerabilidade em seu caráter.

Tudo isso teria bastado para o homem ter sua compaixão, e ela absolutamente não teria se importado com a fiança ou com a quantia de dinheiro que lhe era pedida. Porém, com a inusitada simpatia que a ligava ao estranho e que não diminuíra nem mesmo com os pensamentos inquietos daquela noite, tudo estava iluminado por uma outra luz, sob a qual os negócios e a vida pessoal se interligavam estreitamente e coisas insignificantes pareciam importantes, até mesmo fatídicas. Se aquele homem tinha tanto poder sobre ela e havia tanta atração entre eles, um presente não resolveria a questão, mas era preciso que desse fato resultassem circunstâncias e relações duradouras que, pelo menos em sua vida, poderiam vir a ter grande importância.

Ajudar o ex-padre a sair da dificuldade e a ir para o estrangeiro apenas com a sua contribuição financeira e, como um simples negócio, excluir toda e qualquer participação em seu destino, estava fora de questão, para isso ela o tinha em demasiado alta consideração. Por outro lado, em razão das confissões no mínimo estranhas que ele lhe fizera, ela hesitava em aceitá-lo em sua vida, cuja liberdade e conformação geral ela apreciava. Por outro lado, abandonar o pobre homem à própria sorte lhe parecia doloroso e impossível.

Então, ela pensou e repensou por diversas horas e quando, após um breve sono, entrou na sala do café da manhã em trajes elegantes, parecia um tanto frágil e cansada. Matthias a cumprimentou e olhou em seus olhos tão profundamente que seu coração logo se reaqueceu. Ela viu que ele levava a sério tudo o que dissera ontem, e não teve dúvidas de que manteria sua palavra.

Ela lhe serviu café e leite, sem nada dizer além das palavras sociais necessárias, e ordenou que mais tarde a carruagem fosse atrelada para o hóspede, pois ele tinha que ir à estação. Ela comeu, delicadamente, um ovo de um copinho de prata e bebeu uma xícara de leite, e apenas quando o convidado também havia terminado seu café da manhã, começou a falar.

"Ontem o senhor me fez", ela disse, "uma pergunta e um pedido, sobre os quais refleti. O senhor também fez uma promessa, que foi a de se ater a tudo que eu decidisse. O senhor falou a sério e pretende manter sua palavra?"

Ele a fitou com um olhar sério e penetrante, e disse simplesmente: "Sim".

"Bem, então quero lhe dizer o que pensei. O senhor sabe que, com seu pedido, não apenas se apresenta como meu devedor, como também deseja se aproximar de mim e de minha vida de uma maneira cujo significado e consequências podem ser importantes para nós dois. O senhor não quer de mim um presente, mas a minha confiança e a minha amizade. Isso me honra e me agrada, mas o senhor mesmo deve admitir que veio a mim com seu pedido num momento em que não se encontra acima de recriminações e em que são cabíveis e possíveis algumas reservas contra a sua pessoa."

Matthias assentiu enquanto enrubescia, mas sorriu um pouquinho também, o que a fez adotar imediatamente um tom mais austero.

"E é por isso, meu caro senhor, que infelizmente não posso aceitar sua proposta. Tenho muito poucas garantias da confiabilidade e da duração de suas boas intenções. Que caráter têm sua amizade e lealdade é algo que também não posso saber, desde que me contou sobre o seu amigo Breitinger. Por isso, estou inclinada a pegá-lo na palavra. Eu o tenho em muito alta estima para recompensá-lo com dinheiro; por outro lado, o meu conhecimento sobre o senhor é muito pouco e incerto para que possa aceitá-lo sem mais em minha vida. Portanto, submeterei a sua lealdade a uma prova talvez demasiado severa, pedindo-lhe que volte para casa, relate ao mosteiro toda a sua história, sujeite-se a tudo, até mesmo à punição pelos tribunais! Se quiser fazer isso de forma corajosa e honesta, sem jamais associar o meu nome ao seu caso, em troca eu lhe prometo que não terei mais dúvidas sobre o senhor e o ajudarei, se tiver coragem e disposição para começar uma nova vida. — O senhor me entendeu e está de acordo com isso?"

O sr. Matthias segurou a mão que ela lhe estendia, olhou com admiração e profunda emoção para o rosto pálido belamente comovido e fez um estranho movimento impulsivo, quase como se quisesse tomá-la em seus braços. Em vez disso, ele fez uma profunda reverência e deu um beijo firme na delicada mão da mulher. Então saiu da sala de cabeça erguida, sem outra despedida, e atravessou o jardim e subiu no cabriolé que esperava do lado de fora, enquanto a mulher, surpresa, observava sua figura alta e seus movimentos determinados com uma estranha mistura de sensações.

6

Quando o padre Matthias, em seu traje civil e com um rosto estranhamente mudado, regressou a seu mosteiro e foi ter diretamente com o guardião, os velhos corredores estremeceram de susto, espanto e uma lasciva curiosidade. Mas ninguém sabia de nada ao certo. Por outro lado, já depois de uma hora, houve uma sessão secreta dos frades superiores, na qual, ainda que com certa reserva, os senhores decidiram manter em segredo o infame caso, relevar o dinheiro perdido e apenas punir o padre com uma longa penitência num mosteiro fora do país.

Quando este foi levado à sala e informado dessa decisão, não foi pouco o espanto que causou aos indulgentes juízes com sua recusa em reconhecer tal veredicto. Mas de nada adiantou ameaçá-lo ou tentar persuadi-lo por bem; Matthias insistiu em pedir seu desligamento da ordem. Caso se quisesse, ele acrescentou, atribuir-lhe pessoalmente a culpa pelos donativos perdidos em razão de sua imprudência e permitir-lhe sua restituição gradual, ele o aceitaria, agradecido, como uma grande misericórdia; do contrário, porém, ele preferiria que seu caso fosse levado a um tribunal secular.

Não era uma decisão fácil e, enquanto os dias se passavam e Matthias era mantido preso e isolado em sua clausura, seu caso escalava todas as instâncias superiores até Roma, sem que o prisioneiro pudesse obter a mínima informação sobre o estado das coisas. Isso poderia ter se estendido ainda por muito mais tempo, se de repente um inesperado impulso vindo de fora não tivesse precipitado os acontecimentos e os conduzido numa outra direção.

Dez dias após o desditoso retorno do padre, as autoridades perguntaram, em caráter oficial e urgente, se porventura o mosteiro havia perdido recentemente um interno ou um traje religioso com tais e tais características, uma vez que esse traje acabara de ser verificado como o conteúdo de uma misteriosa valise depositada em guarda na estação tal. Essa mala, que estava guardada havia exatamente doze dias, teve que ser aberta em razão de um processo em trâmite, pois um vigarista que havia sido detido sob forte suspeita tinha consigo, junto com outros bens roubados, o comprovante de depósito da referida valise.

Um dos padres correu depressa para as autoridades, pediu informações mais detalhadas e, como não as recebeu, viajou imediatamente para a vizinha capital da província, onde fez muitos, porém inúteis esforços de desvincular a pessoa e os rastros do bom padre Matthias do processo contra o vigarista. Ao contrário, o promotor público mostrou um vivo interesse por esses rastros e um grande desejo de, em ocasião oportuna, conhecer pessoalmente o padre Matthias, cuja ausência era desculpada por ele se encontrar acamado.

Com esses eventos, houve de repente uma brusca alteração na tática dos padres. Para salvar o que ainda podia ser salvo, o padre Matthias foi solenemente expulso da ordem, entregue à procuradoria e acusado de apropriação indébita de fundos monásticos. E, a partir de então, o processo do padre ocupou não apenas as pastas dos juízes e advogados, mas também as páginas de todos os jornais como um escândalo, de modo que seu nome ecoou por todo o país.

Como ninguém defendeu o homem, como sua ordem o abandonou por completo, e a opinião pública, representada pelos artigos dos jornais liberais, absolutamente não poupou o padre e aproveitou a ocasião para uma pequena e faceira campanha contra os mosteiros, o acusado caiu num verdadeiro inferno de acusações e difamação e se viu em lençóis muito piores do que aqueles em que pensava ter se metido. Mas ele se portou com bravura em meio a todos os tormentos e não fez uma só declaração que não se sustentasse.

De resto, os dois processos entrelaçados seguiram seu curso rápido. Com estranhos sentimentos, Matthias se via ora como réu perante os vigários e sacristãos daquele distrito missionário, ora como testemunha da bela Meta e em confronto com o sr. Breitinger, que não se chamava Breitinger e era amplamente conhecido como vigarista e proxeneta, sob a alcunha de Jakob, o Finório. Assim que sua participação no caso Breitinger foi esclarecida, este desapareceu com seu séquito das vistas do padre, que então, em poucas e enérgicas sessões, teve seu próprio julgamento preparado.

Desde o começo, ele contava com uma condenação. A revelação dos detalhes daquele dia na cidade, a atitude de seus superiores e a predisposição do público haviam pesado sobre o juízo geral, de modo que os magistrados aplicaram, sobre o seu indiscutível delito, o parágrafo mais perigoso e o condenaram a uma pena de prisão bastante longa.

Foi um golpe sensível para ele, e lhe parecia que sua falta, que não se baseava em nenhuma maldade efetiva, não merecia tão severa punição. O que mais o torturava era o pensamento na sra. Tanner e a dúvida se, quando se apresentasse diante dela, depois de cumprida tão longa pena e sobretudo depois daquele famigerado escândalo, ela ainda o conheceria.

Durante esses dias, a sra. Tanner não se preocupava e se revoltava menos do que ele com o desfecho do caso, e se censurava por tê-lo levado a isso sem necessidade. Ela então lhe escreveu uma cartinha, na qual lhe asseverava sua inalterada confiança e manifestava esperanças de que ele visse na imerecida severidade de sua sentença uma exortação para que se mantivesse interiormente firme e inquebrantável na espera de dias melhores. Mas depois ela pensou que na verdade não havia motivo para duvidar de Matthias, e que devia esperar para saber como ele passaria pela provação. E guardou a carta escrita, sem voltar a olhar para ela, na gaveta da sua escrivaninha, que trancou cautelosamente.

Enquanto isso, o outono chegara ao auge e o vinho já fora prensado, quando, após algumas semanas sombrias, o final da estação trouxe mais uma vez dias quentes, azuis e suavemente límpidos. Espelhado na água em linhas quebradas, na curva do rio verde, o velho mosteiro repousava pacificamente e olhava com muitas janelas para o delicado e dourado dia que florescia. Então, na bela atmosfera do final do outono, no caminho alto na margem escarpada, passou mais uma vez um triste cortejo conduzido por alguns gendarmes armados.

Entre os prisioneiros estava também o ex-padre Matthias, que de vez em quando erguia a cabeça baixa e olhava para a amplidão ensolarada do vale e para o silencioso mosteiro. Ele não estava tendo bons dias, mas sua esperança se mantinha imperturbável e acima de todas as dúvidas, voltada para a imagem da bela e pálida mulher, cuja mão ele segurara e beijara antes de sua amarga jornada na ignomínia. E lembrando-se involuntariamente daquele dia antes de sua fatídica viagem, quando, ainda no abrigo e na sombra do mosteiro, ele olhara para ali com tédio e fastio, um discreto sorriso percorreu seu rosto emagrecido, e aquele Outrora semissatisfeito não lhe pareceu nem um pouco melhor ou mais desejável do que o seu esperançoso Hoje.

(1911)

A olho-de-pavão noturna

Meu hóspede e amigo Heinrich Mohr voltara para casa de sua caminhada vespertina e estava sentado comigo em meu estúdio, ainda na última luz do dia. Diante das janelas, ao longe se estendia o lago pálido, nitidamente contornado pela margem montanhosa. Conversávamos, pois meu filhinho acabara de nos dizer boa-noite, de crianças e de lembranças da infância.

"Desde que tive filhos", eu disse, "algumas paixões da minha meninice se acenderam novamente. Há mais ou menos um ano, eu até mesmo comecei uma coleção de borboletas. Quer vê-la?"

Ele pediu que eu a mostrasse, e eu saí para buscar duas ou três das minhas leves caixas de papelão. Quando abri a primeira delas, ambos percebemos o quão escuro já estava; quase não era possível distinguir os contornos das borboletas estendidas.

Peguei o lampião e risquei um palito de fósforo, e instantaneamente a paisagem submergiu do lado de fora e as janelas se encheram de um compacto azul-noite.

Minhas borboletas, porém, brilhavam magnificamente de dentro da caixa à luz do lampião. Debruçamo-nos sobre elas, observamos as estruturas de belas cores e dissemos seus nomes.

"Esta é uma fita-amarela", eu disse, "seu nome latino é *fulminea*, ela é considerada rara por aqui."

Heinrich Mohr havia tirado cuidadosamente de dentro da caixa uma das borboletas, segurando-a pela agulha, e examinava a parte inferior de suas asas.

"Estranho", ele disse, "nenhuma visão desperta em mim tão fortemente as lembranças de infância como a das borboletas." E, espetando de volta a borboleta em seu lugar e fechando a tampa da caixa: "Já basta!".

Ele disse isso num tom duro e seco, como se essas lembranças lhe fossem desagradáveis. Logo depois, quando eu havia levado a caixa dali e já estava de volta, ele sorriu para mim com o seu estreito rosto moreno e pediu um cigarro.

"Não me leve a mal", ele disse então, "se não olhei atentamente para a sua coleção. Como é natural, também tive uma quando garoto, mas infelizmente eu mesmo estraguei a lembrança dela. Posso lhe contar o que aconteceu, embora seja uma história realmente vergonhosa."

Ele acendeu seu cigarro no cilindro do lampião, que então cobriu com o quebra-luz verde, de modo que nossos rostos mergulharam na penumbra, e se sentou na cornija da janela aberta, onde sua figura magra e elegante quase não se destacava da escuridão. E, enquanto eu fumava um cigarro e lá fora o distante e fragoroso canto dos sapos enchia a noite, meu amigo contou a seguinte história.

Comecei a colecionar borboletas aos oito ou nove anos de idade e no início não tinha nisso, como em outros jogos e passatempos, nenhum entusiasmo especial. Mas no segundo verão, quando eu tinha cerca de dez anos, esse esporte me cativou profundamente e se converteu em tamanha paixão que por diversas vezes ele esteve sob ameaça de proibição, pois por causa dele eu esquecia e ignorava todo o resto. Quando estava caçando borboletas, eu não ouvia o relógio da torre, fosse na escola ou na hora do almoço, e durante as férias era frequente eu ficar fora de casa, com um pedaço de pão na caixa de herborização, do início da manhã à noite, sem voltar para tomar uma refeição.

Hoje ainda sinto algo dessa paixão algumas vezes em que vejo borboletas especialmente bonitas. Então, por alguns instantes, sou tomado pelo indizível e arrebatador encantamento que só as crianças são capazes de sentir e com o qual, quando menino, surpreendi e apanhei a minha primeira cauda--de-andorinha. E então de repente me vêm à memória inúmeros instantes e horas da infância, tardes ardentes na campina seca e perfumada, frescas horas matutinas no jardim ou fins de tarde em misteriosas proximidades de florestas, onde eu espreitava com a minha rede, tal um caçador de tesouros pronto para viver a qualquer momento as mais incríveis surpresas e prazeres. E então quando via uma bela borboleta, nem precisava ser uma especialmente rara, pousada no caule de uma flor ao sol, movendo suas asas coloridas como se respirasse, e o entusiasmo com a captura me tirava o fôlego, quando me aproximava mais e mais, até poder ver todas as cintilantes manchas coloridas e todas as veias cristalinas e todos os finos pelos castanhos das antenas, eu era tomado por uma emoção e um prazer, uma mistura de mansa alegria e desejo voraz, como mais tarde apenas muito raramente voltei a sentir.

Como meus pais eram pobres e não podiam me dar nada desse tipo, eu tinha que guardar minha coleção numa velha caixa de papelão comum. Eu colava rodelas de cortiça cortadas de rolhas para espetar as agulhas no fundo dessas caixas, entre cujas paredes de papelão amassadas eu guardava os meus tesouros. No começo, eu gostava de mostrar a minha coleção aos meus camaradas, mas alguns tinham caixas de madeira com tampas de vidro, caixas para lagartas com paredes de gaze verde e outros luxos, de modo que eu não podia propriamente me gabar do meu equipamento rudimentar. Também minha necessidade disso não era grande e me acostumei até mesmo a esconder capturas importantes e emocionantes e a mostrar as presas apenas para as minhas irmãs. Uma vez eu havia capturado e estacado uma imperador-púrpura, e quando ela estava seca, o orgulho me impeliu a mostrá-la pelo menos ao meu vizinho, o filho de um professor que morava do outro lado do pátio. Esse garoto tinha o vício do perfeccionismo, o que em crianças é duplamente assustador. Ele possuía uma pequena coleção sem importância, mas com sua bela apresentação e conservação correta havia se tornado uma verdadeira joia. Ele até mesmo entendia da arte rara e difícil de rejuntar asas de borboleta danificadas e quebradas e era um menino modelo em todos os sentidos, razão pela qual que eu o odiava com inveja e meia admiração.

Mostrei a minha imperador-púrpura a esse menino ideal. Ele a examinou com profissionalismo, reconheceu sua raridade e lhe atribuiu um valor de cerca de vinte centavos; pois o garoto Emil sabia estimar o valor de todos os objetos colecionáveis, especialmente selos e borboletas. Mas depois ele começou com as críticas, achou que a minha imperador-púrpura estava mal estendida, a antena direita encurvada, a esquerda esticada, e descobriu corretamente ainda mais um defeito, pois faltavam duas patas à borboleta. Eu mesmo não havia dado grande importância a essa falta, mas o pequeno desmancha-prazeres estragara a minha alegria com a minha imperador e eu nunca mais lhe mostrei minhas presas.

Dois anos depois, já éramos meninos grandes, mas a minha paixão ainda estava em pleno florescimento, espalhou-se o boato de que Emil havia capturado uma olho-de-pavão noturna. Isso para mim era muito mais emocionante do que se hoje me dissessem que um amigo meu herdou um milhão ou encontrou os livros perdidos de Tito Lívio. Nenhum de nós jamais havia encontrado a olho-de-pavão noturna; eu a conhecia apenas pela imagem de um antigo livro de borboletas que eu tinha e cujas gravuras coloridas à mão eram infinitamente mais belas e mais precisas do que qualquer moderna impressão em cores. De todas as borboletas cujo nome eu conhecia e que ainda faltavam na minha caixa, nenhuma eu desejava tão ardentemente quanto a olho-de-pavão. Eu admirara tantas vezes a ilustração em meu livro, e um camarada me havia dito: se essa mariposa marrom estiver pousada num tronco de árvore ou numa rocha, e um pássaro ou outro inimigo quiser atacá-la, ela simplesmente abrirá suas escuras asas dianteiras e exibirá as belas asas traseiras, cujos grandes olhos brilhantes são tão estranhos e surpreendentes que o pássaro se assustará e deixará a borboleta em paz.

E agora eu tinha ouvido que o aborrecido Emil possuía esse animal prodigioso! Quando ouvi isso, no primeiro momento senti apenas uma curiosidade ardente e a alegria pela possibilidade de finalmente ver na minha frente o raro animal. Então a inveja se instalou e me pareceu revoltante que fosse justo aquele gorducho enfadonho que capturara a preciosa e misteriosa mariposa. Por isso, eu me contive e não lhe dei a honra de atravessar o pátio e pedir que me mostrasse sua presa. Mas não conseguia parar de pensar nisso e, no dia seguinte, quando o boato foi confirmado na escola, decidi de imediato ir até ele.

Depois do almoço, assim que consegui sair de casa, corri pelo pátio e subi até o terceiro andar do edifício vizinho, onde, ao lado dos quartos das empregadas e entre divisórias de madeira, o filho do professor podia dormir sozinho num pequeno quarto, o que eu muitas vezes lhe invejara. Não encontrei ninguém no caminho e, lá em cima, quando bati na porta do quarto, não obtive resposta. Emil não estava e, quando testei a maçaneta, encontrei aberta a porta que ele costumava trancar meticulosamente quando se ausentava.

Entrei para pelo menos ver o animal e de imediato pus na minha frente as duas grandes caixas nas quais Emil guardava sua coleção. Nas duas, procurei em vão, até lembrar que a mariposa ainda devia estar no quadro de secagem. E ali a encontrei: com as asas marrons estendidas em tiras estreitas de papel, a olho-de-pavão estava presa no quadro, eu me debrucei sobre ela e olhei tudo de muito perto, as pilosas antenas marrom-claras, as elegantes e infinitamente delicadas margens coloridas das asas, a delicada penugem lanosa na borda interna da asa inferior. Só não pude ver os olhos, que estavam escondidos por tiras de papel.

Com o coração palpitante, cedi à tentação de remover as tiras e puxei o alfinete. Então os quatro grandes e estranhos olhos me fitaram, muito mais belos e extravagantes do que na ilustração, e ao vê-los senti um desejo tão irresistível pela posse do magnífico animal que não hesitei em cometer o primeiro roubo da minha vida, soltando com cuidado o alfinete e levando para fora do quarto a borboleta, que já estava seca e não perdera a forma, dentro de minha mão em concha. Ao fazer isso, fui tomado por uma sensação de imensa satisfação.

Com o animal escondido na mão direita, comecei a descer as escadas. Então ouvi que alguém vinha subindo em minha direção e, naquele segundo, minha consciência despertou; de repente, me dei conta de que cometera um roubo e era uma má pessoa; ao mesmo tempo, fui assaltado por um grande medo de ser descoberto, de modo que instintivamente pus no bolso do casaco a mão que ocultava o meu saque. Lentamente, continuei, trêmulo e com uma fria sensação de infâmia e vergonha, passei cheio de medo pela empregada que se aproximava e parei na porta do edifício, o coração batendo forte e a testa banhada de suor, perplexo e assustado comigo mesmo.

Logo percebi que não poderia ficar com a borboleta e que precisava levá-la de volta e, se possível, arrumar tudo como se nada tivesse acontecido. Então, apesar do grande medo de encontrar alguém e ser descoberto, voltei rapidamente, subi depressa as escadas aos saltos e um minuto depois estava de volta ao quarto de Emil. Com cuidado, tirei a mão do bolso e pus

a borboleta em cima da mesa, e antes de olhar para ela novamente, eu já percebera a desgraça e estava prestes a irromper
em lágrimas, pois a olho-de-pavão noturno estava destruída.
Faltavam-lhe a asa dianteira direita e a antena direita e, quando
tentei tirar do bolso com cuidado a asa quebrada, ela estava de
tal forma esfacelada que era impossível pensar em remendá-la.

Quase mais do que pela sensação de roubo, eu estava atormentado pela visão do belo e raro animal que eu havia destruído. Vi grudado em meus dedos o fino pó marrom e a asa
rasgada, e teria renunciado a tudo que possuía e a toda a alegria para sabê-la inteira novamente.

Tomado por uma grande tristeza, fui para casa e fiquei
sentado toda a tarde em nosso pequeno jardim, até que, ao
entardecer, encontrei coragem para contar tudo à minha mãe.
Percebi o quão assustada e triste ela ficara, mas ela deve ter
sentido que só aquela confissão me custara mais do que qualquer castigo.

"Você tem que falar com Emil", ela disse com firmeza, "e
contar a ele você mesmo. É a única coisa que pode fazer e, enquanto isso não tiver acontecido, não poderei perdoá-lo. Você
pode lhe oferecer que ele escolha alguma das suas coisas em
troca, e deve lhe pedir que o perdoe."

Com todos os outros camaradas, teria sido mais fácil do
que com o garoto modelo. Eu tinha a certeza antecipada de
que ele não me entenderia e provavelmente não acreditaria em
mim, e assim se passou a tarde e também boa parte da noite
sem que eu conseguisse ir. Então minha mãe me encontrou
na porta do edifício lá embaixo e disse com voz baixa: "Tem
que ser hoje, vá agora!".

E eu então atravessei o pátio e, no andar térreo, perguntei
por Emil, ele veio e imediatamente me contou que alguém havia estragado a olho-de-pavão e que ele não sabia se tinha sido
uma pessoa má ou talvez um pássaro ou o gato, e eu lhe pedi

que subisse comigo e me mostrasse. Subimos as escadas, ele destrancou a porta do quarto e acendeu uma vela, e eu vi a borboleta estragada sobre o quadro de secagem. Vi que ele havia trabalhado para restaurá-la, a asa quebrada havia sido cuidadosamente estendida e posta sobre um papel úmido, mas o dano era irremediável e também a antena não existia mais.

Então eu disse que havia sido eu, e tentei contar e explicar.

Emil, em vez de ficar furioso e gritar comigo, assobiou baixinho entre os dentes, olhou para mim em silêncio por um tempo e depois disse: "Quer dizer então que você é um desse tipo".

Ofereci-lhe todos os meus brinquedos, e como ele se mantivesse frio e ainda me olhasse com desdém, ofereci a ele toda a minha coleção de borboletas.

Mas ele disse: "Obrigado, já conheço a sua coleção. E hoje deu para ver como você lida com as borboletas".

Naquele momento, não faltou muito para que eu o agarrasse pelo pescoço. Não havia nada a fazer, eu fora e continuava sendo um calhorda, e diante de mim estava Emil, frio, em retidão desdenhosa, como a ordem mundial. Ele nem sequer esbravejou, apenas olhava para mim e me desprezava.

Então vi pela primeira vez que não é possível recuperar nada que já foi estragado. Fui para casa e fiquei feliz por minha mãe não ter me perguntado nada, mas apenas me dado um beijo e me deixado em paz. Era hora de ir para a cama, já era tarde para mim. Antes disso, porém, fui buscar escondido na sala a grande caixa marrom, coloquei-a em cima da cama e a abri no escuro. E então tirei de dentro as borboletas e, uma a uma, esmaguei-as com meus dedos até reduzi-las a pó.

(1911)

A noite de autor

Quando cheguei à cidade de Querburg por volta de meio-dia, fui recebido na estação por um homem com largas suíças grisalhas.

"Meu nome é Schievelbein", ele disse, "sou o presidente da associação."

"Muito prazer", eu disse. "É esplêndido que aqui na pequena Querburg haja uma associação que organiza serões literários."

"Pois é, aqui temos todo tipo de diversão", confirmou o sr. Schievelbein. "Por exemplo, em outubro foi um concerto, e o carnaval aqui é realmente ótimo. — Então hoje à noite é o senhor que vai nos entreter com declamações?"

"Sim, lerei algumas coisas minhas, peças de prosa e poemas mais curtos, o senhor sabe."

"Sim, muito bom. Muito bom. Vamos tomar uma carruagem?"

"Como achar melhor. Não conheço nada por aqui; talvez o senhor possa me indicar um hotel para pernoitar."

O presidente da associação olhou para a mala que o carregador levava atrás de mim. Então o seu olhar examinador passou pelo meu rosto, pelo meu sobretudo, meus sapatos, minhas mãos; era um olhar tranquilo, como num trem se olha para o viajante com o qual se terá que dividir o compartimento por uma noite. Seu exame começava a dar na vista e a me constranger, quando benevolência e cortesia se espalharam novamente por seu semblante.

"Quer ficar na minha casa?", ele perguntou com um sorriso. "O senhor estará tão bem quanto numa pousada, e poderá economizar as despesas de hospedagem."

Ele começou a me interessar; seus modos de patrono e sua dignidade abastada eram divertidos e gentis e, por trás de uma maneira de ser um tanto senhorial, parecia haver muita bondade. Aceitei, portanto, o convite; sentamo-nos numa carruagem aberta, e então pude ver ao lado de quem eu estava sentado, pois nas ruas de Querburg quase não havia uma pessoa que não cumprimentasse o meu patrono com reverência. Eu tinha que levar a minha mão ao chapéu o tempo todo e tive uma noção de como os príncipes se sentem quando precisam sair pelas ruas saudando o povo.

Para iniciar uma conversa, perguntei: "Quantos lugares há no salão no qual eu devo falar?".

Schievelbein lançou-me um olhar quase reprovador: "Isso eu realmente não sei, meu caro; não tenho nada a ver com essas coisas".

"Eu só pensei porque o senhor é o presidente..."

"Sim, sim; mas isso é apenas honorífico, sabe? Quem cuida de toda essa parte formal é o nosso secretário."

"Ah, sim, o sr. Giesebrecht, com quem me correspondi?"

"Sim, ele mesmo. Agora preste atenção, logo vamos passar pelo monumento aos mortos da guerra, e ali, à esquerda, é o novo edifício dos correios. Uma beleza, não?"

"Pelo jeito, vocês não têm uma pedra própria aqui na região", eu disse, "pois fazem tudo de tijolo?"

O sr. Schievelbein olhou para mim com olhos arregalados, depois irrompeu numa gargalhada e bateu com força no meu joelho.

"Mas, homem! Essa é justamente a nossa pedra! Nunca ouviu falar do tijolo de Querburg? É famoso. Todos nós aqui vivemos dele."

Então já estávamos na frente da sua casa. Ela era pelo menos tão vistosa quanto o edifício dos correios. Apeamos e, acima de nós, uma janela se abriu e a voz de uma mulher exclamou para baixo: "Então, você trouxe o cavalheiro afinal? Ah, que bom. Entrem, logo vamos almoçar".

Pouco depois, a dama apareceu na porta da frente e era um ser redondo e alegre, cheio de covinhas e com pequenos dedinhos gordos e infantis. Se alguém ainda pudesse ter alguma reserva a respeito do sr. Schievelbein, aquela mulher dissiparia qualquer dúvida; ela não respirava nada além da mais plácida candura. Apertei com prazer a sua mão quente e acolchoada. Ela olhou para mim como se para um animal fabuloso e disse, meio rindo: "Então aí está o sr. Hesse! Bem, muito bem, muito bem. Mas que coisa, o senhor usa óculos!".

"Sou um pouco míope, minha cara senhora."

Ainda assim, ela parecia achar muito estranho que eu usasse óculos, o que não entendi direito. Mas de resto gostei muito da dona da casa. Ali estava uma sólida burguesia; com certeza, haveria uma excelente refeição.

Enquanto isso, fui conduzido ao salão, onde havia uma palmeira solitária entre móveis de falso carvalho. Toda a decoração se apresentava impecavelmente no mesmo estilo burguês de mau gosto de nossos pais e irmãs mais velhas, que hoje quase não se encontra mais de forma tão pura. Meus olhos se fixaram como que enfeitiçados num objeto reluzente, que logo identifiquei como uma cadeira revestida de alto a baixo de bronze dourado.

"O senhor é sempre tão sério?", perguntou a senhora depois de uma breve pausa.

"Oh, não", exclamei rapidamente, "me desculpe, mas por que a senhora mandou revestir esta cadeira de dourado?"

"O senhor nunca viu? Esteve muito na moda por um tempo, apenas como móvel decorativo, é claro, não para sentar. Eu acho muito bonito."

O sr. Schievelbein tossiu: "De qualquer forma, mais bonito do que as loucuras modernas que hoje em dia somos obrigados a ver na casa dos recém-casados. — Mas ainda não podemos comer?".

A dona da casa levantou-se, e a empregada justamente vinha nos chamar para a mesa. Ofereci meu braço à gentil senhora e passamos por uma sala igualmente pomposa em direção à sala de jantar e a um pequeno paraíso de paz, silêncio e coisas boas que não me sinto capaz de descrever.

Logo vi que ali não era costume distrair-se com conversas durante a refeição, e o meu temor de eventuais inquirições literárias se viu agradavelmente baldado. É ingrato da minha parte, mas não me agrada que os anfitriões estraguem uma boa refeição perguntando-me se já li *Jörn Uhl** e se acho mais bonito Tolstói ou Ganghofer.** Ali havia paz e segurança. Comia-se com rigor e bem, muito bem, e também devo elogiar o vinho, e entre conversas triviais e objetivas sobre variedades de vinho, aves e sopas, o tempo passou maravilhosamente. Foi magnífico, e apenas uma vez houve uma interrupção. Haviam perguntado a minha opinião sobre o recheio do jovem ganso que comíamos, e eu disse que aqueles eram campos do conhecimento com os quais nós, escritores, nos ocupávamos muito pouco, ou algo assim. Então a sra. Schievelbein largou o garfo e olhou para mim com grandes olhos infantis e arregalados: "Ah, então o senhor é também escritor?".

"É claro", eu disse, igualmente surpreso. "É a minha profissão. O que a senhora tinha pensado?"

"Ah, pensei que o senhor só viajasse se apresentando. Uma vez veio um aqui — Emil, como era o nome dele? Sabe, aquele que aquela vez cantou aquelas canções populares da Bavária."

---

* Romance de 1902 do escritor alemão Gustav Frenssen (1863-1945), autor de obras marcadas pelo patriotismo e pelo regionalismo, que se inserem na literatura de massa do Império e, posteriormente, do Terceiro Reich, com a divulgação de ideias colonialistas, racistas e antissemitas. ** Ludwig Ganghofer (1855-1920), escritor alemão de grande sucesso, autor de romances, contos e poemas marcados por suas posições nacionalistas e favoráveis à guerra.

"Sei, aquele daquelas quadrinhas engraçadas…" Mas o sr. Schievelbein também não conseguia se lembrar do nome. E também olhava para mim com espanto e, de alguma forma, com um pouco mais de respeito, então ele se recompôs, cumpriu seu dever social e perguntou com cautela: "Bem, e o que o senhor escreve? Coisas para o teatro?".

Não, eu disse, isso eu nunca havia experimentado. Apenas poemas, novelas e coisas do tipo.

"Ah, bom", ele suspirou, aliviado. E ela perguntou: "Isso não é terrivelmente difícil?".

Eu disse que não, dava para fazer. O sr. Schievelbein, no entanto, ainda tinha lá suas desconfianças.

"Mas não de verdade", ele começou, de novo hesitante, "livros inteiros o senhor não escreve, não é?"

"Escrevo, sim", tive que confessar, "também escrevi livros inteiros." Isso o deixou muito pensativo. Ele continuou a comer em silêncio por um tempo, depois levantou o copo e exclamou, com uma alegria um pouco forçada: "Saúde então!".

No final da refeição, os dois foram ficando cada vez mais quietos e pesados, suspiraram várias vezes profunda e seriamente, e o sr. Schievelbein cruzou as mãos sobre o casaco e estava prestes a adormecer, quando sua esposa o lembrou: "Primeiro vamos beber o café preto". Mas ela também estava com os olhos muito pequenos.

O café foi servido na sala contígua; nos sentamos em móveis estofados azuis, entre muitas contemplativas fotografias de família. Eu nunca tinha visto uma decoração que estivesse tão de acordo com a natureza dos moradores e lhe desse expressão de forma tão perfeita. No meio da sala, havia uma gigantesca gaiola, e dentro dela repousava imóvel um grande papagaio.

"Ele fala?", perguntei.

A sra. Schievelbein reprimiu um bocejo e fez que sim. "Logo o senhor vai ouvir. Depois do almoço, ele sempre fica mais animado."

Teria me interessado saber como ele era normalmente, pois nunca vira um animal menos animado. Suas pálpebras cobriam a metade dos olhos e ele parecia de porcelana.

Mas de fato, depois de um tempo, quando o dono da casa adormeceu e a dama também já cabeceava de forma preocupante na poltrona, o pássaro petrificado abriu o bico e com uma voz arrastada e extremamente parecida com a voz humana proferiu com uma entoação bocejante as palavras que conhecia: "Ó-Deus, ó-Deus, ó-Deus, ó-Deus".

A sra. Schievelbein acordou assustada; ela havia pensado que era o marido, e eu aproveitei o momento para lhe dizer que gostaria de me recolher um pouco em meu quarto.

"Talvez a senhora possa me dar algo para ler", acrescentei.

Ela correu e voltou com um jornal. Mas eu agradeci e disse: "A senhora não tem um livro? Qualquer um".

Então, com um suspiro, ela subiu comigo as escadas até o quarto de hóspedes, me mostrou o quarto e, com certa dificuldade, abriu um pequeno armário no corredor. "Sirva-se, por favor", ela disse e se retirou. Eu pensei que fosse um licor, mas diante de mim estava a biblioteca da casa, uma pequena fileira de livros empoeirados. Ávido, eu me lancei sobre eles, muitas vezes encontram-se tesouros insuspeitados nessas casas. Mas havia apenas dois livros de cânticos, três números antigos de *Über Land und Meer*,* um catálogo da Feira Mundial não sei de que ano em Bruxelas e um dicionário de bolso de coloquialismos da língua francesa.

---

* "Por terras e mares": revista semanal publicada entre 1858 e 1923 em Stuttgart, de orientação conservadora, voltada para temas políticos e também para o entretenimento.

Eu estava justamente me lavando após uma breve sesta, quando bateram na porta e a criada fez entrar um cavalheiro. Era o secretário da associação, que queria falar comigo. Ele lamentava que a venda antecipada tivesse sido muito ruim, mal ia cobrir o aluguel do salão. E se eu não me contentaria com honorários menores. Mas ele não quis saber quando sugeri que seria melhor cancelar a leitura. Apenas suspirou preocupado, e depois disse: "Devo providenciar alguma decoração?".

"Decoração? Não, não é necessário."

"Haveria duas bandeiras disponíveis", ele insistiu, em tom submisso. Por fim, ele se foi e meu humor só começou a melhorar novamente quando me sentei para tomar chá com meus anfitriões, agora outra vez acordados. Havia biscoitos amanteigados, rum e Bénédictine para acompanhar.

No começo da noite, fomos os três ao Âncora Dourada. A plateia afluía em massa ao edifício, de modo que fiquei bastante surpreso; mas as pessoas desapareciam todas atrás das portas duplas de um salão no térreo, enquanto nós subimos para o segundo andar, onde estava tudo bem mais quieto.

"O que está havendo lá embaixo?", perguntei ao secretário.

"Oh, é a orquestra da cervejaria. Tem todo sábado."

Antes que Schievelbein me introduzisse no salão, a boa mulher agarrou minha mão num impulso repentino, apertou-a entusiasmada e disse baixinho: "Oh, estou tão contente por esta noite".

"Por quê?", foi tudo o que consegui dizer, pois o meu estado de espírito era bem outro.

"Bem", ela exclamou calorosamente, "não tem nada melhor do que quando a gente tem a oportunidade de rir para valer!"

Com isso, ela se foi, feliz como uma criança na manhã do seu aniversário.

Quase não pude acreditar.

Fui falar com o secretário. "O que as pessoas estão pensando dessa apresentação?", exclamei, exaltado. "Está me parecendo que elas esperam algo muito diferente de uma noite de autor."

Bem, ele balbuciou timidamente, isso ele não tinha como saber. As pessoas supunham que eu iria dizer coisas engraçadas, talvez também cantar, o resto era assunto meu — e, aliás, com aquela audiência miserável...

Eu o pus para correr e esperei sozinho, com o humor deprimido, numa salinha fria, até o secretário vir me buscar e me levar para o salão. Havia cerca de vinte fileiras de cadeiras, das quais três ou quatro estavam ocupadas. Atrás do pequeno tablado havia uma bandeira da associação pregada na parede. Era horrível. Mas eu estava lá, a bandeira brilhava, a luz a gás se refletia na minha garrafa de água, as poucas pessoas estavam sentadas e esperavam, na primeira fileira estavam o sr. e a sra. Schievelbein. Nada podia me salvar; eu tinha que começar.

Então comecei a ler um poema, e fosse o que Deus quisesse. Todos escutavam cheios de expectativa — mas quando cheguei são e salvo ao segundo verso, a grande orquestra da cervejaria irrompeu com tímpanos e címbalos sob nossos pés. Eu estava tão furioso que derrubei meu copo de água. O público riu efusivamente dessa piada. Depois de ler três poemas, lancei um olhar para o salão. Uma série de rostos sorridentes, perplexos, decepcionados e zangados olhava para mim, cerca de seis pessoas se levantaram transtornadas e abandonaram o desagradável evento. Eu quis ter ido com elas. Mas apenas fiz uma pausa e disse, tanto quanto podia com a música, que infelizmente parecia haver um mal-entendido ali, eu não era um humorista, mas um escritor, um tipo esquisito de pessoa, e um poeta, e que, já que eles estavam ali, leria uma novela.

Então algumas pessoas se levantaram e foram embora.

Mas então os que haviam ficado vieram das fileiras desfalcadas e se concentraram mais perto do tablado; ainda havia umas duas dúzias de pessoas, e continuei a ler e cumpri meu dever, apenas encurtei energicamente a coisa, de forma que após meia hora, tínhamos acabado e estávamos prontos para partir.

A sra. Schievelbein começou a bater palmas furiosamente com suas mãos gordas, mas sozinha não soou tão bem e ela parou enrubescida.

O primeiro serão literário de Querburg estava encerrado. Tive ainda uma breve conversa séria com o secretário; o homem tinha lágrimas nos olhos. Lancei mais um olhar para o salão vazio, onde o ouro da bandeira cintilava solitário, depois voltei para casa com meus anfitriões. Eles estavam tão quietos e solenes quanto depois de um funeral e, quando andávamos lado a lado estupidamente emudecidos, de repente tive um acesso de riso, e logo a sra. Schievelbein se juntou a mim. Em casa, esperava-nos uma primorosa refeição leve e, depois de uma hora, estávamos os três com o melhor dos humores. A dama até mesmo me disse que os meus poemas eram lindos e que gostaria que eu copiasse um para ela.

Isso eu não fiz, mas antes de ir para a cama, entrei furtivamente na sala contígua à de jantar, acendi a luz e me pus diante da grande gaiola. Eu queria ouvir mais uma vez o velho papagaio, cuja voz e entoação pareciam expressar de forma simpática toda aquela amável casa burguesa. Pois o que vive dentro em algum lugar sempre quer se mostrar; os profetas têm rostos, poetas fazem versos, e aquela casa se convertia em som e se manifestava na fala daquele pássaro, a quem Deus dera uma voz, para que ele louvasse a criação.

O pássaro se assustou com o clarão da luz e olhou para mim com olhos vidrados e sonolentos. Então ele se refez, abriu as asas com um movimento indescritivelmente indolente e disse, bocejando, com uma voz fabulosamente humana: "Ó-Deus, ó--Deus, ó-Deus, ó-Deus…".

(1912)

O ciclone

Foi em meados da década de 1890 e na época eu prestava serviços voluntários numa pequena fábrica da minha cidade natal, que ainda no mesmo ano deixei para sempre. Eu tinha cerca de dezoito anos e não sabia o quão bela era minha juventude, embora desfrutasse dela diariamente e sentisse o mundo ao meu redor como o pássaro ao ar. Aos mais idosos, que já não conseguem evocar em detalhes os anos passados, só preciso lembrar que no ano sobre o qual vou contar, nossa região foi assolada por um ciclone ou tempestade como nunca se viu, nem antes nem depois, em nosso país. Foi nesse ano. Dois ou três dias antes, eu cravara um cinzel de aço na minha mão esquerda. Ela tinha uma ferida e estava inchada, eu precisava mantê-la enfaixada e não podia ir trabalhar.

Lembro-me de que durante todo aquele final de verão nosso estreito vale foi tomado por um calor intenso e sufocante como nunca antes e, muitas vezes, as tempestades se sucediam umas às outras sem interrupção o dia inteiro. Havia na natureza uma inquietação quente, pela qual eu era tocado apenas de maneira vaga e inconsciente, mas da qual ainda me lembro em detalhes. No fim da tarde, por exemplo, quando saía para pescar, eu encontrava os peixes estranhamente agitados por causa do ar carregado, eles se misturavam desordenadamente, pulavam para fora da água morna com frequência e corriam às cegas para o anzol. Agora estava finalmente um pouco mais frio e mais calmo, as tempestades eram menos frequentes e as manhãs já cheiravam um pouco a outono.

Uma manhã, saí de nossa casa e me deixei levar para onde minha vontade me conduzisse, um livro e um pedaço de pão no bolso. Como eu costumava fazer desde pequeno, primeiro fui até o jardim atrás da casa, que ainda estava na sombra.

Os abetos plantados por meu pai, que eu próprio conhecera ainda muito jovens e finos como varas, estavam altos e robustos, embaixo deles amontoavam-se as agulhas marrom-claras, e fazia anos nada queria crescer ali além das pervincas. Mas ao lado, numa jardineira fina e comprida, ficavam os pés de flor da minha mãe, que brilhavam alegres em rico esplendor e dos quais todos os domingos eram colhidos grandes buquês. Havia uma espécie que dava pencas de flores vermelho-cinabre e se chamava amor-ardente e uma planta delicada que carregava penduradas em seus ramos finos umas florzinhas vermelhas e brancas em forma de coração, chamadas corações-de-mulher, e um outro arbusto tinha o nome de soberba-fedida. Ao seu lado, erguiam-se os ásteres de caules altos, que ainda não haviam florido e entre os quais rastejavam a gorda sempre-viva com seus espinhos macios e a alegre beldroega, e esse canteiro estreito e alongado era o nosso favorito e o nosso jardim dos sonhos, porque nele ficavam lado a lado tantas flores diferentes que achávamos mais interessantes e nos eram mais caras do que todas as rosas nos dois canteiros redondos. Quando o sol batia ali e refulgia no muro coberto de hera, cada espécie exibia seu caráter e beleza peculiar, os gladíolos gabavam-se opulentos e com cores berrantes, o heliotrópio permanecia cinzento e como que enfeitiçado, envolto em seu doloroso perfume, a crista-de-galo murchava e abaixava-se submissa, mas a aquilégia subia na ponta dos pés e tocava suas campânulas quádruplas. Junto às varas-douradas e à flox azul, enxameavam ruidosas as abelhas e, na opulenta hera, pequenas aranhinhas marrons corriam furiosas para lá e para cá; sobre os goivos, zuniam no ar com os corpos gordos e as asas vítreas umas mariposas velozes e temperamentais chamadas esfinges ou mariposas-colibri.

No sossego daqueles dias de folga, eu passava de flor em flor, sentia o perfume de uma umbela aqui, outra ali, e abria com cuidado algum cálice para olhar dentro dele e observar os misteriosos e pálidos abismos e a silenciosa ordem de nervuras e pistilos, de filetes pilosos e ranhuras cristalinas. Enquanto isso, eu também estudava o nublado céu matutino onde reinava uma peculiar e caótica confusão de listras esfiapadas de névoa e nuvenzinhas em forma de flocos de lã. Parecia que ainda naquele dia haveria uma tempestade, e decidi que à tarde eu iria pescar por algumas horas. Entusiasmado, virei, na esperança de encontrar algumas minhocas, alguns dos tufos calcários que orlavam o caminho, mas vieram à mostra apenas bandos rastejantes de secos e cinzentos tatus-bolinhas, que fugiram atarantados para todos os lados.

Refleti sobre o que eu poderia fazer e nada me quis vir à mente de imediato. Um ano antes, quando tivera férias pela última vez, eu ainda era totalmente um garoto. O que eu mais gostava de fazer então, atirar num alvo com um arco de avelaneira, empinar pipas e explodir com pólvora os buracos dos ratos nos campos, tudo isso perdera o antigo encanto e brilho, como se uma parte da minha alma estivesse cansada e não respondesse mais às vozes que outrora ela amava e lhe traziam alegria.

Perplexo e numa angústia silenciosa, olhei ao redor no familiar território das minhas alegrias de menino. O pequeno jardim, a altana decorada com flores e o úmido e escuro pátio com seu piso verde-musgo olhavam para mim e tinham um rosto diferente de antes, e até mesmo as flores tinham perdido algo do seu inesgotável encanto. A velha caixa-d'água com os tubos de distribuição estava num canto do jardim, insípida e banal; ali uma vez, para desgosto do meu pai, eu deixara a água escorrer durante a metade do dia e acoplara pequenas rodas de madeira e construíra barragens e canais no caminhozinho e provocara grandes inundações. A velha e deteriorada caixa-d'água era um dos meus lugares favoritos e um fiel passatempo e, quando a vi, até mesmo vibrou em mim um eco daquele encantamento infantil, mas ele tinha um gosto triste, e a caixa-d'água não era mais fonte, nem rio, nem Niágara.

Pensativo, trepei por cima da cerca, uma ipomeia azul roçou o meu rosto, eu a arranquei e a pus na boca. Eu estava decidido a dar um passeio e olhar para a nossa cidade do alto da montanha. Dar um passeio também era uma daquelas atividades pouco interessantes que em tempos anteriores jamais teria me passado pela cabeça. Um garoto não sai para passear. Ele entra na floresta como um salteador, como um cavaleiro ou como índio; quando vai ao rio, é para pilotar uma balsa, pescar ou construir um moinho; nos prados, ele corre à caça de borboletas e lagartos. E assim o meu passeio me pareceu a ocupação digna e um tanto enfadonha de um adulto que não sabe muito bem o que fazer consigo mesmo.

Minha ipomeia azul havia murchado e eu a jogara fora e agora roía um ramo que arrancara de uma faia, ele tinha um gosto amargo e picante. No leito da ferrovia, onde crescia a alta giesta, um lagarto verde escapuliu entre os meus pés, a meninice acordou em mim outra vez, e eu não descansei, e corri, e me esgueirei e espreitei, até ter nas mãos o assustado animal quente de sol. Olhei em seus pequenos e brilhantes olhos de pedras preciosas e senti ecoar novamente algo do antigo prazer de caçar, quando o tronco ágil e vigoroso e as patas tensas relutaram e se apoiaram entre os meus dedos. Mas então o prazer se esgotou, e eu não sabia o que fazer com o animal capturado. Nada havia a fazer, eu não sentia mais alegria. Abaixei-me e abri a mão, o lagarto ficou parado atônito por um instante com os flancos resfolegantes e desapareceu afoito na relva. Um trem se aproximou pelos trilhos reluzentes e passou por mim, eu o observei se afastar e de repente percebi com clareza que para mim ali não floresceria mais nenhum prazer verdadeiro e desejei ardentemente partir com aquele trem e correr o mundo.

Olhei em volta se o guarda-linha não estava por perto e, como nada vi nem ouvi, rapidamente pulei sobre os trilhos e, no outro lado, comecei a escalar as altas falésias vermelhas de arenito, nas quais ainda se viam aqui e ali as manchas escuras dos buracos dinamitados na construção da ferrovia. Eu conhecia a passagem para o alto e comecei a subir me segurando nas duras, já ressequidas vassouras da giesta. A rocha vermelha exalava um calor seco de sol, e a areia quente entrava pelas minhas mangas enquanto eu escalava, e quando olhei para o alto, para além da parede vertical de rocha, vi, espantosamente perto e límpido, o céu morno e luminoso. E de repente eu estava lá em cima; consegui me apoiar na beirada da rocha, encolher os joelhos, me segurar num galhinho fino e espinhoso de acácia, e pisei numa íngreme e solitária campina.

Aquele pequeno e silencioso deserto em abrupto declive, sob o qual passavam os trens, em outros tempos fora para mim um pouso muito apreciado. Além da relva tenaz e inculta, que não podia ser aparada, cresciam ali somente pequenas roseiras espinhentas e algumas acácias mirradas semeadas pelo vento, através de cujas folhas finas e transparentes o sol brilhava. Nessa ilha relvada, que também era isolada na parte alta por uma faixa de rocha vermelha, eu já tivera os meus dias de Robinson Crusoé; aquela terra solitária não pertencia a mais ninguém a não ser a quem tivesse a coragem e o espírito de aventura para conquistá-la numa escalada vertical. Ali, aos doze anos, eu gravara o meu nome na pedra com o cinzel; ali eu lera *Rosa de Tannenburgo**

---

* Romance do escritor, religioso e educador alemão Christoph von Schmid (1768-1854), cujas histórias, entre as quais *Genoveva de Brabante*, são populares até hoje.

e compusera um drama infantil sobre o corajoso chefe de uma tribo de índios em extinção.

A relva queimada pelo sol pendia em madeixas pálidas, esbranquiçadas na encosta íngreme, as folhas refulgentes da giesta exalavam um cheiro forte e amargo no calor sem vento. Eu me estendi no chão árido, vi as finas folhas da acácia transpassadas pela luz berrante do sol repousarem em seu arranjo rigorosamente ornamental no céu azul saturado, e refleti. Parecia ser o momento certo para descortinar a minha vida e o meu futuro diante de mim.

Mas não consegui descobrir nada novo. Tudo o que vi foi o estranho empobrecimento que me ameaçava por todos os lados, o terrível empalidecer e definhar de alegrias comprovadas e pensamentos que me eram caros. Para tudo o que eu precisava sacrificar contra a minha vontade, para toda a perdida bem-aventurança da infância, a minha profissão não me parecia um substituto, eu não gostava muito dela e também não lhe fui fiel por muito tempo. Não havia outro caminho para mim a não ser sair para o mundo, onde sem dúvida em algum lugar eu encontraria novas satisfações. De que tipo elas poderiam ser?

Eu poderia ver o mundo e ganhar dinheiro, não precisaria mais consultar pai e mãe antes de decidir e fazer alguma coisa, aos domingos poderia jogar boliche e beber cerveja. Mas tudo isso, eu via claramente, eram apenas coisas secundárias e de modo algum o sentido da nova vida que me esperava. O verdadeiro sentido estava em outra parte, era mais profundo, mais bonito, mais misterioso e, eu sentia, tinha a ver com as garotas e com o amor. Nisso devia se esconder um profundo prazer e contentamento, do contrário o sacrifício das alegrias da infância não teria sentido.

Algo sobre o amor eu conhecia, eu vira alguns casais de namorados e lera poemas de amor maravilhosamente inebriantes. Eu mesmo já me apaixonara várias vezes e, em sonhos, sentira algo da doçura pela qual um homem dá a sua vida e que constitui o sentido de seus atos e aspirações. Eu tinha colegas na escola que já saíam com garotas, e colegas na oficina que contavam sem pudores sobre pistas de dança domingueiras e janelas escaladas à noite. Mas para mim o amor ainda era um jardim fechado, diante de cujas portas eu esperava com tímidos anseios.

Apenas na última semana, pouco antes do meu acidente com o cinzel, ecoara em mim um primeiro claro apelo, e desde então eu me encontrava naquele estado de despedida inquieto e reflexivo, desde então a minha vida até aquele momento se tornara passado, e o sentido do futuro se revelara para mim. O segundo aprendiz da nossa fábrica me chamara de lado uma tarde e, no caminho para casa, me dissera que sabia de uma linda namorada para mim, ela ainda não tivera nenhum amor e não queria outro a não ser a mim, e tricotara um porta-moedas com linha de seda que queria me dar de presente. Ele não quis dizer o nome dela, eu mesmo poderia adivinhar. Quando então insisti e perguntei e por fim me mostrei desdenhoso, ele parou — estávamos justamente na passarela do moinho sobre o rio — e disse em voz baixa: "Ela está atrás de nós agora". Envergonhado, eu me virei, meio esperançoso e meio temeroso de que tudo não passasse de uma brincadeira boba. Então vinha subindo os degraus da passarela atrás de nós uma jovem que trabalhava na fiação de algodão, Berta Vögtlin, que eu conhecia também da catequese. Ela parou, olhou para mim e sorriu e começou a enrubescer lentamente até que todo o seu rosto ardeu em chamas. Eu continuei a andar depressa e fui para casa.

Desde então, ela me dirigira duas vezes a palavra, uma na fiação, onde trabalhávamos, e uma vez no fim da tarde, quando íamos para casa, mas ela só me cumprimentou e depois disse: "Também já está de folga?". Isso significa que a pessoa deseja iniciar uma conversa, mas eu apenas balancei a cabeça e disse que sim e segui andando encabulado.

Então meus pensamentos ficaram presos nessa história e não conseguiam encontrar uma saída. Eu já havia sonhado muitas vezes, com um profundo anseio, em amar uma bela garota. E ali estava uma, bonita e loira e um pouco mais alta do que eu, que desejava ser beijada por mim e repousar em meus braços. Ela era alta e forte, tinha um rosto claro e corado e belo, em sua nuca brincavam os caracóis sombreados de seus cabelos, e o seu olhar estava cheio de expectativa e amor. Mas eu nunca pensava nela, nunca me apaixonara por ela, nunca me entregara a ela em sonhos de ternura e nunca sussurrara trêmulo o seu nome em meu travesseiro. Eu poderia, se quisesse, acariciá-la e tê-la, mas não podia adorá-la, nem me ajoelhar diante dela e venerá-la. Em que isso poderia dar? O que eu deveria fazer?

Angustiado, levantei-me do meu leito de relva. Oh, era um momento difícil. Como desejava que o meu ano de fábrica terminasse amanhã e eu pudesse partir para longe, começar de novo e esquecer tudo.

Apenas para fazer alguma coisa e me sentir vivo, decidi escalar a montanha até o topo, por mais custoso que isso fosse por aquele lado. Lá em cima, eu estaria no alto sobre a cidadezinha e poderia olhar para longe. Subi num ímpeto a encosta até os rochedos, enfiei-me por entre as pedras e icei-me até o último patamar, onde a montanha inóspita se estendia entre arbustos e pedras soltas. Eu chegara suando e ofegante e, na suave aragem do cume ensolarado, respirei mais livremente. Rosas murchas pendiam frouxas das gavinhas, suas pétalas pálidas e cansadas caíam quando eu tocava nelas ao passar. Por toda parte, cresciam pequenas amoras verdes que tinham, apenas no lado em que o sol batia, um primeiro, sutil tom marrom metálico. Borboletas-dos-cardos revoavam pacificamente no calor silencioso e desenhavam relâmpagos de cores no ar; numa azulada umbela de milefólio, inúmeros besouros com pintas pretas e vermelhas moviam como autômatos as suas pernas finas e compridas numa estranha e muda assembleia. Todas as nuvens haviam desaparecido do céu, cujo azul puro era recortado pelas agudas pontas negras dos abetos da floresta próxima.

Na rocha mais alta, onde costumávamos fazer nossas fogueiras no outono quando meninos, parei e me virei. Então eu vi, no fundo do vale semissombreado, o rio brilhar e os vertedouros dos moinhos cintilarem esbranquiçados e, incrustada profundamente no vale, nossa velha cidade com seus telhados marrons, de cujas chaminés elevava-se lenta e oblíqua a fumaça azul do meio-dia. Ali estava a casa do ferreiro, e mais abaixo a fiação, sobre cujo telhado plano crescia a grama e atrás de cujas vidraças brilhantes, como muitas outras garotas, Berta Vögtlin trabalhava. Oh, Berta! Eu não queria saber dela.

Lá embaixo, de seus jardins, parques infantis e recantos, minha cidade natal olhava com familiaridade para mim, os números dourados do relógio da igreja brilhavam astutos ao sol e, no sombrio canal do moinho, casas e árvores refletiam-se claramente na escuridão fria. Somente eu mesmo havia mudado, e era apenas por minha causa que entre mim e essas imagens agora se estendia um fantasmagórico véu de estranhamento. Naquele pequeno território de muros, rio e floresta, minha vida não estava mais abrigada de forma segura e satisfatória; embora estivesse atada com fortes laços a esses lugares, ela não estava mais enraizada e protegida, mas investia continuamente para além de suas estreitas fronteiras em ondas de anseio por amplitude. Enquanto eu olhava para baixo com uma estranha tristeza, emergiam solenes em minha alma todas as minhas secretas expectativas de vida, palavras de meu pai e palavras de poetas admirados, junto com meus próprios juramentos secretos, e tornar-me um homem e ter conscientemente meu destino nas próprias mãos me pareceu algo sério, mas delicioso. E logo esse pensamento incidiu como uma luz sobre as dúvidas que me afligiam por causa da situação com Berta Vögtlin. Por mais bonita que ela fosse e por mais que gostasse de mim, eu não estava disposto a permitir que a felicidade me fosse dada tão pronta e inconquistada pelas mãos de uma garota.

Não faltava muito para o meio-dia. O prazer da escalada se extinguira; pensativo, desci até a cidade pela trilha, passei sob a pequena ponte ferroviária onde, em tempos anteriores, todos os verões, eu capturava nas espessas moitas de urtigas as peludas e escuras lagartas das mariposas olhos-de-pavão, e andei ao longo do muro do cemitério, diante de cujo portão uma nogueira musgosa despendia sua densa sombra. O portão estava aberto e eu ouvi a fonte chapinhando lá dentro. Ao lado, ficava o parquinho e a praça da cidade, onde, nas festas de maio e no dia de Sedan,* as pessoas comiam e bebiam, conversavam e dançavam. Agora ela estava silenciosa e esquecida, à sombra de castanheiras magníficas, muito antigas, com manchas claras de sol no chão de areia avermelhada.

Ali embaixo, no vale, na rua ensolarada ao longo do rio, o sol a pino ardia impiedoso; na margem, em frente às casas banhadas em luz ofuscante, erguiam-se alguns freixos e bordos esparsos, com folhagem escassa e já com o amarelado do final do verão. Como era meu hábito, andei junto à água para tentar ver os peixes. No rio claro e vítreo, a densa e barbuda relva aquática abanava com movimentos longos e ondeantes; no meio dela, em lacunas escuras que eu conhecia muito bem, havia um ou outro solitário peixe gordo, indolente e imóvel,

---

* Feriado nacional durante o período do Império Alemão (1871-1918), em alusão à batalha de Sedan, na qual a Alemanha derrotou Napoleão III, em 1870.

o focinho voltado contra a corrente, e mais adiante, em pequenos cardumes escuros, as jovens carpas disparavam rio acima. Vi que havia sido bom não ter ido pescar aquela manhã, mas o ar e a água e a maneira como um velho e escuro barbo descansava na água clara entre duas grandes pedras redondas pareceram me prometer alguma chance de obter uma boa pesca à tarde. Gravei isso e segui em frente, e quando saí da rua ofuscante, passei pela entrada de carruagens e entrei no corredor de nossa casa, frio como um porão, e respirei com profundo alívio.

"Acho que hoje vamos ter mais uma tempestade", disse à mesa o meu pai, que possuía um senso apurado para o clima. Eu objetei que não havia uma só nuvem no céu nem o menor sinal de vento oeste, mas ele sorriu e disse: "Você não está sentindo como o ar está tenso? Vamos ver".

De fato, estava bastante abafado, e o canal de esgoto exalava um cheiro forte, como acontecia quando o quente vento oeste começava a soprar. Só então senti o cansaço da escalada e do calor inalado e me sentei na varanda diante do jardim. Com pouca atenção e muitas vezes interrompido por um leve cochilo, eu lia a história do general Gordon, o herói de Cartum, e cada vez mais também me convencia de que logo viria uma tempestade. O céu ainda estava do mais puro azul, mas o ar ia ficando cada vez mais sufocante, como se houvesse camadas de nuvens inflamadas diante do sol, que no alto, porém, estava claro. Lá pelas duas horas, entrei de novo em casa e comecei a preparar o meu equipamento de pesca. Enquanto examinava minhas linhas e anzóis, senti antecipadamente a intensa emoção da pescaria e gratidão por ainda me restar esse prazer profundo e apaixonado.

O silêncio estranhamente abafado e sufocante dessa tarde permaneceu indelével em minha memória. Carreguei meu balde de pesca ao longo do rio até o píer de baixo, cuja metade já estava tomada pelas sombras das casas altas. Da fiação próxima, tal um enxame de abelhas pelo ar, vinha o zumbido uniforme e entorpecedor das máquinas, e do moinho de cima ressoava a cada minuto o guincho desagradável e estridente da serra circular. De resto, tudo estava quieto, os artífices haviam se recolhido nas sombras de suas oficinas, e não havia vivalma na rua. Na ilha do moinho, um garotinho nu chapinhava entre as pedras molhadas. Na frente da oficina do mestre-carroceiro, tábuas de madeira bruta encostadas na parede recendiam intensamente ao sol, o cheiro seco chegava até mim e eu podia senti-lo em meio ao odor saturado e levemente piscoso da água.

Os peixes também haviam notado o clima insólito e se comportavam de modo imprevisível. Algumas pardelhas morderam o anzol nos primeiros quinze minutos, um exemplar largo e pesado com lindas barbatanas vermelhas rompeu minha linha quando eu quase o tinha nas mãos. Logo sobreveio uma inquietação entre os animais, as pardelhas mergulhavam fundo na lama e não olhavam mais para a isca, mas, apinhados na superfície, podiam-se ver jovens peixinhos de um ano de idade subindo o rio como que em fuga, sempre seguidos de outros novos cardumes. Tudo indicava que em breve o tempo iria virar, mas o ar estava imóvel como vidro, e o céu continuava límpido. Pensei que algum dejeto especialmente ruim podia ter afugentado os peixes e, como ainda não queria me dar por vencido, decidi tentar um outro ponto e fui até o canal da fiação. Mal eu havia encontrado ali um lugar junto ao galpão e desempacotado as minhas coisas, Berta apareceu numa das janelas da escadaria da fábrica, olhou em minha direção e acenou para mim. Mas eu fingi não vê-la e me debrucei sobre a minha vara de pescar.

A água fluía escura no canal murado; eu vi a minha figura refletida nela com contornos trêmulos e ondulantes, sentada, a cabeça entre as plantas dos pés. A garota, que ainda estava lá em cima na janela, gritou o meu nome, mas continuei olhando fixamente para a água e não virei a cabeça.

A pescaria não deu em nada, e também ali os peixes disparavam afoitos como se ocupados com tarefas urgentes. Prostrado por causa do calor sufocante, fiquei sentado na mureta sem esperar mais nada daquele dia, e desejei que já fosse noite. Atrás de mim, nos salões da fiação, ressoava o eterno zumbido das máquinas e o canal roçava nos muros verdes e musgosos com um suave rumorejar. Entrei num estado de torpor sonolento e apenas continuei ali sentado porque estava apático demais para enrolar minha linha de pescar. Talvez depois de meia hora, de repente despertei dessa modorra com uma sensação de preocupação e um profundo mal-estar. Uma lufada inquieta de vento rodopiou pressionada e relutante, o ar estava pesado e tinha um gosto insípido, algumas andorinhas fugiram assustadas num voo rasante sobre a água. Senti uma tontura e pensei que talvez fosse uma insolação, a água parecia ter um cheiro mais forte, e uma sensação de enjoo, como se viesse do estômago, começou a invadir minha cabeça e a me fazer suar. Puxei a linha de pesca para refrescar minhas mãos nas gotas de água e comecei a juntar meus apetrechos.

Quando me levantei, vi, na praça em frente à fiação, a poeira rodopiar em pequenas nuvens irrequietas e de repente se erguer condensada numa única nuvem; no alto, no ar turbulento, os pássaros fugiam como que fustigados, e logo depois vi o ar baixar branco sobre o vale, como uma grande nevasca. O vento, estranhamente refrescado, me atacou como um inimigo, arrancou a linha de pescar da água, levou o meu boné e bateu em meu rosto como se com punhos cerrados.

O ar branco, que ainda agora parecia uma parede de neve sobre telhados distantes, subitamente estava à minha volta, frio e doloroso, a água do canal espirrava alto como se sob os golpes rápidos de uma roda de moinho, a linha de pesca desaparecera e ao meu redor bramia enfurecida e devastadora uma estrondosa convulsão branca, pancadas me atingiam na cabeça e nas mãos, a terra se erguia do chão e me açoitava, areia e pedaços de madeira rodopiavam no ar.

Eu não compreendia nada do que estava acontecendo; apenas sentia que era terrível e que havia perigo. Corri até o galpão e entrei, cego de surpresa e pavor. Agarrei-me a uma viga de ferro e fiquei ali sem fôlego por segundos aturdidos de vertigem e medo animal, até começar a compreender. Uma tempestade, como antes eu nunca tinha visto ou considerado possível, irrompera num inferno, no alto zunia um silvo de medo ou fúria, no telhado baixo acima de mim e no chão lá fora caía um granizo graúdo e formava brancas pilhas maciças, pedras grossas de gelo rolavam até mim. O barulho do granizo e do vento era terrificante, o canal espumava fustigado e subia e descia pelos muros em ondas turbulentas.

Vi, tudo num minuto, tábuas, telhas e galhos serem arrancados e arremessados no ar, pedras e pedaços de reboco desmoronarem e serem cobertos pelas saraivadas; ouvi tijolos se partirem como que sob rápidas marteladas, vidraças se estilhaçarem, calhas despencarem.

Agora, alguém saíra da fábrica e vinha pelo pátio coberto de gelo, as roupas esvoaçantes, o corpo avançando oblíquo contra a tempestade. Lutando, a figura se aproximava cambaleante em meio ao terrível, convulso dilúvio. Ela entrou no galpão, correu até mim, e um rosto quieto, ao mesmo tempo estranho e familiar, com grandes olhos amorosos, pairava diante dos meus com um sorriso doloroso; uma boca silenciosa e quente procurou a minha boca e me beijou longamente com uma sofreguidão estonteante, mãos entrelaçaram o meu pescoço e cabelos loiros e úmidos pressionaram as minhas bochechas e, enquanto a tempestade de granizo sacudia o mundo ao redor, uma tempestade de amor muda e assustadora me atingia ainda mais profunda e terrivelmente.

Estávamos sentados numa pilha de tábuas, sem palavras, estreitamente enlaçados; perplexo, acariciei timidamente os cabelos de Berta e pressionei meus lábios em sua boca forte e cheia, o seu calor me envolveu doce e dolorosamente. Fechei os olhos, e ela apertou minha cabeça contra o seu peito latejante e o seu colo, e acariciou com mãos suaves e errantes o meu rosto e os meus cabelos.

Quando abri os olhos, despertando de uma queda numa escuridão vertiginosa, o seu rosto sério, forte, de uma beleza triste, estava sobre mim, e seus olhos me fitavam perdidos. De sua testa clara, que despontava sob os cabelos desgrenhados, uma estreita faixa de sangue vermelho brilhante escorria pelo rosto e descia até o pescoço.

"O que foi? O que aconteceu?", exclamei apreensivo.

Ela olhou mais fundo nos meus olhos e deu um sorriso fraco.

"Acho que o mundo está acabando", ela disse em voz baixa, e o barulho estrondeante da tempestade lá fora engoliu suas palavras.

"Você está sangrando", eu disse.

"Isso é do granizo. Deixe! Está com medo?"

"Não. Mas e você?"

"Eu não tenho medo. Oh, a cidade inteira vai vir abaixo! Você não me ama nem um pouco?"

Não respondi, e olhei enfeitiçado para os seus grandes, claros olhos, eles estavam cheios de um amor triste e, enquanto desciam sobre os meus e sua boca tão pesada e ávida pousava sobre a minha, olhei para ela firmemente em seus olhos sérios, e ao lado do olho esquerdo escorria em sua pele alva e fresca um fio de sangue vermelho brilhante. E enquanto meus sentidos cambaleavam inebriados, o meu coração relutava e se recusava desesperadamente a ser levado daquela maneira pela tempestade e contra a sua vontade. Eu me ergui e ela leu em meu olhar que eu sentia pena dela.

Então ela se inclinou para trás e olhou para mim como se estivesse zangada, e quando estendi a mão para ela num gesto de lamento e preocupação, ela a segurou com as suas duas, afundou o rosto nelas, caiu de joelhos e começou a chorar, e as suas lágrimas escorreram quentes em minha mão trêmula. Envergonhado, olhei para ela, que agora estava abaixo de mim, a cabeça repousava soluçante em minha mão, uma penugem macia brincava lançando sombras em sua nuca. Se fosse uma outra, pensei exaltado, alguém que eu realmente amasse e a quem pudesse entregar minha alma, como eu desejaria desgrenhar essa doce penugem com dedos amorosos e beijar sua pálida nuca! Mas meu sangue se acalmara e eu senti a vergonha me torturar ao ver ajoelhada aos meus pés aquela a quem eu não estava disposto a entregar minha juventude e meu orgulho.

Tudo isso que vivi como um ano encantado e que ainda hoje guardo em minha memória como um longo período de tempo povoado de centenas de pequenos gestos e emoções durou na realidade apenas alguns minutos. Uma claridade invadiu inesperadamente o galpão, pedaços de céu azul despontaram úmidos com uma inocência conciliadora e de repente, como se cortados por uma lâmina afiada, os estrondos da tempestade cessaram e um espantoso, inacreditável silêncio nos envolveu. Como se de uma fantástica caverna de sonho, saí do galpão para o dia que regressara, espantado por ainda estar vivo. O pátio deserto tinha um aspecto terrível, o chão estava revolvido como se pisoteado por cavalos, por toda parte havia pilhas de grandes pedras geladas de granizo, o meu equipamento de pesca não estava mais lá e também o balde desaparecera. Na fábrica, soavam vozes alvoroçadas, através de centenas de vidraças quebradas, vi as salas devastadas; em todas as portas, as pessoas se apinhavam para sair. O chão estava coberto de cacos de vidro e tijolos quebrados, uma comprida calha de metal havia se soltado e pendia torta e curva sobre a metade do edifício.

Esqueci tudo o que acabara de acontecer, e não sentia nada além de uma instintiva, aflita curiosidade de ver o que se passara e quantos estragos a tempestade causara. À primeira vista, todas as janelas e telhas destruídas da fábrica tinham um aspecto bastante arrasado e desolador, mas no final nem tudo era tão terrível e não correspondia exatamente à impressão avassaladora que o ciclone causara em mim. Respirei aliviado, libertado e, estranhamente, também um pouco desapontado e desiludido: as casas ainda estavam de pé como antes e, nos dois lados do vale, as montanhas também estavam em seu lugar. Não, o mundo não acabara.

Mas quando, depois que saí do pátio da fábrica, já do outro lado da ponte, entrei na primeira viela da cidade, a calamidade voltou a adquirir um aspecto mais grave. A ruazinha estava repleta de estilhaços de vidro e de madeira quebrada das janelas, chaminés tinham vindo abaixo carregando consigo pedaços dos telhados, havia pessoas diante de todas as portas, perplexas e consternadas, tudo como eu vira em gravuras de cidades sitiadas e conquistadas. Pedras e galhos de árvores bloqueavam o caminho; por toda parte, buracos espiavam atrás de lascas de madeira e cacos de vidro; cercas de jardim estavam caídas no chão ou pendiam bambas nos muros. Havia crianças desaparecidas e procuradas, supunha-se que nos campos pessoas tivessem sido mortas pelo granizo. Peças de granizo eram exibidas pelas ruas, do tamanho de táleres e ainda maiores.

Eu estava ainda excitado demais para me recolher e ver os danos em minha própria casa e jardim; também não me passou pela cabeça que alguém pudesse sentir a minha falta, afinal nada me havia acontecido. Decidi dar mais uma volta ao ar livre em vez de continuar a tropeçar em escombros, e o meu lugar favorito me veio à mente e me atraiu: a antiga praça ao lado do cemitério, em cujas sombras eu havia celebrado todas as grandes festas da minha infância. Com espanto, me dei conta de que havia passado ali apenas quatro, cinco horas antes, quando voltava dos rochedos para casa; desde então me parecia ter se passado muito tempo.

Voltei então pela viela e atravessei o rio pela ponte de baixo; no caminho, através de uma brecha num jardim, vi que a torre vermelha de arenito da nossa igreja estava incólume e encontrei o ginásio de esportes apenas levemente danificado. Mais adiante, havia uma antiga taverna solitária, cujo teto avistei de longe. Ela estava como antes, mas ao mesmo tempo parecia estranhamente mudada, sem que eu soubesse de imediato por quê. Somente quando fiz um esforço de memória, me lembrei dos dois choupos altos que ficavam na frente da taverna. Esses choupos não estavam mais lá. Uma visão muito antiga e familiar estava destruída, um lugar caro, profanado.

Então fui tomado pelo mau pressentimento de que mais coisas e coisas mais nobres poderiam ter sido destruídas. De repente, senti, de uma forma nova e angustiante, o quanto amava minha terra natal, o quão profundamente meu coração e bem-estar dependiam daqueles telhados e torres, pontes e ruas, das árvores, jardins e florestas. Em nova comoção e preocupação, apertei o passo rumo à praça.

Ali eu parei e vi o lugar das minhas mais caras lembranças terrivelmente devastado, em total destruição. As velhas castanheiras, à sombra das quais celebrávamos nossas festas e cujos troncos mal conseguíamos abraçar em três ou quatro meninos, jaziam partidas, rebentadas, arrancadas com as raízes e invertidas, de modo que havia buracos do tamanho de casas abertos no chão. Nenhuma árvore estava mais em seu lugar, como um horripilante campo de batalha, e as tílias e os bordos também haviam tombado. A vasta praça era um gigantesco amontoado de galhos destroçados, árvores fendidas, raízes e torrões; troncos imponentes ainda estavam em pé, mas sem a copa, rachados e despedaçados em mil estilhaços brancos e nus.

Não era possível seguir adiante, a praça e a rua estavam bloqueadas por uma barreira de troncos e escombros de árvores amontoados da altura de uma casa, e onde, desde os primeiros dias da minha infância, eu conhecera apenas sombras profundas e sagradas e altos templos verdes, o céu vazio contemplava a destruição.

Senti como se eu mesmo tivesse sido arrancado com todas as minhas raízes secretas e cuspido no dia implacavelmente ofuscante. Perambulei nos arredores da cidade durante dias e não encontrei mais nenhum caminho na floresta, nenhuma sombra de nogueira familiar, mais nenhum dos carvalhos dos meus tempos de trepar em árvores, por toda parte só havia ruínas, buracos, florestas ceifadas das encostas como grama aparada, cadáveres de árvores com raízes tristemente expostas apontado para o sol. Entre mim e a minha infância abrira-se um abismo, e minha terra natal não era mais a mesma. O encanto e a insensatez dos anos anteriores me abandonaram e logo depois deixei a cidade para me tornar um homem e enfrentar a vida, cujas primeiras sombras me alcançaram naqueles dias.

(1913)

A não fumante

Nos vagões mais antigos do trem do Gotardo, que de resto não são nenhum modelo de comodidade, há uma bela e aprazível instalação que sempre me chamou a atenção e que me parece digna de ser imitada. As metades do vagão para fumantes e não fumantes não são separadas por portas de madeiras, mas de vidro, e quando um viajante tira férias de sua esposa por quinze minutos para fumar um cigarro, ela pode ocasionalmente olhar e acenar para ele, e ele para ela, através da vidraça.

Certa vez, eu ia com o meu amigo Othmar num desses vagões rumo ao Sul, e ambos nos encontrávamos no mesmo estado de espírito ansioso pelas alegrias das férias e na temerosa e alegre expectativa que na juventude é regra quando se desce pelo célebre buraco na grande montanha em direção à Itália. A água do degelo escorria constante das escarpadas paredes do vale, águas espumosas vindas de incríveis profundezas relampejavam entre as barras de ferro da guarda das pontes, nosso trem enchia túneis e desfiladeiros com sua fumaça, e quando nos inclinávamos de costas para fora da janela e olhávamos para cima, víamos no alto, bem no alto, acima dos cinzentos rochedos e campos de neve, silenciosa e fria, uma estreita faixa de céu azul.

O meu amigo estava sentado com as costas viradas para a parede central do vagão, eu estava na sua frente e, através da porta de vidro, podia espiar os não fumantes. Fumávamos bons e longos charutos de Brissago e bebíamos, nos revezando na garrafa, um belo vinho de Yvorne, que ainda hoje se pode adquirir no café da estação de Göschenen e sem a qual nunca atravessei o

Ticino naquela época. O tempo estava bom, estávamos em férias, tínhamos dinheiro no bolso e, em mente, nada além de nos deixar levar por alegrias e prazeres, os dois juntos ou cada um por si, totalmente ao sabor da ocasião e da nossa disposição.

O Ticino nos ofuscava com a sucessão de reluzentes rochedos avermelhados, altas aldeias brancas e sombras azuis; acabáramos de percorrer o grande túnel e, pelo rolar do trem, sentíamos que começava a descida. Mostrávamos um ao outro belas cachoeiras e cumes corcovados, fortemente encurtados quando vistos de baixo, torres de igrejas e casas de campo com arejados caramanchões, cores claras e alegres e placas de tavernas em italiano que já nos falavam do Sul.

Enquanto isso, eu olhava regularmente através do vidro e das barras de metal para os nossos não fumantes. Estava sentado ali, bem na minha frente, um pequeno grupo, aparentemente de alemães do Norte: um casal muito jovem e um senhor divertido, um pouco mais velho — um amigo ou um tio ou apenas um conhecido de viagem. O jovem, do qual eu não sabia se era casado com a moça ou um parente dela, mostrava um controle a toda prova e uma seriedade pragmática tanto na conversa, para mim inaudível, quanto em face da paisagem, e logo julguei se tratar de um jovem promissor funcionário público, que, a inferir de seu semblante um tanto severo, devia ao Império Alemão sua atual prosperidade. Já o amigo ou tio parecia ser uma pessoa inofensiva e convencional e ter em demasia o que ao outro faltava em humor. Era interessante ver esses dois tipos lado a lado e comparar um com o outro: o tio divertido parecia representar o sorriso de despedida de uma época e de uma humanidade em declínio, cheia de benevolência e bom humor; o outro, a nova estirpe em ascensão: energia fria e consciente, indiferença bem-educada, dirigida para um sólido objetivo.

Sim, era interessante, e comecei várias vezes a refletir sobre isso. Entretanto, os meus olhares sempre voltavam a se fixar curiosos no rosto da jovem senhora ou senhorita, que me pareceu ser de uma beleza quase perfeita. Num rosto puro, muito jovem, liso e bem cuidado, brilhava em vermelho-claro uma boca bonita, algo infantil; sob longos cílios pretos, olhavam grandes olhos azul-escuros, e as sobrancelhas e os cabelos escuros destacavam-se da tez alvíssima, acetinada, com um encanto estranhamente enérgico. Sem dúvida, ela era muito bonita, suas roupas eram bonitas e, desde Göschenen, para proteger os cabelos da poeira, ela trazia um fino lenço branco amarrado em volta da cabeça.

Era para mim um prazer sempre novo, em todos os momentos em que eu não era observado, contemplar aquele rosto juvenil encantador e pouco a pouco me familiarizar com a sua dona. Por vezes, ela parecia notar e consentir a minha admiração, pelo menos não mostrou nenhuma intenção de se furtar aos meus olhares, o que ela poderia fazer com muito pouco esforço, encostando-se um tanto mais para trás ou trocando de lugar com o seu companheiro. Este, que talvez fosse seu marido, aparecia apenas vez ou outra em meu campo de visão, e quando meus pensamentos se ocupavam dele brevemente, sempre o faziam sem simpatia e de forma crítica. Sim, ele podia ser inteligente e ambicioso, mas no fundo não passava de um janota sem alma, que absolutamente não era digno de uma mulher como aquela. Pouco antes de chegarmos a Bellinzona, começou a chamar a atenção de meu amigo Othmar que eu lhe dava respostas distraídas e que apenas com relutância os meus olhos seguiam os seus dedos que apontavam entusiasmados para a bela paisagem. E mal havia levantado a suspeita, ele já se erguera e seu olhar fazia buscas através da porta de vidro e, quando descobriu a bela não fumante, ele se sentou no encosto de seu banco e também começou a olhar para o outro lado com vivo interesse. Não dissemos uma palavra, mas o rosto de Othmar tinha uma expressão sombria, como se eu tivesse cometido uma traição contra ele. Somente perto de Lugano ele fez a pergunta: "Desde quando esse grupo está no nosso vagão?".

"Acho que desde Flüelen", disse, e isso era uma mentira apenas na medida em que eu me lembrava perfeitamente de seu embarque em Flüelen.

Continuamos calados, e Othmar virou de costas para mim. Por mais incômodo que fosse, ele continuou sentado com o pescoço torcido, sem tirar os olhos da beldade.

"Você pretende seguir até Milão?", ele voltou a perguntar após uma longa pausa.

"Não sei. Para mim, tanto faz."

Quanto mais tempo ficávamos calados e quanto mais tempo admirávamos a bela figura do outro lado, mais passava pela cabeça de ambos o quanto na verdade era incômodo ficar preso ao outro durante uma viagem. Embora tivéssemos nos reservado total liberdade e combinado que cada um seguiria seus desejos e inclinações sem consideração ao outro, agora parecia estar presente uma espécie de restrição e constrangimento. Se estivéssemos cada um sozinho, ambos teríamos jogado o longo charuto de Brissago pela janela, alisado o bigode e nos transferido por algum tempo para o compartimento de não fumantes por conta do ar melhor. Mas nenhum dos dois fez isso, e nenhum dos dois concedeu ao outro uma confissão, e ambos estávamos secretamente aborrecidos e irritados de que o outro estivesse ali atrapalhando. Finalmente a coisa ficou desagradável e, como eu ansiasse pela paz, acendi de novo o meu charuto apagado e disse com um bocejo simulado: "Sabe, vou descer em Como. Essas viagens de trem intermináveis são de enlouquecer".

Ele sorriu gentilmente.

"Você acha? Eu na verdade ainda estou inteiro, só o Yvorne me deixa um pouco mole, é sempre a mesma história com esses vinhos da Suíça ocidental: eles descem como água, porém no final tudo sobe à cabeça. Mas fique à vontade! Com certeza nos encontraremos novamente em Milão."

"Sim, claro. Vai ser ótimo ir novamente ao Brera, e à noite ao Scala, eu estou com vontade de ouvir outra vez um bom Verdi."

De repente, estávamos conversando de novo, e Othmar parecia tão bem-disposto que me arrependi um pouco da minha decisão e secretamente cheguei a pensar em descer em Como sim, mas só para entrar em outro vagão e seguir com ele no mesmo trem. Ninguém tinha nada com isso e enfim...

Havíamos deixado Lugano para trás e atravessado a fronteira e então o trem parou em Como, o velho Nest repousava indolente ao sol vespertino, e do alto do monte Brunate sorriam os insanos painéis de propaganda. Apertei a mão de Othmar e peguei a minha mochila.

Desde a estação alfandegária estávamos em vagões italianos, a porta de vidro desaparecera e com ela a bela alemã do Norte, mas sabíamos que ela estava no trem. Quando então desci e atravessei hesitante os trilhos, de repente vi o tio, a bela e o jovem funcionário vindo na mesma direção, carregados com bagagem e chamando um carregador em mau italiano. Imediatamente eu os ajudei prestativo, o carregador e em seguida um fiacre foram providenciados, e os três foram para a cidadezinha, onde eu naturalmente esperava reencontrá-los, pois ouvira o nome de seu hotel.

O trem acabara de apitar e estava deixando a estação, e eu acenei em despedida, mas não vi mais o meu amigo à janela. Bem, azar o dele. Animado, andei até a cidade, aluguei um quarto, lavei-me e me sentei lá fora na Piazza para um vermute. Eu não tinha grandes aventuras em mente, mas me pareceu aprazível rever aquele grupo de viajantes à noite. Os dois jovens eram realmente um casal, como pude observar na estação, e o meu interesse pela esposa do futuro procurador desde então se reduzira ao seu aspecto puramente estético. De qualquer forma, ela era bonita, incrivelmente bonita...

Após o jantar, saí para passear, de roupas trocadas e barbeado com esmero, sem pressa pelo caminho que levava ao hotel dos alemães, um belo cravo amarelo na lapela e o primeiro charuto italiano na boca.

O salão de refeições estava vazio, todos os hóspedes estavam comendo ou passeando atrás da casa, no jardim, onde ainda estavam armadas as grandes tendas listradas de vermelho e branco usadas durante o dia. Num pequeno terraço na margem do lago havia garotos com varas de pescar, em algumas mesas esparsas se bebia café. A beldade vagueava pelo jardim junto com o marido e o tio, aparentemente ela estava no Sul pela primeira vez e apalpava as pétalas carnudas de uma camélia com um espanto infantil.

Atrás dela, porém, eu vi, e o meu próprio espanto não foi menor, o meu amigo Othmar passeando descontraidamente. Eu me recolhi e perguntei ao porteiro; o cavalheiro estava hospedado na casa. Ele devia ter descido do trem secretamente atrás de mim. Eu havia sido enganado.

A coisa, no entanto, me pareceu mais ridícula do que dolorosa; o meu encantamento murchara. Não se depositam grandes esperanças numa jovem noiva em sua viagem de núpcias. Deixei o caminho livre para Othmar e fugi dali antes que ele pudesse me notar. De fora, vi mais uma vez através da cerca como ele passava pelos desconhecidos e lançava olhares furtivos para a mulher. Também vi o rosto dela mais uma vez por um instante, e os belos traços me pareceram ter perdido algo do seu encanto, e um pouco vazios e sem sentido.

Na manhã seguinte, quando entrei no bom trem matutino para Milão, Othmar já estava lá. Ele pegou sua valise da mão do porteiro e embarcou atrás de mim, como se estivesse tudo em ordem.

"Bom dia", ele disse tranquilamente.

"Bom dia", respondi. "Você viu? Esta noite haverá a *Aida* no Scala."

"Sim, eu sei. Esplêndido!"

O trem começou a rolar, a cidadezinha foi desaparecendo atrás de nós.

"Aliás", eu comecei a conversa, "essa bela mulher do funcionário tinha um quê de boneca. No final, fiquei desapontado. Na verdade, ela não é realmente bela. É apenas bonita."

Othmar assentiu com a cabeça.

"O marido não é funcionário público", ele disse, "é um comerciante, mas, de qualquer forma, um tenente da reserva. — Sim, você tem razão. A mulher é uma bonequinha petulante. Fiquei pasmo quando descobri isso. Você não viu que ela tem o pior defeito que um rosto bonito pode ter? Não? Ela tem uma boca pequena demais! É terrível, pois normalmente tenho um bom tino para essas coisas."

"Ela também parece um pouco coquete", voltei à carga.

"Coquete? E como! Posso lhe dizer que o tio bem-humorado é realmente a única pessoa boa dos três. Sabe, ontem eu invejei o almofadinha. E agora tenho pena dele, muita pena. Ele ainda pode ter uma surpresa! Mas talvez ele seja feliz com ela. Talvez ele nem note."

"O quê?"

"Que ela é uma farsa! Nada além de uma bela máscara, com um belo verniz, e atrás nada, absolutamente nada."

"Oh, não me parece exatamente que ela seja burra."

"Não? Então desça de novo e volte para Como, ela vai ficar oito dias lá. Infelizmente, eu falei com ela. Bem, vamos deixar esse assunto! É bom que estejamos indo para a Itália! Lá aprenderemos de novo a ver a beleza como algo natural."

E era bom realmente, e duas horas depois flanávamos satisfeitos em Milão e víamos, com deleite e sem ciúmes, as belas mulheres daquela venturosa cidade passarem por nós como rainhas.

(1913)

Se a guerra durar mais dois anos

Desde a minha juventude, eu tinha o hábito de desaparecer de tempos em tempos e mergulhar em outros mundos para refazer as forças; as pessoas costumavam procurar por mim e, depois de algum tempo, me davam por desaparecido e, quando por fim eu voltava, era para mim um prazer ouvir os julgamentos da chamada ciência sobre a minha pessoa e meus estados crepusculares ou "ausentes". Embora eu nada fizesse além daquilo que para minha natureza era óbvio e que mais cedo ou mais tarde qualquer um poderia fazer, eu era considerado uma espécie de fenômeno por essas estranhas pessoas; por uns, um possesso, por outros, um ser dotado de poderes milagrosos.

Em suma, eu me ausentara mais uma vez. Depois de dois ou três anos de guerra, o presente perdera para mim muito do seu encanto, e resolvi dar uma escapada para respirar outros ares. Como de costume, saí do plano em que vivemos e passei uma temporada hospedado em outros planos. Fiquei um período em passados remotos, percorri desapontado diversos povos e épocas, assisti a crucificações corriqueiras, comércios, progressos e melhorias na Terra, e depois fiz um retiro no plano cósmico.

Quando voltei, era 1920 e, para minha decepção, os povos continuavam guerreando uns contra os outros com a mesma estúpida obstinação. Algumas fronteiras haviam sido deslocadas; algumas regiões de culturas mais antigas e elevadas, cuidadosamente escolhidas e destruídas, mas de um modo geral nada mudara muito na Terra, exteriormente. Um grande progresso fora alcançado no planeta no tocante à igualdade. Pelo menos na Europa, ouvi dizer, as coisas eram exatamente iguais em toda parte, inclusive a diferença entre os países beligerantes e os neutros desaparecera quase por completo. Desde que o bombardeio da população civil começara a ser executado de forma mecânica por balões livres que se moviam ao sabor do vento e lançavam seus projéteis de altitudes entre quinze mil e vinte mil metros, desde então as fronteiras dos países, embora ainda fortemente vigiadas, tornaram-se bastante ilusórias. A dispersão desse difuso tiroteio aéreo era tamanha que os emissores de tais balões ficavam bastante satisfeitos quando não atingiam sua própria região, e já não se importavam mais com o número de bombas que caíam sobre países neutros ou mesmo sobre o território de aliados.

Na verdade, esse foi o único avanço feito pela maquinaria da guerra; nele finalmente o sentido da guerra se expressava com razoável clareza. O mundo estava dividido em dois partidos que procuravam se aniquilar mutuamente porque ambos queriam a mesma coisa, isto é, a libertação dos oprimidos, a supressão da violência e o estabelecimento de uma paz duradoura. Uma paz que eventualmente não durasse para sempre não era bem-vista por nenhuma das partes — se a paz eterna não era possível, decididamente era preferível a guerra eterna, e a despreocupação com que os balões de artilharia faziam chover suas bênçãos de imensas altitudes sobre justos e injustos correspondia perfeitamente ao sentido daquela guerra. De resto, porém, ela continuava a ser travada à moda antiga, com recursos consideráveis, mas insuficientes. A modesta fantasia dos militares e técnicos havia inventado mais alguns métodos de extermínio — mas aquele visionário que inventara o balão de bombardeio mecânico havia sido o último de sua espécie; depois dele, os intelectuais, os idealistas, poetas e sonhadores recuaram mais e mais de seu interesse pela guerra. Ele foi deixado, como disse, a cargo dos militares e técnicos e, portanto, fez poucos progressos. Com uma perseverança desmedida, os exércitos continuavam a se enfrentar, e embora, por causa da escassez de materiais, as condecorações agora consistissem em simples papel, a bravura dos soldados e oficiais não diminuíra de forma sensível.

Encontrei meu apartamento parcialmente destruído pelos bombardeios, mas ainda era possível dormir nele. De qualquer forma, lá dentro era frio e desconfortável, os escombros no chão e o mofo nas paredes me incomodavam, e logo saí novamente para dar um passeio.

Andei por algumas vielas da cidade que haviam mudado bastante comparadas a antigamente. O mais estranho é que já não havia lojas. As ruas não tinham vida. Eu ainda não andara muito, quando um homem com um número de metal no chapéu veio até mim e perguntou o que eu estava fazendo. Eu disse que estava passeando. Ele: O senhor tem permissão? Eu não entendi, houve uma discussão, e ele me intimou a acompanhá-lo até a próxima repartição pública.

Chegamos a uma rua, onde todas as casas tinham placas brancas penduradas, nas quais eu li designações formadas por números e letras.

"CIVIS DESOCUPADOS" estava escrito numa das placas, e, ao lado, o número 2487B4. Ali entramos. Eram as habituais dependências oficiais, salas de espera e corredores, que cheiravam a papel, roupa úmida e burocracia. Após algumas perguntas, fui levado até a sala 72d, onde fui interrogado.

Um funcionário estava diante de mim e me mediu de cima a baixo. "O senhor não sabe fazer posição de sentido?", ele perguntou com um tom áspero. Eu disse: "Não". Ele perguntou: "Por que não?". "Nunca aprendi", eu disse timidamente.

"Pois bem, o senhor foi detido por sair para passear sem cédula de permissão. O senhor confessa esse ato?"

"Sim", eu disse, "é verdade. Eu não sabia. Ouça, eu estive doente por muito tempo…"

Ele abanou a mão. "O senhor será punido com a proibição de andar de sapatos por três dias. Tire os sapatos!"

Eu tirei os sapatos.

"Homem de Deus!", exclamou horrorizado o funcionário. "Mas o senhor usa sapatos de couro! Onde os arranjou? Está completamente louco?"

"Talvez mentalmente eu não seja de todo normal, não sei julgar isso muito bem. Os sapatos eu comprei já faz bastante tempo."

"E o senhor não sabe que o uso do couro em qualquer forma é estritamente vedado aos civis? Os seus sapatos ficarão aqui, confiscados. Mostre-me seus documentos de identidade!"

Meu Deus, eu não tinha.

"Em todo um ano nunca me aconteceu uma coisa dessas!", gemeu o funcionário e chamou um guarda. "Leve este homem para a seção 194, sala 8!"

Descalço, fui conduzido por algumas ruas, então entramos num edifício público, andamos por corredores, respiramos o cheiro de papel e de desesperança, depois fui empurrado para dentro de uma sala e interrogado por outro funcionário. Este usava uniforme.

"O senhor foi encontrado na rua sem os seus documentos de identidade. A multa é de dois mil florins. Já vou fazer o recibo."

"Perdão", eu disse, hesitante, "não tenho comigo essa quantia. O senhor não pode em vez disso me prender por algum tempo?"

Ele deu uma gargalhada.

"Prender? Mas, meu bom homem, como pode pensar uma coisa dessas? O senhor acha que além de tudo temos vontade de alimentá-lo? — Não, meu caro, se não puder pagar essa ninharia, não poderá ser poupado da pena máxima. Terei que condená-lo à privação temporária da autorização de existência! Por favor, me entregue o seu cartão de autorização de existência!"

Eu não tinha.

O funcionário emudeceu, estupefato. Chamou dois colegas, cochichou com eles por um bom tempo, apontou várias vezes para mim, e todos me olhavam com temor e com um profundo espanto. Então ele mandou me conduzir a uma sala de detenção, onde eu deveria esperar até que deliberassem sobre o meu caso.

Ali havia diversas pessoas, algumas sentadas, outras em pé, e uma sentinela militar vigiava a porta. Chamou a minha atenção que, exceto pela falta de calçado, eu era de longe o mais bem--vestido ali. Ofereceram-me um assento com certa reverência, e imediatamente um homenzinho tímido se pôs ao meu lado, curvou-se com cuidado e sussurrou em meu ouvido: "Meu senhor, tenho uma oferta fabulosa para lhe fazer. Tenho em minha casa uma beterraba sacarina. Toda uma beterraba, inteirinha! Ela pesa quase três quilos. Ela pode ser sua. O que me oferece?".

Ele aproximou sua orelha da minha boca, e eu sussurrei: "Faça-me o senhor mesmo uma oferta! Quanto deseja por ela?".

Ele disse muito baixo em meu ouvido: "Vamos dizer cento e quinze florins!".

Recusei com a cabeça e mergulhei em pensamentos.

Eu me dei conta de que me ausentara por tempo demais. Estava difícil me adaptar às coisas novas. Teria dado muito por um par de sapatos ou de meias, pois sentia um frio terrível nos pés, com os quais eu tivera que andar descalço por ruas molhadas. Mas na sala não havia ninguém que também não estivesse descalço.

Após algumas horas foram me buscar. Fui conduzido à repartição 285, sala 19f. Dessa vez, o guarda não me deixou; ele se pôs entre mim e o funcionário, que parecia ter um cargo muito alto.

"O senhor realmente se encontra em maus lençóis", ele começou. "Está hospedado nesta cidade e não tem uma cédula de autorização de existência. O senhor deve saber que para isso estão previstas as mais severas penas."

Eu fiz uma pequena mesura.

"Permita-me", eu disse, "que lhe faça um pedido. Concordo totalmente que não estou preparado para essa situação e que a minha condição só vai piorar ainda mais. Não daria para o senhor me condenar à morte? Eu ficaria muito grato por isso!"

O alto funcionário encarou-me com um ar indulgente.

"Entendo", ele disse gentilmente. "Mas se fosse assim, qualquer um poderia querer também! De qualquer maneira, antes seria necessário adquirir um cartão de morte. O senhor tem dinheiro para isso? Custa quatro mil florins."

"Não, não tenho tanto dinheiro. Mas eu daria tudo o que tenho. Tenho grande desejo de morrer."

Ele sorriu de um modo estranho.

"Acredito perfeitamente, o senhor não é o único. Mas para morrer não é tão simples assim. O senhor pertence a um Estado, meu bom homem, e tem deveres para com ele, de corpo e alma. O senhor deve saber disso.

"A propósito — estou vendo aqui que está registrado como Emil Sinclair. O senhor por acaso é o escritor Sinclair?"

"Sim, sou eu mesmo."

"Oh, isso muito me alegra. Espero poder ajudá-lo. Guarda, pode se retirar."

O guarda saiu, o funcionário me estendeu a mão. "Li os seus livros com muito interesse", ele disse amavelmente, "e gostaria de ajudá-lo dentro do possível. — Mas diga-me, em nome de Deus, como pôde chegar a essa inacreditável situação?"

"Pois é, estive fora por um tempo. Eu me refugiei por certo tempo no plano cósmico, devem ter sido uns dois, três anos e, para falar francamente, tinha quase certeza de que nesse meio-tempo a guerra havia acabado. — Mas, diga-me, o senhor poderia me arranjar um cartão de morte? Eu lhe seria imensamente grato."

"Talvez seja possível. Mas primeiro o senhor precisa de uma autorização de existência. Sem ela, naturalmente qualquer passo seria inútil. Vou lhe dar uma recomendação para a seção 127; nela pelo menos o senhor receberá, sob minha fiança, um cartão de existência provisório. Mas ele só vale por dois dias."

"Ah, é mais do que suficiente!"

"Então está bem! Depois passe aqui comigo novamente."

Eu apertei sua mão. "Mais uma coisa!", eu disse em voz baixa. "Posso lhe fazer uma pergunta? O senhor pode imaginar como estou mal orientado na atualidade."

"Sim, sim, por favor."

"Pois bem — o que mais me interessaria saber é como a vida pode continuar nesse estado de coisas. O ser humano suporta isso?"

"Oh, sim. O senhor se encontra numa situação especialmente ruim como civil, e sem nenhum documento! Há ainda muito poucos civis. Quem não é soldado, é funcionário público. Já isso torna a vida muito mais suportável para a maioria, muitos são até mesmo bastante felizes. E quanto às privações, pouco a pouco fomos nos acostumando. Quando deixou de haver batatas e tivemos que nos acostumar com a pasta de madeira — agora ela está sendo ligeiramente defumada e até ficou bem palatável —, todos pensaram que não daria mais para aguentar. E agora a coisa está indo. E assim é com tudo."

"Entendo", eu disse. "Na verdade não é muito surpreendente. Só uma coisa não entendi muito bem. Diga-me: para que afinal o mundo todo está fazendo esses esforços gigantescos? Essas privações, essas leis, esses milhares de repartições e funcionários públicos — o que afinal está sendo protegido e preservado com isso?"

O funcionário olhou para mim espantado.

"Ora, que pergunta!", ele exclamou, sacudindo a cabeça. "Afinal, o senhor sabe que estamos em guerra, o mundo todo está em guerra! E é isso o que estamos preservando, para isso é que existem leis, para isso é que fazemos sacrifícios. É a guerra. Sem esses enormes esforços e realizações, os exércitos não conseguiriam aguentar nem mais uma semana nos campos de batalha. Eles morreriam de fome — seria inadmissível!"

"Sim", eu disse lentamente, "de fato, é uma ideia! Portanto, a guerra é o bem que é preservado com esses sacrifícios! Sim, mas — permita-me uma pergunta estranha — por que vocês têm tanto apreço pela guerra? Ela vale tudo isso? A guerra é de fato um bem?"

O cavalheiro sacudiu os ombros, compassivo. Ele viu que eu não o entendia.

"Caro sr. Sinclair", ele disse, "o senhor ficou bastante tempo fora da realidade, então, faça-me o favor, ande por uma única rua, fale com uma única pessoa, faça um esforço para pensar um pouquinho e pergunte a si mesmo: O que ainda temos? Em que consiste a nossa vida? O senhor não encontrará outra resposta; a guerra é a única coisa que ainda temos! Diversão e conquistas pessoais, ascensão social, ambição, amor, trabalho intelectual — tudo isso não existe mais. Devemos única e exclusivamente à guerra que ainda exista no mundo algo como ordem, lei, pensamento, espírito. O senhor não percebe?"

Sim, agora eu percebia, e agradeci muito ao cavalheiro.

Então saí dali e pus mecanicamente no bolso a recomendação para a seção 127. Eu não tinha intenção de fazer uso dela, não tinha vontade de importunar mais nenhuma autoridade. E antes que me notassem e me pedissem explicações, disse a mim mesmo uma pequena bênção, desliguei as batidas do meu coração, escondi meu corpo na sombra de um arbusto e continuei minha peregrinação anterior, sem pensar mais em voltar para casa.

(1917)

O império

Era um país grande, bonito, mas não propriamente rico, nele vivia um povo valente, modesto mas forte, que estava satisfeito com seu destino. Não havia nele muita riqueza e boa vida, elegância e opulência, e muitas vezes não era sem certo escárnio, ou sem certa compaixão escarnecedora, que os vizinhos mais ricos olhavam para o modesto povo no grande país.

Algumas coisas, contudo, que não se podem comprar com dinheiro, mas que são valorizadas pelas pessoas, prosperavam naquele povo sem outras glórias. Elas prosperavam tão bem que, com o tempo, apesar de seu poderio reduzido, o país pobre tornou-se famoso e prestigiado. Ali prosperavam coisas como música, literatura e sabedoria espiritual e, do mesmo modo que não se espera de um grande sábio, pregador ou poeta que seja rico, elegante e socialmente hábil e se rendem honras a ele em seu modo de ser, assim também agiam os povos poderosos perante aquele curioso povo pobre. Eles faziam vista grossa para sua pobreza e sua maneira de ser um tanto pesada e desastrada nas coisas mundanas, mas falavam com prazer e sem inveja sobre seus pensadores, poetas e músicos.

E pouco a pouco, embora o país do pensamento permanecesse pobre e muitas vezes oprimido por seus vizinhos, uma corrente constante, suave e fecunda de calor e pensamento se derramou sobre seus vizinhos e sobre o mundo.

Mas havia uma coisa, uma notável e muito antiga circunstância, em razão da qual o povo não apenas era alvo da zombaria dos estrangeiros, como também ele próprio sofria e sentia dor: as numerosas e diferentes tribos daquele belo país, desde tempos imemoriais, não se davam muito bem umas com as outras. Havia disputas e ciúmes o tempo todo. De tempos em tempos, era levantada e defendida pelos melhores homens daquele povo a ideia de que deveriam todos entrar em acordo e se unir num trabalho amigável e comum, porém a ideia de que uma das muitas tribos, ou o seu príncipe, se elevasse acima das outras e assumisse a liderança sempre foi tão aversiva à maioria que nunca se chegou a um acordo.

A vitória sobre um príncipe e conquistador estrangeiro que havia oprimido severamente o país parecia querer trazer essa união, afinal. Mas logo voltaram os desentendimentos, os muitos pequenos príncipes se opuseram, e os súditos desses príncipes haviam recebido de seus soberanos tantas graças em forma de cargos, títulos e fitinhas coloridas que em geral eles se sentiam satisfeitos e não eram simpáticos a inovações.

Enquanto isso, acontecia no mundo todo aquela revolução, aquela estranha transformação das pessoas e das coisas que, como um fantasma ou uma moléstia, se ergueu da fumaça da primeira máquina a vapor e mudou a vida por toda parte. O mundo se encheu de trabalho e esforço, passou a ser governado por máquinas e a ser incitado a sempre novos trabalhos. Surgiram grandes riquezas, e a parte do mundo que inventara as máquinas assumiu ainda mais do que antes o domínio do mundo, distribuiu as outras partes da Terra entre os seus potentados, e quem não tinha poder saiu de mãos vazias.

Essa onda também atingiu o país de que estamos falando, porém sua participação permaneceu modesta, conforme convinha a seu papel. Os bens do mundo pareciam ter sido distribuídos mais uma vez, e o país pobre mais uma vez parecia ter saído de mãos vazias. Então de repente tudo tomou um outro rumo. As velhas vozes que exortavam a um acordo entre as tribos nunca haviam se calado. Assim surgiu um grande e enérgico estadista, e uma vitória feliz e gloriosa sobre um grande povo vizinho fortaleceu e unificou o país, cujas tribos então se uniram para fundar um grande império. O país pobre de sonhadores, pensadores e músicos havia despertado, ele era rico, era grande, estava unido e iniciava, em pé de igualdade, a sua carreira como grande potência entre os irmãos mais velhos. Lá fora, no vasto mundo, já não havia muito mais o que roubar e conquistar, e nos territórios mais distantes a jovem potência encontrou os lotes já distribuídos. Mas o espírito da máquina, que até então ascendia apenas lentamente ao poder no país, agora florescia de forma espantosa. Todo o país, e seu povo, rapidamente se transformou. Agora ele era grande, era rico, era poderoso e temido. Ele acumulou riquezas e construiu uma muralha tríplice ao seu redor, com soldados, canhões e fortes. Não tardou a surgir desconfiança e medo entre os vizinhos inquietos com essa novidade, e também estes começaram a construir paliçadas e a manter seus canhões e navios de guerra em prontidão.

Mas isso não foi o pior. Havia bastante dinheiro para pagar por essas gigantescas fortificações e ninguém pensava em guerra, era apenas uma precaução para alguma eventualidade, pois as pessoas ricas gostam de ver paredes de ferro ao redor de seu dinheiro.

Muito pior era o que acontecia no interior do jovem império. Esse povo, que durante tanto tempo havia sido ora escarnecido, ora adorado no mundo e possuía tanto espírito e tão pouco dinheiro — esse povo agora percebia que coisa boa era o dinheiro e o poder. Ele construía e poupava, comerciava e emprestava dinheiro, toda a rapidez era pouca para enriquecer, e quem tinha um moinho ou uma forja agora precisava urgentemente ter uma fábrica, e quem tinha três oficiais agora tinha que ter dez ou vinte, e muitos logo chegavam a centenas e milhares. E quanto mais depressa as muitas mãos e máquinas trabalhavam, mais depressa o dinheiro era acumulado — pelos poucos indivíduos aptos a acumular. Mas os muitos, muitos trabalhadores não eram mais oficiais e colaboradores de um mestre, mas caíram num regime de servidão e escravatura.

Também em outros países algo semelhante acontecia, também neles a oficina se tornava fábrica; o mestre, patrão; o trabalhador, escravo. Nenhum país do mundo pôde escapar a essa sina. Mas quis o destino que no jovem império esse novo espírito e movimento do mundo coincidisse com o seu surgimento. Ele não tinha tempos antigos, nem antigas riquezas, e se lançou nesse novo tempo veloz como uma criança impaciente, com as mãos cheias de trabalho e de ouro.

Não faltou quem admoestasse e prevenisse o povo de que ele estava no caminho errado e o lembrasse da época anterior, bem como da glória silenciosa, discreta do país, da missão espiritual que ele cumprira um dia, da contínua, nobre emanação espiritual de pensamento, de música e literatura com a qual ele havia brindado o mundo outrora. Mas, em meio à euforia da jovem riqueza, isso era motivo de riso. O mundo era redondo e girava, e se os avós tinham feito poemas e escrito filosofia, isso era muito bonito, mas os netos queriam mostrar que naquele país eles podiam e eram capazes de fazer outras coisas. E assim, em suas mil fábricas, eles martelavam e forjavam novas máquinas, novas ferrovias, novas mercadorias e também, por via das dúvidas, novos fuzis e canhões. Os ricos se apartaram do povo, os trabalhadores pobres se viram abandonados e não pensavam mais em seu povo, do qual faziam parte, mas também se esforçavam, pensavam e se preocupavam apenas cada um por si. E os ricos e poderosos, que haviam adquirido tantas armas e canhões contra inimigos externos, alegraram-se com sua precaução, pois agora dentro do país havia inimigos que talvez fossem mais perigosos.

Tudo isso culminou na grande guerra que durante anos devastou tão terrivelmente o mundo e em meio a cujas ruínas agora nos encontramos, atordoados pelo seu clangor, amargurados pela sua estupidez e doentes de suas sangrias que escorrem por todos os nossos sonhos.

E a guerra terminou de tal modo que o jovem, próspero império, cujos filhos haviam ido para o campo de batalha com entusiasmo, sim, com alegria, entrou em colapso. Ele foi vencido, terrivelmente vencido. Mas os vencedores, antes de qualquer menção à paz, exigiram um pesado tributo do povo conquistado. E então aconteceu que durante muitos e muitos dias, enquanto voltava para casa, o exército derrotado encontrava, vindos da direção oposta, longos trens carregando os símbolos do poder anterior para serem entregues ao inimigo vitorioso. Máquinas e dinheiro escoavam num longo fluxo da terra derrotada para as mãos do inimigo. Enquanto isso, porém, naquele momento de extrema aflição, o povo derrotado havia caído em si. Ele expulsou seus líderes e príncipes e se declarou emancipado. Formou seus próprios conselhos e anunciou sua vontade de se reencontrar em seu próprio infortúnio com as suas próprias forças e o seu próprio espírito.

Esse povo, que se emancipara após tão difícil provação, ainda hoje não sabe para onde o conduzirá o seu caminho, quem será o seu guia e quem o ajudará. Mas os Celestiais sabem, e eles sabem por que enviaram o sofrimento da guerra a esse povo e ao mundo todo.

E da escuridão desses dias reluzirá um caminho, o caminho que o povo derrotado deve seguir.

Ele não pode voltar a ser criança. Ninguém pode. Ele não pode simplesmente jogar fora seus canhões, suas máquinas e seu dinheiro e voltar a fazer poemas e tocar sonatas em pacatas cidadezinhas. Mas pode seguir o caminho que também o indivíduo deve seguir quando sua vida o levou a erro e aflição profunda. Ele pode rememorar seu caminho até aqui, sua origem e sua infância, seu crescimento, seu apogeu e seu declínio, e no caminho dessas lembranças poderá encontrar as forças que lhe pertencem de forma essencial e inalienável. Deve "recolher-se em si mesmo", como dizem os devotos. E por dentro, em seu íntimo, encontrará intacta sua própria essência, e essa essência não tentará escapar a seu destino, mas o aceitará e recomeçará a partir da redescoberta do que possui de melhor e mais profundo.

E se assim for, e se o povo abatido seguir de boa vontade e com honestidade o caminho do destino, algo do que era antes se renovará. Mais uma vez, um fluxo constante e silencioso emanará dele e penetrará no mundo, e os que ainda hoje são seus inimigos, no futuro virão novamente comovidos escutar esse fluxo silencioso.

(1918)

Meditação

Em minha vida, agora é meio-dia, já passei dos quarenta e sinto como se anunciam, após anos de preparação, novas atitudes, novos pensamentos, novos pontos de vista, como a totalidade de minha vida quer se cristalizar de novas e diferentes maneiras. Isso nunca teve um começo. Isso já soava antes e já era noção e possibilidade quando eu ainda era criança, quando eu ainda não era criança. Também cedo se tornou algo evidente para mim. Hoje quando penso nos meus anos jovens, eles parecem diferentes de como eu costumava vê-los. Agora o tempo da infância tem um cheiro diferente, agora a época da juventude soa diferente de como soava há dois ou três anos. E agora vejo indícios e prenúncios do tempo presente já em acontecimentos e sentimentos muito precoces. Alguém dirá que estou conferindo retroativamente o novo sentido que atribuo hoje à minha vida a tudo o que já passou, que estou construindo história, aplicando novos dogmas a posteriori, enganando a mim mesmo com uma nova teologia.

Mas o que importa se engano a mim mesmo, se o que faço é teologia ou construção histórica? O novo em mim não é que uma ilusão tenha se acabado e a ela se sucedido uma verdade atual. Estou mais longe de qualquer verdade do que nunca. Estou mais cético perante qualquer verdade e mais crédulo perante qualquer ilusão do que nunca.

Mas me sinto viver novamente, estou mais jovem, sinto futuro, sinto forças e possibilidades de atuação, e tudo isso havia desaparecido por anos. Há uma troca de pele em curso, uma roupagem madura quer cair, e o que durante anos eu vi como a dor de ter que morrer agora quer significar a dor do renascimento.

É terrível a dor de ter que morrer, eu a vejo atrás de mim como um longo, negro desfiladeiro de horror pelo qual passei, anos e anos a fio, sozinho e sem esperanças. Ainda gelo em pensar nele. Foi um inferno, um inferno frio e silencioso. Foi um caminho sem esperança, no fim do qual nada havia além de escuridão e morte — talvez um fim, oxalá um fim. Mas, ao que parece, há um limite para todo sofrimento, até onde ele é sofrimento. Então ou ele acaba ou se transforma, assume cores de vida, ainda pode doer, mas então a dor é esperança e vida. Para mim, foi assim com a solidão. Agora não estou menos sozinho do que em meu pior momento. Mas a solidão é uma poção que não pode me aliviar nem causar dor, já bebi o suficiente dessa taça para me tornar forte contra o seu veneno. Mas já não é veneno — apenas foi, agora isso mudou. É veneno tudo que não podemos aceitar, amar, sorver com gratidão. É vida e vale a pena tudo que amamos, tudo de que podemos sorver vida.

Quando tento fazer um balanço de uma parte da minha vida, não o faço da perspectiva de que disso poderia tirar uma lição, de que poderia encontrar fórmulas e destilar alguma sabedoria. Embora durante toda a minha vida, desde a mais tenra juventude, eu tenha sentido uma atração pela filosofia e tenha lido toda uma biblioteca de pensadores, perdi a crença na minha capacidade de formular minha visão do mundo de modo comunicável. Não sou um pensador e não quero ser um. Por muitos anos superestimei o pensamento, sacrifiquei muito sangue por ele, nisso perdi coisas e ganhei coisas, conforme a situação. Mas eu poderia também não ter feito nada disso, e teria chegado hoje ao mesmo resultado. Não aprendi com o pensamento, pelo menos não com o pensamento dos muitos outros cuja obra estudei.

Ainda me lembro da ilusão extremamente agradável que experimentei quando li o primeiro filósofo e, depois de muito sacudir a cabeça, entendi. Era Espinosa, e a bela ilusão se repetiu novamente com Kant. Senti, através do fato de ter entendido, através da constatação da minha capacidade de compreender aquele encadeamento de pensamentos e sentir as leis da vida presentes em sua construção — através disso, senti uma satisfação e um bem-estar que em si era uma coisa bela, mas que interpretei como se eu tivesse encontrado "a" verdade. Eu acreditava ter entendido o mundo de uma vez por todas, quando não experimentara nada além de um dos belos momentos em que, em meio ao infinito vórtice de ideias, se consegue completar uma cristalização, um ponto de apoio, algo fixo dentro de si. Compreender o mundo significava levar uma vida que consistisse unicamente numa contínua sucessão desses raros momentos. Eu sentia muito bem que a filosofia era apenas uma das mil maneiras de viver tais momentos, mas durante muito tempo não acreditei nisso. Na realidade, a minha experiência com Kant, Schopenhauer, Schelling não foi diferente da que tive com a *Paixão segundo são Mateus*, com Mantegna, com o *Fausto*. Hoje vejo mais ou menos assim: uma filosofia de valor preponderante existe apenas para o filósofo criativo, não para o seu aluno, nem para o leitor, nem para o crítico. Em sua criação do mundo, o filósofo experimenta o que todo ser sente em seus momentos de maturidade e plenitude, a mulher dando à luz, a artista ao criar, a árvore nas diferentes estações do ano e fases da vida. Que o pensador viveria de forma *consciente* essa experiência e os outros "apenas" de forma inconsciente é um velho dogma do qual duvido intimamente. Mesmo que estivesse certo (ele não está, pois o pensador está sujeito a centenas de ilusões na vivência de seu trabalho, e quantas vezes ele não empenha seu afeto e sua vaidade justamente nas mais duvidosas de suas descobertas!) — mesmo assim a minha experiência contesta esse valor preponderante da consciência. Para o valor e o desenvolvimento do meu eu, não é decisivo que eu tenha permanentemente o meu círculo mais importante de coisas no horizonte da minha consciência, mas apenas que eu cultive boas, leves, fluidas relações entre o âmbito do consciente e o do inconsciente. Não somos máquinas de pensar, mas organismos e, em nosso organismo, o inconsciente ocupa uma posição semelhante à do estômago na famosa alegoria do orador romano. Para quem não está disposto a discutir sobre palavras, não é fácil expressar o que quero dizer. Mas a palavra "consciente", e "inconsciente", me parece se prestar tão bem a uma alegoria que farei uma tentativa.

Pois bem: imagine o seu ser como um lago profundo com uma superfície pequena. A superfície é a consciência. Ali, é claro, ali acontece o que chamamos de pensar. Mas a parte do lago que forma essa superfície é apenas uma ínfima parte. Ela pode ser a parte mais bonita, a mais interessante, pois no contato com o ar e a luz, a água se renova, se transforma, se enriquece. Mas mesmo as partes da água que estão na superfície mudam incessantemente. Sempre sobe água de baixo, desce de cima, sempre ocorrem correntes, nivelamentos, deslocamentos, cada partícula da água também quer estar lá em cima. — Assim como o lago consiste em água, nosso eu ou nossa alma (não importa que palavra se use aqui) consiste em milhares e milhões de partes, num patrimônio sempre crescente, sempre cambiante de posses, de memórias, de impressões. O que nossa consciência vê dele é a pequena superfície. A alma não vê a parte infinitamente maior de seu conteúdo: mas a alma na qual se opera um constante, renovado afluxo e intercâmbio da grande zona escura em direção ao pequeno campo de luz me parece rica e saudável e capaz de ser feliz. A grande maioria das pessoas guarda em si milhares e milhares de coisas que jamais chegam à superfície clara, que apodrecem e se torturam no fundo. E porque apodrecem e causam sofrimento, essas coisas são sempre reiteradamente rejeitadas pela consciência, estão sob suspeita e são temidas. Este é o significado de toda moral — o que é reconhecido como nocivo não deve vir à tona! Mas nada é nocivo e nada é útil, tudo é bom ou tudo é indiferente. Cada um carrega dentro de si coisas que lhe pertencem, que são boas e próprias dele, mas que não podem emergir. Se elas emergirem, diz a moral, haverá infelicidade. Mas talvez o que houvesse fosse justamente felicidade! Portanto, tudo deve vir à tona, e quando se sujeita à sua moral, o homem empobrece.

O que vivi nos últimos anos se me afigura, no quadro dessa alegoria, como se eu tivesse sido um lago cuja camada profunda, da qual se originava sofrimento e proximidade da morte, estivesse bloqueada. Mas agora a superfície e o fundo se misturam de forma mais intensa, talvez ainda deficiente, ainda não suficientemente dinâmica — mas pelo menos a coisa flui.

(1918-9)

Alma de criança

Às vezes, agimos, vamos para lá e para cá, fazemos isso e aquilo, e tudo é leve, fácil e ao mesmo tempo facultativo, e parece que também poderia ser diferente. E às vezes, em outras horas, nada poderia ser diferente, nada é leve e fácil, cada respiração nos pesa e está carregada de destino.

Os atos de nossas vidas que chamamos de bons e a respeito dos quais é fácil contar são quase todos do primeiro tipo, o "fácil", e também é fácil esquecê-los. Já outros, dos quais nos custa falar, nunca mais esqueceremos, de certa forma eles são mais nossos que outros, e suas sombras incidem sobre todos os dias de nossa vida.

Nossa casa paterna, que era grande e clara e ficava numa rua clara, tinha um portão alto, e quando entrávamos por ele éramos imediatamente envoltos por frescor, penumbra e um permanente ar úmido. Um vestíbulo alto e sombrio nos acolhia em silêncio, o chão de ladrilhos de arenito vermelho levava em suave aclive para a escada, cujo início ficava no fundo, profundamente imerso na penumbra. Milhares de vezes entrei por esse portão alto e nunca prestei atenção no portão e no corredor, nos ladrilhos e degraus; mesmo assim, sempre era uma transição para outro mundo, para o "nosso" mundo. O vestíbulo cheirava a pedra, era escuro e alto, na parte de trás a escada levava para além do frio e para a luz e para o conforto claro. Mas sempre havia primeiro o salão e a sisuda penumbra a atravessar: algo de pai, algo de dignidade e poder, algo de punição e consciência pesada. Milhares de vezes eu o atravessei rindo. Às vezes, porém, eu entrava e era imediatamente esmagado e apequenado, sentia medo, buscava depressa a escada libertadora.

Uma vez, com a idade de onze anos, eu voltava da escola para casa num daqueles dias em que o destino nos espreita em cada esquina e facilmente algo pode acontecer. Nesses dias, qualquer desordem e perturbação em nossa alma parece se refletir fora no ambiente e distorcê-lo. Desconforto e angústia oprimem nosso coração, e buscamos e encontramos suas pretensas causas fora de nós, achamos o mundo malfeito e encontramos resistência por toda parte.

Aquele dia foi mais ou menos assim. Desde cedo me afligia — sabe lá vindo de onde, talvez dos sonhos da noite — um sentimento de má consciência, embora eu não tivesse feito nada de especial. No café da manhã, o rosto do meu pai tinha uma expressão de sofrimento e reprovação, o leite estava morno e insípido. Na escola, embora eu não tivesse tido problemas, tudo tinha mais uma vez o mesmo gosto triste, morto e desalentador e se fundira com aquela sensação de impotência e desespero que já me era familiar e que nos diz que o tempo nunca acaba, que continuaremos para sempre e eternamente pequenos e impotentes e sob o jugo da escola estúpida e podre, por anos e anos, e que toda a vida é absurda e insuportável.

Nesse dia, eu também estava com raiva do meu amigo de então. Eu tinha uma amizade recente com Oskar Weber, o filho de um maquinista, sem saber direito o que me atraía nele. Uns dias antes, ele se gabara de que seu pai ganhava sete marcos por dia, e eu retruquei ao deus-dará que o meu ganhava catorze. Ele se deixara impressionar sem objeções, e com isso a coisa havia começado. Alguns dias depois, eu selara uma aliança com Weber, começando com ele um cofre comum de economias, com cujo dinheiro depois pretendíamos comprar uma pistola. A arma em questão estava na vitrine de uma loja de ferragens, uma pistola maciça com dois canos de aço azulados. E Weber me mostrou os cálculos segundo os quais apenas precisávamos economizar bastante por um tempo, e depois poderíamos comprá-la. Dinheiro sempre havia, era muito comum ele receber uma moeda de dez centavos para alguma despesa, ou então se ganhava uma gorjeta, e às vezes se encontrava dinheiro na rua, ou algo que valia algum dinheiro, como ferraduras, peças de chumbo e outras coisas que muito bem se podiam vender. E ele também pôs imediatamente dez centavos no nosso cofre e me convenceu e fez todo o nosso plano me parecer possível e promissor.

Naquele meio-dia, enquanto eu entrava no vestíbulo da nossa casa e no ar frio como o de um porão, e vinham ao meu encontro advertências sombrias de milhares de coisas e feições desagradáveis e odiosas do mundo, os meus pensamentos estavam ocupados com Oskar Weber. Eu sentia que não o amava, embora o seu rosto bonachão, que me lembrava uma lavadeira, me fosse simpático. O que me atraía nele não era a sua pessoa, mas outra coisa, eu poderia dizer, a sua posição: era algo que ele compartilhava com quase todos os meninos de seu tipo e com a mesma origem: certa arte de viver com ousadia, uma carapaça contra o perigo e a humilhação, uma intimidade com os pequenos assuntos práticos da vida, com dinheiro, com lojas e oficinas, mercadorias e preços, com cozinha e roupas e coisas do tipo. Garotos como Weber, a quem as pancadas na escola pareciam não doer e que eram parentes e amigos de criados, motoristas e moças de fábrica, estavam no mundo de uma maneira diferente, mais segura do que eu; era como se fossem adultos, eles sabiam quanto o seu pai ganhava por dia e com certeza também sabiam de muitas outras coisas nas quais eu era inexperiente. Eles riam de expressões e piadas que eu não entendia. Até sabiam rir de uma maneira que eu não conseguia, uma maneira suja e bruta, mas inegavelmente adulta e "viril". Não adiantava ser mais inteligente do que eles e ir muito melhor na escola. Não adiantava estar mais bem-vestido, penteado e banhado do que eles. Pelo contrário, justo nessas diferenças eles levavam vantagem. No "mundo", tal como eu o via diante de mim sob uma luz incerta e aventurosa, garotos como Weber pareciam ser capazes de entrar sem dificuldade, enquanto, para mim, o "mundo" estava tão fechado e cada uma de suas portas tinha que ser arduamente conquistada através de um crescer e ficar mais velho que nunca tinha fim, de frequentar a escola, de prestar exames e ser bem-educado. E, é claro, tais meninos também encontravam ferraduras, dinheiro e pedaços de chumbo nas ruas, recebiam recompensas por fazer compras, ganhavam todo tipo de brindes nas lojas e prosperavam de todas as maneiras possíveis.

Eu sentia vagamente que a minha amizade com Weber e o seu cofre nada mais eram que um ávido anseio por esse "mundo". Nada em Weber me parecia digno de estima, exceto o seu grande segredo, que o fazia viver mais próximo dos adultos, num mundo mais desvelado, mais desnudo e mais robusto, do que eu com meus sonhos e desejos. E eu pressentia que ele me decepcionaria, que eu não conseguiria arrancar dele o seu segredo e a chave mágica para a vida.

Acabáramos de nos despedir, e eu sabia que agora ele estava voltando para casa, tranquilo e satisfeito, assobiando alegremente, sem que nenhum desejo, nenhum pressentimento o deprimisse. Quando ele encontrava as empregadas domésticas e os trabalhadores das fábricas e os via levar sua vida misteriosa, talvez maravilhosa, talvez criminosa, para ele não havia mistério nem segredos terríveis, nenhum perigo, nada excitante e arrebatador, mas tudo era natural, conhecido e familiar como a água para um pato. Era assim. E eu, por outro lado, sempre ficaria à margem, de fora, sozinho e inseguro, cheio de pressentimentos, mas sem certezas.

Sim, naquele dia a vida tinha mais uma vez um gosto desesperadamente rançoso, mais uma vez o dia tinha algo de segunda-feira; embora fosse sábado, ele cheirava a segunda-feira e estava sendo três vezes mais longo e três vezes mais tedioso do que os outros dias. A vida era maldita e insuportável, era hipócrita e asquerosa. Os adultos agiam como se o mundo fosse perfeito, e eles próprios, semideuses, mas nós, meninos, não passávamos de lixo e escória. Os professores...! Era preciso estar imbuído de boas intenções e aspirações, esforçar-se honesta e apaixonadamente, fosse para aprender as declinações irregulares do grego ou manter as roupas limpas, para obedecer aos pais ou sofrer silenciosa e heroicamente todo tipo de dores e humilhações — sim, sempre, invariavelmente, era preciso se erguer com ardor e devoção para se dedicar a Deus e trilhar o caminho ideal, puro e nobre da elevação, praticar a virtude, suportar silenciosamente o mal, ajudar os outros — oh, e sempre, invariavelmente, era apenas um esforço, uma tentativa e um voo curto! Sempre, já depois de dias, oh, já mesmo depois de horas, sempre voltava a acontecer algo que não deveria acontecer, algo miserável, triste e vergonhoso. Sempre, entre as mais nobres e desafiadoras resoluções e juramentos, de repente ocorria uma inevitável recaída em pecado e infâmia, em hábito e rotina. Por que era assim, por que se reconhecia tão bem e profundamente e se sentia no coração a beleza e a correção das boas intenções, se sempre, invariavelmente, toda a vida (incluindo os adultos) fedia a mediocridade e, onde quer que fosse, era organizada de modo a permitir que o mesquinho e o ordinário triunfassem? Como podia ser que, de manhã, na cama de joelhos ou à noite, diante de velas acesas, nos aliássemos ao bem e à lucidez sob juras sagradas, invocássemos Deus e declarássemos guerra a todos os vícios — e depois, talvez apenas algumas horas mais tarde, pudéssemos praticar a mais miserável traição a esse mesmo juramento e propósito sagrado, ainda que fosse apenas se juntando a uma gargalhada maliciosa, dando ouvidos a uma piadinha escolar idiota? Por que era assim? Para outros era diferente? Os heróis, os romanos e os gregos, os cavaleiros, os primeiros cristãos — haviam todos sido pessoas diferentes de mim, melhores, mais perfeitos, sem maus impulsos, dotados de algum órgão que me faltava e que os impedia de cair a toda hora do céu na vida cotidiana, do sublime no miserável e insuficiente? Esses heróis e santos desconheciam o pecado original? O nobre e sagrado estava reservado apenas a poucos, raros, eleitos? Mas por que, se eu não era um eleito, por que eu tinha esse desejo inato pelo belo e pelo nobre, esse anseio sôfrego e doloroso por pureza, bondade, virtude? Não era por escárnio? Era possível no mundo de Deus que um homem, um menino, tivesse em si ao mesmo tempo todos os maus e todos os bons impulsos, e tivesse que sofrer e se desesperar, como uma figura desgraçada e cômica, só para um Deus assistir e se divertir? Seria isso possível? E então o mundo — todo o mundo não era uma diabólica zombaria digna do mais profundo desprezo?! Então Deus não era um monstro, um louco, um palhaço estúpido e nojento? — Ah, e enquanto eu tinha esses pensamentos com um gosto de volúpia rebelde, o meu coração confrangido já me punia pela blasfêmia com palpitações!

Quão nítida vejo outra vez diante de mim, depois de trinta anos, aquela escada com as suas altas janelas cegas, que davam para o muro próximo do vizinho e que despendiam tão pouca luz, e com seus degraus e plataformas intermediárias de pinho claro sempre lustroso e o corrimão liso de madeira dura, mil vezes polido pelas minhas velozes escorregadas! Por mais distante de mim que esteja a minha infância, e por mais que tudo nela me pareça fantástico e incompreensível, ainda me lembro exatamente de tudo o que, em meio à felicidade, já existia em mim de conflito e sofrimento. Já então, no coração do menino, se encontravam todos esses sentimentos, na mesma forma que permaneceram ao longo dos anos: dúvidas sobre o meu próprio valor, oscilação entre autoestima e desânimo, entre idealismo que despreza o mundano e sensualidade vulgar — e, como nessa época, mais tarde, por centenas de vezes, vi nesses traços do meu ser ora uma doença abjeta, agora uma distinção; por vezes, eu acreditava que, por esses caminhos torturantes, Deus queria me levar a uma solidão e introspecção especial e, outras vezes, nada encontrava nisso a não ser sinais de uma deplorável fraqueza de caráter, uma neurose, como a que milhares arrastam consigo pela vida.

Se eu tivesse que atribuir todos os sentimentos e seus angustiantes conflitos a um sentimento básico e designá-lo com um único nome, não teria outra palavra senão medo. Era medo, medo e incerteza, o que eu sentia em todas aquelas horas em que a felicidade da infância era perturbada: medo de castigo, medo da minha própria consciência, medo das inquietações da minha alma, que eu sentia como proibidas e criminosas.

Mesmo naquele momento sobre o qual conto agora, esse sentimento de medo tomou conta de mim, enquanto, pela escada que se tornava mais e mais clara, eu me aproximava da porta de vidro. Começava com uma ânsia no abdômen, que subia até o pescoço e lá se tornava uma asfixia ou náusea. Ao mesmo tempo, nesses momentos, eu sempre sentia, como também agora, uma vergonha embaraçosa, uma desconfiança perante qualquer observador, uma necessidade de ficar sozinho e me esconder.

Com esse sentimento miserável e amaldiçoado, verdadeiramente o sentimento de um criminoso, entrei no corredor e depois na sala de estar. Eu sentia: o diabo está solto, hoje algo vai acontecer. Eu sentia isso, tal o barômetro a uma mudança na pressão do ar, com uma passividade fatal. Oh, ela estava de volta, aquela sensação indizível! O demônio espreitava pela casa, o pecado original roía o coração; enorme e invisível atrás de cada parede havia um fantasma, um pai e um juiz.

Eu ainda não sabia nada, tudo ainda era apenas pressentimento, antecipação, uma inquietação corrosiva. Muitas vezes em tais situações o melhor era ficar doente, vomitar e deitar na cama. Às vezes, isso se passava sem danos, a minha mãe vinha ou a minha irmã, me trazia um chá e eu me sentia cercado de cuidados amorosos, e podia chorar ou dormir, para depois acordar saudável e contente num mundo completamente transformado, claro e redimido.

A minha mãe não estava na sala, e na cozinha encontrei apenas a empregada. Decidi subir até o escritório do meu pai, ao qual conduzia uma escadinha estreita. Embora eu também tivesse medo dele, às vezes era bom recorrer a ele, a quem eu já tantas vezes pedira perdão. Com a minha mãe, era mais fácil e mais simples encontrar consolo; mas, com meu pai, o conforto era mais valioso, pois significava uma paz com uma consciência que julgava, uma reconciliação e uma nova aliança com os bons poderes. Após cenas desagradáveis, investigações, confissões e punições, eu saíra muitas vezes bom e puro do escritório do meu pai; punido e advertido, era verdade, mas cheio de novas resoluções, fortalecido pela aliança com os poderosos contra o mal hostil. Decidi visitar meu pai e dizer que não estava me sentindo bem.

E assim subi a pequena escada que levava ao seu estúdio. Essa pequena escada, com seu cheiro peculiar de papel de parede e o som seco dos degraus leves, ocos de madeira, era, muito mais do que o vestíbulo da casa, um caminho importante e uma porta para o destino; muitos passos importantes me fizeram subir esses degraus, centenas de vezes arrastei por eles medo e dilemas de consciência, relutância e raiva feroz, e não raro trouxe na volta alívio e segurança restabelecida. No andar de baixo da nossa casa, mãe e filho estavam em seu espaço; lá embaixo sopravam ares inofensivos; ali em cima, habitavam poder e espírito, ali ficavam tribunal e templo e o "reino do pai".

Um tanto apreensivo, como sempre, pressionei a maçaneta antiquada e abri a porta até a metade. O tão familiar odor do estúdio do meu pai veio ao meu encontro: cheiro de livros e tinta diluído pelo ar azul que vinha das janelas entreabertas, cortinas brancas, puras, um fio perdido de perfume de água-de-colônia e, em cima da mesa, uma maçã. Mas o estúdio estava vazio.

Com uma sensação metade de decepção, metade de alívio, eu entrei. Abafei o passo e andei na ponta dos pés, como às vezes tínhamos que andar ali em cima, quando meu pai estava dormindo ou com dor de cabeça. E mal tomei consciência desse andar suave, comecei a ter palpitações e voltei a sentir ainda mais intensamente a pressão angustiante no abdômen e na garganta. Continuei a andar, furtivo e angustiado, um passo e depois mais um, e eu já não era mais um inofensivo visitante com um pedido, mas um invasor. Várias vezes, secretamente, durante a ausência de meu pai, eu já havia entrado escondido em seus dois aposentos, havia espreitado e explorado o seu reino secreto e, por duas vezes, havia furtado algo dele.

A lembrança disso logo veio e tomou conta de mim, e eu soube imediatamente: agora a desgraça estava perto, agora algo aconteceria, agora eu faria algo proibido e mau. Não pensei uma só vez em fugir! Ou melhor, pensei sim, pensei ansiosa e fervorosamente em sair dali, descer correndo as escadas e entrar no meu quartinho ou no jardim — mas eu sabia que não faria isso, que não poderia. Secretamente, desejei que meu pai se mexesse no quarto ao lado e entrasse e quebrasse todo o terrível feitiço demoníaco que me atraía e fascinava. Oh, que ele viesse! Que ele viesse, que ralhasse comigo, mas que viesse de uma vez, antes que fosse tarde demais!

Tossi para anunciar minha presença e, quando não houve resposta, chamei em voz baixa: "Papai!". Tudo continuou quieto, nas paredes os muitos livros silenciavam, uma folha da janela movia-se com o vento, lançando reflexos furtivos do sol no chão.

Ninguém me salvou, e não havia liberdade em mim para fazer outra coisa senão o que o demônio queria. A sensação de ser um criminoso contraiu o meu estômago e gelou a ponta dos meus dedos, meu coração palpitava cheio de medo. Eu ainda não sabia absolutamente o que faria. Só sabia que seria algo ruim.

Eu estava junto à escrivaninha, peguei um livro na mão e li um título em inglês que não entendi. Eu odiava o inglês — era a língua com a qual o meu pai falava com a minha mãe quando eles não queriam que entendêssemos, e também quando brigavam. Numa tigela, havia todo tipo de miudezas, palitos de dente, penas de aço, alfinetes. Peguei duas penas e pus no bolso, sabe Deus por quê, eu não precisava, não estava com falta de penas. Fiz isso meramente para seguir o impulso que quase me sufocava, o impulso de fazer o mal, prejudicar a mim mesmo, me impingir culpa. Folheei nos papéis de meu pai, vi uma carta que ele deixara apenas começada, li as palavras: "Nós e as crianças vamos bem, graças a Deus", e as letras latinas de sua caligrafia olhavam para mim feito olhos.

Então, pé ante pé, fui até o quarto de dormir. Ali estava a cama de campanha do meu pai, as pantufas marrons embaixo, um lenço repousava sobre a mesa de cabeceira. Aspirei o ar paterno no quarto fresco e iluminado, e a imagem de meu pai surgiu diante de mim, reverência e rebeldia lutavam em meu coração pesado. Por alguns instantes, eu o odiei e me lembrei, com maldade e uma alegria perversa, de como às vezes, em dias de dor de cabeça, ele ficava deitado imóvel em sua cama baixa de campanha, por muito tempo estendido ali, um pano úmido na testa, suspirando de vez em quando. Eu tinha uma noção de que também ele, o poderoso, não tivesse uma vida fácil e que também para ele, o venerável, apreensão e dúvidas sobre si mesmo não fossem coisas desconhecidas. Meu estranho ódio já se dissipara, compaixão e ternura entraram em seu lugar. Mas enquanto isso eu havia aberto uma gaveta da cômoda.

Dentro dela havia roupa de baixo e um frasco de água-de-colônia, que ele apreciava muito; quis sentir o cheiro, mas o frasco ainda estava fechado e com o lacre intacto, e eu o pus de volta. Ao lado, encontrei uma latinha redonda de pastilhas com gosto de alcaçuz, das quais pus algumas na boca. Senti certa decepção e desilusão e, ao mesmo tempo, estava feliz por não ter encontrado nem pegado mais nada.

Já no espírito de renúncia e resignação, meus dedos brincavam com o puxador de uma outra gaveta, eu me sentia um pouco mais aliviado e decidi pôr as duas penas roubadas de volta em seu lugar. Talvez fosse possível voltar atrás, talvez ainda houvesse para mim retorno e arrependimento, reparação e redenção. Talvez a mão de Deus sobre mim fosse mais forte do que todas as tentações...

Então olhei de relance pela estreita fresta aberta na gaveta. Ah, quem me dera ali só houvesse meias, camisas ou jornais velhos! Mas lá dentro estava a tentação, e em questão de segundos, junto com o fascínio do medo, voltaram os espasmos que ainda não haviam passado totalmente, as minhas mãos tremiam e o meu coração batia acelerado. Eu vira, dentro de uma cesta de ráfia, indiana ou de alguma outra procedência exótica, algo surpreendente e sedutor: uma guirlanda inteira de figos secos polvilhados com açúcar!

Peguei-a na mão, ela era maravilhosamente pesada. Logo tirei dois, três figos, pus um na boca, alguns no bolso. Então todo o medo e toda a aventura não haviam sido em vão. Se eu não podia levar dali redenção ou consolo, pelo menos não sairia de mãos vazias. Tirei mais três, quatro figos da coroa, que quase não ficou mais leve com isso, e depois mais alguns e, quando os meus bolsos estavam cheios e talvez mais da metade da guirlanda desaparecera, arranjei de forma um pouco mais espaçada os figos restantes no aro um tanto pegajoso, de maneira a parecer que faltavam menos deles. Então, de repente aterrorizado, fechei com força a gaveta e atravessei os dois cômodos, desci a pequena escadaria e entrei no meu quartinho, onde parei e me apoiei no meu pequeno púlpito, os joelhos bambos, ofegante. Logo depois tocou a nossa sineta de mesa. Com a cabeça vazia e completamente tomado de desilusão e náusea, meti os figos na minha estante, escondi-os com alguns livros e fui para a mesa. Na porta da sala de jantar, notei que minhas mãos estavam meladas. Lavei-as na cozinha. Na sala de refeições, encontrei todos já esperando à mesa. Dei bom-dia rapidamente, meu pai fez a oração e eu me debrucei sobre a minha sopa. Eu estava sem fome, cada colherada descia com esforço. E ao meu lado estavam as minhas irmãs, em frente, os nossos pais, todos tranquilos e alegres e honrados, apenas eu, um miserável criminoso no meio deles, sozinho e indigno, temendo qualquer olhar amistoso, o gosto dos figos ainda na boca. Eu tinha fechado a porta do quarto lá em cima? E a gaveta?

Agora a desgraça se cumprira. Eu teria deixado deceparem a minha mão se em troca os meus figos estivessem de volta na cômoda. Decidi tirá-los de casa, levá-los para a escola e dá-los de presente. O importante era que sumissem, que eu nunca mais precisasse vê-los!

"Você não parece bem hoje", disse meu pai do outro lado da mesa. Olhei para o meu prato e senti seu olhar no meu rosto. Agora ele perceberia. Ele percebia tudo, sempre. Por que estava me torturando daquela maneira? Por que não me levava de uma vez e em seguida me matava?

"Está precisando de alguma coisa?", ouvi novamente a sua voz. Eu menti, disse que estava com dor de cabeça.

"É bom você deitar um pouco depois do almoço", ele disse. "Quantas aulas vocês têm hoje à tarde?"

"Só ginástica."

"Bem, ginástica não vai lhe fazer mal. Mas coma também, faça uma forcinha! Já vai passar."

Ergui o olhar discretamente. Minha mãe não disse nada, mas eu sabia que ela estava olhando para mim. Engoli a minha sopa, lutei com a carne e os legumes, me servi de água duas vezes. Nada mais aconteceu. Ninguém me disse nada. Quando, por fim, meu pai fez a oração de agradecimento: "Senhor, nós Vos damos graças, pois sois gentil e Vossa bondade é eterna", um corte cáustico me separou novamente das palavras claras, sagradas e confiantes e de todos os que estavam à mesa; minhas mãos postas eram uma mentira e minha postura devota era uma blasfêmia.

Quando me levantei, minha mãe acariciou meus cabelos e deixou sua mão repousar na minha testa por um momento, para ver se estava quente. Quão amargo foi tudo isso!

No meu quartinho, parei diante da estante de livros. A manhã não mentira, todos os sinais estavam certos. Ela se tornara um dia ruim, o pior que eu jamais tivera. Ninguém poderia suportar nada pior. Se algo pior acontecesse, seria preciso tirar a própria vida. Era preciso ter veneno, isso era o melhor, ou então se enforcar. Era melhor estar morto do que viver. Tudo era tão falso e horrível. Fiquei ali em pé e refleti e distraidamente peguei os figos escondidos e os comi, um e depois mais alguns, sem perceber direito o que fazia. Então reparei no nosso cofre de economias, que estava debaixo dos livros na prateleira. Era uma caixa de charutos, que eu vedara firmemente com pregos; com o canivete, eu improvisara na tampa uma fenda para as moedas. Ela estava mal e grosseiramente cortada, havia farpas de madeira na borda. Também nisso eu não era bom. Eu tinha camaradas que eram capazes de fazer coisas assim com tanto cuidado e paciência e perfeição que pareciam ter sido cortadas pelo marceneiro. Mas o meu trabalho era sempre precário, sempre apressado e nunca bem-acabado. Assim era com as minhas peças de madeira, com a minha letra e meus desenhos, com a minha coleção de borboletas e com tudo. Nada dava certo comigo. E agora eu estava ali e tinha roubado de novo, e dessa vez fora pior do que todas as outras. Eu também estava com as penas no bolso. Para quê? Por que eu as pegara — por que tivera que pegá-las? Por que tinha que fazer coisas que não queria?

Na caixa de charutos, soou uma única moeda, os dez centavos de Oskar Weber. Desde então, nenhuma outra se juntara a ela. Também a história do cofre de economias era uma daquelas minhas iniciativas! Elas nunca serviam para nada, tudo dava errado e não passava do começo! Que aquela caixa ridícula fosse para o inferno! Eu não queria mais saber dela.

Em dias como aquele, o período entre o almoço e o começo da escola era sempre difícil e custava a passar. Em dias bons, em dias pacíficos, decentes e agradáveis, era uma hora boa e desejada; eu lia no meu quarto um livro sobre índios ou corria imediatamente da mesa para a praça em frente à escola, onde sempre encontrava alguns intrépidos camaradas, e então brincávamos, gritávamos, corríamos e nos exaltávamos até que o sino nos chamava de volta à totalmente esquecida "realidade". Mas em dias como aquele — com quem eu ia querer brincar e como aplacaria os demônios no meu peito? Eu via o meu destino chegar — hoje ainda não, mas da próxima vez, talvez em breve. Então, aí sim, ele se revelaria completamente. Só faltava um pouquinho, mais um tantinho de medo e sofrimento e desespero para tudo transbordar, então o terror teria que ter um fim. Um dia, justamente um dia como aquele, eu afundaria por completo no mal, eu faria, em fúria e rebeldia contra a insuportabilidade sem sentido dessa vida, eu faria algo horrível e decisivo, algo horrível mas libertador, que poria um fim ao medo e ao tormento, para sempre. O que seria era ainda incerto; mas fantasias e ideias compulsivas esporádicas e perturbadoras já haviam passado várias vezes em minha cabeça, ideias de crimes com os quais eu me vingaria do mundo e, ao mesmo tempo, me entregaria e me destruiria. Às vezes, eu me sentia prestes a atear fogo em nossa casa: labaredas gigantescas lambiam a noite, casas e ruas eram tomadas pelo fogo, a cidade inteira se erguia em chamas no céu escuro. Ou, em outros momentos, o crime dos meus sonhos era uma vingança contra o meu pai, um cruel assassinato. Mas aí então me comportaria como aquele criminoso, aquele único criminoso de verdade que eu vira uma vez ser conduzido pelas ruas da nossa cidade. Era um ladrão que havia sido preso e estava sendo levado ao tribunal distrital, algemado, um chapéu-coco torto na cabeça, um gendarme na sua frente e outro atrás. Esse homem, que era conduzido pelas ruas, em meio a uma enorme multidão de curiosos, entre mil insultos, piadas cruéis e pragas rogadas aos berros, esse homem nada tinha de parecido com aqueles tímidos pobres-diabos que às vezes eram vistos pelas ruas, acompanhados por policiais, e que na maioria das vezes eram apenas pobres aprendizes de oficinas que haviam mendigado. Não, aquele não era um aprendiz e não parecia assustado, tímido e choroso nem esbravejava com um sorriso estúpido e envergonhado, como eu também já vira — era um autêntico criminoso e usava com audácia o chapéu um tanto amassado numa cabeça desafiadora e altiva, ele estava pálido e sorria com um desprezo sereno, e as pessoas que o insultavam e cuspiam quando ele passava eram uma corja desprezível. Eu mesmo também havia gritado na época: "Para a forca com ele!"; mas então eu vira o seu andar ereto, orgulhoso, como ele ia com as mãos algemadas à sua frente e como, com um ar audacioso, usava o chapéu-coco na sua cabeça má, obstinada, tal como uma coroa fantástica — e como ele sorria! E então me calei. Mas eu também sorriria e manteria a minha cabeça erguida como aquele criminoso quando fosse levado ao tribunal e ao cadafalso, e quando as muitas pessoas se aglomerassem ao meu redor e vociferassem cheias de escárnio — eu não diria nem sim nem não, simplesmente me calaria e as desprezaria.

E depois, quando eu tivesse sido executado e morto e chegasse ao céu diante do Juiz Eterno, eu absolutamente não pretendia me curvar e me submeter. Oh, não, e mesmo que todas as legiões celestes o cercassem e dele irradiasse toda a santidade e dignidade! Ele que me condenasse, que mandasse me cozer em piche! Eu não pretendia me desculpar, nem me humilhar, nem pedir perdão, nem me arrepender de nada! Se ele me perguntasse: "Você fez isso e aquilo?", eu diria: "Sim, eu fiz isso, e muito mais, e foi certo o que eu fiz e, se puder, farei tudo de novo muitas e muitas vezes. Eu matei, incendiei casas para me divertir e porque queria zombar de você e irritá-lo. Sim, pois eu o odeio, eu cuspo a seus pés, Deus. Você me torturou e me maltratou, fez leis que ninguém pode cumprir, incitou adultos a arruinarem a vida de meninos como eu".

Quando me acontecia de imaginar isso com toda a clareza, com a certeza inabalável de que seria capaz de agir e falar exatamente dessa maneira, por momentos isso me trazia um estranho alívio. Mas logo as dúvidas voltavam. Eu realmente não fraquejaria, não me deixaria intimidar, ou cederia no final? Ou, mesmo que fizesse tudo como ditava a minha vontade rebelde — acaso Deus não encontraria uma saída, uma vantagem, uma artimanha, como sempre faziam os adultos e os poderosos, e no final não viria com um trunfo para me envergonhar, não me levar a sério, me humilhar sob a maldita máscara da benevolência? Oh, sim, claro, tudo terminaria dessa maneira.

Minhas fantasias iam e voltavam, ora me faziam ganhar, ora a Deus, ora me elevavam a um criminoso implacável, ora me reduziam novamente a uma criança e um fraco.

Eu estava à janela e olhei para o pequeno quintal da casa vizinha, onde havia algumas barras de andaime encostadas no muro e, no pequeno jardim, verdejavam alguns canteiros de hortaliças. De repente, ouvi soarem badaladas no silêncio da tarde, firmes e sóbrias elas invadiram as minhas visões, uma batida clara e grave, e depois mais uma. Eram duas horas e me transportei alarmado dos medos dos sonhos para os da realidade. Agora estava começando a nossa aula de ginástica e, mesmo que eu voasse com asas mágicas e pousasse dentro do ginásio, não chegaria a tempo. Azar de novo! Isso traria, depois de amanhã, advertência, descomposturas e punição. Era melhor eu nem ir, não dava para remediar nada. Talvez com uma desculpa muito boa, muito astuta e verossímil — mas naquele momento não teria me ocorrido nada, por mais esplendidamente que também a mim nossos professores tivessem ensinado a mentir; eu não estava em condições de mentir, inventar, calcular. Era melhor faltar à aula inteira. Afinal, o que é que tinha se agora ao grande mal se somasse um pequeno! Mas o bater da hora havia me despertado e paralisado meus jogos de imaginação. De repente, eu estava muito fraco, meu quarto olhava para mim saturado de realidade, púlpito, quadros, cama, estante, de tudo emanava uma realidade austera, apelos do mundo em que era preciso viver e que naquele dia mais uma vez se tornara tão hostil e perigoso para mim. Mas como? Eu não tinha perdido a aula de ginástica? Eu não tinha roubado, não tinha roubado miseravelmente, não estava com os malditos figos na estante, pelo menos aqueles que eu ainda não comera? O que me importavam agora o criminoso, o bom Deus e o Juízo Final! Tudo isso ainda viria, a seu tempo — mas agora, agora no momento, isso ainda estava longe e o que havia eram as coisas estúpidas que eu fizera, nada mais. Eu havia roubado, e a qualquer momento o crime poderia ser descoberto. Talvez já tivesse sido, talvez lá em cima o meu pai já tivesse aberto aquela gaveta e estivesse diante do meu ato torpe, ofendido e furioso, e se perguntasse de que maneira conduziria o meu processo. Ah, podia ser que ele já estivesse a caminho e, se eu não fugisse imediatamente, no minuto seguinte teria o seu rosto sério com os óculos diante de mim. Sim, pois não havia dúvida de que ele percebera de imediato que era eu o ladrão. Não havia criminosos em nossa casa além de mim, minhas irmãs nunca faziam essas coisas, sabe Deus por quê. Mas por que meu pai tinha que ter guirlandas de figos escondidas na cômoda?

Eu já saíra do meu quartinho e fugira pela porta dos fundos e pelo jardim. Lá fora, os jardins e os gramados estendiam-se sob o sol brilhante, borboletas-limão voavam sobre o caminho. Agora tudo parecia ruim e ameaçador, muito pior do que pela manhã. Ah, eu já conhecia aquilo, mas me parecia nunca tê-lo sentido de forma tão torturante: como tudo me olhava em sua naturalidade e com sua paz de consciência, cidade e torre da igreja, ruas e campos, flores da relva e borboletas, e como tudo o que era belo e feliz, que normalmente eu via com alegria, agora era estranho e enfeitiçado! Eu conhecia isso, sabia que gosto tinha quando se passava pelos lugares costumeiros com remorsos na consciência! Agora a borboleta mais rara poderia vir pelo campo e pousar a meus pés — não significaria nada, não teria graça, não interessaria, não confortaria. Agora, a mais esplêndida cerejeira poderia me oferecer seu ramo mais carregado — não teria valor, não haveria alegria nela. Agora nada havia além de fugir, do pai, do castigo, de mim mesmo, da minha consciência, fugir sem descansar, até que, apesar disso, implacável e inelutável, o destino se cumprisse.

E eu corri sem descansar, subi em direção à montanha e entrei na floresta, e do Eichelberg desci até o moinho, atravessei o rio pela passarela e, do outro lado, voltei a subir pela floresta. Ali tínhamos feito o nosso último acampamento indígena. Ali, no ano passado, quando o meu pai estava viajando, nossa mãe celebrara a Páscoa conosco, os filhos, e escondera para nós os ovos de Páscoa no musgo e na floresta. Ali eu construíra um castelo com meus primos durante as férias: ele ainda estava meio de pé. Por toda parte, vestígios do passado; por toda parte, espelhos dos quais um outro diferente do que eu era agora olhava para mim! Eu havia sido tudo aquilo? Tão engraçado, tão satisfeito, tão grato, tão camarada, tão terno com a minha mãe, tão destemido, tão incrivelmente feliz? Eu havia sido aquele outro? E como eu pudera mudar e ser como era agora, tão diferente, tão completamente diferente, tão mau, tão cheio de medo, tão arruinado? Tudo ainda estava como sempre, floresta e rio, samambaias e flores, castelo e formigueiro, e ao mesmo tempo era como se tudo estivesse envenenado e devastado. Não havia caminho de volta para o lugar onde estava a felicidade e a inocência? Nunca mais poderia voltar a ser como era antes? Nunca mais eu riria, brincaria com as minhas irmãs, procuraria ovos de Páscoa daquela maneira?

Corri e corri, o suor na testa, e atrás de mim corria a minha culpa, e junto, grande e terrível, corria a sombra de meu pai, e me perseguia.

Alamedas passavam, orlas de floresta caíam atrás de mim. Em certa altura, parei, fora da trilha, jogado na grama, com palpitações que podiam ter sido causadas pela corrida morro acima e que talvez logo melhorassem. Lá embaixo, vi a cidade e o rio, vi o ginásio, onde agora a aula havia terminado e os alunos se dispersavam, vi o telhado comprido da minha casa paterna. Lá estava o quarto do meu pai e a gaveta onde faltavam os figos. Lá estava o meu quartinho. Lá, quando eu voltasse, o tribunal estaria à minha espera. — Mas e se eu não voltasse? Eu sabia que voltaria. Sempre havia uma volta, todas as vezes. Sempre terminava assim. Eu não tinha como ir embora, fugir para a África ou para Berlim. Eu era pequeno, não tinha dinheiro, nem ninguém para me ajudar. Sim, se todos os filhos se unissem e se ajudassem! Eles eram muitos, havia mais filhos do que pais. Mas nem todos os filhos eram ladrões e criminosos. Poucos eram como eu. Talvez eu fosse o único. Mas não, eu sabia, havia muitos casos como o meu — um tio nosso havia roubado e aprontado muitas coisas quando era menino, eu escutara isso em algum momento, secretamente, numa conversa dos meus pais, sim, secretamente, como tudo que valia a pena saber precisava ser escutado. Mas nada disso me ajudou, e mesmo se aquele tio estivesse lá, ele também não me ajudaria! Agora ele era grande e adulto, era um pastor, e ficaria do lado dos adultos e me abandonaria. Assim eram todos eles. Contra nós, as crianças, todos eles eram de alguma forma falsos e mentirosos, representavam um papel, mostravam-se de maneira diferente do que eram. A minha mãe talvez não, ou menos. E se eu não voltasse para casa agora? Poderia acontecer alguma coisa, eu poderia quebrar o pescoço ou me afogar ou cair debaixo do trem. Então tudo seria diferente. Então me levariam para casa, e todos ficariam calados e chocados e chorariam, e todos sentiriam pena, e ninguém falaria mais dos figos e de todo o resto. Eu sabia muito bem que era possível tirar a própria vida. Também pensava que faria isso, mais tarde, quando tudo ficasse muito ruim. O bom seria ficar doente, mas não só com uma tosse ou algo assim, mas realmente muito doente, como quando tive escarlatina.

Agora a aula de ginástica já terminara e também já passara da hora em que me esperavam para o café em casa. Talvez estivessem me chamando e me procurando, no meu quarto, no jardim e no quintal, no sótão. Mas se o meu pai já tivesse descoberto o meu roubo, não me procurariam, ele saberia.

Eu não podia mais ficar deitado. O destino não me esquecia, ele me perseguia. Retomei a minha andança. Passei por um banco no parque, ao qual também estava ligada uma lembrança, mais uma vez uma lembrança que antes era bela e doce e agora queimava como fogo. Meu pai me dera um canivete de presente, saíramos os dois juntos para passear, contentes e em boa paz, e ele se sentara nesse banco, enquanto eu queria cortar uma longa vara de avelã na floresta. E eu, em meu entusiasmo, quebrei o canivete novo, a lâmina se partiu bem rente ao cabo, e voltei apavorado, a princípio quis escondê-lo, mas o meu pai logo perguntou por ele. Eu estava muito infeliz por causa do canivete e porque esperava reprimendas. Mas meu pai sorriu apenas, tocou de leve o meu ombro e disse: "Que pena, oh, coitado!". Como o amei então, por quanta coisa lhe pedi perdão interiormente! E agora, ao me lembrar do rosto de meu pai naquele dia, da sua voz, da sua compaixão — que monstro eu era, como pudera tantas vezes ter decepcionado, enganado e hoje roubado esse pai!

Quando voltei à cidade pela ponte de cima e distante de nossa casa, o crepúsculo já se iniciara. De uma loja, atrás de cuja porta de vidro havia luz acesa, um garoto saiu correndo, parou de repente e me chamou pelo nome. Era Oskar Weber. Ninguém poderia ser mais inoportuno naquele momento. Mas, pelo menos, eu soube por ele que o professor não dera pela minha ausência na aula de ginástica. Mas onde eu tinha estado?

"Ah, em lugar nenhum", eu disse, "só não estava me sentindo bem."

Fui lacônico e evasivo e, depois de um tempo, que achei revoltantemente longo, ele se deu conta de que estava me incomodando. Então ficou zangado.

"Me deixe em paz", eu disse friamente, "eu sei ir sozinho para casa."

"É mesmo?", ele exclamou então. "E eu sei andar sozinho tão bem quanto você, seu palhaço! E não sou seu cachorrinho, fique sabendo. Só que agora eu é que gostaria de saber como vai o nosso cofre! Coloquei dez centavos nele e você nada."

"Você pode ter de volta a sua moeda, hoje mesmo, se estiver preocupado. Se em troca eu nunca mais tiver que ver a sua cara. Como se eu fosse aceitar alguma coisa de você!"

"Você bem que aceitou a moeda o outro dia", ele disse em tom de zombaria, mas não sem deixar uma brecha para a reconciliação.

Mas eu estava exaltado e furioso, todo o medo e a perplexidade acumulados em mim extravasaram numa ira feroz. Weber não tinha nada que me dizer! Frente a ele, eu tinha razão, frente a ele, eu tinha a consciência tranquila. E eu precisava de alguém diante de quem me sentisse, diante de quem pudesse manter o orgulho e ter razão. Tudo o que era desordenado e obscuro em mim confluiu para essa saída numa torrente irrefreável. Fiz então o que eu costumava evitar escrupulosamente, assumi ares de filho de boa família e dei a entender que para mim não era nenhuma perda renunciar à amizade de um moleque da rua. Disse que agora as portas estariam fechadas quando ele quisesse comer frutas silvestres em nosso jardim e brincar com meus brinquedos. Eu me senti inflamar e reanimar: tinha um inimigo, um antagonista, que era culpado, em que eu podia tocar. Todo o pulsar da minha vida se concentrou nessa raiva redentora, bem-vinda e libertadora, na alegria ferina pelo inimigo, que dessa vez não estava dentro de mim, mas na minha frente, que me ameaçava e me fitava com olhos maus e cuja voz eu ouvia, cujas reprovações eu desprezava, cujas injúrias eu podia rebater.

Na troca cada vez mais áspera de palavras, quase colados um no outro, descemos pela viela na noite que caía; aqui e ali, na porta de uma casa, alguém nos seguia com os olhos. E toda a raiva e o desprezo que eu sentia contra mim mesmo se voltaram contra o infeliz Weber. Quando ele começou com as ameaças de me denunciar ao professor de ginástica, exultei de prazer: ele estava sendo injusto, estava sendo vil, estava me fortalecendo.

Quando, perto da Metzgergasse,* passamos às vias de fato, algumas pessoas pararam para assistir à nossa briga. Trocávamos socos no estômago e no rosto e nos chutávamos com os sapatos. Então me esqueci de tudo por um momento, eu estava com a razão, eu não era um criminoso, o prazer da luta me arrebatou e, embora Weber fosse mais forte, eu era mais ágil, mais inteligente, mais rápido, mais impetuoso. Fervíamos de

---

* "Rua do açougue".

calor e nos golpeávamos furiosamente. Quando ele rasgou a gola da minha camisa num golpe desesperado, senti com prazer o fluxo de ar frio correr sobre minha pele em brasa.

E entre as pancadas, puxões e pontapés, socos e estrangulamentos, não paramos de nos hostilizar com palavras, de insultar e ofender um ao outro com palavras que se tornavam cada vez mais inflamadas, mais tolas e mais cruéis, cada vez mais poéticas e fantásticas. E também nisso eu era superior a ele, era mais mordaz, mais poético, mais inventivo. Se ele dizia "cachorro", eu dizia "cão sarnento". Se ele dizia "canalha", eu gritava "satanás". Ambos sangrávamos e não sentíamos enquanto nossas palavras rogavam mais e mais pragas e maldições, desejamos um ao outro que o diabo o carregasse, pedíamos facas para fincar nas costelas do outro e girá-las, insultávamos o nome, os antepassados e o pai um do outro.

Essa foi a primeira e única vez que lutei até o fim, inteiramente levado pelo frenesi do combate, com todos os golpes, toda a crueldade, toda a injúria. Eu assistira muitas vezes, com um prazer aterrador, essas imprecações e ofensas vulgares e primitivas serem pronunciadas; agora eu mesmo as exclamava, como se desde pequeno eu estivesse acostumado a elas e fosse versado em seu uso. Lágrimas escorriam dos meus olhos e sangue da minha boca. Mas o mundo era magnífico, tinha um sentido, viver era bom, bater era bom, era bom sangrar e fazer sangrar.

Nunca mais consegui reencontrar na memória o fim dessa luta. Em algum momento ela terminou, em algum momento eu estava sozinho na escuridão silenciosa, via esquinas e casas conhecidas, estava perto da nossa casa. Lentamente passou o arrebatamento, lentamente o frêmito e a excitação arrefeceram, e pouco a pouco surgiu a realidade diante dos meus sentidos, no começo apenas dos meus olhos. Lá estava o chafariz. A ponte. Sangue na minha mão, roupas rasgadas, meias desalinhadas, uma dor no joelho, uma dor no olho, o gorro havia desaparecido — pouco a pouco tudo voltou, tornou-se realidade e me falou. De repente, eu estava profundamente cansado, senti os meus joelhos e braços tremerem, tateei em busca de uma parede.

E ali estava a nossa casa. Graças a Deus! A única coisa que eu sabia é que lá dentro encontraria abrigo, paz, luz, proteção. Com um suspiro de alívio, empurrei o alto portão.

Ali, com o cheiro de pedra e o frio úmido, de repente fui inundado por lembranças, centenas delas. Ó Deus! Era um cheiro de severidade, lei, responsabilidade, de pai e de Deus. Eu havia roubado. Eu não era um herói ferido voltando da batalha para casa. Eu não era uma pobre criança em busca do lar, que seria envolvida pelo carinho e pela compaixão da mãe. Eu era um ladrão, era um criminoso. Lá em cima não havia abrigo, cama e sono para mim, nem comida e cuidados, nem conforto e esquecimento. Havia culpa e repreensão à minha espera.

Naquele dia, no sombrio corredor noturno e na escada, cujos muitos degraus eu subi com esforço, creio que respirei pela primeira vez em minha vida, por alguns instantes, o éter frio, a solidão, o destino. Eu não via saída, não tinha planos, nem medo, nada além da sensação nua e crua: "Tem que ser". Subi agarrando-me ao corrimão. Diante da porta de vidro, tive vontade de parar, de me sentar na escada por um momento, respirar novamente, descansar. Não fiz isso, não fazia sentido. Eu tinha que entrar. Quando abri a porta, me perguntei que horas seriam.

Entrei na sala de jantar. Estavam todos sentados ao redor da mesa e tinham acabado de comer, ainda havia um prato de maçãs em cima da mesa. Eram cerca de oito horas. Eu nunca havia chegado em casa tão tarde sem permissão, nunca havia faltado ao jantar.

"Graças a Deus, você chegou!", minha mãe exclamou vivamente. Vi que ela estava preocupada comigo. Ela veio até mim e parou assustada quando viu o meu rosto e as roupas sujas e rasgadas. Eu não disse nada e não olhei para ninguém, mas pude sentir claramente que meu pai e minha mãe se comunicavam com os olhos a meu respeito. Meu pai ficou calado e se controlou; eu sentia como ele estava furioso. Minha mãe se ocupou de mim, o meu rosto e as minhas mãos foram lavados, curativos aplicados, depois recebi comida. Eu estava cercado de piedade e carinho, sentei-me quieto e profundamente envergonhado, senti o calor e desfrutei dele com má consciência. Depois fui mandado para a cama. Dei a mão ao meu pai sem olhar para ele.

Quando eu já estava deitado, minha mãe veio até mim outra vez. Ela levou minhas roupas da cadeira e deixou outras, pois o dia seguinte era domingo. Então ela começou a perguntar com cautela, e tive que contar da minha briga. Ela achou ruim, mas não ralhou comigo e pareceu um pouco surpresa por eu estar tão aflito e temeroso por causa disso. Então ela se foi.

E agora, eu pensei, ela estava convencida de que estava tudo bem. Eu entrara numa briga e apanhara até sangrar, mas amanhã isso estaria esquecido. Sobre o resto, o que realmente importava, ela nada sabia. Ela ficara triste, mas se mantivera serena e carinhosa. Portanto, era provável que meu pai também não soubesse de nada.

Então fui assaltado por um sentimento terrível de decepção. Agora percebia que, desde o momento em que entrara em nossa casa, eu estava tomado por um único desejo, forte e corrosivo. Eu não pensava, desejava, ansiava outra coisa a não ser que a tempestade irrompesse, que o juízo caísse sobre mim, que tudo o que eu temia se tornasse realidade para que o medo aterrador cessasse. Eu estava preparado para tudo, pronto para tudo. Que eu fosse severamente punido, espancado e preso! Que me deixassem morrer de fome! Que me amaldiçoassem e me banissem! Só para que o medo e a tensão tivessem um fim!

Em vez disso, eu estava ali deitado, desfrutara de amor e cuidados, fora gentilmente poupado e não tivera que prestar contas do meu mau comportamento, e agora podia voltar a esperar e sentir medo. Eles haviam relevado as roupas rasgadas, a longa ausência, o jantar perdido porque eu estava um pouco cansado e sangrando e sentiram pena, mas principalmente porque só sabiam das minhas pequenas transgressões, e não do meu crime. As coisas ficariam muito piores para mim quando tudo viesse à luz! Talvez me mandassem, como já haviam ameaçado uma vez, para um daqueles reformatórios onde se comia pão velho e duro, e durante o tempo livre se tinha que cortar madeira e limpar botas, onde havia dormitórios coletivos com supervisores que batiam nos internos com um bastão e os acordavam às quatro horas da manhã com água fria. Ou me entregariam à polícia?

Mas, de qualquer forma, o que quer que acontecesse, eu tinha novamente uma longa espera pela frente. Eu ainda deveria suportar o medo por muito tempo, ainda carregar por mais tempo o meu segredo, tremer diante de cada olhar e cada passo na casa e não poder olhar para o rosto de ninguém.

Ou seria possível que no final o meu roubo não tivesse sido notado? Que tudo continuasse como antes? Que eu tivesse passado por todo esse medo e tormento absurdo em vão? — Oh, se isso acontecesse, se essa coisa impensável, maravilhosa fosse possível, eu então começaria uma vida totalmente nova, agradeceria a Deus e me mostraria digno, vivendo cada hora da minha vida em total pureza e inocência! O que eu havia tentado antes e não acontecera, agora daria certo, agora a minha intenção e a minha vontade eram fortes o suficiente, depois de toda aquela agonia, aquele inferno de tormentos! Todo o meu ser se entregou à ideia desse desejo e a ela se agarrou com fervor. Conforto caía do céu, o futuro se abria azul e ensolarado. Em meio a essas fantasias, finalmente adormeci e dormi tranquilo durante toda a noite abençoada.

De manhã, era domingo e, ainda na cama, experimentei mais uma vez, como o sabor de uma fruta, a sensação típica, estranhamente mesclada, mas em seu todo tão deliciosa, do domingo, que eu conhecia desde que comecei a ir para a escola. A manhã de domingo era uma coisa boa: não ter hora para acordar, não ir à escola, a perspectiva de um bom almoço, sem cheiro de professor e tinta, muito tempo livre. Isso era o principal. Os outros sons, mais estranhos, mais insossos, misturavam-se com uma intensidade menor: ir à igreja ou à escola dominical, passeio em família, cuidado com as roupas boas. Com isso, o puro, bom, delicioso sabor e cheiro eram um pouco adulterados e estragados — como quando duas iguarias que não combinavam muito bem, por exemplo, um pudim e um suco, eram consumidas simultaneamente, ou como os doces ou bolinhos que às vezes eram dados de brinde em pequenas lojas tinham um ligeiro sabor desagradável de queijo ou petróleo. Nós os comíamos e eram bons, mas não eram nada perfeito e irresistível, era preciso fazer vista grossa. Bem, mais ou menos assim era o domingo, especialmente quando, o que para a minha alegria nem sempre era o caso, tínhamos de ir à igreja ou à escola dominical; o dia de folga adquiria com isso um ranço de dever e tédio. E nos passeios com toda a família, mesmo que muitas vezes fossem bons, geralmente acontecia alguma coisa, havia alguma briga com as minhas irmãs, era preciso andar muito depressa ou muito devagar, alguma resina acabava grudando nas roupas; sempre havia uma contrariedade. Bem, que fosse assim então. Eu estava bem. Desde ontem, já se passara um tempo enorme. Eu não esquecera a minha infâmia, ela me veio à mente logo de manhã, mas já se passara tanto tempo que os horrores haviam recuado para longe e se tornado irreais. Ontem eu havia expiado a minha culpa, ainda que apenas com torturas morais, o meu dia fora terrível e miserável. Agora eu estava imbuído novamente de confiança e inocência e quase não pensava mais nisso. A coisa não estava completamente encerrada, ainda ecoava algo de ameaça e constrangimento, da mesma maneira que aquelas pequenas obrigações e cuidados soavam no bom domingo.

No café da manhã, estávamos todos alegres. Coube a mim a escolha entre a igreja e a escola dominical. Como sempre, eu preferi a igreja, lá pelo menos me deixavam em paz e eu podia dar asas aos meus pensamentos; e o espaço alto e solene com as janelas coloridas era bonito e imponente, e quando se olhava com os olhos apertados através da nave longa e escura na direção do órgão, era possível ver imagens maravilhosas;.os tubos do órgão, que se erguiam da escuridão, emergiam muitas vezes como uma magnífica cidade com centenas de torres. Além disso, se a igreja não estivesse cheia, eu podia passar toda aquela hora lendo um livro de histórias sem ser perturbado.

Nesse dia eu não levava nada comigo, nem pensava em escapar da ida à igreja, como já havia feito antes. Ainda ressoavam em mim tantas coisas da noite anterior que eu tinha boas e honestas intenções e estava decidido a ser gentil e dócil com Deus, com os meus pais e com o mundo. A minha raiva de Oskar Weber também se dissipara por completo. Se ele tivesse vindo até mim, eu o teria recebido muito bem.

O serviço religioso começou, eu cantei a parte do coro, era a canção "Pastor de tuas ovelhas", que também aprendêramos de cor na escola. Mais uma vez eu reparava em como um verso de uma canção, quando cantado, mesmo que no lento e arrastado canto sacro, tinha uma feição completamente diferente do que quando lido ou recitado. Lido, um verso era um todo, tinha um sentido, consistia em frases. Cantado, ele consistia apenas em palavras, não aconteciam frases, não havia sentido ali; em compensação, individualmente, as palavras cantadas e alongadas ganhavam uma vida de estranha força e independência, sim, às vezes eram apenas sílabas soltas, algo em si absolutamente sem sentido, que no canto se tornava independente e tomava forma. Por exemplo, no verso *"Hirte deiner Schafe, der von keinem Schlafe etwas wissen mag*", "Pastor de tuas ovelhas, que não quer saber de descanso", ali, cantado na igreja, não havia nenhum nexo ou sentido, não se pensava em pastor, nem em ovelhas, não se pensava em absolutamente nada. Mas isso não era nem um pouco tedioso. Palavras soltas, como "Schla-a-fe", tornavam-se tão estranhamente cheias e belas, pareciam nos embalar, e até o verbo auxiliar "mag" soava misterioso e pesado, lembrava "Magen", estômago, e coisas sombrias, emotivas e misteriosas que se tem dentro do corpo. E, além disso, o órgão!

E então veio o pastor e o sermão, que era sempre tão incompreensivelmente longo, e os estranhos efeitos da audição; muitas vezes ouvíamos por muito tempo apenas o som da voz falando e pairando no ar como a vibração de um sino, depois novamente se ouviam algumas palavras claras e nítidas, com sentido, e nos esforçávamos para segui-las, até que não era mais possível. Se pelo menos eu pudesse me sentar no coro, em vez de junto com os homens na galeria. No coro, onde já ficara em concertos da igreja, eu me sentava no fundo de cadeiras pesadas e isoladas, cada uma das quais era um pequeno e sólido edifício, e no alto havia uma abóbada especialmente fascinante, multifacetada, em forma de rede, e no alto da parede, em cores suaves, estava pintado o sermão da montanha, e o manto azul e vermelho de Cristo sobre o céu azul pálido era tão suave e agradável de se ver.

Às vezes, ouviam-se os rangidos dos bancos, pelos quais eu sentia uma profunda aversão, porque eram pintados com um estéril verniz amarelo no qual sempre se ficava um pouco colado. Às vezes, uma mosca zunia contra uma das janelas, em cujas ogivas estavam pintadas flores azul-avermelhadas e estrelas verdes. E quando eu menos esperava o sermão terminou, e me estiquei para ver o pastor desaparecer no tubo estreito e escuro da escada. O canto recomeçou a plenos pulmões, e então todos se levantaram e se afunilaram para sair; depositei a moeda de cinco que trazia comigo na caixa de oferendas, cujo som metálico não combinava nem um pouco com o ambiente solene, e me deixei arrastar pela multidão para a saída e para o ar livre.

Agora vinha a parte mais bela do domingo, as duas horas entre a igreja e o almoço. Agora o dever estava cumprido, depois de tanto tempo sentado eu sempre estava ávido por movimento, jogos ou caminhadas, ou por um livro, e completamente livre até a hora do almoço, quando em geral havia algo bom. Satisfeito, voltei para casa, imbuído de pensamentos e disposições amistosas. O mundo estava em ordem, podia-se viver nele. Pacificamente, trotei pelo corredor e subi as escadas.

O sol brilhava no meu quartinho. Fui cuidar das minhas caixas de lagartas, que na véspera eu havia negligenciado, encontrei alguns casulos novos, dei água fresca para as plantas.

Então a porta se abriu.

Não dei atenção a isso de imediato. Depois de um minuto, o silêncio me soou estranho; eu me virei. O meu pai estava lá. Ele estava pálido e parecia aflito. A saudação ficou presa na minha garganta. Eu vi: ele sabia! Ele estava lá. O julgamento estava começando. Nada ficara bem, nada fora expiado, nada fora esquecido! O sol empalideceu e a manhã de domingo murchou.

Profundamente espantado, olhei para o meu pai. Eu o odiava, por que ele não tinha vindo ontem? Agora eu não estava preparado para nada, não tinha nada à mão, nem remorso, nem culpa. — E por que ele tinha que ter figos na sua cômoda lá em cima?

Ele andou até minha estante, pôs a mão atrás dos livros, de onde tirou alguns figos. Restavam poucos. Depois disso, ele olhou para mim, com uma pergunta silenciosa e dolorida. Não consegui dizer nada. Dor e desafio me sufocavam.

"O que foi?", eu disse afinal.

"Onde você conseguiu estes figos?", ele perguntou, com uma voz controlada, baixa, que eu odiava profundamente.

Eu desatei a falar. A mentir. Contei que tinha comprado os figos de um confeiteiro, toda uma guirlanda. De onde tinha vindo o dinheiro? O dinheiro tinha vindo de um cofre de economias que eu tinha junto com um amigo. Nós dois púnhamos nele todos os trocados que ganhávamos aqui e ali. Aliás, ali estava a caixa. Peguei a caixa com a fenda. Agora só havia uma moeda de dez, pois justo ontem havíamos comprado os figos.

Meu pai ouviu, com um semblante calmo e controlado, no qual eu não acreditava.

"Quanto custaram os figos?", ele perguntou com voz suave demais.

"Um marco e sessenta."

"E onde você comprou?"

"No confeiteiro."

"Qual?"

"No Haager."

Houve uma pausa. Eu ainda segurava a caixa de dinheiro com dedos cada vez mais frios. Tudo em mim estava e sentia frio.

E então, com uma ameaça na voz, ele perguntou: "Isso é verdade?".

Eu rapidamente voltei a falar. Sim, claro que era verdade, e meu amigo Weber estava na loja também, eu apenas o acompanhara. O dinheiro era mais dele, do Weber, a minha parte era pequena.

"Pegue o seu gorro", disse meu pai. "Vamos juntos até o Haager. Ele vai saber dizer se é verdade."

Tentei sorrir. Agora o frio penetrara em meu coração e estômago. Fui na frente e no corredor peguei o meu gorro azul.

O meu pai abriu a porta de vidro, ele também pegara o seu chapéu.

"Só um instante!", eu disse, "preciso ir rápido ao banheiro."

Ele assentiu. Fui até o banheiro, fechei a porta, estava sozinho, ainda estava seguro por um momento. Oh, se eu morresse agora!

Fiquei um minuto, fiquei dois. Não adiantou. Não morri. Era preciso aguentar. Destranquei e saí. Descemos as escadas.

Quando saímos pelo portão, algo favorável me ocorreu e eu disse depressa: "Mas hoje é domingo, o Haager não abre".

Foi uma esperança, que durou dois segundos. Meu pai disse com toda a calma: "Então vamos até a casa dele. Venha".

Saímos. Endireitei o gorro, pus uma mão no bolso e tentei andar ao seu lado, como se nada de especial estivesse acontecendo. Embora soubesse que todas as pessoas olhavam para mim, que eu era um criminoso sendo conduzido, fiz tudo o que pude para ocultar esse fato. Eu me esforcei para respirar de forma leve e natural; ninguém precisava ver os espasmos no meu peito. Tentei fazer uma cara inocente, fingir naturalidade e segurança. Puxei uma meia para cima sem que fosse necessário e sorri, sabendo que esse sorriso parecia terrivelmente estúpido e artificial. Dentro de mim, na garganta e nas vísceras, o diabo estava sentado e me estrangulava. Passamos pela taverna, pela ferraria, pelas carruagens de aluguel, pela ponte da ferrovia. Ali eu lutara com Weber na noite passada. O corte no olho ainda não estava doendo? Meu Deus! Meu Deus!

Sem vontade, continuei, entre convulsões e espasmos, me esforçando por manter as aparências. Passamos o Adlerscheuer, continuamos pela rua da estação. Como aquela rua ontem era boa e inofensiva! Não pense! Em frente! Em frente!

Estávamos muito perto da casa de Haager. Naqueles poucos minutos, eu havia antecipado centenas de vezes a cena que esperava por mim ali. Então chegáramos. Era agora.

Mas não consegui aguentar. Eu parei.

"Ei? O que foi?", perguntou meu pai.

"Não vou entrar", eu disse baixinho.

Ele olhou para mim. Sim, ele sabia desde o começo. Por que me deixou fazer todo esse teatro para ele e me esforçar tanto? Não fazia sentido.

"Você não comprou os figos no Haager?", ele perguntou.

Eu sacudi a cabeça.

"Ah, sim", ele disse com calma aparente, "então podemos voltar para casa."

Ele se comportou decorosamente, me poupou na rua, diante das pessoas. Encontramos muita gente no caminho, a todo momento meu pai era cumprimentado. Que teatro! Que agonia estúpida e sem sentido! Eu não conseguia sentir gratidão por ele me poupar.

Ele sabia de tudo! E tinha me deixado dançar, me deixado dar minhas inúteis piruetas, como quando se faz um rato capturado dançar numa gaiola antes de afogá-lo. Ah, se logo no começo, sem me interrogar ou mesmo fazer qualquer pergunta, ele tivesse batido com um pau na minha cabeça, no fundo eu teria achado melhor do que esse ar de calma e justiça com o qual ele me cercou em minha estúpida teia de mentiras e lentamente me sufocou. Talvez fosse melhor ter um pai rude do que um tão sensível e justo. Se um pai, como acontecia em algumas histórias e folhetins, espancava seus filhos terrivelmente em sua fúria ou embriaguez, ele estava errado e, mesmo que a surra doesse, por dentro o filho poderia dar de ombros e desprezá-lo. Com meu pai isso não era possível, ele era muito delicado, sempre irrepreensível, sempre tinha razão! Diante dele, eu sempre ficava pequeno e infeliz. Com os dentes cerrados, entrei em casa na frente dele e voltei para o meu quarto. Ele ainda estava calmo e sereno, ou melhor, ainda se mostrava assim, pois na verdade, como eu sentia claramente, ele estava muito zangado. Então começou a falar da sua maneira habitual.

"Eu só gostaria de saber para que toda essa comédia? Você pode me dizer? Eu logo soube que a sua linda história era mentira. Mas por que a encenação? Você me acha realmente tão estúpido a ponto de acreditar nela?"

Continuei apertando os dentes e engoli. Por que ele não parava com aquilo! Como se eu mesmo soubesse por que tinha inventado aquela história! Como se eu mesmo soubesse por que não podia confessar meu crime e pedir perdão! Como se eu mesmo soubesse por que roubara aqueles malditos figos! Acaso fora por "querer", acaso eu o fizera de forma deliberada e consciente e justificada? Eu não estava sofrendo? Eu não estava sofrendo mais do que ele?

Ele esperou e fez uma cara nervosa cheia de paciência forçada. Por um momento, a situação ficou perfeitamente clara para mim, em meu inconsciente, mas eu não sabia dizê-lo em palavras como hoje. Era o seguinte: eu havia roubado porque fora ao quarto do meu pai em busca de consolo e, para minha decepção, o encontrara vazio. Eu não queria roubar. Só queria, como o meu pai não estava lá, espionar, dar uma olhada nas coisas dele, escutar seus segredos, saber algo sobre ele. Foi isso. Então os figos estavam lá e eu roubei. E imediatamente me arrependi, e durante todo o dia senti aflição e desespero, desejei morrer, me condenei, tomei novas e boas resoluções. Mas hoje — sim, hoje era diferente. Eu havia superado o remorso e tudo o mais, agora estava sóbrio e sentia uma resistência inexplicável, mas enorme, contra o meu pai e a tudo o que ele esperava e exigia de mim.

Se eu tivesse podido lhe dizer isso, ele teria me entendido. Mas mesmo as crianças, por mais que sejam superiores aos adultos em sabedoria, estão solitárias e desamparadas diante do destino.

Paralisado pela obstinação e pela dor contumaz, fiquei em silêncio, deixei-o falar no vazio e assisti, com pena e ao mesmo tempo com uma estranha e perversa satisfação, a como tudo dava errado e ficava cada vez pior, como ele sofria e ficava desapontado, como apelava em vão para o melhor de mim.

Quando ele perguntou: "Então você roubou os figos?", apenas consegui assentir com a cabeça. E também não consegui mais do que inclíná-la ligeiramente quando ele quis saber se eu estava arrependido. — Como ele, o grande, inteligente adulto podia fazer perguntas tão sem sentido! Como se eu não tivesse sofrido também! Como se ele não fosse capaz de ver de que maneira todo o meu ser me doía e o meu coração me sufocava! Como se fosse possível para mim me alegrar com a minha ação e com os miseráveis figos!

Talvez, pela primeira vez em minha vida infantil, eu tenha me sentido quase no limiar de perceber e tomar consciência de como inexplicavelmente dois homens, parentes um do outro, com boa disposição mútua, podem se desentender e se torturar e se martirizar, e como todo discurso, toda vontade de ser inteligente, toda razão somente inoculam mais veneno, apenas criam novos tormentos, novas dificuldades, novos equívocos. Como isso era possível? Mas era possível, acontecia. Era absurdo, era insano, era ridículo e desesperador — mas era assim.

Basta dessa história! No final, passei trancado no sótão toda a tarde de domingo. O castigo severo perdeu parte do seu horror por circunstâncias que obviamente só eu conhecia. No quartinho escuro e não utilizado do sótão, havia uma caixa, coberta com uma grossa camada de pó, cheia de livros antigos, alguns dos quais não eram de forma alguma destinados a crianças. A luz para a leitura eu obtive afastando para o lado uma telha.

Na noite daquele triste domingo, o meu pai, pouco antes de dormir, conseguiu me levar a uma breve conversa que nos reconciliou. Quando eu estava na cama, tive a certeza de que ele havia me perdoado completamente — mais completamente do que eu a ele.

(1919)

Klein e Wagner

I

No trem expresso, após as rápidas ações e atribulações da fuga e da travessia da fronteira, após um turbilhão de tensões e incidentes, aflições e perigos, ainda profundamente espantado por tudo ter corrido bem, Friedrich Klein caiu num estado de extrema prostração. O trem seguia numa estranha azáfama — agora que não havia mais pressa — em direção ao Sul, arrebatando consigo os poucos viajantes por entre lagos, montanhas, cachoeiras e outras maravilhas naturais, através de túneis atordoantes e pontes que oscilavam ligeiramente, tudo estranho, belo e um tanto absurdo, figuras de livros escolares e cartões-postais, paisagens que evocavam alguma lembrança, mas que nada tinham de familiar. Agora ele estava no estrangeiro e agora ali era o seu lugar, não haveria volta. Com o dinheiro, estava tudo em ordem, havia o bastante, ele o levava consigo, todas aquelas notas de mil, e agora voltara a guardá-lo no bolso interno do paletó.

A ideia de que agora nada mais lhe poderia acontecer, de que ele já estava do outro lado da fronteira e, com seu passaporte falso, temporariamente a salvo de qualquer perseguição e de qualquer suspeita, essa ideia agradável e tranquilizadora até mesmo lhe queria parecer, em seu forte anseio, capaz de aquecê-lo e preenchê-lo; mas esse belo pensamento era como um pássaro morto em cujas asas uma criança soprasse. Ele não vivia, não abria os olhos, caía da mão feito chumbo, não trazia prazer, brilho, alegria. Era estranho, ele notara isso várias vezes naqueles dias: ele absolutamente não conseguia pensar no que queria, não tinha nenhum controle sobre seus pensamentos, eles iam por onde bem entendiam e, apesar de seu esforço, detinham-se de preferência em ideias que o torturavam. Era como se o seu cérebro fosse um caleidoscópio, no qual a alternância das imagens fosse conduzida por mão alheia. Talvez fosse apenas o longo tempo sem dormir e a excitação, já fazia um bom tempo que ele andava nervoso. De qualquer forma, era horrível e, se não conseguisse encontrar novamente um pouco de paz e alegria, ele cairia em desespero.

Friedrich Klein apalpou o revólver no bolso de seu sobretudo. Ele, o revólver, também era uma das peças que faziam parte do seu novo arsenal e papel e máscara. Como no fundo era cansativo e repugnante arrastar tudo aquilo consigo e carregar aquele peso até em seu sono tênue e envenenado, um crime, documentos falsos, dinheiro atrás de costuras secretas, o revólver, o nome falso. Tudo aquilo cheirava a histórias de bandidos, a romantismo barato, e não combinava nem um pouco com ele, com Klein, o bom sujeito. Era cansativo e repugnante, sem nada de alívio e libertação, como ele havia esperado.

Meu Deus, por que ele havia se lançado naquela aventura, ele, um homem de quase quarenta anos, conhecido como um funcionário público exemplar, um cidadão pacato e inofensivo, com pendores intelectuais, pai de crianças adoráveis? Por quê? Ele sentia: devia ter havido um impulso, uma pressão interna e um ímpeto com força suficiente para mover um homem como ele ao impossível — e somente quando ele soubesse, quando conhecesse esse impulso e pressão, quando voltasse a ter ordem em si, somente então seria possível algo como respirar aliviado.

De súbito ele endireitou o corpo, pressionou os polegares nas têmporas e fez um esforço para pensar. Não deu muito certo, era como se sua cabeça fosse de vidro e estivesse esvaziada por emoções, cansaço e falta de sono. Mas não havia outro jeito, ele precisava refletir. Tinha que procurar, e tinha que encontrar, tinha que voltar a encontrar um centro em si e, em alguma medida, conhecer e compreender a si mesmo. Senão a vida não seria mais suportável.

Com grande esforço, ele tentava recolher as lembranças dos últimos dias, como se juntasse cacos de porcelana com uma pinça para colar um velho pote quebrado. Todas elas eram pequenos fragmentos, nenhuma delas tinha relação com as outras, nenhuma apontava por sua estrutura e cor para o todo. Que lembranças! Ele viu uma pequena caixa azul da qual tirou com a mão trêmula o selo de seu chefe. Ele viu o velho senhor no guichê, que lhe trocara o cheque por cédulas marrons e azuis. Ele viu uma cabine telefônica, dentro da qual se apoiava com a mão esquerda na parede para se manter de pé enquanto falava ao telefone. Ou melhor, não foi a si mesmo que viu, ele viu um homem fazendo tudo isso, um homem estranho que se chamava Klein e não era ele. Ele viu esse homem queimar cartas, escrever cartas. Ele o viu comendo num restaurante. Ele o viu — não, este não era um estranho, era *ele*, era o próprio Friedrich Klein! — à noite curvado sobre a cama de uma criança adormecida. Não, era ele mesmo! Como doía, também agora quando lhe voltava à memória! Como doía ver o rosto e ouvir a respiração dessa criança em seu sono, e saber que nunca mais veria aqueles lindos olhos abertos novamente, nunca mais veria aquela boquinha rir e comer, nunca mais seria beijado por ela. Como doía! Por que aquele Klein impingia a si mesmo tanta dor?

Ele desistiu de juntar os pequenos fragmentos. O trem parou, era uma grande estação estrangeira, portas batiam, malas passavam diante da janela do vagão, placas berravam em azul e amarelo: Hotel Milano — Hotel Continental! Ele devia prestar atenção nisso? Era algo importante? Havia algum perigo?

Ele fechou os olhos e caiu em torpor por um minuto, despertou de repente em sobressalto, arregalou os olhos, assumiu ares vigilantes. Onde ele estava? A estação ainda estava lá. Espere — como eu me chamo? Ele fez o teste pela milésima vez. Como eu me chamo? Klein. Diabos, não! Bastava de Klein, Klein não existia mais. Ele apalpou o bolso do peito, onde estava o passaporte.

Como tudo aquilo era cansativo! Tudo — se as pessoas soubessem como era terrivelmente difícil ser um criminoso!... Ele cerrou os punhos com o esforço. Nada daquilo lhe dizia respeito, Hotel Milano, estação, carregadores, ele podia deixar tudo de lado — não, era outra coisa que estava em jogo, algo importante. O quê? Semiadormecido, o trem já rodava novamente, ele voltou aos seus pensamentos. Sim, era algo importante, estava em jogo se a vida ainda poderia ser suportada. Ou — não seria mais fácil pôr um fim a toda aquela loucura extenuante? Ele não levava veneno consigo? O ópio? — Oh, não, ele se lembrou, não conseguira comprar o veneno. Mas tinha o revólver. Sim, isso sim. Muito bom. Excelente.

Ele disse "muito bom" e "excelente" em voz alta para si mesmo, e acrescentou mais palavras desse tipo. De repente, ouviu a própria voz, assustou-se, viu o seu rosto desfigurado refletido no vidro da janela, estranho, grotesco e triste. Meu Deus, ele gritou dentro de si mesmo, meu Deus! O que fazer? Para que continuar vivo? Arremeter com a testa naquela figura grotesca e pálida, atirar-se contra aquela estúpida janela turva, encravar-se no vidro, cortar o pescoço no vidro. Bater a cabeça no dormente da ferrovia, com um baque surdo e retumbante, ser rebobinado pelas rodas dos muitos vagões, tudo junto, intestinos e cérebro, ossos e coração, os olhos também — e ser estraçalhado nos trilhos, reduzido a nada, varrido do mapa. Era a única coisa que ele ainda podia desejar, que ainda fazia sentido.

O nariz batendo no vidro, ele ficou olhando desesperado para o seu reflexo, até que dormiu novamente. Talvez por segundos, talvez por horas. Sua cabeça se lançava para lá e pra cá, ele não abria os olhos.

Ele despertou de um sonho, cuja última parte lhe ficou na memória. Ele estava sentado, em seu sonho, no banco da frente de um automóvel que andava por todo lado numa cidade, a grande velocidade e de forma bastante arriscada. Ao seu lado, estava sentado alguém que dirigia o automóvel. Ele deu um golpe na barriga dessa pessoa no sonho, arrebatou o volante de suas mãos e começou a dirigir ele mesmo para cima e para baixo, descontrolada e perigosamente, tirando finos de cavalos e de vitrines, chispando rente às árvores, faíscas voando diante de seus olhos.

Desse sonho ele despertou. Sua cabeça agora estava mais livre. Ele sorriu com as imagens do sonho. O golpe na barriga tinha sido bom, relembrar-se dele o alegrou. Então ele começou a reconstruir o sonho e a refletir sobre ele. Os zunidos quando ele passava chispando pelas árvores! Talvez os ruídos tivessem vindo do próprio trem. Mas dirigir, apesar de todo o perigo, havia sido um prazer, uma felicidade, uma libertação! Sim, era melhor dirigir e acabar se estropiando do que sempre ser conduzido e dirigido por outrem.

Mas — em quem ele dera o golpe no sonho? Quem era o chofer desconhecido, quem estava ao seu lado no automóvel, ao volante? Ele não conseguia se lembrar de nenhum rosto ou figura — apenas de uma sensação, uma vaga e obscura atmosfera... Quem poderia ser? Alguém a quem adorava, a quem concedia poder sobre sua vida, a quem tolerava em posição superior, mas odiava em segredo, em quem afinal dera o chute na barriga! Talvez o seu pai? Ou um de seus chefes? Ou — ou na verdade era...

Klein abriu os olhos. Ele reencontrara o fio da meada. Lembrou-se de tudo. O sonho foi esquecido. Havia coisas mais importantes. Agora ele sabia! Agora ele começava a saber, a sentir, a saborear por que estava sentado ali no trem expresso, por que não se chamava mais Klein, por que desviara dinheiro e falsificara documentos. Finalmente, finalmente!

Sim, era isso. Não fazia mais sentido esconder isso de si mesmo. Havia sido por causa de sua mulher, unicamente por causa de sua mulher. Que bom saber finalmente!

Do alto desse reconhecimento, ele pensou de repente avistar longos trechos de sua vida, que desde muito tempo só via fragmentada em pequenos segmentos sem sentido. Olhou para um grande trecho percorrido, todo o seu casamento, e esse trecho lhe pareceu uma longa estrada deserta e cansada, na qual um homem se arrastava na poeira, sozinho, carregando pesados fardos. Em algum lugar lá atrás, invisível além da poeira, ele sabia desaparecidos os picos luminosos e as copas verdes e rumorejantes de sua juventude. Sim, um dia ele fora jovem, e não um jovem qualquer, ele sonhara grandes sonhos, esperara muito da vida e de si mesmo. Mas, desde então, nada houvera além de poeira e fardos, longa estrada, calor escaldante e joelhos cansados, apenas uma nostalgia sonolenta, envelhecida, espreitando no coração ressequido. Essa era a sua vida. Essa era a sua vida.

Ele olhou pela janela e estremeceu espantado. Imagens inusitadas o fitavam. De repente, num lampejo, viu que estava no Sul. Perplexo, ele se levantou, debruçou-se para fora e mais uma vez caiu um véu, e o enigma de seu destino ficou um pouco mais claro. Ele estava no Sul!

Viu vinhedos em terraços verdes, muros marrom-dourados em ruínas, como em gravuras antigas, árvores floridas cor-de-rosa forte! Surgiu e desapareceu uma pequena estação, tinha um nome italiano, algo terminado em "ogno" ou "ogna".

Agora Klein conseguia ler um pouco além o quadrante do seu destino. Ele se afastava do seu casamento, da sua carreira, de tudo o que até então havia sido a sua vida e o seu lar. E apontava em direção ao Sul! Só agora Klein entendia por que, em meio ao frenesi e desvario da sua fuga, comprara sua passagem para aquela cidade com nome italiano. Ele a escolhera num guia de hotéis, aparentemente ao acaso e sem critério, ele poderia muito bem ter dito Amsterdam, Zurique ou Malmö. Só agora deixava de ser um acaso. Ele estava no Sul, atravessara os Alpes. E com isso realizava o mais radiante desejo de sua juventude, aquela juventude cujas lembranças haviam se apagado e se perdido na longa estrada deserta de uma vida sem sentido. Um poder desconhecido assim dispusera, de forma que os dois desejos mais ardentes de sua vida se realizavam: o sonho, havia muito esquecido, de ir para o Sul e o desejo, que rompera as amarras, de fuga e libertação da poeira de seu casamento. Aquele conflito com o seu chefe, aquela surpreendente oportunidade de cometer o desfalque — tudo isso, que antes lhe parecera tão importante, agora não passava de pequenas coincidências. Não haviam sido elas a conduzi-lo. Aqueles dois grandes desejos em sua alma haviam vencido, tudo o mais tinha sido mero meio e instrumento.

Klein espantou-se profundamente com essa nova descoberta. Sentia-se como uma criança que brinca com fósforos e acaba incendiando uma casa. Agora ela estava ardendo em chamas. Meu Deus! E o que conseguira com isso? Se ele fosse até a Sicília ou Constantinopla, isso poderia torná-lo vinte anos mais jovem? Enquanto isso, o trem corria, e aldeia após aldeia corria em sua direção, tudo estranhamente belo, um alegre livro de figuras, com todas as coisas bonitas que se esperam do Sul e se conhecem de cartões-postais: pontes de pedra com belos arcos sobre riacho e rochedos marrons, muros de vinhas cobertos de pequenas samambaias, altos e esguios campanários, as fachadas das igrejas pintadas com cores vivas ou à sombra de átrios abobadados de curvas suaves e nobres, casas caiadas de cor-de-rosa vivo e arcadas de grossas paredes pintadas com o mais frio azul, mansas castanheiras, aqui e ali ciprestes negros, cabras montesas e, diante de uma casa senhorial, no gramado, as primeiras palmeiras baixas e troncudas. Tudo era estranho e bastante improvável, mas extremamente belo em seu conjunto, e prometia algo como consolo. Aquele Sul existia, não era uma fábula. As pontes e os ciprestes eram sonhos de juventude realizados, as casas e as palmeiras diziam: você deixou para trás o velho, algo totalmente novo está começando. O ar e a luz do sol pareciam condimentados e fortificados; respirar, mais fácil; a vida, mais possível; o revólver, mais dispensável; ser destroçado nos trilhos, menos urgente. Uma tentativa parecia possível, apesar de tudo. Talvez a vida pudesse ser suportada.

Mais uma vez, a fadiga o dominou, ele agora se rendeu mais facilmente e dormiu até que a tarde começou a cair e o sonoro nome da pequena cidade do guia de hotéis o despertou. Depressa, ele desceu do trem. Um criado com o emblema "Hotel Milano" no quepe abordou-o em alemão, ele reservou um quarto e anotou o endereço. Tonto de sono, saiu cambaleante do átrio envidraçado e da fumaça para a tarde amena.

"Mais ou menos assim eu imaginava Honolulu", ele pensou. Uma paisagem fantasticamente inquieta, já quase noturna, cambaleava estranha e incompreensível ao seu encontro. Diante dele, a colina caía abruptamente; lá embaixo, encaixada no fundo do vale, estava a cidade; do alto, numa visão vertical, ele distinguiu praças iluminadas. De todos os lados, íngremes e pontiagudos pães de açúcar despencavam precipitadamente num lago, que era possível identificar pelos reflexos de inúmeras lanternas no cais. Um teleférico descia como um balde pelo poço até a cidade, meio brinquedo, meio coisa perigosa. Em alguns dos altos picos, ardiam janelas iluminadas, dispostas em extravagantes fileiras, degraus e constelações. Na cidade, erguiam-se os telhados de grandes hotéis, aqui e ali jardins profundamente escuros, uma tépida aragem estival, cheia de poeira e perfume, agitava-se bem-humorada sob a luz berrante dos lampiões. Da escuridão cheia de faíscas da beira do lago, subia, cômico e ritmado, o som de uma fanfarra.

Tanto fazia se ali era Honolulu, México ou Itália. Era o estrangeiro, era um novo mundo e um novo ar e, embora o confundisse e o assustasse secretamente, também cheirava a êxtase e esquecimento, e a novos sentimentos nunca experimentados.

Uma rua parecia levar para o campo aberto, ele seguiu por ela em passos lentos, por entre armazéns e veículos de carga vazios, depois por pequenas casas suburbanas, onde vozes ruidosas gritavam em italiano e, no pátio de uma taverna, soava estridente um bandolim. Da última casa, ecoou uma voz de menina, uma lufada de melodia oprimiu o seu coração; para sua alegria, ele conseguiu entender várias palavras e decorar o refrão:

Mama non vuole, papa ne meno.
Come faremo a fare l'amor?

Soou como se saído de seus sonhos de juventude. Maquinalmente, ele seguiu adiante pela rua, atraído para dentro da noite quente na qual os grilos cantavam. Veio um vinhedo e ele parou encantado: fogos de artifício, uma ciranda de luzinhas verdes incandescentes enchia o ar e a relva alta, perfumada, ébrias e cambaleantes milhares de estrelas cadentes cruzavam-se no ar. Era uma nuvem de vaga-lumes; lentos e silenciosos, eles assombravam a noite trêmula de calor. O ar e a terra estivais pareciam se materializar em formas fantásticas, com figuras luminosas e milhares de pequenas constelações em movimento.

Por um longo tempo, o estrangeiro entregou-se ao encantamento e, diante da estranha beleza, esqueceu a angustiante história daquela viagem e a angustiante história de sua vida. Ainda havia uma realidade? Ainda havia negócios e polícia?

Funcionários públicos e boletins da Bolsa de Valores? Havia uma estação de trem a dez minutos dali?

Lentamente, o fugitivo, que viajara de sua vida para dentro de um conto de fadas, dirigiu-se para a cidade. Lampiões eram acesos. Pessoas lhe gritavam palavras que ele não entendia. Gigantescas árvores desconhecidas erguiam-se floridas, uma igreja de pedra pendia sobre o abismo com um terraço vertiginoso, ruas claras, interrompidas por escadas, corriam velozes como riachos em direção à cidadezinha.

Klein encontrou seu hotel e, quando adentrou os salões, vestíbulos e escadarias sóbrios e iluminados demais, seu êxtase se esvaneceu, e voltou a temerosa timidez, sua maldição e estigma. Envergonhado, esquivando-se dos olhares atentos e aferidores do *concierge*, do garçom, do ascensorista, dos hóspedes, ele se sentou no canto mais isolado de um restaurante. Pediu o cardápio com voz fraca e conferiu atentamente, como se ainda fosse pobre e precisasse economizar, o preço de cada prato, pediu algo barato, encorajou-se artificialmente a meia garrafa de Bordeaux, do qual não gostou, e ficou contente quando por fim estava deitado atrás da porta trancada de seu acanhado quartinho. Logo caiu no sono, dormiu sôfrega e profundamente, mas apenas por duas, três horas. Ainda no meio da noite, despertou mais uma vez.

Emergindo dos abismos do inconsciente, ele abriu os olhos na penumbra inóspita, não sabia onde estava e tinha a sensação opressiva e culpada de ter esquecido e negligenciado coisas importantes. Tateando a esmo ao redor, ele encontrou um interruptor e acendeu a luz. O pequeno quarto assomou na luz brilhante, estranho, desolado, sem sentido. Onde ele estava? As poltronas de pelúcia fitavam-no hostis. Tudo olhava para ele com frieza e expectativa. Então, ele se viu diante do espelho e leu em seu rosto o que havia esquecido. Sim, ele sabia. Não tinha aquele rosto antes, nem aqueles olhos, nem aquelas rugas, nem aquelas cores. Era um rosto novo, ele já havia notado uma vez, no reflexo de uma vidraça, em algum momento da frenética comédia daqueles dias alucinados. Não era o seu rosto, o bom, calmo e um tanto indulgente rosto de Friedrich Klein. Era o rosto de alguém estigmatizado, estampado com novas marcas pelo destino, mais velho e mais jovem que o anterior, como uma máscara, e ainda sim estranhamente ardoroso. Ninguém gostava de rostos assim.

Ali estava ele sentado no quarto de um hotel no Sul com seu rosto estigmatizado. Em casa, os seus filhos, que ele abandonara, estavam dormindo. Ele nunca mais os veria dormir, nunca mais os veria acordar, nunca mais ouviria as suas vozes. Nunca mais beberia água do copo em cima da mesa de cabeceira, sobre a qual, junto ao abajur, havia sempre um livro e a correspondência vespertina e atrás, na parede, sobre a cama, os retratos de seus pais e tudo, e tudo. Em vez disso, ali no espelho no hotel estrangeiro ele olhava para o rosto triste e angustiado do criminoso Klein, e os móveis de pelúcia pareciam frios e hostis, e tudo era diferente, nada mais estava em ordem. Ah, se o seu pai ainda estivesse vivo para ver tudo aquilo! Nunca, desde a juventude, Klein ficara entregue a seus sentimentos de uma forma tão direta e tão solitária, tão no estrangeiro, tão nu e tão verticalmente sob o implacável sol do destino, nunca. Sempre se ocupara com alguma coisa, com algo que não ele próprio, sempre tivera o que fazer e com o que se preocupar, com dinheiro, com a promoção em sua carreira, com a paz em casa, com assuntos de escola e filhos doentes; sempre estivera cercado pelos grandes e sagrados deveres do cidadão, do marido, vivera na sua sombra e proteção, por eles fizera sacrifícios, a partir deles sua vida adquirira sentido e justificação. Agora, de repente, ele estava à deriva no universo, nu, sozinho perante o sol e a lua, e sentia o ar ao seu redor gélido e rarefeito.

E o curioso era que não havia sido nenhum terremoto que o levara àquela situação aflitiva e ameaçadora, nenhum Deus ou demônio, mas apenas ele, ele próprio! Sua própria ação o lançara até ali, sozinho no meio da imensidão estrangeira. Tudo havia crescido e se desenvolvido dentro dele mesmo, em seu próprio coração havia se engendrado o destino, crime e rebelião, abandono de deveres sagrados, salto no espaço cósmico, ódio por sua mulher, fuga, isolamento e talvez suicídio. Outros podiam também ter passado por maus momentos e reviravoltas, por fogo e guerra, por desastres e má vontade alheia — mas ele, o criminoso Klein, não podia se remeter a nada disso, não tinha nenhuma desculpa, não podia responsabilizar nada nem ninguém, no máximo talvez sua esposa. Sim, ela, ela sim podia e devia ser chamada e responsabilizada, para ela ele poderia apontar o dedo quando tivesse que prestar contas!

Uma grande fúria irrompeu dentro dele, e de repente algo lhe veio à mente, ardente e mortal, uma mistura confusa de imagens e emoções. Isso o lembrou do sonho do automóvel e do golpe que dera na barriga de seu inimigo.

O que lhe vinha à memória agora era um sentimento, ou uma fantasia, um estado mental estranho e mórbido, uma tentação, um desejo insano ou como se quisesse chamar. Era a imagem ou visão de um terrível ato sangrento que ele cometia matando sua mulher, seus filhos e a si próprio. Várias vezes, agora ele se lembrava bem, enquanto o espelho continuava a lhe mostrar o seu rosto marcado e atormentado de criminoso — várias vezes ele imaginara aquele homicídio quádruplo, ou melhor, várias vezes ele lutara desesperadamente contra aquela visão terrível e absurda, como lhe parecia na época. Fora justamente quando, se não lhe falhava a memória, haviam começado nele os pensamentos, sonhos e estados tormentosos que com o tempo levaram ao desfalque e à sua fuga. Talvez — era bem possível — não tivesse sido apenas a aversão, que se tornara desmedida, por sua esposa e por sua vida de casado que o afastara de casa, mas mais o medo de que um dia ainda pudesse cometer esse crime muito mais terrível: matar a todos numa chacina e vê-los banhados em seu sangue. E mais: também essa fantasia tinha uma pré-história. Ela ocorria em momentos como quando se sente uma leve tontura e se pensa que vai desmaiar. Mas a cena, o assassinato, vinha de uma fonte especial! Incrível que ele só visse isso agora!

Na época em que tivera pela primeira vez a fantasia compulsiva de matar sua família e ficara mortalmente aterrorizado por essa visão diabólica, ele fora assolado, de forma irônica até, por uma pequena lembrança. Era a seguinte: certa vez, anos antes, quando sua vida ainda parecia inofensiva, até mesmo quase feliz, ele conversara com colegas sobre o ato hediondo de um professor de escola do Sul da Alemanha chamado W. (ele não se lembrou do nome de imediato) que matara toda a sua família de maneira terrivelmente brutal e sangrenta e depois erguera a mão contra si mesmo. A questão era até que ponto se podia falar de imputabilidade num caso como esse e, além disso, se e como se poderia entender e explicar tal ato, tal explosão horripilante de monstruosidade humana. Ele, Klein, ficara muito perturbado na época e se manifestara com grande veemência contra um colega que tentava explicar psicologicamente o homicídio: perante um crime tão monstruoso não havia outra atitude para um homem decente a não ser indignação e repúdio, um tal ato cruento apenas podia surgir no cérebro de um demônio e, para um criminoso desse tipo, nenhuma punição, condenação ou tortura era suficientemente rigorosa e pesada. Ele ainda se lembrava muito bem da mesa à qual estavam sentados e do olhar perplexo e um tanto crítico que aquele colega mais velho lhe dirigira após seu rompante de indignação.

Naquela época, portanto, em que se vira pela primeira vez numa horrenda fantasia como o assassino dos seus e estremecera com um calafrio de horror perante essa ideia, ele se lembrara imediatamente da conversa de anos antes sobre o assassino W., que chacinara a família. É estranho: embora pudesse jurar que na ocasião tivesse sido totalmente sincero e expressado os seus sentimentos mais verdadeiros, agora ele ouvia dentro de si uma voz horrível que escarnecia dele e exclamava: já naquela época, já naquela época, anos antes, na conversa sobre o professor W., em seu íntimo ele compreendera aquele ato, compreendera e aprovara, e sua indignação e exaltação tão violentas apenas se deviam ao fato de que o filisteu e hipócrita dentro dele não queria aceitar a voz do seu coração. Os terríveis castigos e torturas que ele desejara para o sanguinário assassino, e os impropérios indignados com os quais qualificara o seu ato, na verdade, ele dirigia contra si mesmo, contra o germe do crime, que sem dúvida já existia dentro dele! Sua grande exaltação durante a conversa e em toda a ocasião vinha somente do fato de que na verdade ele via a si mesmo sentado no banco dos réus, acusado da carnificina, e tentava salvar sua consciência lançando sobre si mesmo todas as acusações e todos os severos julgamentos. Como se, com essa fúria contra si mesmo, ele pudesse punir ou arrefecer o ímpeto criminoso oculto dentro de si.

Até aqui Klein chegou com seus pensamentos, e sentiu que se tratava de algo importante para ele, que se tratava da própria vida. Mas era indescritivelmente custoso desenredar e organizar essas memórias e pensamentos. Um súbito pressentimento de uma última ideia redentora sucumbiu à fadiga e à repugnância por toda a sua situação. Ele se levantou, lavou o rosto, andou descalço para lá e para cá pelo quarto até começar a tremer de frio, e então pensou em dormir.

Mas o sono não veio. Ele estava inelutavelmente à mercê de seus sentimentos, de todos aqueles sentimentos horríveis, dolorosos e humilhantes: o ódio por sua esposa, a autocomiseração, o desespero, a necessidade de encontrar explicações, desculpas, razões para se consolar. E como por enquanto ele não conseguia pensar em outro consolo, e como o caminho para a compreensão conduzia tão profunda e impiedosamente aos mais secretos e perigosos meandros de sua memória, e o sono não queria voltar, ele passou o resto da noite deitado, num estado que, naquele grau aterrador, nunca antes experimentara. Todos os sentimentos repugnantes que lutavam dentro dele condensaram-se num medo terrível, sufocante e mortal, num pesadelo diabólico que oprimia seu coração e pulmões e sempre aumentava mais e mais até o limite do insuportável. O que era o medo ele já sabia, desde muitos anos, e desde as últimas semanas e dias, ainda mais. Mas nunca antes o sentira como agora, na garganta! Compulsivamente, ele pensava nas coisas mais insignificantes, uma chave esquecida, a conta do hotel, e com elas criava todo tipo de preocupações e expectativas torturantes. A dúvida se aquele quartinho miserável custaria mais de três francos e meio por noite, e se nesse caso ele deveria ficar mais tempo ou não ali, o manteve tenso, suado e palpitante por toda uma hora. Enquanto isso, ele sabia muito bem como eram tolos esses pensamentos, e falava consigo mesmo de maneira sensata e reconfortante como a uma criança teimosa, tentava provar a si mesmo a inconsistência de suas preocupações — em vão, completamente em vão! Em vez disso, também por trás desse consolar e persuadir, insinuava-se um escárnio cruel, como se também isso fosse apenas encenação e teatro, exatamente como fora, aquela vez, a sua cena por causa do assassino W. Ele sabia muito bem que o medo da morte, que aquele horrível sentimento de estar amarrado e condenado a uma asfixia torturante, não provinha da preocupação com alguns francos ou de causas semelhantes. Por trás dele, espreitava algo pior, mais sério — mas o quê? Deviam ser coisas que tinham a ver com o professor assassino, com o seu próprio desejo de matar e com tudo que havia de doentio e desordenado nele. Mas como mexer nisso? Como encontrar o motivo? Não havia lugar nele que não sangrasse, que não fosse doente e podre e terrivelmente sensível à dor. Ele sentia: não seria possível suportar isso por muito tempo. Se continuasse assim, e especialmente se houvesse mais noites como aquela, ele enlouqueceria ou tiraria a própria vida.

Tenso, ele se sentou na cama e tentou ver dos mais diferentes ângulos o sentimento da sua situação num anseio de superá-lo. Mas era sempre a mesma coisa: ele se via ali sentado sozinho e desamparado, com a cabeça latejando e uma pressão dolorosa no coração, em angústia mortal perante o destino, como um pássaro diante da serpente, hipnotizado e consumido pelo pavor. O destino, agora ele sabia, não vinha de fora, de algum lugar, mas crescia dentro dele mesmo. Se não encontrasse remédio para isso, ele seria devorado por dentro — então estaria fadado a ser perseguido passo por passo pelo medo, por aquele medo atroz, e a ser empurrado para fora de seu juízo, passo por passo, até chegar ao limite, do qual já se sentia próximo.

Poder compreender — isso seria bom, talvez fosse a salvação! Ele ainda estava longe de concluir o reconhecimento da sua situação e do que se passara consigo. Estava ainda bem no começo, ele sentia isso. Se agora conseguisse se recompor e reunir, ordenar e analisar tudo muito bem, talvez encontrasse o fio da meada. A coisa toda adquiriria um sentido e uma face e talvez então se tornasse suportável. Mas esse esforço, essa última tentativa de recobrar o ânimo era demais para ele, estava além de suas forças, ele simplesmente não conseguia. Quanto mais tentava se concentrar em refletir, pior era: em vez de lembranças e explicações, encontrava apenas buracos vazios dentro de si, nada lhe vinha à mente, e ao mesmo tempo era perseguido pelo medo torturante de que pudesse esquecer justo o mais importante. Ele remexia e procurava dentro de si como um viajante nervoso que revira todos os bolsos e malas em busca de sua passagem, que talvez traga na mão ou no chapéu. Mas de que adiantava o "talvez"?

Antes, fazia uma hora ou mais — ele não havia se dado conta de algo, não fizera uma descoberta? O que havia sido, o quê? Tudo lhe fugia, ele não conseguia mais encontrar nada. Desesperado, deu socos em sua testa. Meu Deus do céu, permita-me encontrar a chave! Não me deixe perecer, de forma tão deplorável, tão estúpida, tão triste! Esfarrapado como nuvens numa tempestade, todo o seu passado desfilou à sua frente, milhões de imagens, confusas e misturadas, irreconhecíveis e escarnecedoras, todas lembrando alguma coisa — o quê? O quê?

De repente, encontrou o nome "Wagner" em seus lábios. Como se inconsciente, ele pronunciou: "Wagner — Wagner". De onde vinha o nome? De qual poço? O que ele queria? Quem era Wagner? Wagner?

Ele se agarrou a esse nome. Agora tinha uma tarefa, um problema, o que era melhor do que ficar suspenso no limbo. Portanto: quem é Wagner? O que tenho a ver com Wagner? Por que os meus lábios, os lábios retorcidos no meu rosto criminoso, agora sussurram sozinhos o nome Wagner no meio da noite? Ele se concentrou. Todo tipo de coisa lhe ocorreu. Pensou em Lohengrin e, com isso, na relação algo nebulosa que tinha com o músico Wagner. Aos vinte anos, ele o adorava loucamente. Mais tarde, passara a ter algumas reservas e, com o tempo, toda uma série de objeções e preocupações. Ele havia criticado muito Wagner, talvez essa crítica se dirigisse menos contra o próprio Richard Wagner do que ao amor que tinha por ele? A-ha, ele se apanhara de novo? Havia desmascarado mais um ardil, uma pequena mentira, uma pequena astúcia? Ah, sim, as coisas estão vindo à tona, uma após a outra — na vida impecável do funcionário e esposo Friedrich Klein as coisas não eram totalmente impecáveis, nem totalmente limpas, havia podres por toda parte! Sim, certo, assim também fora com Wagner. O compositor Richard Wagner havia sido duramente julgado e odiado por Friedrich Klein. Por quê? Porque Friedrich Klein não podia perdoar a si mesmo por ter adorado esse mesmo Wagner quando jovem. Em Wagner, ele perseguia o seu próprio entusiasmo juvenil, a sua própria juventude, o seu próprio amor. Por quê? Porque juventude e entusiasmo e Wagner e tudo isso o lembravam dolorosamente de coisas perdidas, porque condescendera em se casar com uma mulher a quem não amava, ou não de verdade, não o suficiente. Sim, e da mesma maneira como se comportava em relação a Wagner, o funcionário público Klein se comportava em relação a muitas e muitas coisas. Ele era um homem correto, o sr. Klein, e por trás de toda a sua correção não escondia nada além de sujeira e vergonha! Isso mesmo, e para ser sincero — quantos pensamentos secretos ele tivera que esconder de si mesmo! Quantos olhares para as garotas bonitas na rua, quanta inveja dos amantes que encontrava à noite no caminho de volta do trabalho para casa e para sua esposa! E os pensamentos sobre assassinato. E ele não tinha voltado contra aquele professor o ódio que devia estar dirigido contra si mesmo?...

De repente ele teve um sobressalto. Mais um nexo! O professor e assassino se chamava... sim, Wagner! Portanto ali estava o nó! Wagner, assim se chamava aquele monstro, aquele assassino louco que matara a própria família. E toda a vida dele, Klein, durante muitos anos não estivera de alguma maneira ligada a esse Wagner? Essa sombra sinistra não o perseguira por toda parte?

Bem, graças a Deus, o fio da meada fora reencontrado. Sim, e contra esse Wagner, antigamente, em melhores tempos já distantes, ele vociferara furioso e indignado e lhe desejara os castigos mais cruéis. E, no entanto, mais tarde, sem pensar em

Wagner, ele tivera o mesmo pensamento e vira várias vezes, numa espécie de delírio, a si mesmo matando sua esposa e filhos.

E isso na verdade não era bastante compreensível? Não estava certo? Não se podia chegar muito facilmente ao ponto em que a responsabilidade pela existência de filhos se tornava insuportável, tão insuportável quanto o próprio ser e existir, que era sentido apenas como erro, apenas como culpa e tortura?

Com um suspiro, ele pensou até o fim esse pensamento. Agora lhe parecia bastante certo que já naquela época, quando ouvira sobre o crime pela primeira vez, em seu coração ele entendera e aprovara o homicídio daquele Wagner, claro, aprovação apenas como possibilidade. Já naquela época, quando ainda não se sentia infeliz, nem a sua vida como estragada, mesmo naquela época, anos atrás, ainda quando pensava amar a esposa e acreditava no amor dela, mesmo então, o seu íntimo mais profundo compreendera o professor Wagner e secretamente consentira em seu terrível sacrifício. O que ele então dissera e pensara sempre fora apenas a opinião de sua razão, não a de seu coração. O seu coração — aquela sua raiz mais profunda, da qual o destino crescia — sempre tivera uma opinião diferente, entendera e aprovara crimes. Sempre houvera dois Friedrich Klein, um visível e um secreto, um funcionário público e um criminoso, um pai e um assassino.

Mas nessa época, na vida, ele sempre estava do lado do "melhor" eu, do funcionário público e do homem decente, do marido e cidadão correto. Nunca aprovara a opinião secreta de seu íntimo, nem sequer a conhecera. E, no entanto, essa voz mais profunda o guiara despercebida e, finalmente, fizera dele um réprobo e um fugitivo!

Grato, ele se agarrou a esse pensamento. Mas havia algo de lógica nele, algo como raciocínio. Ainda não bastava, tudo o que era importante ainda permanecia tão obscuro, mas certa clareza, certa verdade havia sido obtida. E verdade — era o que importava. Se pelo menos a curta ponta do fio não se perdesse novamente!

Entre vigília e sono, febril de exaustão, sempre na fronteira entre pensamento e sonho, ele perdeu o fio mais centenas de vezes, encontrou-o centenas de vezes novamente. Até que clareou o dia e o barulho da rua entrou pela janela.

2

Pela manhã, Klein andou pela cidade. Parou diante de um hotel cujo jardim lhe agradou, entrou, viu quartos e reservou um. Somente ao sair ele procurou o nome da casa e leu: Hotel Continental. Esse nome não era conhecido? Não o ouvira antes? Assim como Hotel Milano? Mas ele logo desistiu de procurar, e estava contente na atmosfera de estranheza, jogo e inusitada significação em que sua vida parecia ter entrado.

O encantamento da véspera voltava pouco a pouco. Era muito bom estar no Sul, ele pensou, agradecido. Ele fora bem conduzido. Não fosse isso, esse agradável encantamento por toda parte, esse tranquilo flanar e poder se esquecer de si mesmo, ele estaria todo o tempo, hora após hora, à mercê de seus pensamentos descontrolados e ficaria desesperado. Mas assim ele conseguiu vegetar por algumas horas, num cansaço agradável, sem compulsões, sem medo, sem pensamentos. Isso lhe fazia bem. Era muito bom que houvesse aquele Sul e que o tivesse imposto a si mesmo. O Sul facilitava a vida. Ele confortava. Anestesiava.

Mesmo agora, no dia claro, a paisagem parecia improvável e fantástica, as montanhas estavam todas perto demais, eram íngremes demais, altas demais, como se imaginadas por um pintor um tanto excêntrico. Mas tudo o que era pequeno e próximo era bonito: uma árvore, um trecho de margem, uma casa de cores vivas e alegres, um muro de jardim, um estreito campo de trigo sob videiras, pequeno e bem cuidado como o jardim de uma casa. Tudo era simpático e agradável, alegre e cordial, tudo respirava saúde e confiança. Era possível amar aquela paisagem pequena, gentil, habitável, com sua gente alegre e tranquila. Poder amar algo — que redenção!

Com o desejo ardente de esquecer e de se perder, o sofredor vagueava à deriva, fugindo dos sentimentos amedrontadores que o espreitavam, abandonado ao mundo estrangeiro. Ele perambulou a céu aberto pela agradável paisagem das terras cultivadas com esmero. Elas não o lembravam do campo e dos camponeses de seu país, mas de Homero e dos romanos, ali ele encontrou algo ancestral, cultivado e ao mesmo tempo primitivo, uma inocência e uma maturidade que o Norte não possui. As capelinhas e oratórios, que havia por toda parte nos caminhos em homenagem aos santos, coloridas e em parte em ruínas, quase todas decoradas com flores do campo pelas crianças, pareciam ter o mesmo sentido e provir do mesmo espírito que os muitos pequenos templos e santuários dos antigos, que adoravam uma divindade em cada bosque, fonte e montanha e cuja alegre religiosidade cheirava a pão e vinho e saúde. Ele voltou para a cidade, andou sob arcadas retumbantes, cansou-se no áspero calçamento de pedra, olhou curioso para lojas e oficinas abertas, comprou jornais italianos sem os ler e, por fim, cansado, foi dar num magnífico parque à beira do lago. Ali, os veranistas passeavam e se sentavam em bancos para ler, e velhas árvores gigantes, como se apaixonadas por seus reflexos, debruçavam-se sobre a água verde-escura, que cobriam com uma redoma negra. Plantas improváveis, árvores-de-serpentes e árvores-de-perucas, carvalhos-da-cortiça e outras excentricidades erguiam-se atrevidas, medrosas ou lúgubres no gramado cheio de flores e, na distante margem oposta do lago, flutuavam, em branco e rosa, aldeias e casas de campo.

Quando estava sentado num banco, prostrado e prestes a adormecer, um andar firme e elástico o despertou. Em botas altas de cadarços marrom-avermelhadas, em sua saia curta sobre meias finas rendadas, passou por ele uma mulher, uma garota, com passos vigorosos e ritmados, muito ereta e desafiadora, elegante, altiva, um rosto atrevido com lábios pintados de vermelho e uma cabeleira alta e espessa de um amarelo-claro, metálico. Quando ela passou por ele, seu olhar o atingiu por um segundo, tão seguro e desdenhoso quanto o olhar dos porteiros e carregadores do hotel, e seguiu indiferente.

Realmente, pensou Klein, ela está certa, não sou uma pessoa em quem se preste atenção. Alguém como ela não se vira para alguém como eu. Ainda assim, a brevidade e a frieza do olhar dela o magoaram secretamente, ele se sentiu julgado e desprezado por alguém que só via a superfície e o exterior, e das profundezas de seu passado lhe cresceram espinhos e armas para se defender contra ela. E pronto, já estava esquecido que seu calçado elegante e animado, seu andar tão elástico e seguro, sua perna firme em finas meias de seda o haviam encantado e alegrado por um instante. Já estava apagado o farfalhar de sua roupa e a fragrância sutil que lembrava seus cabelos e sua pele. Estava descartada e pisoteada a bela e agradável aura de sensualidade e possibilidade de amor que emanara dela e o tocara. Em vez disso, afloraram muitas lembranças. Quantas vezes ele já não vira aquele tipo de gente, aquelas mulheres, jovens, seguras e desafiadoras, fossem meretrizes ou damas fúteis da sociedade, quantas vezes sua provocação despudorada não o irritara, sua segurança não o perturbara, seu exibicionismo chulo e atrevido já não o enojara! Quantas vezes, em passeios e em restaurantes da cidade, ele não compartilhara sinceramente da indignação de sua esposa perante tais criaturas de costumes dissolutos e impróprios para uma mulher!

Irritado, ele esticou as pernas. Aquela criatura estragara o seu bom humor! Ele se sentia indignado, enojado e discriminado, ele sabia: se ela passasse de novo com aqueles cabelos amarelos e o medisse daquela maneira, ele enrubesceria e se sentiria inadequado e inferior em suas roupas, seu chapéu, seus sapatos, seu rosto, cabelo e barba! O diabo que a carregasse! Já aqueles cabelos amarelos! Eram falsos, em lugar nenhum do mundo havia cabelos tão amarelos. Ela também estava maquiada. Como alguém podia se prestar a pintar os lábios daquela maneira — negroide!* E outras como ela andavam por aí como se fossem donas do mundo, fazendo seus jogos de cena com sua segurança e arrogância e estragando a alegria das pessoas decentes.

Com os sentimentos de descontentamento, raiva e inibição novamente à flor da pele, subiu à tona mais uma onda de passado, e de repente em meio a tudo isso ele teve uma luz: você está invocando a sua esposa, dando razão a ela, se submetendo a ela mais uma vez! Por um momento, ele foi inundado por um sentimento como: sou um idiota em considerar que ainda faço parte das "pessoas decentes", pois já não faço mais, agora pertenço, como essa mulher de cabelos amarelos, a um mundo que não é mais o meu mundo antigo e não é mais o mundo decente, mas um mundo onde "decente" ou

---

* "Negerhaft": o adjetivo deriva do substantivo "Neger", que significa "negro", como designação de raça, e tem conotações negativas e racistas. Diferentemente do português, em que os sentidos de "escuro" e "obscuro" também remontam ao radical latino "niger", no idioma alemão "Neger" e seus derivados remetem apenas à raça negra. A palavra aparece, com um viés etnocêntrico, em classificações filosóficas e etnográficas dos séculos XVIII e XIX, e, à época de Hesse, encontrou uso no alemão corrente para a emissão de juízos de valor e apreciações estéticas, com os sentidos figurados de "incivilizado", "pueril", "irracional", "sensual", "desregrado" etc. O seu emprego em Hesse oscila, no discurso indireto das personagens, entre a valoração positiva e a negativa desses atributos, compondo metáforas importantes na produção de sentido na obra.

"indecente" nada mais significam, onde cada um tenta por si viver a difícil vida. Durante um momento, ele sentiu que seu desprezo pela mulher de cabelos amarelos era tão superficial e insincero quanto sua antiga indignação com o professor e assassino Wagner e também sua repulsa pelo outro Wagner, cuja música ele antigamente considerava lasciva demais. Por um segundo, sua mente tolhida, seu eu perdido abriu os olhos e lhe disse com seu olhar onisciente que toda indignação, toda raiva, todo desprezo eram um erro e uma infantilidade e recaíam sobre o infeliz do detrator.

Esse senso onisciente e bom também lhe dizia que ele estava novamente diante de um mistério cuja interpretação era importante para sua vida, que aquela meretriz ou mulher do mundo, que aquela aura de elegância, sedução e sexo não lhe era de modo algum repugnante e ofensiva, mas que ele apenas havia imaginado e incutido em si mesmo esses julgamentos por medo de sua natureza verdadeira, por medo de Wagner, por medo do animal ou demônio que ele poderia descobrir em si se rompesse os grilhões e disfarces de seus hábitos e costumes burgueses. Num lampejo, algo como riso, como escárnio vibrou dentro dele, mas logo silenciou novamente. Mais uma vez, vencia o mal-estar. Era perturbador como todo despertar, toda excitação, todo pensamento sempre, infalivelmente, voltavam a atingi-lo onde ele era fraco e apenas capaz de se torturar. Agora ele estava novamente afundado nisso e tinha que se arranjar com a sua vida fracassada, com a sua mulher, com o seu crime, com a desesperança do seu futuro. O medo voltou, o eu onisciente se dissipou como um suspiro que ninguém ouve. Oh, que martírio! Não, a mulher de cabelos amarelos não era culpada. E tudo o que sentira contra ela não a machucara, mas atingira apenas a ele próprio.

Ele se levantou e começou a andar. Muitas vezes, antigamente, julgara levar uma vida bastante solitária e, com alguma vaidade, arvorara-se seguidor de certa filosofia resignada; também entre seus colegas ele era considerado um erudito, um homem de letras e um esteta secreto. Meu Deus, ele nunca fora solitário! Ele conversava com seus colegas, com sua mulher, com seus filhos, com todas as pessoas possíveis, e com isso o dia passava e as preocupações ficavam suportáveis. E mesmo quando estava sozinho, não era solidão. Ele compartilhava as opiniões, os medos, as alegrias, as consolações de muitos, de todo um mundo. Sempre houvera senso de comunidade ao seu redor e dentro dele, e mesmo nos momentos em que estava sozinho, mesmo no sofrimento e na resignação, ele sempre pertencera a um grupo e a uma coletividade, a uma sociedade protetora, o mundo das pessoas decentes, ordeiras e honradas. Mas agora, agora ele experimentava a solidão. Todas as flechas recaíam sobre ele mesmo, todas as razões para consolo se mostravam inúteis, toda fuga do medo apenas levava àquele mundo com o qual rompera e que havia se despedaçado e deixado de existir para ele. Tudo o que havia sido bom e correto durante toda a sua vida agora não era mais. Ele tinha que buscar tudo em si mesmo, ninguém o ajudava. E o que encontrara em si mesmo? Oh, desordem e dilaceramento!

Um automóvel do qual ele se desviou distraiu seus pensamentos, deu-lhe novo alento; em sua cabeça insone, ele sentia vazio e vertigem. "Automóvel", ele pensou, ou disse, e não sabia o que significava. Então, com uma sensação de fraqueza, fechou os olhos por um momento e viu novamente uma imagem que lhe pareceu familiar, que despertou lembranças e injetou sangue novo em seus pensamentos. Viu-se sentado ao volante de um automóvel, era um sonho que ele havia tido. Na sensação daquele sonho, depois que ele expulsara o motorista e se apossara do volante, havia algo como libertação e triunfo. Havia consolo ali, em algum lugar, difícil de encontrar. Mas havia. Havia, mesmo que apenas na imaginação ou no sonho, a reconfortante possibilidade de dirigir seu automóvel por conta própria, expulsar qualquer outro condutor com uma risada sarcástica, e ainda que o automóvel andasse aos solavancos e subisse nas calçadas ou nas casas e pessoas, mesmo assim era delicioso e muito melhor do que andar protegido sob a condução de outrem e ser criança para sempre. Uma criança! Ele teve que sorrir. Lembrou-se de que algumas vezes, quando criança e quando jovem, ele amaldiçoara e odiara seu nome, Klein.* Agora ele não se chamava mais assim. Isso não era importante — uma alegoria, um símbolo? Ele havia deixado de ser pequeno e criança e de permitir que outros o conduzissem.

No hotel, com a refeição, ele bebeu um vinho suave, bom, que escolhera ao acaso e cujo nome guardou. Havia poucas coisas que ajudavam, poucas coisas que confortavam e tornavam a vida mais fácil; era importante conhecê-las. Aquele vinho era uma delas, e o ar e a paisagem do Sul eram outra. O que mais? Havia mais? Sim, pensar também era uma dessas coisas consoladoras, que faziam bem e ajudavam a viver. Mas não qualquer pensar! Oh, não, havia um pensar que era tormento e loucura. Havia um pensar que revolvia dolorosamente o imutável e não levava a nada além de nojo, medo e cansaço da vida. O pensar que ele devia buscar e aprender era um outro. Era realmente um pensar? Era um estado, uma condição interna que sempre durava apenas instantes e que um esforço intenso de pensamento só conseguia destruir. Nesse estado altamente desejável, surgiam ideias esclarecedoras, memórias, visões, fantasias, descobertas de um tipo especial. O pensamento (ou sonho) do automóvel era desse tipo bom e reconfortante, e também a lembrança que lhe ocorrera subitamente do assassino Wagner e da conversa que tivera anos antes sobre ele. A estranha ideia relacionada ao nome Klein também era desse tipo. Com esses

---

* "Klein" significa "pequeno".

pensamentos, essas ideias reveladoras, o medo e o terrível mal-estar cediam lugar por instantes a uma segurança que se instalava num breve lampejo — e então era como se tudo estivesse bem, houvesse força e orgulho em estar sozinho, superação diante do passado, e nenhum medo na próxima hora.

Ele ainda precisava entender isso melhor, ainda tinha que se permitir compreender e aprender. Ele se salvaria se conseguisse encontrar com frequência pensamentos desse tipo, cultivá-los e evocá-los dentro de si. E ele meditou e meditou. Ele não sabia como a tarde se passara, as horas escoavam e lhe escapavam como no sono, e talvez ele realmente tivesse dormido, quem podia saber. Seus pensamentos giravam todos em torno daquele mistério. Ele pensou exaustivamente sobre o seu encontro com a garota de cabelos amarelos. O que ela significava? Como podia ser que aquele encontro furtivo, a troca de olhares por breves segundos com uma mulher estranha, bela, mas que lhe fora antipática, houvesse se tornado por longas horas a fonte de pensamentos, sensações, emoções, memórias, autotortura, acusações? Como isso acontecera? Era assim também para os outros? Por que a figura, o andar, a perna, o sapato e a meia da dama de cabelos amarelos o haviam encantado por um breve instante? Por que, depois, o olhar frio com que ela o medira o havia desapontado tanto? Por que aquele olhar desdenhoso não apenas o desiludira e despertara do breve encantamento erótico, como também o ofendera, revoltara e depreciara perante si mesmo? Por que ele empregara contra aquele olhar unicamente palavras e lembranças que pertenciam ao seu mundo de antes, palavras que não tinham mais sentido, razões nas quais ele não acreditava mais? Contra aquela dama amarela e seu olhar desagradável, ele invocara julgamentos de sua esposa, palavras de seus colegas, pensamentos e opiniões de seu antigo eu, do cidadão e funcionário público Klein; sentira a necessidade de se justificar contra aquele olhar com todos os meios imagináveis, e teve que reconhecer que os seus meios não passavam de velhas moedas que não valiam mais. E todas essas longas, penosas considerações não haviam levado a nada além de angústia, inquietude e um sentimento doloroso da própria falta de valor! Apenas por um único momento ele voltara novamente àquele outro estado tão desejável, por um momento rebatera interiormente todas aquelas penosas considerações, e compreendera. Durante um segundo, ele soubera: os meus pensamentos sobre a dama de cabelos amarelos são tolos e indignos, o destino paira sobre ela como paira sobre mim, Deus a ama como ama a mim.

De onde viera aquela voz agradável? Onde ele podia reencontrá-la, como podia atraí-la de volta, em que galho pousara aquele pássaro raro, esquivo? Aquela voz falara a verdade, e a verdade era conforto, cura, refúgio. Aquela voz surgia quando no fundo do coração se estava em harmonia com o destino e se amava a si mesmo; era a voz de Deus, ou era a voz do próprio eu, o mais íntimo e verdadeiro eu, para além de todas as mentiras, desculpas e encenações.

Por que não lhe era possível ouvir sempre essa voz? Por que a verdade lhe escapava como um fantasma que apenas se pode ver com um olhar de esguelha em sua súbita aparição e que desaparece quando se olha diretamente para ele? Por que ele via sempre aberta essa porta da felicidade e, quando queria entrar, na verdade ela estava fechada? Em seu quarto, ao despertar de um sono breve, ele pegou da mesinha um pequeno volume de Schopenhauer que quase sempre o acompanhava em viagens. Ele abriu ao acaso e leu uma frase: "Quando olhamos retrospectivamente para o caminho já percorrido de nossa vida e consideramos sobretudo nossos passos malsucedidos e suas consequências, muitas vezes não compreendemos como pudemos ter feito isso ou deixado de fazer aquilo, como se um poder estranho tivesse guiado nossos passos. Goethe diz em *Egmont*: O homem pensa conduzir sua vida, guiar a si mesmo; enquanto sua alma é inelutavelmente arrastada ao encontro de seu destino". — Ali não estava algo que lhe dizia respeito? Algo que tinha uma relação estreita e profunda com seus pensamentos de hoje? — Ele continuou a ler avidamente, mas não havia mais nada, as linhas seguintes não o comoveram. Ele pôs o livro de lado, puxou o relógio do bolso, achou que estava sem corda e atrasado, levantou-se e olhou pela janela, o dia parecia começar a escurecer.

Ele se sentiu um tanto abatido, como depois de um grande esforço mental, mas não esgotado de forma desagradável ou estéril, e sim cansado de uma maneira significativa, como depois de um trabalho satisfatório. Devo ter dormido uma hora ou mais, ele pensou, e se pôs diante do espelho do armário para pentear os cabelos. Sentia-se estranhamente livre e bem-disposto, e no espelho ele se viu sorrir! Seu rosto pálido, fatigado, que nos últimos tempos ele apenas via distorcido e tenso e transtornado, estava diante dele com um sorriso amável, gentil, bondoso. Admirado, ele sacudiu a cabeça e sorriu para si mesmo.

Ele desceu, no restaurante a ceia já estava sendo servida em algumas mesas. Ele não acabara de comer? Não importava, estava com muita vontade de comer de novo, imediatamente, e indagando com minúcias o garçom, pediu uma boa refeição.

"Talvez o senhor queira ir para Castiglione esta noite?", perguntou-lhe o garçom enquanto servia. "Há um barco que parte aqui do hotel."

Klein agradeceu e recusou com a cabeça. Não, ele não se interessava por tais excursões organizadas por hotéis. — Castiglione? Ele já tinha ouvido falar. Era um lugar de diversões com um cassino, algo como uma pequena Monte Carlo. Deus do céu, o que ele faria por lá?

Enquanto o café era trazido, ele tirou uma pequena rosa do ramalhete de flores que estava à sua frente num vaso de cristal e enfiou-a na lapela. Partindo da mesa ao lado, a fumaça de um charuto recém-aceso chegou até ele. Perfeito, ele também queria um bom charuto.

Indeciso, ele andou para lá e para cá na frente do hotel. Gostaria muito de voltar àquela região das aldeias onde, com o canto da italiana e a mágica dança faiscante dos vaga-lumes, sentira pela primeira vez a doce realidade do Sul. Mas ele também se sentia atraído pelo parque, pelas águas calmas e sombreadas pelas abóbadas de folhas, pelas estranhas árvores e, caso reencontrasse a dama com os cabelos amarelos, o seu olhar frio agora já não o irritaria ou humilharia. Aliás — quanto tempo já se passara desde ontem! Como ele já se sentia em casa ali, naquele Sul! Quanto ele vivera, pensara, conhecera!

Ele vagueou ao longo de uma rua, envolvido por uma agradável, suave brisa na noite estival. Mariposas rodopiavam freneticamente em volta dos lampiões recém-acesos, comerciantes dedicados fechavam tarde suas lojas e encaixavam barras de ferro diante das portadas, muitas crianças ainda perambulavam à solta pelas ruas e, em suas brincadeiras, corriam em volta das mesinhas nas quais, no meio da rua, eram servidos refrigerantes e café. Uma madona num nicho de parede sorria à luz ardente das velas. Também nos bancos na margem do lago ainda havia vida, gente rindo, discutindo, cantando e, até mesmo na água, aqui e ali deslizava um barco com remadores em mangas de camisa e moças em blusas brancas. Klein reencontrou facilmente o caminho até o parque, mas o grande portão estava fechado. Atrás das altas barras de ferro, a silenciosa escuridão das árvores se erguia misteriosa e já cheia de noite e sono. Ele olhou longamente para dentro. Depois sorriu, e só então tomou consciência do desejo secreto que o trouxera até ali, diante do portão fechado. Bem, não importava, também podia ser sem o parque.

Placidamente sentado num banco na margem do lago, ele assistia ao movimento dos passantes. À luz clara do lampião, abriu um jornal italiano e tentou ler. Ele não entendia tudo, mas cada frase que conseguia traduzir o alegrava. Somente aos poucos começou a apreender o sentido sem ter que passar pela gramática e, com certo espanto, achou que o artigo era uma violenta e ácida injúria contra o seu povo e a sua pátria. Que estranho, ele pensou, tudo isso ainda existe! Os italianos escreviam sobre o seu povo, exatamente como os jornais de seu país sempre haviam feito em relação à Itália, no mesmo tom acusatório, indignado, tão seguramente convencidos da própria razão e da falta de razão do outro. Também era estranho que aquele jornal, com seu ódio e com seus juízos cruéis, não conseguisse revoltá-lo e irritá-lo. Ou não era? Não, por que se revoltar? Tudo aquilo eram modos e linguajares de um mundo ao qual ele já não pertencia. Por mais que pudesse ser o mundo bom, o melhor, o correto — não era mais o seu. Ele deixou o jornal no banco e seguiu adiante. Num jardim, para além de um canteiro de roseiras carregadas, brilhavam centenas de luzes coloridas. Havia pessoas entrando, ele se juntou a elas, uma bilheteria, porteiro, uma parede com cartazes. No meio do jardim, havia um salão sem paredes, apenas um grande toldo, no qual estavam penduradas inúmeras lanternas multicoloridas. Muitas mesas de jardim, ocupadas em parte, enchiam o festivo salão; no fundo, prateado, verde e rosa, em cores berrantes, brilhava excessivamente iluminado um estreito palco elevado. Sob a ribalta estavam sentados músicos, uma pequena orquestra. Clara e animada, a flauta respirava pela tépida e colorida noite afora; o oboé, satisfeito e inflado; o violoncelo cantava grave, apreensivo e caloroso. Em cima, no palco, um homem velho cantava canções cômicas, sua boca pintada ria petrificada, em sua cabeça calva e triste refletia-se a luz abundante.

Klein não buscara nada semelhante, por um instante sentiu algo como decepção e crítica e a velha vergonha de estar sozinho em meio a uma multidão alegre e elegante; o divertimento artificial não lhe pareceu combinar muito bem com a noite perfumada no jardim. Apesar disso, ele se sentou, e a luz atenuada que escorria das muitas lanternas coloridas logo o apaziguou, ela pairava como um véu de magia sobre o salão aberto. Delicada e efusiva, a música emanava da pequena orquestra em ondas ardorosas e se misturava ao perfume das muitas rosas. As pessoas estavam sentadas descontraídas e enfeitadas em volta das mesas, com uma alegria comedida; acima dos copos, garrafas e taças de sorvete flutuavam, graciosamente revestidos e polvilhados da suave luz colorida, rostos claros e cintilantes chapéus femininos, e também o amarelo e róseo sorvete nas taças, os copos com refrigerantes vermelhos, verdes e amarelos soavam no quadro, festivos e preciosos como joias.

Ninguém escutava o cômico. O pobre velho continuava apático e solitário em seu palco, cantava o que aprendera, a luz delicada se derramava em sua triste figura. Ele terminou sua canção e parecia satisfeito por poder ir. Na mesa da frente, três, quatro pessoas bateram palmas. O cantor deixou o palco e logo depois entrou no salão pelo jardim, sentou-se a uma das primeiras mesas junto à orquestra. Uma jovem dama serviu-lhe água gaseificada num copo, ao fazer isso ela se ergueu um pouco, e Klein olhou em sua direção. Era a dama com os cabelos amarelos. Então, em algum lugar, uma campainha alta soou demorada e insistente, iniciou-se um movimento no salão. Muitos saíam sem seus chapéus e casacos. Também a mesa junto à orquestra se esvaziou, a dama amarela saiu com os outros, até lá fora na penumbra do jardim os seus cabelos brilhavam claros. Em sua mesa, ficou apenas o velho cantor.

Klein tomou coragem e foi até lá. Cumprimentou gentilmente o velho, que apenas inclinou a cabeça.

"O senhor sabe me dizer o que significa essa campainha?", perguntou Klein.

"Intervalo", disse o cômico.

"E para onde foi todo mundo?"

"Jogar. Agora temos meia hora de intervalo, e durante esse tempo é possível jogar no salão do balneário, do outro lado."

"Obrigado. — Eu não sabia que aqui também havia um cassino."

"Nem é digno do nome. Coisa para crianças, aposta máxima de cinco francos."

"Muito obrigado."

Ele já erguera novamente o chapéu e se virara. Então lhe ocorreu que ele poderia perguntar ao velho sobre a dama de cabelos amarelos. Ele a conhecia.

Ele hesitou, o chapéu ainda na mão. Então ele se foi. O que ele queria afinal? O que ela tinha a ver com ele? Mas ele sentia, ela tinha, sim, algo a ver com ele, apesar de tudo. Era só timidez, alguma fantasia, uma inibição. Uma onda silenciosa de indisposição subiu dentro dele, uma nuvem tênue. Dificuldades se anunciavam mais uma vez, agora ele estava de novo envergonhado, inibido, com raiva de si mesmo. Era melhor ir embora. O que ele estava fazendo ali, entre aquelas pessoas que se divertiam? Ele não era uma delas. Um garçom, que lhe apresentou a conta, perturbou-o. Ele ficou indignado.

"O senhor não pode esperar que eu chame?"

"Desculpe, pensei que o senhor queria ir. Ninguém me reembolsa se alguém sair sem pagar."

Ele deu mais gorjeta do que era necessário.

Quando saía do salão, viu a dama amarela que voltava pelo jardim. Esperou e deixou-a passar por ele. Ela andava ereta, firme e leve, como que sobre molas. Seu olhar o atingiu, frio, sem reconhecê-lo. Ele viu seu rosto na luz clara, um rosto sereno e inteligente, firme e pálido, um pouco esnobe, a boca pintada cor de sangue, olhos cinza vigilantes, uma bela orelha de ricos contornos, na qual brilhava uma pedra ovalada verde. Ela estava em seda branca, o pescoço esguio descia em sombra opalina cingido por um fino colar de pedras verdes.

Ele olhou para ela, excitado em segredo, e novamente com uma impressão dúbia. Algo nela atraía, falava de alegria e intimidade, cheirava a carne e cabelo e beleza cuidada, e algo nela repelia, parecia falso, fazia temer decepção. Era a velha timidez, adquirida e cultivada ao longo de toda uma vida, perante o que considerava licencioso, perante o exibir-se consciente do belo, a alusão franca ao sexo e à luta amorosa. Ele sentia que o conflito estava nele mesmo. Ali estava Wagner de novo, ali estava de novo o mundo do belo, mas sem disciplina, do atraente, mas sem ocultamento, sem recato, sem má consciência. Havia um inimigo dentro dele que lhe interditava o paraíso.

As mesas agora estavam sendo movidas por serviçais para abrir um espaço no meio no salão. Uma parte do público havia voltado.

"Fique aqui", exclamou um desejo no homem solitário. Ele pressentia que tipo de noite teria pela frente se fosse embora agora. Uma noite como a anterior, provavelmente ainda pior. Pouco sono, com sonhos ruins, desespero e automortificação, e ainda por cima o clamor dos sentidos, o pensamento no colar de pedras verdes sobre o peito branco e perolado da mulher. Talvez logo, logo chegasse o ponto em que a vida não poderia mais ser suportada. Mas ele gostava da vida, por estranho que isso fosse. Sim, não gostava? Do contrário, ele estaria ali? Teria abandonado a sua mulher, teria queimado todos os navios atrás de si, teria recorrido a todo aquele maldito aparato, teria feito todos aqueles cortes na própria carne e por fim viajado até aquele Sul, se não gostasse da vida, se nele não houvesse desejo e futuro? Não sentira isso hoje, de forma clara e maravilhosa, com o bom vinho, diante do portão fechado do parque, no banco do cais? Ele ficou e encontrou lugar na mesa ao lado daquela em que o cantor e a dama amarela estavam sentados. Ali estavam reunidas seis, sete pessoas que visivelmente se sentiam em casa naquele lugar, que eram, por assim dizer, parte daquele espetáculo e diversão. Ele lançava olhares constantes em sua direção. Havia familiaridade entre aquelas pessoas e os frequentadores habituais daquele jardim, também os membros da orquestra as conheciam e iam de vez em quando até sua mesa ou faziam gracejos de longe, elas tratavam os garçons intimamente pelo nome. Falava-se alemão, italiano e francês misturados.

Klein observou a dama amarela. Ela continuava séria e fria, ele ainda não a vira sorrir, seu rosto controlado parecia imutável. Ele podia ver que ela era alguém especial em sua mesa, os homens e as moças usavam com ela um tom de respeitosa camaradagem. Então ele também ouviu o seu nome ser pronunciado: Teresina. Ele se perguntou se ela era bonita, se realmente gostava dela. Não soube dizer. Sem dúvida, seu porte e seu andar eram bonitos, até mesmo de uma beleza incomum, assim como sua postura na cadeira e os movimentos de suas mãos bem cuidadas. Mas, em seu rosto e olhar, a calma frieza, a segurança e a tranquilidade da expressão, a rigidez quase de máscara o perturbavam e o faziam pensar. Ela parecia uma pessoa que tinha seu próprio céu e seu próprio inferno, que ninguém podia dividir com ela. Também nessa alma, que parecia completamente dura, seca e talvez orgulhosa, até mesmo má, também nessa alma devia arder desejo e paixão. Que tipo de sensação ela buscava e amava, de quais ela fugia? Onde estavam suas fraquezas, seus medos, seus segredos? Como ela era quando ria, quando dormia, quando chorava, quando beijava?

E como acontecera que ela ocupasse os seus pensamentos já durante a metade de um dia, que ele tivesse que observá-la, estudá-la, temê-la, irritar-se com ela, quando nem sequer sabia se gostava dela ou não?

Ela seria talvez um destino e sina para ele? Um poder oculto, como o que o atraíra para o Sul, agora o atraía para ela? Um instinto inato, um fio do destino, um impulso que permanecera inconsciente por toda uma vida? O encontro com ela já estava predeterminado? Era um desígnio a ser cumprido?

Fazendo um grande esforço para escutar em meio ao burburinho das muitas vozes, ele distinguiu um fragmento da conversa dela. Ele a ouviu dizer a um jovem bonito, elegante, bem-vestido, de cabelos pretos ondulados e rosto liso: "Eu gostaria de jogar de verdade novamente, não aqui, por bombons, mas em Castiglione ou em Monte Carlo". E então, depois da resposta dele, ele ainda ouviu: "Não, você não faz ideia de como é! Pode ser feio, pode não ser inteligente, mas é irresistível".

Agora ele sabia algo sobre ela. Foi um grande prazer para ele espreitá-la e escutá-la. Por uma pequena janela iluminada, de fora, de seu posto de observação, ele, o estrangeiro, conseguira lançar um breve olhar de reconhecimento dentro de sua alma. Ela tinha desejos. Era torturada pelo desejo por algo excitante e perigoso, por algo que poderia ser sua perdição. Ele gostou de saber. — E o que ela dissera sobre Castiglione? Ele não ouvira esse nome hoje? Quando? Onde? Não importava, agora ele não conseguia pensar. Mas agora, como outras vezes naquele estranho dia, ele tinha novamente a sensação de que tudo o que fazia, ouvia, via e pensava estava cheio de nexo e necessidade, que um guia o conduzia, que longas, distantes cadeias de causas começavam a dar frutos. Sim, que dessem seus frutos. Isso era bom.

Novamente ele foi tomado por uma sensação de felicidade, uma sensação de paz e segurança no coração que era maravilhosamente inebriante para quem conhecia o medo e o pavor. Ele se lembrou de uma pequena história de seu tempo de menino. Quando pequeno, ele conversava na escola com outras crianças sobre como os equilibristas conseguiam caminhar tão firmes e sem medo na corda bamba. E alguém dissera: "Se você riscar uma linha com giz no chão do seu quarto, vai ser tão difícil andar exatamente em cima desse risco de giz quanto na mais fina corda bamba. E isso é fácil fazer, porque não há perigo. Se você fizer de conta que é só um risco de giz, e que o ar ao lado é o chão, conseguirá andar com firmeza em qualquer corda". Ele se lembrou disso. Que bonito era! Com ele não acontecia talvez o contrário? Não acontecia com ele de não conseguir mais andar com firmeza e tranquilidade em nenhum chão plano porque o tomava por uma corda?

Ele estava profundamente contente de que pudesse pensar nessas coisas reconfortantes, que elas estivessem adormecidas dentro dele e de vez em quando viessem à tona. Era dentro de si que se carregava tudo o que era importante, de fora ninguém podia ajudar. Não estar em guerra consigo mesmo, viver em amor e confiança consigo mesmo — então se podia tudo. Então se podia não apenas dançar na corda bamba, também se podia voar.

Por um tempo, esquecendo-se de tudo à sua volta, ele seguiu esses sentimentos nas trilhas instáveis, escorregadias da alma, tateando interiormente como um caçador e explorador, a cabeça apoiada na mão em cima da mesa, como que em êxtase. Nesse instante, a dama amarela virou-se e o viu. Seu olhar não se demorou, mas ele leu atentamente o próprio rosto e, quando percebeu esse olhar e olhou de volta para ela, sentiu algo como respeito, algo como simpatia e também algo como afinidade. Dessa vez, o olhar dela não doeu, não lhe pareceu injusto. Dessa vez, ele sentiu que ela olhava para ele, para ele próprio, não para suas roupas e seus modos, seu penteado e suas mãos, mas para o que era verdadeiro, imutável, misterioso nele, para o que era único, divino, o destino.

Ele lhe pediu desculpas pelo que havia pensado de ofensivo e desagradável sobre ela. Mas não, não havia o que desculpar. O que ele havia pensado de ruim e tolo sobre ela, o que sentira contra ela haviam sido golpes contra si mesmo, não contra ela. Não, estava bem assim. Ele se assustou quando a música de repente recomeçou. A orquestra entoou uma dança. Porém o palco continuou vazio e escuro, não era para ele, mas para o retângulo vazio entre as mesas que os olhares do público estavam voltados. Klein adivinhou que agora haveria dança.

Erguendo os olhos, ele viu na mesa ao lado a dama amarela e o elegante rapaz de rosto barbeado se levantarem. Klein sorriu consigo mesmo quando percebeu como também sentia resistência contra aquele jovem, como relutava em reconhecer sua elegância, suas maneiras muito gentis, seu cabelo e seu rosto bonitos. O jovem estendeu a mão para ela, conduziu-a até o espaço livre, um segundo par entrou na pista, e agora os dois pares, elegantes, seguros, belos, dançavam um tango. Ele não entendia muito disso, mas logo viu que Teresina dançava maravilhosamente. Viu que ela fazia algo que conhecia e dominava, algo que estava nela e saía dela naturalmente. O rapaz de cabelos pretos ondulados também dançava bem, os dois combinavam. Sua dança contava aos espectadores somente coisas agradáveis, claras, simples e gentis. Suas mãos se enlaçavam com leveza e suavidade, seus joelhos, seus braços, seus pés e corpos executavam alegres e bem-dispostos o delicado, intenso trabalho. Sua dança expressava alegria e felicidade, beleza, luxo, estilo e arte de viver. Ela também expressava amor e sexualidade, mas não era um amor impetuoso e ardente, e sim cheio de naturalidade, inocência e graça. Aquela dança mostrava às pessoas ricas, aos veranistas, o belo que havia em suas vidas e que eles próprios não sabiam expressar e que, sem uma ajuda desse tipo, nem sequer seriam capazes de sentir. Aqueles dançarinos pagos, treinados, serviam à boa sociedade como um sucedâneo. Aqueles que não dançavam eles mesmos com leveza e agilidade e não podiam desfrutar plenamente do agradável jogo de suas vidas deixavam que outras pessoas dançassem para eles e mostrassem como era bom fazê-lo. Mas isso não era tudo. Eles não apenas deixavam que lhes representassem uma leveza e uma alegre imponência da vida, como também que os lembrassem da natureza e da inocência das sensações e dos sentidos. De suas vidas aceleradas e assoberbadas ou também preguiçosas e enfastiadas, que oscilavam entre o trabalho desenfreado e o prazer desenfreado e a penitência forçada no sanatório, eles assistiam, sorridentes, estupefatos e secretamente comovidos por sua beleza, à dança daqueles jovens bonitos e ágeis, como se contemplassem uma cara primavera da vida, um longínquo paraíso perdido do qual apenas ainda se conta para as crianças nos feriados, no qual quase já não se acredita e com o qual à noite se sonha com desejos ardentes.

E agora, durante a dança, ocorria no rosto da dançarina de cabelos amarelos uma alteração a que Friedrich Klein assistia com verdadeiro fascínio. De forma muito lenta e sutil, como o rubor num céu matutino, começou a se desenhar em seu semblante sério e frio um sorriso que pouco a pouco ia crescendo, que pouco a pouco ia se aquecendo. Olhando diretamente à sua frente, ela sorria como se despertasse, como se ela, a fria, somente se aquecesse para a vida plena através da dança. Também o dançarino sorria, e o segundo par também sorria, e todos os quatro rostos eram de uma beleza admirável, embora tivessem alguma coisa de impessoal, como uma máscara — mas em Teresina essa beleza era mais intensa e misteriosa, ninguém sorria como ela, tão alheia ao exterior, tão vicejante na sensação de bem-estar que emanava de seu íntimo. Ele assistia com profunda emoção, arrebatado como se pela descoberta de um tesouro secreto.

"Que cabelos maravilhosos ela tem!", ele ouviu alguém por perto exclamar em voz baixa. E pensar que ele havia insultado e posto em dúvida aqueles maravilhosos cabelos loiros.

O tango chegara ao fim; por um momento Klein viu Teresina em pé ao lado de seu par, que ainda segurava a mão dela na altura do ombro, e viu o encanto ainda resplandecer em seu rosto e pouco a pouco desaparecer. Soaram fracos aplausos, e todos os olhares seguiram os dois dançarinos quando eles voltaram para sua mesa com passos flutuantes. A próxima dança, que começou após um breve intervalo, foi executada por um único par, Teresina e seu belo parceiro. Era uma dança-fantasia livre, uma pequena invenção sofisticada, quase uma pantomima, que cada dançarino executava sozinho e que somente em alguns clímax fulgurantes e no rápido e galopante finale se convertia numa dança a dois.

Aqui Teresina, os olhos cheios de felicidade, deslizava tão solta e fervorosa, seguia com membros alados e tão radiante os chamamentos da música, que se fez silêncio no salão e todos olhavam para ela embevecidos. A dança terminava com um vigoroso rodopio, no qual dançarino e dançarina se tocavam apenas com as mãos e a ponta dos pés e, os corpos arqueados para trás, giravam em círculos como num transe báquico.

Nessa dança, todos ali tinham a sensação de que os dois dançarinos, em seus gestos e passos, em se separarem e voltarem a se unir, na contínua perda e retomada do equilíbrio, representavam sensações que eram conhecidas e profundamente desejadas por todas as pessoas, mas que eram vividas daquela forma tão simples, intensa e íntegra apenas por poucos afortunados: a alegria da pessoa sã consigo mesma, a intensificação dessa alegria no amor pelo outro, a serena aceitação da própria natureza, a entrega confiante aos desejos, sonhos e jogos do coração. Muitos sentiam por um instante uma tristeza pensativa por existir tanto conflito e divisão entre suas vidas e seus desejos, por suas vidas não serem uma dança, mas sim um penoso arquejar sob o peso de fardos — fardos que afinal apenas eles mesmos se impunham.

Enquanto seguia a dança, Friedrich Klein olhava para muitos anos passados da sua vida como se através de um túnel escuro, além do qual, ao sol e ao vento, verde e radiante, estava o que ele perdera, a juventude, o sentir simples e intenso, a confiante prontidão para a felicidade — e tudo isso estava estranhamente perto outra vez, a um passo, magicamente próximo e visível.

O efusivo sorriso da dança ainda no rosto, Teresina agora passava na sua frente. Ele foi inundado por uma alegria e paixão arrebatadora. E como se ele a tivesse chamado, de repente ela olhou profundamente em seus olhos, ainda não desperta, a alma ainda cheia de felicidade, o doce sorriso ainda nos lábios. E, através do poço escuro de tantos anos perdidos, ele também sorriu para ela, para o vislumbre de felicidade tão perto.

Ao mesmo tempo, ele se levantou e, como um velho amigo, sem dizer uma palavra, lhe estendeu a mão. A dançarina apertou-a e segurou-a por um instante, sem parar de andar. Ele a acompanhou. Na mesa dos artistas, abriram espaço para ele, agora ele estava sentado ao lado de Teresina e via as pedras verdes ovaladas reluzirem sobre a pele clara de seu pescoço.

Ele não participou das conversas, das quais entendia muito pouco. Atrás da cabeça de Teresina, na luz mais clara das lanternas do jardim, viu assomar o vulto das roseiras floridas, suas bastas esferas escuras, sobre as quais aqui e ali faiscavam vaga-lumes. Os seus pensamentos descansaram, não havia nada para pensar. As esferas das rosas oscilavam ligeiramente ao vento noturno, ao lado dele estava sentada Teresina, a pedra verde reluzente pendurada em sua orelha. O mundo estava em ordem.

Então Teresina pôs a mão em seu ombro.

"Nós dois vamos conversar. Não aqui. Agora me lembro de que o vi no parque. Estarei lá amanhã, no mesmo horário. Agora estou cansada e logo preciso ir dormir. É melhor você ir antes, senão os meus colegas lhe pedirão dinheiro emprestado."

Como passasse um garçom, ela o deteve: "Eugenio, o cavalheiro deseja pagar".

Ele pagou, apertou a mão dela, ergueu o chapéu e se foi dali, na direção do lago, sem saber para onde. Impossível se deitar agora no seu quarto de hotel. Ele continuou pela rua do lago, para além da cidadezinha e dos subúrbios, até que os bancos e os jardins na margem chegaram ao fim. Então se sentou na mureta do cais e cantou para si mesmo, sem voz, fragmentos perdidos de canções dos seus anos jovens. Até que sentiu frio e as montanhas íngremes assumiram uma estranheza hostil. Então ele voltou, o chapéu na mão.

Um sonolento porteiro noturno abriu a porta.

"Oh, está um pouco tarde", disse Klein e lhe deu um franco.

"Ah, já estamos acostumados. O senhor ainda não é o último. O barco de Castiglione ainda não voltou."

3

A dançarina já estava lá quando Klein chegou ao parque. Ela andava com seus passos elásticos no interior do jardim, ao redor do gramado, e de repente apareceu na sua frente, na entrada sombreada de um bosque.

Teresina mediu-o atentamente com seus olhos cinza-claros, seu semblante estava sério e um tanto ansioso. Ela começou a falar imediatamente, enquanto andava.

"Você pode me dizer o que aconteceu ontem? Como foi que nos topamos dessa maneira? Estive pensando sobre isso. Eu o vi ontem duas vezes do salão do jardim. A primeira vez, você estava na saída e olhava para mim e parecia entediado ou irritado, e, quando o vi, me lembrei: já encontrei esse homem uma vez, no parque. Não foi uma boa impressão, e eu me esforcei para logo esquecê-lo. Então, menos de quinze minutos depois, eu o vi novamente. Você estava sentado na mesa ao lado e de repente parecia completamente diferente, não percebi de imediato que você era a mesma pessoa que eu tinha encontrado pouco antes. E então, depois da minha dança, de repente você estava na minha frente e me deu a mão, ou eu para você, não lembro direito. Como isso aconteceu? Alguma coisa você deve saber. Mas espero que não tenha vindo até aqui para me fazer declarações de amor."

Ela olhou para ele com um ar imperativo.

"Não sei", disse Klein. "Não vim até aqui com uma intenção definida. Eu a amo, desde ontem, mas não precisamos falar sobre isso."

"Sim, vamos falar de outra coisa. Ontem, houve algo entre nós por um momento, o que me fez pensar e também me assustou, como se tivéssemos algo semelhante ou comum. O que é? E o principal: que transformação foi aquela com você? Como foi possível que tivesse duas caras tão diferentes no intervalo de uma hora? Você me pareceu uma pessoa que viveu coisas muito importantes."

"Que mais eu pareci?", ele perguntou infantilmente.

"Oh, primeiro você pareceu um senhor mais velho, um tanto ranzinza e desagradável. Parecia um filisteu, um homem que está acostumado a dirigir contra os outros a raiva da sua própria incapacidade."

Ele ouvia com interesse atento e assentia vivamente com a cabeça. Ela continuou:

"E então, depois, não é muito fácil descrever. Você se sentou um pouco curvado para a frente; quando o notei por acaso, por um segundo pensei: Meu Deus, que posturas tristes têm esses filisteus! Você estava com a cabeça apoiada na mão e de repente isso foi muito estranho: era como se você fosse a única pessoa na face da terra e não ligasse a mínima para o que acontecia com você e com o mundo. O seu rosto era como uma máscara, terrivelmente triste ou terrivelmente indiferente…" Ela fez uma pausa, parecia procurar por palavras, mas não disse nada.

"Você tem razão", disse Klein humildemente. "Você viu tão bem que só posso me espantar. Você me leu como a uma carta. Mas na verdade é natural e correto que tenha visto tudo isso."

"Por que natural?"

"Porque, de uma maneira um pouco diferente, você expressa a mesma coisa quando dança. Quando você dança, Teresina, e às vezes em outros momentos, você é como uma árvore ou uma montanha ou um animal, ou uma estrela, única, inteiramente por si só, você não quer ser diferente do que é, não importa se isso é bom ou ruim. Não é a mesma coisa que viu em mim?"

Ela o fitou perscrutadora, sem dar resposta.

"Você é uma pessoa estranha", ela disse então, hesitante. "E agora como é? Você realmente é o que aparenta ser agora? Você realmente não se importa com o que pode lhe acontecer?"

"Me importo. Só que nem sempre. Às vezes eu também sinto medo. Mas então a coisa volta e o medo passa, e então, sim, tudo é indiferente. Então eu sou forte. Ou melhor: indiferente não é a palavra certa: então tudo é prazeroso e bem-vindo, não importa o quê."

"Por um momento até mesmo achei possível que você fosse um criminoso."

"Isso também é possível. É até mesmo provável. Veja bem, 'criminoso' é a palavra que se usa quando se quer dizer que alguém fez algo que outros lhe proibiram. Mas ele próprio, o criminoso, apenas fez o que estava dentro dele. — Veja, essa é a semelhança que existe entre nós: de vez em quando, em alguns raros momentos, nós dois fazemos o que está dentro de nós. Não há nada mais raro, a maioria das pessoas nem sabe o que é isso. Eu também não sabia, eu apenas dizia, pensava, fazia, vivia coisas alheias, apenas coisas aprendidas, apenas o que era bom e correto, até que um dia isso teve um fim. Eu não aguentei mais, tive que partir, o bom não era mais bom, o correto não era mais correto, a vida não era mais suportável. Apesar de tudo, ainda quero suportá-la, eu até mesmo amo a vida, embora ela cause tanto sofrimento."

"Quer me dizer qual é o seu nome e quem é você?"

"Eu sou este que você tem à sua frente, nada mais. Não tenho nome, nem título, nem profissão. Tive que renunciar a tudo isso. O que aconteceu comigo foi que um dia, depois de uma longa vida regrada e resignada, caí do ninho, ainda não faz muito tempo, e agora só me resta perecer ou aprender a voar. O mundo não me diz mais respeito, estou totalmente sozinho agora."

Um pouco embaraçada, ela perguntou: "Você esteve internado?".

"Louco, você quer dizer? Não. Embora isso também fosse possível." Ele se distraiu, pensamentos o tomavam por dentro. Com uma inquietação incipiente, ele continuou: "Quando se fala sobre isso, até as coisas mais simples ficam complicadas e incompreensíveis. Não deveríamos falar a respeito! — É algo que apenas se faz, e sobre o qual só se fala quando não se quer entender".

"Como assim? Eu realmente quero entender. Acredite em mim! Estou muito interessada."

Ele sorriu vivamente.

"Sim, sim. Você acha o assunto interessante. Você viveu algo e agora quer conversar a respeito. Oh, isso não leva a nada. Falar é a maneira mais garantida de entender tudo errado, de tornar tudo maçante e superficial. — Você não quer me compreender, nem a mim nem a si mesma! Você só quer se tranquilizar em relação à advertência que sentiu. Quer resolver a sua preocupação comigo e com a advertência encontrando um rótulo com o qual possa me classificar. Você tenta fazer isso com o de criminoso e o de doente mental, quer saber o meu nome e a minha posição social. Mas tudo isso apenas a afasta da compreensão, tudo isso é enganação, minha cara senhorita, é um arremedo de compreensão, é antes uma fuga do desejo de compreender, da necessidade de compreender."

Ele fez uma pausa, esfregou a mão nos olhos com uma expressão atormentada, então pareceu lhe ocorrer algo agradável, ele sorriu novamente.

"Ah, veja só, ontem, quando você e eu por um momento sentimos exatamente a mesma coisa, não dissemos nada um ao outro, nem perguntamos nada, nem pensamos nada — de repente, demos a mão um ao outro e foi bom. Mas agora — agora estamos conversando e pensando e explicando — e tudo o que era tão simples se tornou estranho e incompreensível. Mas seria muito fácil para você me compreender como eu a compreendo."

"Você acha que me compreende tão bem assim?"

"Acho, é claro. Não sei como você vive. Mas você vive como eu já vivi e como todos os outros vivem, quase sempre no escuro e passando por cima de si mesmos, perseguindo algum objetivo, um dever, um propósito. Quase todas as pessoas fazem isso, o mundo está doente com isso, ele vai fenecer disso. Mas, às vezes, por exemplo, quando você dança, o seu objetivo ou dever lhe escapa, de repente, você vive de uma maneira completamente diferente. De repente, sente-se como se estivesse sozinha no mundo, ou como se pudesse morrer amanhã, e então vem à tona tudo o que você realmente é. Quando dança, você até mesmo contagia outras pessoas. Esse é o seu segredo."

Ela apertou o passo por um trecho. No extremo de um mirante sobre o lago, ela parou.

"Você é estranho", ela disse. "Alguma coisa eu consigo entender. Mas — o que quer de mim?"

Ele abaixou a cabeça e pareceu triste por um momento.

"Você está tão acostumada a que sempre queiram alguma coisa de você. Teresina, não quero nada de você que você mesma não deseje e não queira fazer. Você pode ser indiferente ao fato de eu amá-la. Ser amado não é uma felicidade. Todos amam a si mesmos, e apesar disso há milhares que se torturam durante toda a vida. Não, ser amado não é uma felicidade. Mas amar, sim, amar é felicidade!"

"Eu gostaria de lhe dar alguma alegria, se pudesse", disse Teresina lentamente, como se sentisse pena dele.

"Você pode fazer isso se me permitir realizar algum desejo seu."

"Oh, o que você sabe dos meus desejos!"

"É verdade, você não deveria ter nenhum. Afinal, você tem a chave do paraíso, que é a sua dança. Mas sei que você tem desejos, e gosto disso. E agora fique sabendo: existe alguém que terá prazer em realizar qualquer desejo seu."

Teresina refletiu. Seus olhos vigilantes voltaram a ficar frios e penetrantes. O que ele poderia saber a seu respeito? Como não encontrasse nada, ela começou cautelosamente: "O meu primeiro pedido seria o de que fosse sincero. Diga-me quem lhe contou sobre mim".

"Ninguém. Jamais falei com pessoa alguma sobre você. O que sei — e é muito pouco —, sei por você mesma. Ontem eu a ouvi dizer que gostaria de jogar em Castiglione um dia." O rosto dela se contraiu.

"Ah, você andou escutando a minha conversa."

"Sim, é claro. Eu compreendi o seu desejo. Como nem sempre está de acordo consigo mesma, você busca excitação e entorpecimento."

"Oh, não, não sou tão romântica como você pensa. Não busco entorpecimento no jogo, mas dinheiro simplesmente.

Eu gostaria de ser rica ou de viver sem preocupações, sem ter que me vender. Isso é tudo."

"Isso soa tão correto, e mesmo assim não acredito. Mas como queira! No fundo, você sabe muito bem que não precisa se vender nunca. Não falemos disso! Mas se quiser dinheiro, seja para jogar ou para outra coisa, pegue-o de mim! Tenho mais do que preciso, acho, e para mim ele não tem valor."

Teresina se retraiu novamente.

"Eu mal o conheço. Como poderia aceitar o seu dinheiro?"

De repente, ele ergueu o chapéu, como se acometido por uma dor, e não disse mais nada.

"O que foi?", exclamou Teresina.

"Nada, nada. — Permita que eu me vá! Falamos demais, demais. Nunca se deve falar tanto."

E ele já se fora pela alameda, sem ter se despedido, depressa e como se impelido por desespero. Com sensações represadas, discordantes e profundamente espantada com ele e consigo mesma, a dançarina o observou se afastar. Mas ele não corria por desespero, apenas por uma tensão e plenitude insuportável. De repente, tornara-se impossível para ele dizer mais uma palavra, ouvir mais uma palavra, ele precisava estar sozinho, precisava necessariamente estar sozinho, pensar, ouvir, escutar a si mesmo. Toda a conversa com Teresina também o surpreendera e espantara, as palavras não haviam saído por sua vontade, era como se ele tivesse sido acometido, tal uma náusea, pela forte necessidade de comunicar, dar forma a suas experiências e pensamentos, pronunciá-los, exclamá-los para si mesmo. Ele se espantava com cada palavra que ouvia a si próprio dizer, mas sentia cada vez mais como se enredava em algo que não era mais simples e correto, como tentava em vão explicar o incompreensível — e de repente não pôde mais suportar, teve que interromper.

Mas agora, quando tentava relembrar aqueles quinze minutos, sentia alegria e gratidão por aquela experiência. Era um progresso, uma redenção, uma confirmação. A incerteza em que para ele caíra todo o mundo habitual o deixara terrivelmente cansado e apreensivo. Ele vivera o milagre de que a vida é mais plena nos momentos em que todos os sentidos e significados nos escapam. Mas ele sempre voltava a se perguntar aflito se essas experiências eram mesmo essenciais, se na verdade elas não eram apenas pequenos e fortuitos encrespamentos na superfície de uma mente cansada e doentia, meras veleidades, pequenas flutuações nervosas. Agora, na noite anterior e hoje também, ele vira que a sua experiência era real. Ela partira de dentro dele e o transformara, atraíra outra pessoa para junto dele. Seu isolamento fora rompido, ele amava novamente, havia alguém a quem queria servir e dar alegria, ele podia sorrir de novo, rir de novo!

A onda o perpassou como dor e como volúpia, ele palpitava de sentimento, a vida soava dentro dele como um mar em rebentação, tudo era incompreensível. Ele abriu os olhos e viu: árvores numa rua, flocos de prata no lago, um cão correndo, ciclistas — e tudo era surpreendente, fabuloso e quase belo demais, tudo novo em folha como se recém-tirado da caixa de brinquedos de Deus, tudo ali só para ele, para Friedrich Klein, e ele próprio ali só para sentir palpitar através de seu ser essa torrente de maravilha e de dor e de alegria. Por toda parte havia beleza, em cada pilha de sujeira no caminho, por toda parte havia paixão profunda, por toda parte havia Deus. Sim, era Deus, e fora assim que outrora, havia tempos inimagináveis, quando menino, ele sentia e buscava com o coração quando pensava em "Deus" e "onipresença". Coração, não vá se partir de plenitude!

Mais uma vez, vieram à tona memórias libertadas de todos os poços esquecidos de sua vida, inúmeras delas — de conversas, de seu tempo de noivado, de roupas que usava quando criança, de manhãs de férias da época de estudante —, e elas se organizavam em círculos em torno de alguns pontos centrais fixos: em torno da figura de sua mulher, de sua mãe, do assassino Wagner, em torno de Teresina. Ele se lembrou de passagens de escritores clássicos e provérbios latinos que o haviam impressionado quando estudante, e de versos tolos e sentimentais de canções populares. A sombra de seu pai estava atrás dele, ele reviveu mais uma vez a morte de sua sogra. Tudo o que, através dos olhos ou ouvidos, através de pessoas e livros, com prazer ou sofrimento, tudo o que havia entrado e submergido dentro dele parecia estar de volta, tudo ao mesmo tempo, revolvido e confusamente misturado, sem ordem, mas cheio de sentido, tudo era importante, tudo era significativo, tudo estava preservado.

Esse afluxo se converteu em martírio, um martírio que não se distinguia da extrema volúpia. Seu coração batia acelerado, seus olhos estavam cheios de lágrimas. Ele percebeu que estava à beira da loucura, mas ao mesmo tempo sabia que não enlouqueceria, e olhava para esse novo território de loucura em sua alma com o mesmo espanto e encantamento com que olhava para o passado, com que olhava para o lago e para o céu: aqui também tudo era encantador, agradável e cheio de significado. Ele compreendeu por que, na crença de povos nobres, a loucura era considerada sagrada. Ele compreendia tudo, tudo lhe falava, tudo estava aberto para ele. Não havia palavras para isso, tentar pensar e entender algo em palavras era errado e inútil! Apenas era preciso se manter aberto, apenas estar pronto: então todas as coisas, todo o mundo, num cortejo infinito como uma arca de Noé, podia caber dentro de uma pessoa, e então ela o possuiria, o entenderia e seria uma com ele.

Ele foi tomado por tristeza. Oh, se todas as pessoas soubessem disso, se todas vivessem isso! Como se vivia a esmo, se pecava a esmo, como se sofria cega e desmedidamente! Ainda ontem ele não se irritara com Teresina? Ainda ontem não odiava a sua mulher, não a acusara e quisera responsabilizá-la por todo o sofrimento da sua vida? Que triste, que estúpido, que desolador! Tudo era afinal tão simples, tão bom, tão cheio de sentido, quando se olhava de dentro, quando se via a essência por trás de cada coisa, quando se via a Ele, Deus. Aqui um caminho levava a novos jardins de ideias e florestas de imagens. Se voltasse o seu sentimento de hoje para o futuro, brotavam radiantes centenas de sonhos de felicidade para ele e para todos.

A sua vida passada, inerte, arruinada não devia ser lamentada, nem censurada, nem julgada, mas renovada e convertida em seu oposto, cheia de sentido, de alegria, de bondade, de amor. A bênção que ele recebia teria ainda reflexos e continuaria a produzir efeitos. Versículos da Bíblia lhe vieram à mente, além de tudo o que sabia sobre santos e beatos. Sempre, com todos eles, havia começado daquela mesma maneira. Eles trilhavam o mesmo caminho árduo e tenebroso que ele, acovardados e cheios de medo, até o momento da conversão e iluminação. "No mundo sentireis medo", disse Jesus a seus discípulos. Mas aquele que venceu o medo não vive mais no mundo, mas em Deus, no reino de mil anos.

Assim todos haviam ensinado, todos os sábios de todo o mundo, Buda e Schopenhauer, Jesus, os gregos. Havia apenas uma sabedoria, apenas uma fé, apenas um pensamento: o conhecimento de Deus em nós. Como isso foi distorcido e erroneamente ensinado nas escolas, nas igrejas, nos livros e nas ciências!

Batendo largas asas, o espírito de Klein sobrevoou os distritos do seu mundo interior, do seu conhecimento, da sua formação. Aqui também, como em sua vida exterior, diante dele estendia-se bem após bem, tesouro após tesouro, fonte após fonte, mas cada um por si, à parte, sem vida e sem valor. Mas agora, com o lampejo do saber, com a iluminação, aqui também de repente pulsava ordem, sentido e forma através do caos, criação se iniciava, vida e nexo se espalhavam pela face da terra. Provérbios da mais esotérica contemplação tornavam-se óbvios, o obscuro ficava claro e a tabuada se convertia em credo místico. Também esse mundo se animara e ardia de amor. As obras de arte das quais Klein gostava na sua juventude agora soavam com novo encanto. E ele viu: a enigmática magia da arte se abria com aquela mesma chave. Arte não era outra coisa senão a contemplação do mundo em estado de graça, de iluminação. Arte era mostrar Deus atrás de todas as coisas.

Com ardor, o bem-aventurado seguia pelo mundo, cada galho em cada árvore tinha parte num êxtase, aspirava mais nobremente as alturas, pendia mais efusivamente para o chão, era símbolo e revelação. Tênues sombras lilás lançadas pelas nuvens corriam trêmulas pela superfície do lago em terna doçura. Cada pedra estava significativamente ao lado da sua sombra. O mundo nunca fora tão belo, tão profunda e divinamente agradável, ou nunca mais desde os misteriosos, magníficos anos da primeira infância. "Se não voltardes a ser como crianças", ele se lembrou, e sentiu: eu voltei a ser criança, eu entrei no Reino dos Céus.

Quando começou a sentir fome e cansaço, ele se encontrava longe da cidade. Agora ele sabia de onde estava vindo, o que acontecera, e que fugira de Teresina sem se despedir. Na aldeia seguinte, procurou uma taverna. Um pequeno quiosque campestre com uma mesa fixa de madeira num jardinzinho à sombra de um loureiro o atraiu. Ele pediu comida, mas nada havia além de vinho e pão. Uma sopa, ele insistiu, ou ovos, ou presunto. Não, não havia essas coisas. Ali ninguém comia nada disso naqueles tempos de carestia. Ele falou primeiro com a taverneira, depois com uma avó, que estava sentada na soleira de pedra da porta remendando roupas. Então sentou-se no jardim, na sombra escura da árvore, com pão e vinho tinto amargo. No jardim vizinho, invisíveis atrás das videiras e das roupas estendidas, ele ouviu as vozes de duas meninas cantando. De repente, uma palavra da música atingiu seu coração, mas sem que pudesse retê-la. Ela voltou no verso seguinte, era o nome Teresina. A canção, um couplet meio cômico, falava de uma Teresina. Ele entendeu:

La sua mama a la finestra
Con una voce serpentina:
Vieni a casa, o Teresina,
Lasc' andare quel traditor!

Teresina! Como ele a amava! Como era magnífico amar! Ele deitou a cabeça na mesa e cochilou, dormiu, acordou de novo, várias vezes, muitas vezes. Caía a tarde. A taverneira veio e se pôs diante da mesa, admirada com o freguês. Ele pôs o dinheiro sobre a mesa, pediu mais um copo de vinho, perguntou a ela sobre a canção. Ela foi gentil, trouxe o vinho e ficou em pé ao seu lado. Ele lhe pediu que recitasse toda a canção de Teresina, e sentiu grande alegria com os versos:

Io non sono traditore
E ne meno lusinghero,
Io son' figlio d'un ricco signore,
Son' venuto per fare l'amor.

A taverneira disse que agora ele poderia ter uma sopa, ela iria cozinhar de qualquer maneira para o marido, a quem estava esperando.

Ele tomou a sopa de legumes e comeu o pão, o taverneiro chegou, o sol do fim da tarde extinguia-se nos cinzentos telhados de pedra da aldeia. Ele perguntou por um quarto, ofereceram-lhe um, uma pequena alcova com grossas paredes nuas de pedra. Ele aceitou. Nunca dormira num lugar assim, pareceu-lhe a gruta de um drama de salteadores. Então saiu e andou pela aldeia ao crepúsculo, encontrou um pequeno armazém ainda aberto, comprou chocolates e os distribuiu às crianças que andavam aos bandos pelas vielas. Elas corriam atrás dele, pais o cumprimentavam, todos lhe desejavam boa noite, e ele retribuía, acenava com a cabeça para todos, velhos e moços, que estavam sentados na soleira das portas e nas escadas diante das casas.

Ele pensou com alegria em sua alcova na hospedaria, naquela acomodação primitiva que parecia uma caverna, onde a cal envelhecida descascava das pedras cinzentas e em cujas paredes nuas não havia nada supérfluo, nem quadro ou espelho, nem cortina ou papel de parede. Ele andou pelo lusco-fusco da aldeia como se por uma aventura, tudo se revestia de brilho, tudo estava cheio de promessas secretas.

De volta à *osteria*, da escura e vazia sala de hóspedes, ele viu luz na fresta de uma porta, andou até lá e foi dar na cozinha. O recinto lhe pareceu uma caverna encantada, a pouca, tênue luz se derramava sobre um chão vermelho de pedra e, antes de atingir as paredes e o teto, se dissolvia numa penumbra densa e quente, e da enorme chaminé coberta de fuligem que descia do teto parecia brotar uma fonte inesgotável de escuridão.

A mulher estava ali dentro com a avó, as duas sentadas em humildes tamboretes baixos, curvadas, pequenas e fracas, as mãos descansando sobre os joelhos. A taverneira chorava, ninguém deu atenção ao recém-chegado. Ele se sentou no canto de uma mesa ao lado de restos de legumes, uma faca cega brilhava plúmbea, na claridade da luz, vasilhas de cobre polido ardiam vermelhas nas paredes. A mulher chorava, a velha grisalha estava ao seu lado e cochichava com ela em dialeto; pouco a pouco, ele entendeu que houvera uma desavença na casa e o marido saíra novamente depois de uma briga. Ele perguntou se o marido havia batido nela, mas não obteve resposta. Pouco a pouco, ele se pôs a consolá-la. Ele disse que com certeza o marido voltaria em breve. A mulher disse rispidamente: "Hoje não e talvez amanhã também não". Ele desistiu, a mulher endireitou-se no banco, ficaram todos sentados em silêncio, o choro cessara. A simplicidade do processo, que prescindia de palavras, lhe pareceu maravilhosa. Brigava-se, sentia-se dor, chorava-se. Agora havia acabado, agora era sentar e esperar. A vida continuaria. Como com as crianças. Como com os animais. Apenas não falar, apenas não complicar o simples, apenas não virar a alma do avesso.

Klein convidou a avó para fazer café, para os três. As mulheres se acenderam, a velha foi logo pondo gravetos no fogo, soaram estalidos de galhos se partindo, de papel, de chamas crepitantes. Na claridade repentinamente flamejante do fogo, ele viu o rosto da taverneira, iluminado de baixo, um tanto desgostoso mas apaziguado. Ela olhava para o fogo, de vez em quando sorria, de repente se levantou, andou lentamente até a torneira e lavou as mãos.

Então os três se sentaram à mesa e beberam o quente café preto e um velho licor de zimbro. As mulheres animaram-se, elas contavam e perguntavam, riam do linguajar custoso e cheio de erros de Klein. Ele teve a sensação de que já estava ali fazia muito tempo. Era estranho, quanta coisa cabia naqueles dias! Épocas e períodos inteiros da vida tinham lugar numa tarde, cada hora parecia abarrotada de vida. Por segundos, dentro dele se acendeu num lampejo o medo de que de repente o cansaço e o esgotamento da energia vital o assaltassem mil vezes mais intensamente e o consumissem, como o sol que lambe uma gota de água na rocha. Nesses momentos muito fugazes, mas por vezes recorrentes, durante esses estranhos lampejos, ele via a si mesmo viver, ele sentia e enxergava dentro de sua mente, e ali via em velozes oscilações um aparato indescritivelmente complexo, delicado e precioso vibrar com seu trabalho múltiplo, como atrás do vidro o mecanismo altamente sensível de um relógio, que basta uma poeirinha para perturbar.

Ele soube que o taverneiro punha o seu dinheiro em negócios incertos, passava muito tempo fora de casa e tinha casos com uma e outra mulher. Não havia filhos. Enquanto Klein se esforçava por encontrar as palavras em italiano para perguntas e informações simples, atrás do vidro, o delicado mecanismo do relógio continuava a trabalhar febril e incansável, incluindo de imediato cada momento vivido em suas análises e ponderações.

Ainda era cedo quando ele se levantou para ir dormir. Ele deu a mão para as duas mulheres, a velha e a jovem, que o fitava com um olhar penetrante, enquanto a avó lutava contra os bocejos. Então, tateando no escuro, subiu a escada de pedra de degraus enormes, incrivelmente altos, e foi para o seu quarto. Ali ele encontrou água num cântaro de barro, lavou o rosto, por um momento sentiu falta de sabão, pantufas, camisola, ficou ainda por um quarto de hora deitado na janela, apoiado na cornija de granito, então se despiu completamente e deitou na cama dura, cujo lençol áspero de linho o encantou e despertou nele uma avalanche de ideias aprazíveis sobre o campo. Viver sempre daquela maneira, entre quatro paredes de pedra, sem a ridícula parafernália de papéis de parede, de enfeites, de muitos móveis, sem toda aquela parafernália exagerada e, no fundo, bárbara, não era essa a única coisa certa? Um teto sobre a cabeça contra a chuva, um cobertor simples em volta do corpo contra o frio, um pouco de pão e vinho ou leite contra a fome, pela manhã o sol para acordar, no fim da tarde o crepúsculo para adormecer — o ser humano precisava de mais?

Contudo, mal ele apagara a luz, a casa, o quarto e a aldeia submergiram dentro dele. Ele estava de novo à beira do lago com Teresina e falava com ela, apenas com esforço conseguiu se lembrar da conversa daquele dia e ficou inseguro sobre o que realmente lhe dissera, e até mesmo se perguntou se toda a conversa não havia sido apenas um sonho e ilusão da sua parte. A escuridão lhe fazia bem — sabia Deus onde ele acordaria amanhã.

Um ruído na porta o despertou. A maçaneta girou suavemente, um fio tênue de luz vazou para dentro e hesitou na fresta. Surpreso mas ciente de imediato, ele olhou na direção da porta, ainda não no presente. Então a porta se abriu, a taverneira estava ali, com uma vela na mão, descalça, silenciosa. Ela olhou para ele, penetrante, e ele sorriu e esticou os braços, profundamente espantado, sem pensamentos. Então ela já estava junto a ele, e seus cabelos escuros deitados no travesseiro áspero ao seu lado.

Eles não disseram palavra. Inflamado pelo beijo dela, ele a estreitou junto a si. A súbita proximidade e calor de uma pessoa em seu peito, o estranho, forte braço em volta de seu pescoço o perturbaram de uma estranha maneira — como aquele calor lhe era desconhecido, quão estranho, quão dolorosamente novo era para ele, o calor, a proximidade — como ele estivera sozinho, quão sozinho, quanto tempo sozinho! Abismos e infernos flamejantes haviam se aberto entre ele e o mundo — e então uma pessoa estranha viera até ele, em silenciosa confiança e necessidade de consolo, uma pobre mulher negligenciada, como ele próprio durante anos fora um homem negligenciado e intimidado, e se agarrava ao seu pescoço e dava e recebia e sorvia com avidez a gota de prazer da vida miserável, ébria e ao mesmo tempo tímida procurava a sua boca, com dedos tristemente carinhosos brincava com os seus, roçava sua bochecha na dele. Ele se ergueu sobre o rosto pálido dela e beijou-a nos dois olhos fechados, e pensou: ela acha que está recebendo e não sabe que está dando, ela refugia sua solidão em mim e não faz ideia da minha! Só agora ele a via, a mulher ao lado da qual estivera sentado, cego, a noite toda, viu que ela tinha mãos e dedos longos e finos, ombros bonitos e um rosto cheio de medo do destino e de cega avidez infantil, e um conhecimento meio tímido de pequenas e doces formas e práticas de ternura.

Ele também viu, e ficou triste com isso, que permanecera um menino e principiante no amor, resignado em seu longo e morno casamento, tímido mas sem inocência, desejoso mas cheio de má consciência. Ainda enquanto estava colado com beijos sequiosos à boca e ao seio da mulher, ainda enquanto sentia a mão dela, terna e quase maternal, em seus cabelos, ele já antecipava a decepção e o peso em seu coração, via o mal voltar: o medo, e perpassou-o cortante a suspeita e o temor de que no fundo de seu ser fosse incapaz para o amor, de que o amor somente pudesse lhe trazer tormentos e malefícios. Ainda antes que a breve tempestade de volúpia cessasse, angústia e desconfiança, repulsa por ter sido possuído, em vez de ser ele a possuir e conquistar, e antecipação de asco abriram em sua alma o olho mau.

Discretamente como entrara, a mulher saiu junto com a luz de sua vela. Klein estava deitado no escuro e, em meio à saciedade, chegou o momento que ele já temera, horas antes, em tantos segundos de pressentimentos relampejantes, o terrível momento em que a opulenta música de sua nova vida encontraria apenas cordas cansadas e dissonantes e milhares de sensações prazerosas de repente teriam que ser pagas com medo e fadiga. Com o coração palpitante, ele sentia todos os inimigos à espreita, insônia, depressão e pesadelo. O linho áspero pinicava sua pele, pálida, a noite olhava pela janela. Impossível ficar ali e suportar indefeso o martírio que se aproximava! Oh, tudo estava de volta, a culpa e o medo, e a tristeza e o desespero! Tudo o que havia sido superado, tudo o que já era passado estava de volta. Não havia redenção.

Ele se vestiu depressa, sem luz, procurou suas botas empoeiradas diante da porta, desceu e saiu da casa furtivamente e se pôs a andar, desesperado, com pernas cansadas e trôpegas, pela aldeia e pela noite, vítima do próprio escárnio, perseguido e odiado por si mesmo.

4

Em luta e desespero, Klein debatia-se com seu demônio. Tudo o que aqueles dias carregados de destino lhe haviam trazido de novo, de descoberta e redenção, com o inebriante afã de pensamento e lucidez do dia anterior, adensara-se numa onda cuja altura lhe parecera estável e duradoura quando, na verdade, ele já começava a cair novamente. Agora ele estava no vale e na sombra mais uma vez, ainda lutando, ainda com esperanças secretas, mas com feridas profundas. Durante um dia, durante um breve e radiante dia, ele conseguira executar a simples arte da qual qualquer talo de grama é capaz. Durante um pobre dia, ele amara a si mesmo, sentira a si próprio como todo e unidade, e não dividido em partes conflitantes, ele amara a si próprio e em si ao mundo e a Deus, e por toda parte se deparava apenas com amor, confirmação e alegria. Se ontem um ladrão o tivesse atacado, um policial o tivesse prendido, teria sido confirmação, sorriso, harmonia! E agora, em meio à felicidade, ele tombara e voltara a ser pequeno. Ele censurava a si mesmo, quando em seu íntimo sabia que toda censura era tolice e erro. O mundo, que por um dia magnífico fora límpido e cristalino e completamente preenchido por Deus, voltara a ser duro e pesado, e cada coisa tinha o seu próprio sentido, e cada sentido contradizia todos os outros. Como o entusiasmo daquele dia pudera arrefecer novamente, como pudera morrer! O que era sagrado havia sido uma veleidade, e o encontro com Teresina uma ilusão, e a aventura na taverna uma história suspeita e obscena.

Ele já sabia que a sensação asfixiante do medo só passaria se não se recriminasse e não fosse crítico consigo mesmo, se não cutucasse as feridas, as velhas feridas. Também sabia que tudo o que era doloroso, tudo o que era estúpido, tudo o que era mau se convertia em seu oposto quando se era capaz de reconhecê-lo como Deus, quando se buscavam suas raízes mais profundas, que iam muito além da dor e do prazer, do bem e do mal. Sim, ele sabia. Mas contra isso não havia nada a fazer, o mau espírito estava nele, Deus voltara a ser uma palavra, bonita e distante. Ele odiava e desprezava a si mesmo, e esse ódio vinha a qualquer momento, de forma tão involuntária e inelutável quanto em outros momentos o amor e a confiança. E assim sempre voltava a acontecer! Sempre, sempre ele voltaria a sentir a graça e a bem-aventurança, e sempre também voltaria a sentir o maldito oposto, e sua vida nunca seguiria o caminho que sua vontade lhe ditava. Bola em jogo e boia à deriva, ele continuaria eternamente a ser lançado para lá e para cá. Até que chegasse o fim, até que uma onda se quebrasse e morte ou loucura o levassem. Oh, que fosse logo!

Mais uma vez, voltavam de forma compulsiva pensamentos que já lhe eram tão amargamente familiares, preocupações inúteis, medos inúteis, recriminações inúteis, dos quais perceber a falta de sentido era mais uma tortura. Voltou uma visão que ele tivera recentemente em sua viagem (parecia-lhe que haviam se passado meses desde então): como seria bom cair nos trilhos debaixo de um trem, de cabeça! Ele fruiu essa imagem com sofreguidão, inalou-a como éter: a cabeça primeiro, tudo despedaçado e triturado em mil estilhaços e partículas, tudo enroscado nas rodas e esmagado nos trilhos! Seu sofrimento se comprazia profundamente com essa visão; com aprovação e volúpia, ele via, ouvia e saboreava a destruição completa de Friedrich Klein, sentia o seu coração e o seu cérebro sendo dilacerados, esfrangalhados, pulverizados, a cabeça dolorida arrebentando, os olhos doloridos se dissolvendo, o fígado sendo esmigalhado, os rins esfacelados, os cabelos escalpelados, ossos, joelhos e queixo esfarelados. Era isso o que o assassino Wagner queria sentir quando afogou em sangue a esposa, os filhos e a si mesmo. Era exatamente isso. Oh, ele o entendia tão bem! Ele próprio era Wagner, era uma pessoa com bons predicados, capaz de sentir o divino, capaz de amar, mas carregado demais, pensativo demais, fácil demais de se cansar, consciente demais de seus defeitos e doenças. O que por Deus uma tal pessoa, um tal Wagner, um tal Klein podia fazer? Sempre diante dos olhos o abismo que o separava de Deus, sempre sentindo a fissura do mundo atravessar seu próprio coração, cansado, consumido pelo eterno impulso para Deus, que invariavelmente terminava em queda — o que um tal Wagner, um tal Klein podia fazer a não ser se extinguir, a si próprio e a tudo o que pudesse lembrar de si, e se atirar de volta no colo escuro, no qual o Inconcebível engendrava, sempre e eternamente, o mundo efêmero das criaturas? Não, não era possível outra coisa! Wagner tinha que partir, Wagner tinha que morrer, Wagner tinha que riscar a si mesmo do livro da vida. Talvez fosse inútil se matar, talvez fosse ridículo. Talvez tudo o que os cidadãos normais, naquele outro mundo, diziam sobre suicídio estivesse certo. Mas existia para alguém nesse estado algo que não fosse inútil, que não fosse ridículo? Não, nada. O melhor ainda era meter a cabeça debaixo das rodas de ferro, senti-la rachar e mergulhar no abismo com vontade.

Com pernas bambas, ele continuou caminhando horas a fio sem descansar. Nos trilhos de uma linha férrea até a qual a estrada o levara, deitou-se por um tempo, chegou a adormecer, a cabeça sobre o ferro, acordou e não se lembrava mais do que queria, levantou-se, continuou sem rumo e cambaleante, as plantas dos pés doloridas, a mente atormentada, ora sem se aguentar em pé, ferido por um espinho, ora leve e como que flutuante, ora esforçando-se penosamente por cada passo.

"Agora o diabo vai me carregar para amadurecer!", ele cantou baixinho com voz rouca. Amadurecer! Tostar lentamente no fogo dos martírios até chegar no ponto, amadurecer como o caroço no pêssego, até estar pronto para poder morrer!

Aqui fulgurou uma centelha nas trevas, à qual ele imediatamente se agarrou com todo o ardor de sua alma dilacerada. Um pensamento: matar-se era inútil, matar-se agora, não valia a pena decepar e destroçar membro por membro, era inútil! Mas sofrer era bom e redentor, maturar em lágrimas e tormentos, ser forjado a dores e marteladas e até estar pronto. Então ele poderia morrer, e seria uma boa morte, bela e plena de sentido, que é o que há de mais venturoso no mundo, mais do que qualquer noite de amor: o fogo consumido, completamente entregue, cair de volta no colo para se extinguir, para se redimir, para renascer. Só uma tal morte, uma morte madura e boa, nobre, tinha sentido, somente ela era redenção, somente ela era regresso. Um anseio desatou a chorar em seu coração. Oh, onde estava o estreito e árduo caminho, onde estava a porta? Ele estava pronto, sentia o anseio em cada vibração de seu corpo trêmulo de exaustão, de sua alma abalada por mortal agonia.

Quando a manhã rompeu no céu e o lago plúmbeo despertou com o primeiro raio frio de prata, o perseguido estava numa pequena floresta de castanheiras, no alto sobre o lago e a cidade, entre samambaias e altas espireias em flor, molhado de orvalho. Com olhos apagados, mas sorrindo, ele olhou para o estranho mundo. Ele havia atingido o objetivo de sua impulsiva odisseia: estava tão completamente exausto que a alma angustiada se calou. E sobretudo a noite já passara! A luta fora travada, um perigo fora superado. Vencido pelo cansaço, ele caiu feito um morto entre samambaias e raízes, no chão da floresta, a cabeça numa moita de mirtilos, o mundo se dissipou diante de seus sentidos falhos. Com as mãos agarradas às ervas, o peito e o rosto na terra, ele se entregou avidamente ao sono, como se fosse o tão ansiado derradeiro.

Num sonho, do qual depois somente conseguiu lembrar alguns fragmentos, ele viu o seguinte: junto a um portão, que parecia a entrada de um teatro, estava pendurada uma grande placa com uma enorme inscrição: ela dizia (isso não estava definido) "Lohengrin" ou "Wagner". Ele entrou por esse portão. Dentro havia uma mulher que se parecia com a taverneira daquela noite, mas também com a sua esposa. A cabeça estava desfigurada, era grande demais, e o rosto se transformara numa máscara grotesca. Tomado de imensa repugnância por essa mulher, ele desferiu uma punhalada em seu ventre. Mas uma outra mulher, como um reflexo da primeira no espelho, atacou-o pelas costas, vingativa, fincou fortes garras afiadas em seu pescoço e tentou estrangulá-lo.

Ao acordar desse sono profundo, ele viu espantado a floresta sobre a sua cabeça e estava com o corpo doído de deitar no chão duro, mas revigorado. Com uma leve inquietação, o sonho reverberava dentro dele. Que estranhos, ingênuos e negroides jogos da imaginação!, ele pensou, sorrindo por um momento com a lembrança do portão e da chamada para entrar no Teatro "Wagner". Que ideia, representar sua relação com Wagner daquela maneira! Aquele espírito dos sonhos era tosco, mas genial. Ele acertara em cheio. E parecia saber de tudo! O teatro com a inscrição "Wagner" não era ele mesmo, não era um convite para entrar em si mesmo, no território desconhecido de seu verdadeiro interior? Wagner era ele próprio — Wagner era o assassino e o perseguido dentro dele, mas Wagner era também o compositor, o artista, o gênio, o sedutor, a inclinação para a luxúria, o luxo, a volúpia — Wagner era o nome coletivo para tudo o que havia de recalcado, submerso e negligenciado no ex-funcionário público Friedrich Klein. E "Lohengrin" — não era também ele mesmo, Lohengrin, o cavaleiro errante investido de uma missão misteriosa, a quem não se podia perguntar o nome? O resto não estava claro, a mulher com a terrível cabeça grotesca e a outra com as garras — a punhalada em seu ventre também o lembrava de mais alguma coisa, ele esperava ainda descobrir o quê —, a atmosfera de assassínio e perigo mortal era estranha e fortemente misturada com a de teatro, máscaras e jogo.

Quando pensava na mulher e na faca, ele viu claramente por um momento o seu quarto conjugal. Então teve que pensar nas crianças — como pudera esquecê-las! Pensou nelas descendo de suas caminhas em camisolas pela manhã. Teve que pensar em seus nomes, especialmente em Elly. Oh, os filhos! Lentamente, as lágrimas escorriam de seus olhos pelo rosto tresnoitado. Ele sacudiu a cabeça, levantou-se com certa dificuldade e começou a espanar as folhas e os grumos de terra de suas roupas amarrotadas. Só então se lembrou claramente da noite passada, do quarto de pedras nuas na taverna da aldeia, da mulher estranha em seu peito, da sua fuga, da sua desabalada peregrinação. Olhou para aquele pequeno pedaço desvirtuado de vida como um doente para a mão atrofiada, para o eczema em sua perna.

Com uma tristeza resignada, lágrimas ainda nos olhos, ele disse consigo mesmo: "Deus, o que mais você me reservou?".

Dos pensamentos da noite, somente ainda ressoava nele uma voz cheia de anseios: por estar pronto, por regresso, por poder morrer. Ainda era longo o seu caminho? O seu lar ainda estava longe? Ainda havia muito, muito de difícil, de insuspeitado para sofrer? Ele estava pronto, ele se ofereceu, seu coração estava aberto: destino, cumpra-se!

Lentamente, através de vinhedos e pastos, ele desceu a encosta até a cidade. Foi para o seu quarto, lavou-se e penteou-se, trocou de roupa. Foi comer, bebeu um pouco do vinho bom e sentiu a fadiga se dissolver nos membros enrijecidos e se tornar agradável. Perguntou quando haveria dança no salão do balneário e foi até lá para a hora do chá.

Teresina estava dançando quando ele entrou. Ele viu mais uma vez em seu rosto o singular e radiante sorriso de sua dança e se alegrou. Quando ela voltou para a mesa, ele a cumprimentou e se sentou ao seu lado.

"Gostaria de convidá-la para ir a Castiglione comigo esta noite", ele disse em voz baixa.

Ela refletiu.

"Já hoje?", ela perguntou. "É assim tão urgente?"

"Também posso esperar. Mas seria ótimo. Onde posso apanhá-la?"

Ela não resistiu ao convite, nem ao sorriso infantil que por um momento estranhamente belo se estampou em seu rosto solitário e sulcado de rugas como um papel de parede colorido e alegre que ainda restasse na última parede das ruínas de uma casa incendiada.

"Por onde você andou?", ela perguntou, curiosa. "Ontem você sumiu tão de repente. E a cada vez você tem uma cara diferente, hoje também, de novo. — Você não é um morfinômano, é?"

Ele apenas riu, com um riso estranhamente bonito e um tanto esdrúxulo, no qual sua boca e queixo tinham um forte aspecto infantil, enquanto sobre a testa e os olhos a coroa de espinhos permanecia inalterada.

"Então me pegue, por favor, por volta das nove horas no restaurante do Hotel Esplanade. Acho que às nove sai um barco. Mas, me diga, o que andou fazendo desde ontem?"

"Acho que andei passeando o dia inteiro e a noite inteira também. Precisei consolar uma mulher numa aldeia, porque o marido dela tinha ido embora. E também me ocupei bastante com uma canção italiana que quis aprender porque falava de uma Teresina."

"Que canção é essa?"

"Ela começa com: *Su in cima di quel boschetto*."

"Oh, meu Deus, você também já conhece essa canção famigerada? Ela está na moda entre as balconistas."

"Ah, eu acho a canção muito bonita."

"E você consolou uma mulher?"

"Sim, ela estava triste, o seu marido tinha ido embora e era infiel."

"Ah, é? E como você a consolou?"

"Ela veio até mim para não ficar mais sozinha. Eu a beijei e nos deitamos na minha cama."

"Ela era bonita?"

"Não sei, não a vi direito. — Não, não ria, não disso! Foi tão triste."

Ela riu mesmo assim. "Como você é engraçado! Mas então você não dormiu nada? É o que está parecendo."

"Dormi, eu dormi algumas horas numa floresta lá em cima."

Ela olhou para o dedo dele, que apontava para o teto, e riu alto. "Numa hospedaria?"

"Não, na floresta. Junto dos mirtilos. Estão quase maduros."

"Você é um sonhador. — Mas agora tenho que ir dançar, o maestro já está batendo. — Claudio, onde você está?"

O belo dançarino moreno já estava atrás da cadeira dela, a música começou. No final da dança, Klein saiu.

À noite, ele foi buscá-la na hora combinada e ficou contente por estar de smoking, pois Teresina se vestira de forma extremamente festiva, em violeta com muitas rendas, e parecia uma princesa.

Na beira do lago, ele não levou Teresina para o barco do balneário, mas até uma elegante lancha a motor, que ele alugara para a noite. Eles embarcaram, na cabine semiaberta havia cobertores à disposição de Teresina, e flores. Com uma curva acentuada, a veloz embarcação zarpou bufando pelo lago afora.

Na água, no meio da noite e do silêncio, Klein disse: "Teresina, não acha uma pena irmos até lá agora para junto de tanta gente? Se tiver vontade, podemos continuar com o barco, sem rumo definido, pelo tempo que quisermos, ou vamos até uma bela e sossegada aldeia, bebemos um vinho da terra e ouvimos as meninas cantarem. O que acha?".

Ela ficou em silêncio e ele viu imediatamente a decepção em seu rosto. Ele riu.

"Bem, foi só uma ideia que tive, me perdoe. Você tem que se divertir e fazer o que lhe dá prazer, essa é a nossa única programação. Em dez minutos estaremos lá."

"Você não se interessa nem um pouco pelo jogo?", ela perguntou.

"Vamos ver, primeiro tenho que experimentar. O sentido disso ainda é um pouco obscuro para mim. Pode-se ganhar e perder dinheiro. Acho que existem emoções mais fortes."

"O dinheiro pelo qual se joga nem sempre é só o dinheiro. Para cada um é símbolo de alguma coisa, o que cada um ganha ou perde não é dinheiro, mas todos os sonhos e desejos que ele significa. Para mim, ele significa liberdade. Se eu tiver dinheiro, ninguém poderá mais me dar ordens. Vou viver como eu quiser. Vou dançar quando e onde e para quem eu quiser. Vou viajar para onde eu quiser."

Ele a interrompeu.

"Como você é criança, minha cara! Não existe essa liberdade, a não ser nos seus desejos. Se amanhã você ficar rica, livre e independente — depois de amanhã se apaixonará por um sujeito que lhe tomará o seu dinheiro ou cortará o seu pescoço durante a noite."

"Não diga coisas tão horríveis! Então: se eu fosse rica, talvez eu até vivesse de forma mais simples do que agora, mas faria isso porque me dá prazer, por vontade própria, e não por obrigação. Odeio ser obrigada! E, sabe, quando aposto o meu dinheiro, cada vez que ganho ou perco, estão em jogo todos os meus desejos, trata-se de tudo o que desejo e tem valor para mim, e isso me dá uma sensação que não é fácil de encontrar de outra maneira."

Enquanto Teresina falava, Klein olhava para ela sem prestar muita atenção em suas palavras. Sem saber, ele comparou o rosto dela com o da mulher com a qual sonhara na floresta.

Ele só tomou consciência disso quando o barco entrou na baía de Castiglione, pois a visão da placa de metal iluminada com o nome da estação o lembrou fortemente da placa de seu sonho na qual estava escrito "Lohengrin" ou "Wagner". Era uma placa exatamente como aquela, do mesmo tamanho, com o mesmo tom de cinza e branco, a mesma iluminação chamativa. Era aquele o palco que o esperava? Ele encontraria Wagner ali? Então ele também achou que Teresina se parecia com a mulher do sonho, ou melhor, com as duas mulheres do sonho, uma que ele apunhalara com a faca, a outra que o estrangulara com suas garras. Um calafrio percorreu-o à flor da pele. Havia uma relação entre tudo aquilo? Ele estava mais uma vez sendo conduzido por espíritos desconhecidos? E para onde? Para Wagner? Para matar? Para morrer?

Ao desembarcarem, Teresina pegou-o pelo braço e assim, de braços dados, eles atravessaram o burburinho colorido do ancoradouro, depois a aldeia, e então entraram no cassino. Ali tudo se revestia daquela aura de improbabilidade meio instigante, meio cansativa que sempre adquirem os eventos de pessoas ambiciosas quando estão deslocados, longe das cidades, em paisagens tranquilas. As instalações eram grandes demais e novas demais, a luz abundante demais, os salões suntuosos demais e as pessoas animadas demais. Entre o grande vulto escuro das montanhas e o vasto, sereno lago, aquele pequeno e denso enxame de pessoas ávidas e supersaturadas se apinhava tão ansiosamente, como se não tivessem certeza de que ainda existiriam na próxima hora, como se a qualquer momento pudesse acontecer algo que as varresse da face da terra. De salões onde se ceava e se bebia champanhe jorrava a música melosa e piegas de um violino, nas escadas, entre palmeiras e fontes borbotoantes, brilhavam, confusamente misturados, arranjos de flores e roupas femininas, pálidos rostos masculinos sobre casacas abertas, criados azuis com botões dourados, muito atarefados, solícitos e bem informados, mulheres perfumadas de rostos meridionais, ardentes e pálidas, belas e doentes, e mulheres rudes do Norte, autoritárias e arrogantes, velhos cavalheiros como que saídos de ilustrações de Turguêniev e Fontane.

Klein se sentiu desconfortável e cansado assim que entraram nos salões. No grande salão de jogos, ele tirou do bolso duas notas de mil.

"E agora?", ele perguntou. "Vamos jogar juntos?"

"Não, não, isso não é bom. Cada um por si."

Ele deu a ela uma nota e pediu-lhe que o guiasse. Logo eles estavam junto a uma mesa de jogo. Klein pôs a sua nota em cima de um número, a roleta girou, ele não entendeu nada, apenas viu sua aposta ser recolhida e desaparecer. A coisa é rápida, ele pensou satisfeito, e quis sorrir para Teresina. Ela não estava mais ao seu lado. Ele a viu diante de outra mesa, trocando seu dinheiro. Ele foi até lá. Ela parecia pensativa, preocupada e muito atarefada como uma dona de casa.

Ele a acompanhou até uma outra mesa e a observou jogar. Ela conhecia o jogo e o acompanhava com grande atenção. Ela apostava pequenas somas, nunca mais do que cinquenta francos, ora aqui, ora ali, ganhava algumas vezes, guardava notas em sua bolsa bordada com pérolas, tirava notas novamente.

"Como está indo?", ele perguntou a certa altura.

Ela ficou zangada com a interrupção.

"Ah, deixe-me jogar! Eu vou ficar bem."

Logo ela mudou de mesa, ele a seguiu sem que ela o visse. Como ela estava tão ocupada e não parecia precisar dele para nada, ele se recolheu num banco de couro, que havia ali junto à parede. A solidão se abateu sobre ele. Ele mergulhou em reflexões sobre o seu sonho. Era muito importante entendê-lo. Talvez ele não tivesse mais desses sonhos muitas vezes, talvez eles fossem, como nos contos de fadas, avisos de espíritos bons: duas ou mesmo três vezes eles chamavam a atenção ou advertiam, e se a pessoa continuasse cega, o destino seguia seu curso e mais nenhum poder amigo intervinha. De tempos em tempos, ele olhava para Teresina e a via ora sentada, ora em pé junto a uma mesa, seus cabelos amarelos brilhavam muito claros entre os fraques.

Como estão durando os seus mil francos!, ele pensou entediado, comigo foi bem mais rápido.

Uma vez ela acenou com a cabeça para ele. Uma vez, depois de uma hora, ela se aproximou, encontrou-o ensimesmado e pôs a mão em seu braço.

"O que está fazendo aqui? Não está jogando?"

"Eu já joguei."

"Perdeu?"

"Perdi. Ah, mas não foi muito."

"Eu ganhei um pouco. Pegue do meu dinheiro."

"Obrigado, já basta por hoje. Você está contente?"

"Sim, está ótimo. Bem, vou voltar para lá. Ou já quer ir embora?"

Ela continuou a jogar, de vez em quando ele via seus cabelos brilhantes entre os ombros dos jogadores. Ele levou uma taça de champanhe para ela e também bebeu uma. Então se sentou novamente no banco junto à parede.

Como havia sido com as duas mulheres no sonho? Elas se pareciam com sua esposa e também com a mulher na hospedaria da aldeia, e também com Teresina. Ele não conhecia outras mulheres, fazia anos que não. Uma das mulheres ele esfaqueara, tomado de asco pelo seu rosto inchado e distorcido. A outra o atacara pelas costas e queria estrangulá-lo. O que havia de certo? O que era importante? Ele feriria sua esposa ou ela a ele? Ele morreria pelas mãos de Teresina ou ela pelas dele? Ele não podia amar uma mulher sem machucá-la e sem ser ferido por ela? Era a sua maldição? Ou era algo geral? Era assim para todo mundo? Todo amor era assim?

E o que o ligava àquela dançarina? O fato de amá-la? Ele amara muitas mulheres que nunca souberam disso. O que o ligava a ela, que estava ali envolvida com um jogo de azar como se fosse um negócio sério? Como ela era infantil em seu entusiasmo, em sua esperança, como era saudável, ingênua, quanta sede de viver ela tinha! O que ela pensaria se conhecesse o seu desejo mais profundo, o anseio de morte, a nostalgia por dissolução, por regresso ao colo de Deus! Talvez ela o amasse, sem hesitar, talvez fosse viver com ele — mas seria diferente de como havia sido com sua mulher?

Ele não estaria sempre só, sempre sozinho com seus sentimentos mais profundos?

Teresina o interrompeu. Ela parou ao seu lado e lhe entregou um maço de dinheiro.

"Guarde isto para mim, até depois."

Após algum tempo, ele não sabia se longo ou breve, ela veio outra vez e pediu o dinheiro de volta.

Ela está perdendo, ele pensou, graças a Deus! Tomara que termine logo.

Pouco depois da meia-noite, ela chegou, alegre e um pouco agitada. "Bem, vou parar. Coitado, você deve estar cansado. Vamos comer alguma coisa antes de voltar para casa?"

Num dos salões, eles comeram ovos com presunto e frutas e beberam champanhe. Klein despertou e ficou animado. A dançarina estava diferente, alegre e leve, docemente embriagada. Ela via e se lembrava de que era linda e estava usando roupas bonitas, ela sentia os olhares dos homens que flertavam das mesas vizinhas, e Klein também sentiu a transformação, viu-a novamente envolvida em charme e elegante sedução, ouviu novamente o som de provocação e sexo em sua voz, viu novamente suas mãos brancas e o pescoço subir em tons de pérola por entre as rendas.

"E você ganhou bastante?", ele perguntou com uma risada.

"Razoavelmente, ainda não foi a sorte grande. Deu uns cinco mil."

"Bem, já é um belo começo."

"Sim, naturalmente vou continuar, a próxima vez. Mas ainda não é o mais correto. Tem que ser de uma vez só, não gota a gota."

Ele quis dizer: "Então você precisaria não apostar gota a gota, mas tudo de uma vez" — mas, em vez disso, brindou com ela, à sorte grande, e riu e continuou a conversar.

Como ela era bonita, saudável e simples em sua alegria! Apenas uma hora antes, ela estava nas mesas de jogo, severa, preocupada, o cenho franzido, zangada, fazendo cálculos. Agora estava ali como se nunca tivesse tido uma preocupação, como se nada soubesse de dinheiro, jogo, negócios, como se conhecesse apenas alegria, luxo e flutuar sem esforço na superfície reluzente da vida. Tudo aquilo era verdade, era real? Ele também estava rindo, se divertindo, buscando amor e alegria com olhos sorridentes — mas ao mesmo tempo havia alguém dentro dele que não acreditava em nada daquilo, que observava tudo com escárnio e desconfiança. Com outras pessoas isso era diferente? Oh, sabia-se tão pouco, tão desesperadamente pouco sobre o ser humano! Na escola, eram ensinadas centenas de datas de batalhas ridículas e nomes de velhos reis ridículos, e nos jornais todos os dias havia artigos sobre impostos ou os Bálcãs, mas sobre o ser humano não se sabia nada! Se um sino não tocava, se um fogão fazia fumaça, se uma engrenagem emperrava numa máquina, sabia-se imediatamente onde procurar e se fazia isso com presteza, encontrava-se o dano e sabia-se como repará--lo. Mas a coisa em nós, a mola secreta, que dá sentido à vida, a única coisa que em nós vive por si só, que é capaz de sentir prazer e dor, desejar felicidade, sentir felicidade — era uma incógnita, dela nada se sabia, e quando essa coisa adoecia não havia remédio. Não era uma loucura?

Enquanto ele bebia e ria com Teresina, essas perguntas emergiam e submergiam em outros distritos de sua alma, ora mais perto, ora mais longe da consciência. Tudo era duvidoso, tudo flutuava na incerteza. Se ele pelo menos soubesse de uma coisa: se essa insegurança, essa falta, esse desespero no meio da alegria, esse ter que pensar e ter que perguntar também existiam em outras pessoas, ou somente nele, no excêntrico Klein?

Ele encontrou uma coisa na qual se distinguia de Teresina, na qual ela era diferente dele: ela era infantil e primitivamente sã. Aquela garota, como todas as pessoas, e como ele próprio fizera antes, sempre contava instintivamente com o futuro, com amanhã e depois de amanhã, com continuidade. Do contrário, como ela poderia jogar e levar o dinheiro tão a sério? E nisso, ele sentia profundamente, as coisas com ele eram diferentes. Para ele, sempre atrás de cada sentimento e pensamento, estava aberto o portão que levava ao nada. Sim, ele tinha medo, era verdade, medo de muitas coisas, da loucura, da polícia, da insônia e também da morte. Mas ao mesmo tempo desejava e ansiava tudo aquilo de que sentia medo — ele ardia de curiosidade e desejo por sofrimento, por dissolução, por perseguição, por loucura e morte.

"Estranho mundo", ele disse para si mesmo, referindo-se não ao mundo ao seu redor, mas a essa natureza interior. Conversando, eles deixaram para trás o salão e o cassino e, sob a pálida luz dos lampiões, chegaram à margem adormecida do lago, onde tiveram que acordar o barqueiro. Demorou um pouco até que o barco pudesse partir, e os dois ficaram esperando lado a lado, de repente transportados como se por magia da abundância de luz e da festividade colorida do cassino para o silêncio escuro da margem deserta, ainda com o riso nos lábios ardentes e já tocados pelo frio da noite, pela proximidade do sono e pelo medo da solidão. Ambos sentiam a mesma coisa. De repente, estavam de mãos dadas, sorrindo perdidos e embaraçados na escuridão, brincando com dedos trêmulos na mão e no braço um do outro. O barqueiro chamou, eles embarcaram, sentaram-se na cabine, e ele, num ímpeto vigoroso, trouxe a pesada cabeça loira para junto de si e para o ardor que irrompia de seus beijos. Resistindo por um momento, ela se endireitou e perguntou: "Vamos voltar aqui em breve?".

No meio da excitação do amor, ele teve que rir secretamente. Ela ainda estava pensando no jogo, queria voltar e prosseguir com seus negócios.

"Quando você quiser", ele disse em tom sedutor, "amanhã e depois de amanhã e todos os dias que você quiser."

Quando sentiu os dedos dela brincando em sua nuca, perpassou-o a lembrança da terrível sensação de quando a mulher vingativa cravara as unhas em seu pescoço no sonho.

"Agora o certo seria ela me matar de repente", ele pensou arrebatado, "ou eu a ela."

Enquanto envolvia seu seio com a mão tateante, ele riu em silêncio. Teria sido impossível distinguir entre dor e prazer. Mesmo a volúpia, o desejo faminto pelo abraço com aquela mulher bela e forte quase não se distinguia do medo, ele a desejava como um condenado deseja a guilhotina. As duas coisas estavam presentes, desejo ardente e dor inconsolável, ambas ardiam, ambas brilhavam como estrelas febris, ambas aqueciam, ambas matavam.

Teresina esquivou-se habilidosamente de uma carícia muito ousada, segurou as duas mãos dele com força, aproximou seus olhos dos dele e sussurrou com um ar ausente: "Que tipo de pessoa você é? Por que eu o amo? Por que me sinto atraída por você? Você já é velho e não é bonito — como pode ser? Ouça, acho que você é um criminoso. Você não é? O seu dinheiro não é roubado?".

Ele tentou se soltar: "Não fale, Teresina! Todo dinheiro é roubado, toda posse é injusta. Isso é importante? Todos somos pecadores, todos somos criminosos, já porque vivemos. Isso é importante?".

"Ah, o que é importante?", ela disse, trêmula.

"Importante é que bebamos este copo", disse Klein lentamente, "nada mais é importante. Talvez ele não volte nunca mais. Você quer vir dormir comigo ou posso ir para a sua casa?"

"Venha comigo", ela disse em voz baixa. "Tenho medo de você, e ao mesmo tempo preciso estar com você. Não me conte o seu segredo! Não quero saber de nada!"

O silenciar do motor a despertou, ela se soltou, alisou com as mãos os cabelos e a roupa. O barco se aproximou suavemente do píer, as luzes das lanternas se estilhaçavam na água preta. Eles desembarcaram.

"Espere, minha bolsa!", Teresina exclamou depois de dez passos. Ela correu de volta até o píer, entrou no barco, encontrou a bolsa com o dinheiro sobre as almofadas, jogou uma das notas para o barqueiro que a observara desconfiado e correu para os braços de Klein, que a esperava no cais.

5

O verão começara de repente; em dois dias quentes, ele transformara o mundo, aprofundara as florestas, enfeitiçara as noites. Quentes, as horas açodavam umas às outras, o sol percorria com rapidez seu semicírculo flamejante, as estrelas o seguiam velozes e precipitadas, a febre de viver ardia em picos, uma pressa ávida e silenciosa acossava o mundo.

Houve uma noite em que a dança de Teresina no salão do balneário foi interrompida por uma tempestade furiosa e estrondeante. Luzes se apagavam, rostos atônitos sorriam no clarão branco dos relâmpagos, mulheres gritavam, garçons vociferavam, janelas arrebentavam no temporal.

Klein imediatamente arrastara Teresina até a mesa onde estava sentado ao lado do velho comediante.

"Esplêndido!", ele disse. "Vamos embora. Você não está com medo, está?"

"Não, medo não. Mas hoje não vou deixá-lo ir para a minha casa. Faz três noites que você não dorme e está com um aspecto horrível. Leve-me para casa e depois vá dormir no seu hotel! Tome Veronal se precisar. Você está vivendo como um suicida."

Eles foram, Teresina com a capa emprestada de um garçom, pelas ruas esvaziadas, em meio a ventania e relâmpagos e uivantes redemoinhos de poeira; sonoros e exultantes, trovões carregados ribombavam na noite revolta; de repente a chuva desabou, espargindo-se sobre o calçamento, mais e mais cheia com o choro redentor das furiosas bátegas nas copas das árvores adensadas pelo verão.

Encharcados e tiritantes, eles entraram no apartamento da dançarina, Klein não foi para o hotel, não se falou mais sobre isso. Com suspiros de alívio, eles entraram no quarto, despiram rindo as roupas ensopadas, através da janela gritava estridente a luz dos relâmpagos, nas acácias vento e chuva agitavam até não poder mais.

"Ainda não voltamos a Castiglione", Klein riu zombeteiro. "Quando iremos novamente?"

"Nós voltaremos, pode ter certeza. Você está entediado?"

Ele a estreitou junto a si, ambos vibravam em ardor febril, e o clarão dos relâmpagos refulgia em suas carícias. O ar úmido refrescado entrava pela janela em lufadas com um cheiro acre de folhas e um cheiro de terra abafado. Após a luta amorosa, ambos adormeceram rapidamente. No travesseiro, o rosto escavado dele repousava ao lado do rosto viçoso dela, os cabelos dele, ralos e secos, ao lado dos cabelos cheios e exuberantes dela. Diante da janela, a tormenta noturna ardeu em suas últimas chamas, cansou e se apagou, a tempestade adormeceu, apaziguada, uma chuva silenciosa escorria nas árvores.

Pouco depois da uma hora, Klein, que não sabia mais o que era um sono longo, acordou de um opressivo e sufocante labirinto de sonhos, com a cabeça devastada e os olhos doloridos. Ele ficou deitado por um tempo, imóvel, os olhos abertos, tentando se lembrar de onde estava. Era noite, alguém respirava ao seu lado, ele estava no quarto de Teresina.

Lentamente, ele se sentou na cama. Os tormentos haviam recomeçado, mais uma vez ele estava fadado a ficar sozinho, deitado por horas e horas, dor e medo no coração, sofrendo sofrimentos inúteis, pensando pensamentos inúteis, preocupando-se com preocupações inúteis. Sentimentos pesados e opressivos do sonho que o despertara o perseguiam, asco e horror, fastio, desprezo por si mesmo.

Ele tateou no escuro e acendeu a luz. A claridade fria esparramou-se no travesseiro branco, nas cadeiras cheias de roupas; o buraco negro da janela estava suspenso na parede estreita. Uma sombra cobria o rosto de Teresina, que estava virado para o outro lado, sua nuca e seus cabelos brilhavam muito claros.

Antigamente, às vezes, ele também via a sua mulher deitada assim, também ficava por um tempo deitado ao seu lado sem dormir, invejando o seu sono, como se a sua respiração contente e saciada escarnecesse dele. Nunca ninguém estava tão abandonado, tão completamente abandonado por seu próximo do que quando este dormia! E, mais uma vez, como muitas outras, ele se lembrou da imagem de Jesus sofrendo no jardim de Getsêmani, quando o medo da morte quer sufocá-lo, mas seus discípulos dormem, dormem.

Ele puxou suavemente o travesseiro, junto com a cabeça adormecida de Teresina, para mais perto de si. Então ele viu o seu rosto, tão estranho no sono, tão completamente consigo mesmo, tão completamente afastado dele. Um ombro e um seio estavam nus; sob o lençol, o ventre arqueava-se mansamente a cada respiração. Engraçado, ele pensou, como nas declarações de amor, em poemas, em cartas apaixonadas, sempre, sempre se falava de doces lábios e bochechas e nunca de barriga ou de perna! Uma falsidade! Uma falsidade! Ele contemplou Teresina por um longo tempo. Com aquele corpo bonito, com aqueles seios e pernas alvas, saudáveis, fortes e bem cuidadas, ela ainda o seduziria e o envolveria muitas vezes e obteria prazer dele, e depois se deitaria e dormiria seu sono profundo e saciado, sem dores, sem angústia, sem pressentimentos, bela e impassível e ignorante como um bicho são. E ele se deitaria ao seu lado, sem dormir, com nervos trêmulos, o coração torturado. Ainda muitas vezes? Ainda muitas vezes? Oh, não, não muitas vezes mais, não tantas vezes mais, talvez nem uma vez mais! Ele estremeceu. Não, ele sabia: nem uma vez mais!

Com um gemido, ele comprimiu o polegar em sua órbita ocular, onde, entre o olho e a testa, estava localizada aquela dor infernal. Wagner também devia ter sentido aquela dor, o professor Wagner. Ele certamente a sentira, aquela dor insana, durante anos, e a suportara e sofrera, pensando, em seu martírio, em seu inútil martírio, amadurecer com isso e se aproximar de Deus. Até que um dia não conseguiu mais suportar — assim como ele, Klein, não conseguia mais. A dor era o de menos, mas os pensamentos, os sonhos, os pesadelos! Então uma noite Wagner se levantara e vira que não havia sentido em noites e mais noites cheias de tormento como aquela, que com isso não chegaria a Deus, e fora buscar a faca. Talvez tivesse sido inútil, talvez matar tivesse sido tolo e ridículo da parte de Wagner. Quem não conhecia o seu sofrimento, quem não havia sentido a sua dor não era capaz de entender.

Ele mesmo, recentemente, num sonho, apunhalara uma mulher porque seu rosto desfigurado lhe era insuportável. Na verdade, qualquer rosto que se amasse era desfigurado e cruelmente irritante quando parava de mentir, quando se calava, quando dormia. Então se olhava atentamente para ele e não se via amor, e também no próprio coração não se encontrava amor, quando se examinava a fundo. Nele havia apenas sede de viver e medo, e por medo, por causa do estúpido medo infantil do frio, da solidão, da morte, as pessoas corriam umas para as outras, beijavam-se, abraçavam-se, trocavam carícias, esfregavam bochecha com bochecha, juntavam perna com perna, punham novas pessoas no mundo. Assim eram as coisas. Assim, um dia, ele tinha ido até sua mulher. Assim, um dia, no começo de seu caminho atual, a mulher do taverneiro numa aldeia fora até ele num quarto de pedras nuas, descalça e silenciosa, impelida pelo medo, pela sede de viver, pela necessidade de consolo. Assim ele fora até Teresina, e ela até ele. Era sempre o mesmo impulso, o mesmo desejo, o mesmo mal-entendido. Era sempre a mesma desilusão, a mesma dor cruel. Acreditava-se estar próximo de Deus, e tinha-se uma mulher nos braços. Acreditava-se ter alcançado harmonia, e somente tinha-se jogado sua culpa e miséria para um distante ser futuro! Tomava-se uma mulher nos braços, beijava-se a sua boca, acariciava-se o seu seio e gerava-se um filho com ela, e um dia esse filho, atingido pelo mesmo destino, também se deitaria à noite ao lado de uma mulher e também despertaria da embriaguez e, com olhos doloridos, olharia para o abismo e amaldiçoaria tudo. Insuportável pensar até o fim!

Ele olhou com atenção para o rosto adormecido da mulher, o ombro e o peito, os cabelos amarelos. Tudo isso o encantara, o iludira, o seduzira, tudo isso lhe dera a ilusão de prazer e felicidade. Agora tudo chegara ao fim, estava na hora do acerto de contas. Ele entrara no Teatro Wagner, percebera por que todo rosto, tão logo acabasse a ilusão, era tão desfigurado e insuportável.

Klein levantou-se da cama e foi procurar uma faca. Quando saía furtivamente do quarto, roçou nas meias longas marrom-claras de Teresina — com isso lhe veio à mente num rápido lampejo o momento em que a vira pela primeira vez, no parque, e como o primeiro estímulo emanara de seu andar e de seu sapato e da meia esticada. Ele riu baixinho, como se maldosamente, e pegou as roupas de Teresina, peça por peça, apalpou-as e deixou-as cair no chão. Então continuou a procurar, esquecendo-se de tudo por momentos. Seu chapéu estava em cima da mesa, ele o pegou sem pensar, girou-o, sentiu que estava molhado e o pôs na cabeça. Na janela, ele parou, olhou para a escuridão, ouviu a chuva cantar, ela soava como se viesse de outros tempos, já passados. O que tudo aquilo queria dele, janela, noite, chuva — de que lhe importava o velho livro de figuras da sua infância?

De repente, ele parou. Pegara um objeto de cima da mesa e olhava para ele. Era um espelho oval com um cabo de prata, e o rosto que olhava para ele do espelho pareceu-lhe o rosto de Wagner, um rosto louco e desfigurado, com cavidades profundas, sombrias e traços distorcidos, arruinados. Era estranho como agora acontecia tantas vezes de ele de repente se ver num espelho, e ele teve a sensação de que havia passado décadas sem olhar para um. Isso também lhe pareceu fazer parte do Teatro Wagner.

Ele parou e olhou longamente no espelho. O rosto do antigo Friedrich Klein estava gasto e acabado, já dera o que tinha que dar, de cada ruga gritava degradação. Aquele rosto tinha que desaparecer, tinha que se extinguir. Era muito velho aquele rosto, ele já refletira muitas coisas, coisas demais, muita mentira, muito engano, já tomara muita chuva e muita poeira. Ele já fora liso e belo, Klein então o amara, cuidara dele e tivera alegrias com ele, e muitas vezes o odiara também. Por quê? Ele não conseguia entender nenhuma das duas coisas.

E por que ele estava ali agora, naquele pequeno quarto estranho, no meio da noite, com um espelho na mão e um chapéu molhado na cabeça, um estranho bufão — o que ele estava fazendo? O que queria? Sentou-se na beira da mesa. O que ele queria? O que estava procurando? Ele não estava procurando alguma coisa, uma coisa muito importante?

Ah, sim, uma faca.

De repente, tremendamente abalado, ele se ergueu de um salto e correu até a cama. Inclinou-se sobre o travesseiro, viu a jovem dormindo sobre os cabelos amarelos. Ela ainda estava viva! Ele ainda não o fizera! Um calafrio de horror o percorreu. Meu Deus, estava ali agora! Havia chegado a hora, e agora estava acontecendo o que ele vira muitas e muitas vezes, nos seus momentos mais terríveis. Agora estava ali. Agora ele, Wagner, estava de pé junto à cama de uma mulher adormecida, e procurava a faca! — Não, ele não queria. Não, ele não estava louco. Graças a Deus, ele não estava louco! Agora estava tudo bem. Uma grande paz lhe sobreveio. Lentamente, ele vestiu suas roupas, as calças, o casaco, os sapatos. Agora estava tudo bem. Quando quis ir mais uma vez até a cama, sentiu algo macio sob o pé. Eram as roupas de Teresina que estavam ali, no chão, as meias, o vestido cinza-claro. Ele as recolheu com cuidado e as pôs em cima da cadeira.

Ele apagou a luz e saiu do quarto. Diante da casa, escorria uma chuva silenciosa e fria, não havia luz em parte alguma, nem pessoas, nem som, somente a chuva. Ele virou o rosto para cima e deixou a chuva escorrer pela sua testa e pelas bochechas. Nenhum pedaço de céu. Como estava escuro! Ele teria gostado tanto, tanto de ver uma estrela.

Ele andou calmamente pelas ruas, encharcado de chuva. Não encontrou ninguém em seu caminho, nem mesmo um cão, o mundo estava morto. Na margem do lago, ele foi de barco em barco, estavam todos bastante avançados no seco e amarrados firmemente com correntes. Só mais longe, já nos arrabaldes da cidade, encontrou um que estava atado frouxamente à corda e podia ser solto. Ele o desamarrou e encaixou os remos. Rapidamente a margem desapareceu, dissolvida no cinza como se nunca tivesse existido, no mundo ainda existia apenas cinza e preto e chuva, lago cinza, lago molhado, lago cinza, céu molhado, tudo sem fim.

Já longe, dentro do lago, ele recolheu os remos. Havia chegado a hora, e ele estava contente. No passado, em momentos em que morrer lhe parecera inevitável, sempre hesitara um pouco, adiara a coisa para amanhã, fizera mais uma tentativa de continuar a viver. Agora não era mais assim. O seu pequeno bote era ele agora, era a sua pequena vida, a sua vida limitada e artificialmente segura — mas, ao seu redor, toda a vastidão cinza era o mundo, era o cosmos e era Deus, não era difícil se deixar cair dentro dele, era fácil, era alegre.

Ele se sentou na borda do barco, virado para fora, os pés dentro d'água. Lentamente, inclinou-se para a frente, inclinou-se para a frente, até que o barco escorregou elasticamente atrás dele. Ele estava no cosmos. No pequeno número de instantes que ainda viveu a partir daí, condensou-se muito mais experiência do que nos quarenta anos anteriores, durante os quais ele se encaminhara para esse destino. Começou assim: no instante em que caiu, em que, pela duração de um raio, ficou suspenso entre a borda do barco e a água, ele viu que estava cometendo suicídio, uma infantilidade, algo que não era grave, mas ridículo e bastante tolo. O páthos do querer morrer e o páthos do próprio morrer se dissolveram, isso já não importava. Morrer não era mais necessário, agora já não mais. Era desejável, era belo e bem-vindo, mas não era mais necessário. A partir do instante, da relampejante fração de segundo em que, com todo o querer, com toda a renúncia a todo querer, em total entrega, ele se deixara cair do barco no colo da mãe, nos braços de Deus — a partir desse instante, morrer não tinha mais importância. Era tudo tão fácil, sim, era tudo tão maravilhosamente fácil, não havia mais abismos, não havia mais dificuldades. Toda a arte consistia em se deixar cair! Clara e luminosamente, isso perpassava todo o seu ser, como o resultado de sua vida: deixar-se cair! Uma vez feito isso, uma vez que se tivesse renunciado, se deixado levar, se entregado, uma vez que se tivesse desistido de todo apoio e chão firme sob os pés, quando se ouvisse unicamente o guia no próprio coração, tudo estava ganho, tudo estava bem, não havia mais medo, não havia mais perigo.

Isso fora alcançado, a grande, única coisa: ele se deixara cair! Não teria sido necessário se deixar cair na água e na morte, ele também poderia muito bem ter se deixado cair na vida. Mas isso não era nada de mais, não era importante. Ele viveria, ele regressaria. Mas então não precisaria mais de suicídio e de nenhum daqueles estranhos subterfúgios, de nenhuma daquelas tolices cansativas e dolorosas, pois ele teria superado o medo.

Um pensamento maravilhoso: uma vida sem medo! Vencer o medo era a bem-aventurança, era a redenção. Quanto medo ele tivera durante toda a sua vida, e agora, agora que a morte já apertava sua garganta, ele não sentia mais nada disso, nenhum medo mais, nenhum pavor, apenas sorriso, apenas redenção, apenas concórdia. Agora, de repente, ele sabia o que era o medo e que somente quem o reconhecesse poderia vencê-lo.

Tinha-se medo de mil coisas, da dor, de juízes, do próprio coração, tinha-se medo de dormir, medo de acordar, de ficar sozinho, do frio, da loucura, da morte — especialmente da morte. Mas tudo eram apenas máscaras e disfarces. Na realidade, havia uma única coisa da qual se tinha medo: de se deixar cair, do passo rumo ao incerto, do pequeno passo para além de todas as garantias que existiam. E quem se entregasse uma vez, uma única vez, quem exercesse a grande confiança e se entregasse ao destino alcançava a libertação. E então não obedeceria mais às leis terrenas, cairia no cosmos e faria parte da ciranda das estrelas. Assim era. Era tão fácil, qualquer criança podia entender, saber disso.

Ele não pensou isso como se pensam as ideias, ele viveu, sentiu, tateou, cheirou e saboreou tudo isso. Saboreou, cheirou, viu e compreendeu o que era a vida. Viu a criação do mundo, viu o fim do mundo, ambos permanentemente em movimento, em direções contrárias, tal duas expedições militares que se confrontassem, sem nunca chegar a um termo, sempre em marcha. O mundo nascia continuamente, morria continuamente. Cada vida era um sopro, exalado por Deus. Cada morte era um sorvo, inalado por Deus. Quem aprendesse a não resistir, a se deixar cair, morreria facilmente, nasceria facilmente. Quem resistisse padeceria o medo, morreria com dificuldade, relutaria em nascer.

Enquanto afundava, ele via o jogo do universo espelhado e representado na cinzenta escuridão chuvosa sobre o lago noturno: sóis e estrelas se levantavam, sóis e estrelas se punham, coros de pessoas e animais, espíritos e anjos encontravam-se frente a frente, cantavam, silenciavam, gritavam, cortejos de seres se confrontavam, cada qual desconhecendo a si mesmo, odiando a si mesmo e odiando e perseguindo a si mesmo em todos os outros seres. O anseio de todos era a morte, o descanso, seu objetivo era Deus, o retorno a Deus e a permanência em Deus. Esse objetivo criava medo, pois era um equívoco. Não havia permanência em Deus! Não havia descanso! Havia apenas o eterno, o eterno, glorioso, divino ser soprado e ser sorvido, criação e dissolução, nascimento e morte, partir e regressar, sem interrupção, sem fim. E por isso havia apenas uma arte, apenas uma ciência, apenas um segredo: deixar-se cair, não relutar contra a vontade de Deus, não se agarrar a nada, nem ao bem nem ao mal. Assim se encontraria redenção, assim se estaria livre do sofrimento, livre do medo, somente assim.

Sua vida se estendia à sua frente como uma paisagem com florestas, vales e aldeias vista do cume de uma alta montanha. Tudo era bom, simples e bom, e por causa do seu medo, da sua relutância, tudo se convertera em tormento e complicação, num terrível emaranhado de aflição e infelicidade! Não havia mulher sem a qual não se pudesse viver — e também não havia mulher com a qual não se pudesse viver. Não havia nada no mundo que não fosse tão belo, tão desejável, tão gratificante quanto o seu oposto! Era uma bênção viver, era uma bênção morrer, tão logo se estivesse sozinho no cosmos. Não havia paz vinda de fora, nem no cemitério, nem em Deus, nenhuma mágica capaz de interromper a eterna cadeia de nascimentos, a infinita sucessão dos sopros de Deus. Mas havia uma outra paz, que se podia encontrar dentro de si mesmo. Ela se chamava: deixar-se cair! Não relutar! Consentir em morrer! Consentir em viver!

Todas as figuras da sua vida estavam com ele, todas as faces do seu amor, todas as vicissitudes de seu sofrimento. Sua mulher estava pura e sem culpa como ele próprio, Teresina lhe sorria como uma criança. O assassino Wagner, cuja sombra se abatera tão largamente sobre a sua vida, olhava para ele com um sorriso grave, e esse sorriso dizia que o crime de Wagner também havia sido um caminho para a redenção, também ele fora um sopro, também ele fora um símbolo, e que assassinato e sangue e monstruosidades também não são coisas que existem de verdade, mas apenas valorações de nossa própria alma autotorturada. Com o crime de Wagner, ele, Klein, passara anos de sua vida rejeitando e aprovando, condenando e admirando, abominando e imitando, a partir desse assassinato ele criara infindáveis cadeias de sofrimento, de medo, de infelicidade. Por centenas de vezes, ele assistira cheio de medo à sua própria morte, vira a si mesmo morrer no cadafalso, sentira o corte da navalha em seu pescoço e a bala do revólver em sua têmpora — e agora que realmente estava morrendo a temida morte, era tão fácil, era tão leve, era triunfo e alegria! Não havia nada a temer no mundo, nada assustador — somente em ilusão criávamos todo o medo, todo o sofrimento, somente em nossa própria alma amedrontada eram engendrados bem e mal, valor e desvalor, desejo e pavor.

A figura de Wagner afundou ao longe. Ele não era Wagner, não mais, não havia Wagner, tudo havia sido ilusão. Que Wagner morresse então! Ele, Klein, viveria.

Água inundou sua boca, e ele bebeu. De todos os lados, por todos os sentidos, entrava água, tudo se dissolvia. Ele estava sendo inalado, estava sendo sorvido. Ao seu lado, apinhadas junto a ele, tão perto umas das outras quanto as gotas na água, flutuavam outras pessoas, Teresina flutuava, o velho cantor flutuava, sua ex-mulher flutuava, seu pai, sua mãe e sua irmã e milhares, milhares, milhares de outras pessoas, e também quadros e casas, a *Vênus* de Ticiano e a catedral de Estrasburgo, todos flutuavam, um após outro, colados um ao outro, num fluxo descomunal, impelido por necessidade, mais e mais depressa, vertiginosamente — e em direção contrária a esse gigantesco, vertiginoso fluxo de figuras vinha outro fluxo gigantesco, vertiginoso, uma torrente de rostos, pernas, barrigas, de animais, flores, pensamentos, assassinatos, suicídios, livros escritos, lágrimas choradas, próxima, próxima, cheia, cheia, olhos de crianças e cachos pretos e cabeças de peixes, uma mulher com uma faca comprida cravada no ventre ensanguentado, um homem jovem, parecido com ele próprio, o rosto cheio de paixão sagrada, e era ele mesmo, aos vinte anos, aquele Klein perdido de outrora! Que bom que também essa descoberta lhe ocorria: a de que não existia tempo! A única coisa que havia entre velhice e juventude, entre a Babilônia e Berlim, entre o bem e o mal, entre dar e receber, a única coisa que preenchia o mundo com diferenças, valorações, sofrimento, conflito, guerra era o espírito humano, o jovem impulsivo e cruel espírito humano no estado tempestuoso de juventude, ainda longe do saber, ainda longe de Deus. Ele inventava oposições, inventava nomes. Algumas coisas ele chamava de belas, algumas coisas de feias, essa era boa, aquela era ruim. Um pedaço da vida foi chamado de amor, outro de crime. Assim era esse espírito, jovem, tolo, cômico. Uma das suas invenções era o tempo. Uma invenção muito antiga, um instrumento sofisticado para se torturar ainda mais profundamente e tornar o mundo difícil e dúbio! O homem só estava separado de tudo o que desejava pelo tempo, somente pelo tempo, aquela incrível invenção! Ela era um dos apoios, uma das muletas que era preciso largar, sobretudo quando queria se libertar.

O fluxo cósmico de figuras continuou a jorrar, o que era sorvido por Deus, e o outro, na direção contrária, que era soprado. Klein viu seres que resistiam à corrente, que se sublevavam sob terríveis convulsões e criavam sofrimentos atrozes para si próprios: heróis, criminosos, loucos, pensadores, amantes, religiosos. Viu outros, iguais a ele, passarem leves e velozes, em fervorosa volúpia de entrega, de concórdia, bem-aventurados como ele. Do canto dos bem-aventurados e do interminável grito torturado dos infelizes ergueu-se, sobre os dois fluxos cósmicos, uma esfera diáfana ou cúpula de sons, uma catedral de música, no meio da qual estava Deus, no meio da qual estava um astro brilhante e reluzente, invisível em sua claridade refulgente, uma essência de luz, envolvida pelos bramidos da música dos coros cósmicos, em sua eterna rebentação.

Heróis e pensadores saíam do fluxo cósmico, profetas, apóstolos. "Eis o Deus, o Senhor, e o seu caminho leva à paz", exclamou um, e muitos o seguiram. Outro anunciou que o caminho de Deus levava à luta e à guerra. Um o chamou de luz, outro o chamou de noite, um de pai, outro de mãe. Um o exaltou como serenidade, outro como movimento, como fogo, como frio, como juiz, como consolo, como criador, como destruidor, como perdão, como vingança. O próprio Deus não se nomeou. Ele queria ser nomeado, ser amado, queria ser louvado, amaldiçoado, odiado, adorado, pois a música dos coros cósmicos era seu templo e sua vida — mas lhe era indiferente com que nome era louvado, se era amado ou odiado, se nele buscavam descanso e sono ou dança e embriaguez. Todos podiam procurar. Todos podiam encontrar.

Agora Klein ouvia a própria voz. Ele cantava. Com uma nova voz, potente, clara, ressonante, ele cantava alto, cantava alto e sonoro a glória de Deus, o louvor a Deus. Ele cantava num vertiginoso mergulho em meio aos milhões de criaturas, um profeta e apóstolo. Sua canção ecoava fortemente, a abóbada dos sons se elevava às alturas, dentro dela, radiante, estava Deus. Caudalosos, os fluxos corriam para ele.

(1919)

O último verão de Klingsor

Preâmbulo

O pintor Klingsor passou o último verão de sua vida, com a idade de quarenta e dois anos, na região meridional próxima a Pampambio, Kareno e Laguno, da qual gostava muito e que já visitara com frequência em anos anteriores. Ali surgiram seus últimos quadros, aquelas paráfrases livres das formas do mundo fenomenal, aquelas estranhas pinturas, radiantes de luz e ainda assim silenciosas, de um silêncio onírico, com árvores curvadas e casas com formas vegetais, que os conhecedores preferem às do seu período "clássico". Naquela época, sua paleta se reduzia a poucas cores muito luminosas: amarelo e vermelho cádmio, verde-veronese, esmeralda, cobalto, violeta cobalto, cinabre francês e verniz gerânio.

A notícia da morte de Klingsor tomou seus amigos de surpresa e assombro no fim do outono. Algumas de suas cartas continham presságios ou desejos de morte. Disso podem ter se originado os rumores de que ele havia tirado a própria vida. Outros rumores, como os que costumam cercar um nome controverso, não são menos infundados do que esse. Muitos afirmam que Klingsor já estava mentalmente enfermo havia meses, e um crítico de arte não muito perspicaz tentou explicar o desconcertante e extático em seus últimos quadros com essa suposta loucura! Mais fundamentada do que esses boatos era a lenda, povoada de anedotas, sobre a propensão de Klingsor para a bebida. De fato, existia nele essa propensão, e ninguém a mencionava mais abertamente e sem subterfúgios do que ele mesmo.

Em certas fases, e entre elas também os últimos meses de sua vida, ele não apenas tinha prazer em se embriagar com frequência, como também buscava conscientemente no vinho o anestésico para as suas dores e para uma melancolia que muitas vezes lhe era difícil de suportar.

Li Tai Po, o poeta das mais efusivas canções ébrias, era o seu favorito e, quando embriagado, ele costumava chamar a si mesmo de Li Tai Po e a um de seus amigos de Tu Fu.

Suas obras continuam vivas, e não menos viva também está, no pequeno círculo dos seus amigos mais próximos, a lenda de sua vida e daquele último verão.

Klingsor

Um ardente e efêmero verão havia começado. Os dias quentes, por longos que fossem, extinguiam-se como bandeiras incendiadas; às curtas e abafadas noites de lua seguiam-se curtas e abafadas noites de chuva; velozes como sonhos e repletas de imagens, consumiam-se em febre as semanas resplandecentes. Depois de meia-noite, de volta de uma caminhada noturna, Klingsor estava na estreita sacada de pedra de seu ateliê. Abaixo dele, mergulhava profunda e vertiginosamente, permeado de sombras escuras, o velho jardim em terraços, uma profusão de densas copas de árvores, palmeiras, cedros, castanheiras, árvore-de-judas, faia de sangue, eucalipto, percorridas por trepadeiras, lianas, glicínias. Acima do negro das árvores, cintilavam em pálidos reflexos as grandes folhas metálicas das magnólias estivais; no meio delas, semidesabrochadas, gigantescas flores brancas como a neve, grandes como cabeças humanas, pálidas como lua e marfim, das quais emanava, penetrante e vívido, um intenso perfume de limão. De uma distância indefinida, com asas cansadas, vinha música pelo ar, talvez de um violão, talvez de um piano, não se distinguia. Nos viveiros das aves, de repente um pavão gritou, duas e três vezes, rompeu a noite selvática com o som curto, bruto e áspero de sua voz atormentada, como se o sofrimento de todo o reino animal ecoasse bravio e estridente das profundezas. Luz de estrelas se derramava pelo vale florestal; alta e abandonada, uma capela branca espiava, velha e encantada, de dentro da floresta sem fim. Lago, montanhas e céu fundiam-se na distância.

Klingsor estava na sacada, em mangas de camisa, os braços nus apoiados na balaustrada de ferro, e lia meio indisposto, com olhos quentes, a escrita das estrelas no céu pálido e das luzes suaves na negra, densa nuvem das árvores. O pavão o lembrou. Sim, era tarde outra vez, noite alta, e agora ele deveria dormir, sem falta, custasse o que custasse. Se dormisse realmente uma série de noites, por seis ou oito horas bem dormidas, talvez ele pudesse se recuperar, então os olhos voltariam a ser obedientes e a ter paciência, e o coração se acalmaria e as têmporas não doeriam mais. Mas então aquele verão teria terminado, aquele magnífico tremeluzente sonho de verão e, com ele, mil copos não bebidos teriam sido derramados, mil olhares de amor não vistos quebrados, mil imagens irrecuperáveis apagadas sem terem sido vistas!

Ele deitou a testa e os olhos doloridos na fria balaustrada de ferro, isso o refrescou por um momento. Em um ano talvez, ou mais cedo, aqueles olhos estariam cegos, e o fogo em seu coração, extinto. Não, ninguém podia suportar por muito tempo aquela vida flamejante, nem mesmo ele, nem mesmo Klingsor, que tinha dez vidas. Ninguém podia, por um longo período, dia e noite, ter todas as suas luzes acesas, todos os seus vulcões ativos, ninguém podia, por mais do que um curto período, arder em chamas dia e noite, todos os dias muitas horas de trabalho fervoroso, todas as noites muitas horas de pensamentos fervorosos, sempre desfrutando, sempre criando, sempre com todos os sentidos e nervos claros e vigilantes como um castelo atrás de cujas janelas, todas elas, dia após dia, soasse música e, noite após noite, brilhassem mil velas. É preciso haver um fim, já muita força se esvaiu, muita vista se estragou, muita vida já sangrou.

De repente, ele riu e se ergueu. Deu-se conta de como muitas outras vezes já se sentira assim, muitas outras vezes já pensara assim, receara assim. Em todos os bons, fecundos, ardorosos momentos de sua vida, já na juventude, ele vivera assim, queimando a sua vela nas duas pontas, com um sentimento ora exultante, ora soluçante de desperdício exacerbado, de consumação, com uma avidez desesperada por esvaziar completamente o copo e com um profundo, secreto medo do fim. Ele já vivera assim muitas vezes, já esvaziara o copo muitas vezes, já ardera em chamas muitas vezes. Em algumas delas, o fim havia sido brando, como uma queda inconsciente num longo e profundo sono. Em outras, fora terrível, desolação imensa, dores insuportáveis, médicos, renúncia triste, triunfo da fraqueza. E realmente a cada vez o fim do período inflamado era pior, mais triste, mais devastador. Mas também sempre havia superação e, depois de semanas ou meses, depois de dor ou entorpecimento, vinha a ressurreição, uma nova chama, uma nova erupção de fogos subterrâneos, novas obras mais fervorosas, uma nova sensação de vida, mais brilhante e inebriante. Era assim que acontecia, e os momentos atormentados e malsucedidos, os terríveis períodos intermediários ficavam esquecidos e submersos. Era bom assim. As coisas aconteceriam como em tantas outras vezes.

Sorrindo, pensou em Gina, que ele vira naquela noite, com a qual seus pensamentos amorosos haviam brincado durante todo o escuro caminho de volta para casa. Como era bela e calorosa aquela garota em seu ardor ainda tímido e inexperiente!

Com humor e ternura, ele disse a si mesmo, como se sussurrasse ao seu ouvido mais uma vez: *"Gina! Gina! Cara Gina! Carina Gina! Bella Gina!"*.

Ele voltou para a sala e acendeu a luz. De uma pequena e desordenada pilha de livros, tirou um volume vermelho de poemas; um poema lhe viera à mente, uma estrofe de um poema que lhe parecia indescritivelmente belo e amoroso. Ele procurou por longo tempo, até que o encontrou:

Não me abandones ao penoso negrume
Minha amada, meu rosto na lua cheia!
Ó meu fósforo, meu facho, meu lume
Meu sol, minha luz que encandeia!*

Com um prazer profundo, ele sorveu o vinho escuro dessas palavras. Como era belo, ardente, encantador o verso: Ó meu fósforo, meu facho, meu lume! E também: Meu rosto na lua cheia!

Sorrindo, ele andou de um lado para outro diante das janelas altas, disse os versos, exclamou-os para a distante Gina: "Ó meu rosto na lua cheia!", e sua voz ficou embargada de ternura.

Então ele abriu a pasta que, após o longo dia de trabalho, ainda carregara consigo por toda a noite. Tirou de dentro dela o caderno de esboços, o pequeno, seu favorito, e procurou as últimas páginas, de ontem e de hoje. Ali estava o pico com as sombras profundas dos rochedos; ele o modelara muito perto de um rosto grotesco, a montanha parecia gritar, a boca escancarada de dor. Ali estava a pequena fonte de pedra, um semicírculo na encosta da montanha, o arco de alvenaria, preenchido por sombras pretas, em cima uma romãzeira em flor ardendo sanguínea. Tudo isso apenas para ele ler, uma escrita secreta apenas para si, anotação rápida e ávida do momento,

---

* Versos de J. W. Goethe (1749-1832) em *O divã oriental-ocidental* (1819).

lembrete feito às pressas do instante em que a natureza e o coração soaram em uníssono mais uma vez. E agora os estudos
de cor, maiores, folhas brancas com luminosas superfícies coloridas aquareladas: a casa vermelha na mata, refulgindo em
brasa como um rubi em veludo verde, e a ponte de ferro em
Castiglia, vermelha sobre fundo de montanha verde-azulado,
a represa violeta ao lado, a estrada cor-de-rosa. Na sequência:
a chaminé da olaria, foguete vermelho sobre o verde-claro frio
das árvores, placa de caminho azul, céu violeta-claro com a nuvem espessa como que aplainada. Essa folha era boa, podia ficar. Era uma pena a entrada dos estábulos, o marrom-vermelho
contra o céu de aço estava certo, isso falava e soava; mas estava inacabado, o sol brilhara na folha e lhe causara dores ab-
surdas nos olhos. Depois ele banhara por bastante tempo o
rosto num regato. Bem, o vermelho-marrom diante do mau
azul-metálico estava ali, isso era bom, nenhum pequeno matiz
ou a mínima vibração deturpada ou malsucedida. Sem o *caput
mortuum*,* não teria sido possível resolver isso. Era ali, nesse
campo, que estavam os segredos. As formas da natureza, o seu
acima e abaixo, o seu grosso e fino podiam ser deslocados, o
pintor podia renunciar a todos os meios convencionais com os
quais se imita a natureza. Também as cores podiam ser adulte-
radas, sem dúvida, elas podiam ser intensificadas, abrandadas,
transpostas de mil maneiras. Mas se alguém quisesse reescre-
ver com tinta um pedaço da natureza, era importante que as
poucas cores reproduzissem precisamente, na mesma exata
proporção, a relação que têm umas com as outras na natureza.
Aqui ele continuava dependente, aqui ele permanecia naturalista, ainda, mesmo se usasse laranja em vez de cinza e verniz
de alizarina em vez de preto.

---

* Pigmento ocre artificial marrom-arroxeado.

Lá se fora mais um dia, e o rendimento havia sido escasso. A folha com a chaminé da fábrica e o tom azul-avermelhado na outra página e talvez o esboço com a fonte. Se amanhã o céu estivesse encoberto, ele iria para Carabbina; lá havia o galpão com as lavadeiras. Talvez chovesse de novo, então ele ficaria em casa e começaria o quadro do regato a óleo. E agora para a cama! Já passava da uma hora. No quarto, ele arrancou a camisa, jogou água sobre os ombros, fazendo-a respingar no chão de pedra vermelha, pulou para a cama alta e apagou a luz. Pela janela, o pálido monte Salute espiava dentro do quarto, mil vezes Klingsor lera as suas formas da cama. Um grito de coruja lá fora no abismo da floresta, profundo e oco, como sono, como esquecimento.

Ele fechou os olhos e pensou em Gina, e no galpão com as lavadeiras. Deus do céu, tantos milhares de coisas que esperavam, tantos milhares de copos oferecidos! Nem uma só coisa na face da terra que não devesse ser pintada! Nem uma só mulher no mundo que não devesse ser amada! Por que havia tempo?! Por que sempre apenas esse estúpido *um de cada vez* e nunca o *ao mesmo tempo* arrebatado e satisfatório? Por que ele estava novamente deitado sozinho na cama, como um viúvo, como um ancião? Durante toda a curta vida era possível gozar, era possível criar, mas apenas se cantava canção por canção, nunca a sinfonia completa soava com todas as centenas de vozes e instrumentos ao mesmo instante.

Muito tempo antes, com a idade de doze anos, ele era o Klingsor das dez vidas. Havia então entre os meninos uma brincadeira de bandidos, e cada um dos bandidos tinha dez vidas, das quais perdia uma a cada vez que era tocado pela mão do perseguidor ou pela flecha. Com seis, com três, com uma única vida ainda era possível fugir e se libertar, só na décima estava tudo perdido. Mas ele, Klingsor, tinha como ponto de honra escapar incólume, com todas as suas dez vidas, e considerava humilhante terminar com nove, com sete. Assim ele fora quando menino, naquela época fantástica em que nada no mundo era impossível, nada no mundo era difícil, todos amavam Klingsor, Klingsor comandava a todos, tudo pertencia a Klingsor. E assim ele seguira pela vida e sempre vivera com suas dez vidas. E embora nunca tivesse alcançado a saciedade, jamais tivesse tocado toda a vibrante sinfonia — sua música nunca fora pobre e monótona, ele sempre tivera algumas cordas a mais para tocar do que outros, alguns ferros a mais no fogo, alguns táleres a mais na algibeira, alguns cavalos a mais na carruagem! Graças a Deus!

Quão cheio e pulsante soava o escuro silêncio do jardim ali dentro, como respiração de uma mulher dormindo! Como gritava o pavão! Como ardia o fogo no peito, como batia o coração, e gritava e sofria e exultava e sangrava. Mas o verão era bom ali no alto em Castagnetta; era magnífico viver em sua velha e nobre ruína, era magnífico contemplar do alto a encosta recortada por centenas de castanhais, era bom de vez em quando descer sofregamente daquele velho e nobre mundo de floresta e castelo e ver o alegre e colorido brinquedo lá embaixo e pintá-lo em sua boa, alegre estridência: a fábrica, a ferrovia, o bonde azul, as colunas de cartazes no cais, os pavões empertigados, mulheres, sacerdotes, automóveis. E quão belo e doloroso e incompreensível eram esse sentimento em seu peito, esse amor e essa trêmula sofreguidão por qualquer retalho e qualquer fita colorida de vida, essa doce, feroz compulsão de ver e dar forma, e ao mesmo tempo, secretamente, sob fino manto, a certeza da infantilidade e inutilidade de todas as suas ações!

A breve noite de verão se esvaía em febre, vapor subia das profundezas verdes do vale, em centenas de milhares de árvores fervia a seiva, centenas de milhares de sonhos fervilhavam no sono leve de Klingsor, sua alma percorria o salão dos espelhos de sua vida, onde todas as imagens, multiplicadas e com novos rostos e novos significados a cada vez, encontravam-se e estabeleciam novas conexões, como se um céu estrelado fosse sacudido dentro de um copo de dados.

Uma entre muitas imagens em seu sonho o encantou e sobressaltou: ele estava deitado numa floresta com uma mulher de cabelos ruivos no colo, e uma mulher negra estava deitada em seu ombro, e uma outra, ajoelhada a seu lado, segurava sua mão e beijava seus dedos, e em toda parte à sua volta havia mulheres e garotas, algumas ainda crianças, com pernas finas e longas, algumas em plena flor, outras maduras e com os sinais da sabedoria e da fadiga nos rostos trêmulos, e todas o amavam e todas queriam ser amadas por ele. Então eclodiu guerra e fogo entre as mulheres, quando a ruiva, com uma mão enfurecida, agarrou os cabelos da negra e a arrastou para o chão, e ela mesma foi derrubada, e todas caíram umas em cima das outras, todas gritavam, todas puxavam, mordiam, causavam dor, sentiam dor, gargalhadas, gritos de raiva e gritos de dor soavam confusos e embaralhados, sangue escorria por todos os lados, garras sangrentas golpeavam a carne gorda.

Com uma sensação de dor e opressão, Klingsor acordou por alguns minutos, seus olhos fitavam arregalados o buraco de luz na parede. Os rostos das mulheres furiosas ainda estavam diante de seus olhos, e muitas delas ele conhecia e chamou pelo nome: Nina, Hermine, Elisabeth, Gina, Edith, Berta e, ainda de dentro do sonho, ele disse com voz rouca: "Crianças, parem! Vocês estão mentindo, estão mentindo para mim; não é umas às outras que vocês devem matar, mas a mim, a mim!".

Louis

Louis, o Cruel, caíra do céu; de repente, ele estava ali, o velho amigo de Klingsor, o viajante, o imprevisível, que morava nos vagões do trem e cujo ateliê era sua mochila. Bons momentos choveram do céu daqueles dias, bons ventos sopraram. Eles pintaram juntos, no monte das Oliveiras e em Cartago.

"Será que essa pintura que fazemos realmente tem um valor?", disse Louis no monte das Oliveiras, deitado nu na grama, as costas vermelhas de sol. "O que pintamos é só *faute de mieux*, meu caro. Se você tivesse sempre no seu colo a garota de quem está gostando e no seu prato a sopa que tem em mente, você não se atormentaria com essa brincadeira insana. A natureza tem dezenas de milhares de cores, e nós pusemos na nossa cabeça que reduziríamos a escala para vinte. Isso é a pintura. Nunca ficamos satisfeitos e ainda temos que ajudar a alimentar os críticos. Por outro lado, uma boa sopa de peixe à marselhesa, *caro mio*, e um vinhozinho suave da Borgonha, seguidos por um escalope à milanesa, de sobremesa peras e um gorgonzola, e um café turco — são realidades, meu senhor, são valores! Como se come mal aqui na sua Palestina! Ó Deus, eu queria estar numa cerejeira, e as cerejas cresceriam diretamente na minha boca, e bem acima de mim, na escada, estaria a garota forte de cabelos castanhos que conhecemos esta manhã. Klingsor, pare de pintar! Eu o convido para uma bela refeição em Laguno, já está quase na hora."

"A sério?", perguntou Klingsor, piscando os olhos.

"A sério. Antes só preciso ir rapidamente à estação. Bem, para confessar a verdade, telegrafei a uma amiga e lhe disse que eu estou morrendo, ela deve chegar às onze horas."

Rindo, Klingsor tirou o estudo da prancha.

"Tem razão, meu amigo. Vamos para Laguno! Vista sua camisa, Luigi. Os costumes aqui são muito inocentes, mas infelizmente você não pode ir nu para a cidade."

Eles foram para a cidadezinha, foram até a estação, uma mulher bonita chegou, eles fizeram uma boa refeição num restaurante, e Klingsor, que havia se esquecido disso completamente em seus meses no campo, ficou surpreso de que ainda houvesse todas aquelas coisas alegres e agradáveis: trutas, presunto de salmão, aspargos, Chablis, Dôle do Valais, Bénédictine.

Depois do almoço, os três tomaram o teleférico e subiram através da cidade íngreme, passando por cima das casas, perto de janelas e jardins suspensos, era muito bonito, eles continuaram sentados e desceram de volta, e subiram e desceram mais uma vez. O mundo era especialmente belo e estranho, muito colorido, um pouco duvidoso, um pouco improvável, mas maravilhosamente belo. Só Klingsor estava um pouco constrangido, ele ostentava indiferença, não queria se apaixonar pela bela namorada de Luigi. Eles entraram mais uma vez num café, caminharam no parque vazio no início da tarde, deitaram-se à beira do lago sob as árvores gigantescas. Viram muitas coisas que deveriam ser pintadas: casas vermelhas como pedras preciosas em verde profundo, árvores-de-serpentes e árvores-de-perucas, azul e marrom-enferrujado.

"Você pintou coisas muito belas e divertidas, Luigi", disse Klingsor, "e de todas elas eu gosto muito: mastros, palhaços, circos. Mas a minha preferida é uma mancha no seu quadro do carrossel noturno. Sabe, ali, acima da tenda violeta e longe de todas as luzes, bem no alto na noite, há uma fria bandeirola rosa-clara, tremulando, tão bela, tão fria, tão solitária, tão terrivelmente solitária! Como um poema de Li Tai Po ou Paul Verlaine. Naquela pequena, boba bandeirola cor-de-rosa está toda a dor e toda a resignação do mundo, e também todas as boas risadas sobre a dor e a resignação. Ter pintado essa bandeirola já justifica a sua vida, eu prezo muito isso em você, a bandeirola."

"Sei, eu sei que você gosta dela."

"Você mesmo também gosta. Veja, se você não tivesse pintado algumas dessas coisas, toda a boa comida e vinhos e mulheres e cafés de nada lhe adiantariam, você seria um pobre--diabo. Mas dessa maneira você é um rico-diabo e um sujeito de quem todos gostam. Sabe, Luigi, muitas vezes penso como você: toda a nossa arte é um mero substituto, um substituto cansativo, pelo qual pagamos caro demais, para vida perdida, animalidade perdida, amor perdido. Mas não é bem assim. É muito diferente. Superestimamos o sensorial quando consideramos o espiritual apenas uma compensação para a falta da experiência sensorial. O sensorial não vale um vintém a mais do que o espírito, e vice-versa. É tudo uma coisa só, e tudo é igualmente bom. Quer você abrace uma mulher ou faça um poema, é a mesma coisa. Basta que o principal esteja ali, o amor, o ardor, o arrebatamento, não importa se você é um monge no monte Atos ou um bon vivant em Paris."

Louis voltou lentamente o seu olhar sarcástico para ele. "Não acha que está carregando um pouco nas tintas, meu amigo?"

Eles perambularam pela região com a bela mulher. Ver era o forte de ambos, eles eram bons nisso. Nos arredores das poucas cidadezinhas e vilarejos, eles viram Roma, viram o Japão, viram os mares do Sul e num piscar de olhos desfizeram as ilusões, seu humor acendeu estrelas no céu e as apagou novamente. Eles lançavam seus sinalizadores nas noites luxuriantes; o mundo era bolha de sabão, era ópera, era um absurdo feliz.

Louis, o pássaro, flutuava em sua bicicleta pela região montanhosa, ia para lá e para cá, enquanto Klingsor pintava. Klingsor sacrificava alguns dias, depois ele se sentava de novo lá fora e trabalhava obstinado. Louis não queria trabalhar. De repente, Louis havia partido, junto com a namorada, enviou um cartão já de muito longe. De repente, ele estava ali de novo, quando Klingsor já o tinha dado por perdido, ele aparecia na porta, com um chapéu de palha e a camisa aberta como se nunca tivesse se ausentado. Mais uma vez, Klingsor sorveu a bebida da amizade da mais doce taça de sua juventude. Ele tinha muitos amigos, muitos o amavam, a muitos ele havia entregado, aberto o seu coração veloz, mas naquele verão apenas dois amigos ainda ouviram a velha saudação afetuosa de seus lábios: Louis, o pintor, e o poeta Hermann, apelidado de Tu Fu. Em certos dias, Louis se sentava no campo em seu banquinho de pintor, à sombra da pereira, à sombra da ameixeira, e não pintava. Ele ficava sentado e pensava, e mantinha o papel preso na prancha e escrevia, escrevia muito, escrevia muitas cartas. São felizes as pessoas que escrevem tantas cartas? Ele escrevia com afã, Louis, o despreocupado, não tirou os olhos do papel por uma hora. Muitas coisas das quais ele não falava o preocupavam. Klingsor o amava por isso.

Klingsor agia diferente. Ele não conseguia ficar calado. Ele não conseguia esconder o seu coração. Mas as dores secretas da sua vida, das quais poucos sabiam, ele revelava para os mais próximos. Muitas vezes era tomado por medo e melancolia, muitas vezes caía no poço das trevas, havia fases em que sombras de sua vida passada incidiam superdimensionadas sobre seus dias e os escureciam. Então lhe fazia bem ver o rosto de Luigi. Então às vezes ele se queixava com o amigo. Louis, porém, não gostava de ver essas fraquezas. Elas o atormentavam, pediam compaixão. Klingsor se acostumou a mostrar seu coração ao amigo e percebeu tarde demais que com isso o perdia.

Mais uma vez, Louis começou a falar em partir. Klingsor sabia que agora conseguiria segurá-lo por mais uns dias, três, cinco dias; mas que, de repente, ele apareceria com a mala feita e partiria, para não voltar por muito tempo. Como a vida era curta, quão irrecuperável era tudo! O único de seus amigos que entendia completamente sua arte, cuja própria arte era próxima e equivalente à sua, a esse único ele agora assustara e aborrecera, irritara e esfriara, por pura fraqueza e conforto estúpido, por pura necessidade infantil e inadequada de não fazer esforços perante um amigo, de não guardar segredos para ele, de não manter o domínio de si diante dele. Que estúpido, que infantil ele havia sido! Assim Klingsor se censurava, tarde demais.

No último dia em que perambularam juntos pelos vales dourados, Louis estava de muito bom humor, partir enchia o seu coração de pássaro de alegria de viver. Klingsor juntou-se a ele, reencontraram o velho tom, leve, brincalhão e zombeteiro, e não o deixaram mais. À noite, eles se sentaram no jardim da taverna. Eles pediram para assarem peixes, cozinharem arroz com cogumelos, e derramaram marasquino sobre pêssegos.

"Para onde você vai amanhã?", perguntou Klingsor.

"Não sei."

"Vai encontrar sua bela amiga?"

"Sim. Talvez. Quem pode saber? Não faça tantas perguntas. Agora, para encerrar, vamos beber mais um bom vinho branco. Proponho um de Neuchâtel."

Eles bebiam; de repente Louis exclamou: "Ainda bem que estou partindo, seu velho marujo. Às vezes, quando estou sentado assim ao seu lado, como agora, por exemplo, de repente me vem à mente uma coisa estúpida. Eu me dou conta de que estão sentados lado a lado os dois pintores que nossa boa pátria possui, e então me dá uma sensação horrível nos joelhos, como se ambos fôssemos de bronze e tivéssemos que ficar em pé de mãos dadas num monumento, sabe, como Goethe e Schiller. Mas eles não têm culpa por terem que ficar ali para sempre segurando a mão de bronze do outro e por terem pouco a pouco se tornado tão sacais e odiosos para nós. Talvez eles tenham sido uns sujeitos simpáticos e interessantes, uma vez eu li uma peça de Schiller, era realmente ótima. Mas então ele se tornou um monstro sagrado, e tem que ficar ao lado de seu irmão siamês, cabeça de gesso com cabeça de gesso, e suas obras completas circulam por aí e são estudadas nas escolas. É horrível. Imagine um professor daqui a cem anos, como ele ensinará aos alunos no liceu: Klingsor, nascido em 1877, e seu contemporâneo Louis, dito o Glutão, inovadores na pintura, libertação do naturalismo da cor, numa análise mais aprofundada, essa dupla de artistas se divide em três períodos claramente distintos! Prefiro me jogar hoje mesmo debaixo de uma locomotiva".

"Seria mais inteligente jogar todos os professores."

"Não existem locomotivas tão grandes. Você sabe como nossa técnica é mesquinha."

Já surgiam estrelas no céu. De repente, Louis brindou com o seu copo no do amigo.

"Bem, vamos brindar e esvaziar a garrafa. Depois vou subir na minha bicicleta e adeus. Nada de longas despedidas! O taverneiro está pago. Saúde, Klingsor!"

Eles brindaram, esvaziaram a garrafa, no jardim Louis subiu na bicicleta, acenou com o chapéu, desapareceu. Noite, estrelas. Louis estava na China. Louis era uma lenda.

Klingsor sorriu triste. Como ele amava aquele pássaro migratório! Por um longo tempo, ele ficou em pé no chão de pedriscos do jardim da taverna olhando para a rua vazia.

O dia em Kareno

Com os amigos de Barengo e com Agosto e Ersilia, Klingsor empreendeu a excursão a pé até Kareno. Eles mergulharam na primeira hora matutina em meio a espireias fortemente perfumadas e, rodeados pelas trêmulas teias de aranha ainda úmidas de orvalho da beira da floresta, desceram a encosta sob a sombra morna das árvores até o vale de Pampambio, onde, na estrada amarela, como que entorpecidas pelo dia de verão, dormiam resplandecentes casas amarelas, curvadas e meio mortas, e ao longo do regato seco, os salgueiros brancos-metálicos pendiam com asas pesadas sobre os prados dourados. Colorida, a caravana de amigos flutuava na estrada rosada através do verde enevoado do vale: os homens brancos e amarelos em linho e seda, as mulheres brancas e rosa, a magnífica sombrinha verde Veronese de Ersilia refulgia como uma pedra preciosa num anel mágico.

Melancólico, o doutor reclamou com a voz cheia de simpatia: "É uma pena, Klingsor, suas maravilhosas aquarelas estarão todas brancas em dez anos; esses pigmentos que você prefere, nem todos duram".

Klingsor: "Sim, e o que é pior: os seus belos cabelos castanhos, doutor, em dez anos estarão todos grisalhos e, pouco tempo depois, nossos lindos e alegres ossos estarão em algum lugar num buraco na terra, infelizmente, os seus belos e saudáveis ossos também, Ersilia. Crianças, não vamos começar a ser sensatos nessa altura da vida. Hermann, como disse o Li Tai Po?". Hermann, o Poeta, parou e disse:

A vida passa como um relâmpago
Seu breve lampejo quase não se vê
Enquanto a terra e o céu jamais se movem,
Como voa sobre os homens o tempo cambiante!
Ó tu, que te sentas com o copo cheio e não bebes,
Ó, dize-me, por quem ainda esperas?

"Não", disse Klingsor, "me refiro ao outro verso, com rimas, sobre os cabelos que de manhã ainda eram escuros...".

Hermann disse os versos prontamente:

Eram negra seda teus cabelos de manhã
E logo, pela noite, branca neve os cobria,

Pois se não queres sofrer da morte em vida vã,
Ergue o copo à lua pela sua companhia!

Klingsor riu alto com sua voz um tanto rouca.

"Bravo Li Tai Po! Ele tinha noção das coisas, ele sabia de tudo. Nós também sabemos das coisas, ele é nosso velho irmão sábio. Ele apreciaria este dia bêbado, é exatamente num dia como este que seria bom morrer a morte de Li Tai Po, à noite, no barco, no rio silencioso. Vocês vão ver, hoje tudo será maravilhoso."

"Que morte foi que Li Tai Po morreu no rio?", perguntou a pintora.

Mas Ersilia interrompeu com sua boa, grave voz: "Não, agora parem! Se alguém disser mais uma palavra sobre morte e morrer, vou ficar de mal com ele. *Finisca adesso, brutto* Klingsor!".

Klingsor foi rindo até ela: "Tem razão, *bambina*! Se eu disser mais uma palavra sobre morrer, pode me espetar a sombrinha nos dois olhos. Mas, sério, na verdade, hoje é um dia maravilhoso, meus queridos! Um pássaro está cantando hoje, é um pássaro encantado, eu o ouvi esta manhã. Um vento está soprando hoje, é um vento encantado, a criança celestial que acorda as princesas adormecidas e expulsa o juízo das cabeças. Hoje uma flor está desabrochando, é uma flor encantada que é azul e floresce apenas uma vez na vida, e quem a colher atingirá a bem-aventurança".

"Ele está querendo dizer alguma coisa com isso?", Ersilia perguntou ao doutor. Klingsor ouviu.

"Com isso, estou querendo dizer que este dia nunca mais voltará, e quem não o comer e beber, saborear e cheirar, nunca mais, em toda a eternidade, lhe será oferecida uma segunda vez. Nunca mais o sol brilhará como hoje, ele tem uma constelação no céu, uma conjunção com Júpiter, comigo, com Agosto e Ersilia e com todos nós, que nunca, nunca mais se repetirá, nem em mil anos. É por isso que agora eu gostaria de andar um pouco do seu lado esquerdo, porque dá sorte, e segurar a sua sombrinha esmeralda, na luz dela a minha cabeça parecerá uma opala. Mas você tem que me acompanhar e cantar uma música, uma das suas mais bonitas."

Ele segurou o braço de Ersilia, seu rosto afilado mergulhou suavemente na sombra verde-azul da sombrinha pela qual estava apaixonado e cuja cor doce e viva o encantava.

Ersilia começou a cantar:

Il mio papa non vuole,
Ch'io spos' un bersaglier…

Vozes se uniram à dela e eles continuaram cantando até a floresta e depois dentro da floresta, até que a subida ficou muito árdua; a trilha em meio às samambaias conduzia íngreme como uma escada de mão para o alto da grande montanha.

"Como é maravilhosamente direta essa canção!", elogiou Klingsor. "Papai é contra os amantes, como sempre. Eles pegam uma faca bem afiada e matam o papai. Ele está eliminado. Fazem isso à noite, ninguém os vê a não ser a lua, que não os denunciará, e as estrelas, que são mudas, e o bom Deus, que os perdoará. Que bonito e sincero é isso! Um poeta atual seria apedrejado por isso."

Eles escalaram a estreita trilha na sombra inquieta e permeada de sol das castanheiras. Quando olhava para cima, Klingsor via diante de seu rosto as finas panturrilhas da pintora despontarem rosadas de meias transparentes. Olhava para trás, e o turquesa da sombrinha se arqueava sobre a escura cabeça de negra de Ersilia. Sob a sombrinha, ela era violeta, em seda, a única escura entre todas as figuras.

Junto a uma casa de camponeses, em azul e laranja, maçãs verdes de verão estavam caídas na relva, frescas e azedas, das quais eles provaram. A pintora contava entusiasmada sobre um passeio no Sena, em Paris, antes da guerra. Sim, Paris, e o passado maravilhoso!

"Ele não voltará. Nunca mais."

"E nem deve", exclamou exaltado o pintor e sacudiu ferozmente a cabeça afilada de gavião. "Nada deve voltar! Para quê? Que desejos infantis são esses? A guerra retocou tudo o que havia antes com as cores do paraíso, até as coisas mais idiotas, até o mais dispensável. Está certo, era bonito em Paris, era bonito em Roma, era bonito em Arles. Mas hoje e aqui é menos bonito? O paraíso não é Paris, nem a época de paz, o paraíso é aqui, é lá em cima na montanha, e daqui a uma hora estaremos dentro dele e seremos os ladrões na cruz, aos quais se dirá: hoje estarás comigo no paraíso."

Eles saíram da sombra sarapintada da trilha para a estrada larga e aberta, que conduzia clara e quente em grandes espirais até o topo da montanha. Klingsor, com os olhos protegidos pelos óculos verde-escuros, ia por último e muitas vezes ficava para trás a fim de ver as figuras se moverem e suas constelações de cores. Ele não levara nada para trabalhar, deliberadamente, nem mesmo o caderno pequeno, e mesmo assim parou centenas de vezes, comovido pelas imagens. Sua figura magra se mantinha solitária, branca sobre a estrada avermelhada, à beira do bosque de acácias. Verão bafejava quente sobre a montanha, luz escorria vertical, cor evaporava múltipla das profundezas. Acima das montanhas próximas, que soavam verdes e vermelhas com aldeias brancas, espiavam serras azuladas e, atrás delas, mais claras e mais azuis, outras e depois outras montanhas e, mais além, muito remotos e irreais, os picos cristalinos das montanhas nevadas. Acima da floresta de acácias e castanheiras, emergia mais livre e imponente a encosta rochosa e o pico corcovado do Salute, avermelhado e violeta-claro. Mais belas do que tudo eram as pessoas, como flores, elas estavam na luz sob o verde, tal um gigantesco escaravelho brilhava a sombrinha esmeralda, os cabelos pretos de Ersilia embaixo dela, a branca, esguia pintora, com rosto rosado, e todos os outros. Klingsor bebeu-os com olhos sedentos, mas seus pensamentos estavam com Gina. Apenas dali a uma semana ele poderia vê-la novamente, ela ficava sentada num escritório na cidade, escrevendo na máquina, mas era raro que ele conseguisse vê-la, e nunca sozinha. E ele a amava, justamente a ela que nada sabia sobre ele, que não o conhecia, não o entendia, para quem ele era apenas um pássaro raro, um pintor estrangeiro famoso. Como era estranho que seu desejo tivesse se fixado justo nela, que nenhum outro copo de amor o satisfizesse. Ele não estava acostumado a percorrer longas distâncias por uma mulher. E por Gina ele as percorria, para ficar uma hora ao seu lado, segurando seus pequenos dedos magros, enfiando seu sapato debaixo do dela, estampando um beijo rápido em sua nuca. Ele pensou sobre isso, para si mesmo um estranho mistério. Isso já era a virada? Já era a idade? Era só isso, apenas o amor tardio do homem de quarenta anos por uma mulher de vinte?

O cume da montanha foi alcançado e, do outro lado, um novo mundo se abriu a seus olhos: alto e irreal, o monte Gennaro, formado inteiramente de pirâmides e cones pontiagudos, o sol obliquamente atrás dele, cada platô pairando em brilho esmaltado sobre sombras de um violeta profundo. Ali e acolá, o ar tremeluzente e, perdido em infinitas profundezas, o estreito braço azul do lago, repousando frio atrás das chamas verdes da floresta.

Uma minúscula aldeia na crista da montanha: uma propriedade senhorial com pequena residência, quatro, cinco outras casas, de pedra, pintadas de azul e rosa, uma capela, uma fonte, cerejeiras. O grupo parou ao sol junto à fonte, Klingsor seguiu adiante, através de um portal em arco, dentro de uma propriedade sombreada, três casas azuladas se erguiam altas, com poucas pequenas janelas, grama e pedras entre elas, uma cabra, urtigas. Uma criança fugiu dele, ele a atraiu, tirou chocolate do bolso. Ela parou, ele a segurou, acariciou-a e alimentou-a, ela era tímida e bela, uma menininha preta, com olhos pretos, assustados, de animal, pernas esguias e nuas, marrons e brilhantes. "Onde você mora?", ele perguntou, ela correu para a porta mais próxima, que se abriu no rochedo de casas. De um escuro interior de pedra, como se de uma caverna de tempos primordiais, saiu uma mulher, a mãe, ela também aceitou o chocolate. Das roupas sujas, subia o pescoço marrom, um rosto firme e largo, belo e queimado de sol, boca cheia, larga, olhos grandes, encanto doce, bruto, sexo e maternidade falavam ampla e silenciosamente de grandes traços asiáticos. Ele se inclinou para ela sedutor, ela se esquivou sorrindo, puxou a criança entre ela e ele. Ele seguiu adiante, decidido a voltar.

Queria pintar aquela mulher, ou ser seu amante, ainda que somente por uma hora. Ela era tudo: mãe, criança, amante, animal, madona.

Lentamente, ele voltou para junto do grupo, o coração cheio de sonhos. Sobre o muro da propriedade, cuja sede residencial parecia vazia e fechada, estavam cimentadas velhas, ásperas balas de canhão, uma extravagante escadaria embrenhava-se por um bosque e uma colina, no topo um monumento, ali repousava, barroco e solitário, um busto, traje à la Wallenstein,* cachos, cavanhaque ondulado. Sobrenatural e fantástico envolviam em febre a montanha na luz deslumbrante do meio-dia, coisas estranhas espreitavam, o mundo estava afinado num tom diferente, distante. Klingsor bebeu

* Personagem histórico da Guerra dos Trinta Anos (1618-48), que dá nome à trilogia dramática de Friedrich Schiller (1759-1805).

água da fonte, uma borboleta rabo-de-andorinha voou em sua direção e sugou as gotas espirradas na borda de pedra calcária da fonte.

A estrada continuava ao longo da crista da montanha, sob castanheiras, sob nogueiras, ensolarada, sombreada. Numa curva, uma capela, velha e amarela, nos nichos empalideciam velhas imagens, a cabeça de um santo angelical e infantil, um fragmento de túnica vermelho e marrom, o resto descascado. Klingsor gostava muito de imagens antigas quando vinham ao seu encontro sem que as procurasse, ele amava esses afrescos, amava o retorno dessas belas obras ao pó e à terra.

Mais árvores, videiras, estrada quente ofuscante, mais uma curva: ali estava o destino, repentino, inesperado: arcada escura, uma grande, alta igreja de pedra vermelha, alegre e altiva alçando-se ao céu, uma praça cheia de sol, poeira e paz, grama queimada em vermelho que se partia sob os pés, luz do meio-dia refletida por paredes berrantes, um pedestal, uma estátua em cima, invisível na torrente de sol, um parapeito de pedra ao redor de vasta praça sobre infinitude azul. Atrás, a aldeia, Kareno, ancestral, estreita, sombria, sarracena, sinistras cavernas de pedra sob tijolos marrons desbotados, vielas de sonho opressivamente estreitas e cheias de trevas, pequenas praças gritando de repente ao sol branco, África e Nagasaki, acima a floresta, abaixo o abismo azul, no alto nuvens brancas, gordas, saturadas.

"Engraçado", disse Klingsor, "como demora para nos orientarmos um pouco no mundo! Uma vez, quando fui à Ásia, anos atrás, passei com o trem expresso à noite a seis quilômetros daqui, ou dez, e não sabia de nada. Fui para a Ásia e naquele momento era muito necessário que eu o fizesse. Mas tudo o que encontrei lá encontro hoje também aqui: selva, calor, belas pessoas diferentes sem nervos, sol, santuários. Leva tanto tempo até que se aprenda a visitar três continentes num único dia. Aqui estão eles. Bem-vindos à Índia! Bem-vindos à África! Bem-vindos ao Japão!"

Os amigos conheciam uma jovem dama que morava ali em cima, e Klingsor estava ansioso por visitar a desconhecida. Ele a chamava de Rainha das Montanhas, como o título de um misterioso conto oriental nos livros de sua infância.

Com grande expectativa, a caravana irrompeu pelo sombreado desfiladeiro azul das vielas, não havia vivalma, nenhum som, nenhuma galinha, nenhum cachorro. Mas à meia-sombra do arco de uma janela, Klingsor viu uma figura em silêncio, uma garota bonita, de olhos pretos, um lenço vermelho envolvendo os cabelos pretos. Seu olhar, que espreitava calado os estranhos, encontrou o dele e, durante um longo átimo, eles se olharam nos olhos, homem e garota, íntegros e sérios, dois mundos estranhos próximos um do outro por um momento. Então, os dois sorriram em breve e efusivo confronto a eterna saudação dos sexos, a velha, ávida, doce hostilidade e, com um passo contornando a casa, o homem estranho desapareceu e ficou depositado no baú da garota, imagem entre muitas imagens, sonho entre muitos sonhos. No coração insaciável de Klingsor, estava cravado o pequeno espinho, ele hesitou por um momento e pensou em voltar, Agosto o chamou, Ersilia começou a cantar, um muro sombreado ficou para trás e uma pequena praça reluzente com dois palácios amarelos repousava quieta e ofuscante no meio-dia encantado, estreitas sacadas de pedra, janelas fechadas, magnífico palco para o primeiro ato de uma ópera.

"Chegada a Damasco", exclamou o doutor. "Onde mora Fatme, a pérola entre as damas?"

Surpreendentemente, veio a resposta do palácio menor. Do preto frio atrás da porta entreaberta da sacada saltou um som estranho, mais um e mais dez vezes o mesmo, depois a oitava acima, dez vezes — um piano de cauda, que estava sendo afinado, um piano cantante cheio de tons no meio de Damasco.

Devia ser ali, ela morava ali. Mas a casa parecia não ter portão, apenas uma parede amarela-rosada com duas sacadas; acima dela, no reboco do frontão, uma pintura antiga: flores em azul e vermelho e um papagaio. Deveria haver ali uma porta pintada e, quando se batesse três vezes nela e se dissesse a senha de Salomão, a porta pintada se abria e o andarilho sentia o perfume de óleos persas; atrás de véus, em seu trono, estava a Rainha das Montanhas. Escravas estavam agachadas nos degraus a seus pés, o papagaio pintado voava com grasnidos até o ombro da sua dona.

Eles encontraram uma portinha minúscula numa rua lateral; um sino forte, mecanismo diabólico, tocou alto e furioso; estreitos como os de uma escada de mão, degraus íngremes levavam para cima. Impossível imaginar como o piano entrara naquela casa. Pela janela? Pelo telhado?

Um grande cachorro preto veio desabalado, atrás dele um pequeno leão loiro, grande barulho, a escada estreita estalava, atrás, o piano cantou onze vezes a mesma nota. De uma sala caiada de rosa emanava luz suave, doce, portas bateram. Havia um papagaio ali?

De repente, a Rainha das Montanhas estava ali, esguia flor elástica, firme e saltitante, toda em vermelho, chama ardente, retrato da juventude. Diante dos olhos de Klingsor, centenas de imagens caras abriram alas, e a nova entrou radiante em seu lugar. Ele soube imediatamente que a pintaria, não de acordo com a natureza, mas com sua emanação, que ele captara, o poema, o som doce e acre; juventude, vermelho, loira, amazona. Ele olharia para ela, por uma hora, talvez por várias horas. Ele a veria andar, a veria se sentar, a veria rir, talvez a visse dançar, talvez a visse cantar. O dia fora coroado, o dia encontrara o seu sentido. O que mais pudesse acontecer era presente, era excesso. Sempre era assim: a experiência nunca vinha sozinha, sempre à sua frente voavam pássaros, ela sempre era precedida por presságios e mensageiros, o olhar de bicho no rosto materno, asiático naquela porta, a bela moça preta da aldeia na janela, isso e aquilo.

Por um segundo, ele sentiu um sobressalto: "Se eu fosse dez anos mais jovem, dez curtos anos, ela poderia me ter, me prender, fazer de mim gato-sapato! Não, você é muito jovem, minha pequena rainha vermelha, você é jovem demais para o velho mago Klingsor! Ele vai admirá-la, vai aprendê-la de cor, vai pintá-la, vai registrar para sempre a canção da sua juventude; mas ele não fará nenhuma peregrinação para vê-la, não subirá nenhuma escada atrás de você, não cometerá nenhum assassinato por sua causa e não fará serenata diante da sua bela sacada. Não, infelizmente ele não fará nada disso, o velho pintor Klingsor, o velho tolo. Ele não a amará, não olhará para você com o olhar que lançou à mulher asiática, à mulher negra na janela, que talvez não seja um só dia mais nova do que você. Para ela, ele não é velho demais, ele é só para você, Rainha das Montanhas, flor vermelha na montanha. Para você, cravina das rochas, ele é velho demais. Para você não basta o amor que Klingsor tem a oferecer entre um dia cheio de trabalho e uma noite cheia de vinho tinto. Tanto melhor meu olho a beberá, formoso foguete, e saberá de você muito depois que estiver apagada para mim".

Através de salas com pisos de pedra e arcos abertos, eles chegaram a um salão, onde, sobre altas portas, tremeluziam grotescas figuras barrocas de estuque e em volta do qual, pintados num friso, delfins escuros, corcéis brancos e cupidos vermelho-rosados nadavam num povoado mar de sagas. Algumas cadeiras e no chão as partes desmontadas do piano; de resto, nada havia na grande sala, mas duas portas convidativas davam para as duas pequenas sacadas sobre a resplandecente praça da ópera, e do outro lado, além da esquina, as varandas do palácio vizinho se vangloriavam, também elas pintadas com imagens, lá um gordo cardeal vermelho flutuava no sol como um peixe dourado.

Eles ficaram ali. No salão, provisões foram desembrulhadas e uma mesa posta, veio vinho, raro vinho branco do Norte, chave para legiões de lembranças. O afinador do piano batera em retirada, o piano desmembrado se calara. Pensativo, Klingsor fixara o olhar nas entranhas expostas das cordas, então lentamente ele fechou a tampa. Seus olhos doíam, mas em seu coração cantava o dia estival, cantava a mãe sarracena, cantava o sonho azul e transbordante de Kareno. Ele comeu e brindou em copos com seu copo, falou alto, alegre, e por trás de tudo isso, o mecanismo em sua oficina trabalhava, seu olhar cercava a cravina das rochas, envolvia a flor de fogo por todos os lados, como a água ao peixe, em seu cérebro havia um cronista dedicado anotando formas, ritmos, movimentos com a precisão de máquinas registradoras.

Conversa e risadas encheram o salão vazio. A risada do doutor era inteligente e bondosa, a de Ersilia, profunda e gentil, a de Agosto, forte e subterrânea, a da pintora, leve como um pássaro, a fala do poeta era inteligente, a de Klingsor, divertida, a rainha vermelha passava observadora e um pouco tímida entre seus convidados, delfins e corcéis, ela andava para lá e para cá, ficava em pé junto ao piano, agachava-se numa almofada, cortava pão, servia vinho com mão inexperiente de garota. Alegria ecoava no salão frio, olhos brilhavam pretos e azuis e, diante das portas claras, altas da sacada, espreitava imóvel e alerta o ofuscante sol a pino.

Claro, o vinho nobre derramava-se nos copos, aprazível contraste com a refeição fria e frugal. Claro, o brilho vermelho do vestido da rainha derramava-se pelo alto salão; claros e vigilantes, os olhos de todos os homens o seguiam. Ela desapareceu, voltou e tinha um lenço verde no peito. Ela desapareceu, voltou e tinha um lenço azul na cabeça.

Depois da refeição, cansados e satisfeitos, eles saíram alegres, entraram na floresta, deitaram-se na grama e no musgo, sombrinhas brilhavam, rostos ardiam sob chapéus de palha, o céu ensolarado fulgurava deslumbrante. A Rainha das Montanhas estava deitada vermelha na grama verde, o fino pescoço se erguia luminoso das chamas, seu sapato alto servia satisfeito e animado no pé esbelto. Perto dela, Klingsor a lia, estudava-a, se enchia dela, como, quando menino, lia a história encantada da Rainha das Montanhas e era preenchido por ela. Eles descansaram, cochilaram, conversaram, lutaram com formigas, acreditaram ter ouvido serpentes, ouriços de castanhas enroscavam-se espinhosos nos cabelos das mulheres. Eles pensaram nos amigos ausentes que estavam perdendo aquele momento, não eram muitos. Louis, o Cruel, foi lembrado com saudades, o amigo de Klingsor, pintor dos carrosséis e circos, seu fantástico espírito pairava ali perto sobre o grupo. A tarde se passou, como um ano no paraíso. Na despedida eles riram muito, Klingsor levou tudo em seu coração: a rainha, a floresta, o palácio e o salão dos delfins, os dois cães, o papagaio.

Na descida da montanha entre os amigos, ele foi pouco a pouco tomado pelo humor alegre e arrebatador que conhecia apenas naqueles raros dias em que deixava deliberadamente o trabalho de lado. De mãos dadas com Ersilia, com Hermann, com a pintora, ele dançou pela estrada ensolarada, entoou melodias, divertiu-se infantilmente com piadas e trocadilhos, riu desarmado. Ele correu à frente dos outros e se escondeu numa emboscada para assustá-los.

Por mais rapidamente que andassem, o sol andava ainda mais rápido, já em Palazzetto ele caiu atrás da montanha, e embaixo no vale já estava escuro. Eles haviam errado o caminho e descido demais, estavam com fome e cansados e tiveram que desistir dos planos que haviam feito para a noite: ir a pé via Korn até Barengo, comer peixe na taverna da aldeia do lago.

"Queridos amigos", disse Klingsor, que se sentara num muro à beira do caminho, "nossos planos eram muito bons, e um bom jantar com os pescadores ou no monte d'Oro certamente me seria muito grato. Mas não podemos mais ir até tão longe, pelo menos não eu. Estou cansado e com fome. Daqui não darei um passo além do próximo *grotto*,* que com certeza não está longe. Lá haverá vinho e pão, isso basta. Quem me acompanha?"

Todos foram. O *grotto* foi encontrado, na íngreme floresta na montanha, num estreito terraço, havia bancos de pedra e mesas no escuro sob as árvores, da adega na gruta, o taverneiro trouxe o vinho fresco, havia pão. Agora eles estavam à mesa em silêncio e comiam, felizes por finalmente estarem sentados. Atrás dos altos troncos das árvores, o dia se apagou, a montanha azul ficou preta, a estrada vermelha ficou branca, lá embaixo na estrada noturna ouviu-se um carro passar e um cão latir, aqui e ali acendiam-se estrelas no céu e luzes na terra, não se distinguiam umas das outras.

Klingsor estava feliz à mesa, ele descansava, olhava para a noite, lentamente se enchia de pão preto, bebia em silêncio as taças azuladas de vinho. Saciado, ele começou a conversar e a cantar novamente, embalava-se ao ritmo das canções, brincava com as mulheres, enfiava o nariz no perfume de seus cabelos. O vinho lhe pareceu bom. Velho sedutor, ele derrotou facilmente as propostas de continuar a caminhada, bebeu vinho, serviu vinho, brindou afetuoso, pediu mais vinho. Pouco a pouco, ergueram-se dos azulados copos de barro, símbolo da transitoriedade, os feitiços das cores, transformaram o mundo, coloriram estrela e luz.

Eles estavam no alto num balanço suspenso sobre o abismo do mundo e da noite, pássaros em gaiola dourada, sem pátria,

---

* Local rústico de cozinha regional, típico da Suíça italiana, cujo serviço se dá preponderantemente ao ar livre.

sem peso, diante das estrelas. Eles cantaram, os pássaros, cantaram canções exóticas; de seus corações embriagados, fantasiaram noite, céu, floresta adentro, no universo dúbio, enfeitiçado. Veio resposta de estrela e lua, de árvore e montanha, Goethe estava lá e Hafez, um perfume quente vinha do Egito, e da Grécia um profundo, Mozart sorria, Hugo Wolf tocava piano na noite fantástica.

Barulho estrondeante e assustador, clarão forte relampejante: abaixo deles, em pleno coração da terra, um trem de ferro voava com centenas de janelas transbordantes de luz para dentro da montanha e da noite; acima, do alto do céu, soavam sinos de uma igreja invisível. Furtiva, a meia-lua se ergueu sobre a mesa, mirou-se refletida no vinho escuro, arrancou a boca e os olhos de uma mulher da escuridão, sorriu, continuou a subir, cantou para as estrelas. O espírito de Louis, o Cruel, estava sentado num banco, solitário, escrevendo cartas.

Klingsor, rei da noite, alta coroa nos cabelos, encostado em banco de pedra, dirigia a dança do mundo, marcava o ritmo, chamava a lua, fazia o trem de ferro desaparecer. Ele se fora, como uma constelação que cai da borda do céu. Onde estava a Rainha das Montanhas? Não soava um piano na floresta, não rugia ali perto o pequeno leão desconfiado? Ela não estava agora mesmo com um lenço azul na cabeça? Olá, velho mundo, cuidado para não desmoronar! Venha para cá, floresta! Para lá, cordilheira preta! Não saiam do ritmo! Estrelas, como vocês são azuis e vermelhas, como na velha cantiga: "Teus olhos vermelhos e tua boca azul!".

Pintar era bom, pintar era um belo, um aprazível brinquedo para crianças bem-comportadas. Outra coisa, maior e mais imponente, era dirigir as estrelas, cadência do próprio sangue, transpor para o mundo os círculos de cores da própria retina, deixar as pulsações da própria alma oscilarem ao vento da noite. Fora daqui, montanha preta! Seja nuvem, voe para a

Pérsia, chova sobre Uganda! Venha, espírito de Shakespeare, cante para nós a canção do seu bobo da corte bêbado sobre a chuva que chove em qualquer dia!

Klingsor beijou uma pequena mão de mulher, apoiou-se no peito de uma mulher que respirava agradavelmente. Um pé sob a mesa brincava com o seu. Ele não sabia de quem era a mão ou o pé, estava envolvido por ternura; grato, sentia de novo a velha magia: ele ainda era jovem, ainda estava longe do fim, ainda irradiava brilho e atração, elas ainda o amavam, as boas, tímidas fêmeas, elas ainda contavam com ele. Ele se animou ainda mais. Com voz baixa, cantante, começou a contar uma epopeia monumental, a história de um amor ou, na verdade, uma viagem aos mares do Sul, na qual, em companhia de Gauguin e Robinson Crusoé, havia descoberto a ilha dos Papagaios e fundado o Estado Livre das Ilhas Felizes. Como refulgiam os mil papagaios à luz do fim da tarde, como suas caudas azuis se espelhavam na baía verde! Seus gritos e os gritos de centenas de grandes macacos o saudaram como um trovão, quando ele, Klingsor, proclamou seu Estado livre. A cacatua branca foi incumbida da formação de um gabinete, e com o rabugento calau ele bebera vinho de palma em pesados copos de coco. Oh, lua de outrora, lua das noites ditosas, lua sobre as palafitas nos juncais! O nome dela era Kül Kalüa, a tímida princesa marrom, esbelta, com pernas e braços longos, ela andava no bananal, brilhando como mel sob o viçoso teto das gigantescas folhas, olhos de corça no rosto suave, ardor de gato nas costas fortes e flexíveis, pulo de gato no tornozelo maleável e na perna musculosa. Kül Kalüa, criança, fogo primordial e inocência infantil do sagrado sudeste, mil noites você se deitou no peito de Klingsor, e cada uma delas era nova, cada uma mais fervorosa, mais preciosa do que todas as outras. Oh, festa do Espírito da Terra, em que as virgens da ilha dos Papagaios dançavam diante do Deus!

Sobre ilha, Robinson e Klingsor, sobre história e ouvintes, armou-se a branca noite estrelada, terna a montanha inflou como uma barriga e seios respirando mansos sob as árvores e casas e pés das pessoas, a passo acelerado a lua úmida dançou febril pela abóbada celeste, perseguida pelas estrelas na silenciosa dança frenética. Cadeias de estrelas enfileiradas, cabo cintilante do teleférico para o Paraíso. Selva escureceu maternal, lama do mundo primitivo cheirava a decadência e procriação, serpente rastejava, e crocodilo; sem margem, corria o rio das figuras.

"Eu vou pintar de novo sim", disse Klingsor, "já amanhã. Mas não mais essas casas, pessoas e árvores. Vou pintar crocodilos e estrelas-do-mar, dragões e serpentes púrpura, e tudo em transformação, tudo em metamorfose, cheio de anseios por se tornar humano, cheio de anseios por se tornar estrela, cheio de nascimento, cheio de putrefação, cheio de Deus e morte."

Em meio a suas palavras sussurradas e através da hora inquieta e bêbada, a voz de Ersilia soou grave e clara, ela cantarolou baixinho a canção do *bel mazzo di fiori*, paz emanava de sua canção, Klingsor a ouviu como se vinda de uma longínqua ilha flutuante, através de mares de tempo e solidão. Ele girou sua taça de vinho vazia, não voltou mais a enchê-la. Ele escutou. Uma criança cantava. Uma mãe cantava. Ele era agora um sujeito perdido e perverso, banhado na lama do mundo, um patife e vagabundo, ou seria uma criancinha boba?

"Ersilia", disse ele em tom reverente, "você é nossa boa estrela."

Escura floresta íngreme acima, agarrando-se em galho e raiz, eles bateram em retirada, em busca do caminho de casa. Clara beira da floresta alcançada, campo avistado, trilha estreita no campo de milho respirava noite e regresso, olhar da lua espelhado em folha do milho, vinhas obliquamente em fuga. Agora Klingsor cantava, baixinho, com a voz um tanto rouca, cantava baixinho e muito, alemão e malaio, com palavras e sem palavras. No canto suave, ele irradiava plenitude represada, como um muro marrom à noite irradia luz do dia acumulada. Aqui se despediu um dos amigos, e ali um outro, desapareceu na sombra da videira em pequena trilha. Todos se foram, cada um ia por si, buscava caminho de casa, estava sozinho sob o céu. Uma mulher deu um beijo de boa-noite em Klingsor, sugou ardente a boca dele com a sua. Eles se foram, rolaram, dissolveram-se, todos. Quando subiu sozinho as escadas de sua casa, Klingsor ainda cantava. Cantava e louvava a Deus e a si mesmo, louvava Li Tai Po e louvava o bom vinho de Pampambio. Como uma divindade, ele repousava em nuvens de confirmação.

"Por dentro", ele cantou, "eu sou como uma bola de ouro, como a cúpula de uma catedral, alguém se ajoelha nela, reza, o ouro brilha da parede, em velho quadro o Salvador sangra, sangra o coração de Maria. Também nós sangramos, nós, os outros, nós, os perdidos, nós, estrelas e cometas, sete e catorze espadas trespassam nosso seio abençoado. Eu a amo, mulher loira e negra, eu amo a todos, inclusive aos filisteus; vocês são pobres-diabos como eu, são pobres crianças e semideuses fracassados como o ébrio Klingsor. Salve, vida amada! Salve, morte amada!"

Klingsor a Edith

Querida estrela no céu de verão!

Como foram boas e verdadeiras as suas palavras, e como me apela dolorosamente o seu amor, como sofrimento eterno, como reprovação eterna. Mas você está no bom caminho quando me confessa, quando confessa a si mesma todas as sensações do coração. Só não diga que um sentimento é pequeno, que um sentimento é indigno! Todos são bons, todos são muito bons, até o ódio, até a inveja, até o ciúme, até a crueldade. Não vivemos de outra coisa a não ser de nossos pobres, belos, gloriosos sentimentos, e cada um ao qual não fazemos justiça é uma estrela que apagamos. Não sei se amo Gina. Duvido muito. Eu não faria sacrifício por ela. Não sei se na verdade sou capaz de amar. Posso desejar e buscar a mim mesmo em outras pessoas, tentar ouvir ecos, ansiar por um espelho, posso buscar prazer, e tudo isso pode parecer amor.

Estamos os dois, você e eu, no mesmo labirinto, no jardim de nossos sentimentos, que foram negligenciados neste mundo mau e, cada um a seu modo, nos vingamos deste mundo ruim. Mas queremos deixar continuarem a existir os sonhos um do outro, porque sabemos como é doce e vermelho o vinho dos sonhos.

Somente têm clareza sobre seus sentimentos e sobre o "alcance" e consequências de seus atos as pessoas boas e seguras que acreditam na vida e não dão um passo que poderão não aprovar amanhã e depois de amanhã. Não tenho a sorte de ser uma delas, e sinto e ajo como alguém que não acredita no amanhã e vê todos os dias como o último.

Minha querida e esbelta senhorita, tento expressar meus pensamentos sem sucesso. Pensamentos expressos estão sempre tão mortos! Vamos vivê-los! Sinto de forma grata e profunda como você me entende, como algo em você tem afinidade comigo. Não sei como registrar isso no Livro da Vida, se nossos sentimentos são amor, luxúria, gratidão, compaixão, se são maternais ou infantis. Muitas vezes, olho para todas as mulheres como um velho e astucioso libertino e muitas vezes como um garotinho. Muitas vezes, a mulher mais casta é a que mais me atrai, muitas vezes a mais voluptuosa. Tudo o que me é permitido amar é belo, é sagrado, é infinitamente bom. Por quê, por quanto tempo, em que grau, isso não pode ser medido.

Eu não amo apenas você, como você sabe, também não amo apenas Gina, amanhã e depois de amanhã amarei outras imagens, pintarei outras imagens. Mas não me arrependerei de nenhum amor que já senti, e de nada, sábio ou estúpido, que cometi por causa dele. Talvez eu a ame porque você se parece comigo. Outras eu amo porque são tão diferentes de mim. É tarde da noite, a lua paira sobre o Salute. Como a vida ri, como a morte ri!

Jogue essa carta tola no fogo e jogue no fogo

o seu Klingsor

A música do declínio

O último dia de julho chegara, o mês favorito de Klingsor, a alta temporada de Li Tai Po, havia se esgotado, nunca mais voltaria, no jardim os girassóis gritavam dourados para o azul alto. Nesse dia, junto com o fiel Tu Fu, Klingsor peregrinava por uma paisagem que lhe era muito cara: arrabaldes queimados de aldeias, ruas poeirentas sob altas alamedas, casebres pintados em vermelho e laranja na margem arenosa, veículos de carga e ancoradouros, longos muros violeta, gente pobre colorida.

Ao entardecer desse dia, ele estava às margens de um subúrbio em meio ao pó e pintava as coloridas tendas e carroças de um carrossel, ele se agachara na beira da estrada, sobre a relva nua e chamuscada, atraído pelas cores fortes das tendas. Estava fascinado com o lilás desbotado de um debrum da tenda, com o alegre verde e vermelho das pesadas carroças itinerantes da caravana, as barras da estrutura pintadas em branco e azul. Feroz, ele remexia no cádmio, furioso no frio, doce cobalto, dava pinceladas borradas com vermelho alizarina no céu amarelo e verde. Mais uma hora, oh, menos, então seria o fim, a noite viria e amanhã já começaria agosto, o mês ardente, febril, que mistura tanta angústia e medo da morte em suas taças ardentes. A foice estava afiada, os dias escoavam, a Morte ria escondida na folhagem que se acastanhava. Soe claro e ecoe, cádmio! Gabe-se em bom som, exuberante alizarina! Ria alto, amarelo-limão! Venha, montanha distante em azul profundo! Toquem meu coração, árvores verdes opacas de poeira! Como vocês estão cansadas, como deixam caírem resignados seus nobres galhos! Eu as bebo, engulo, eu as devoro, divinas aparições! Eu simulo duração e imortalidade para vocês, eu, o mais mortal, o mais incrédulo, o mais triste, o que sofre mais com medo da morte, mais do que todas vocês. Julho já se extinguiu, agosto se extinguirá rapidamente, de repente, em meio à folhagem amarela na manhã úmida de orvalho, virá tiritante ao nosso encontro o grande fantasma. De repente, novembro varrerá a floresta. De repente, o grande fantasma rirá, de repente o coração gelará, de repente a doce carne rosada cairá de nossos ossos, o chacal uivará no deserto, rouco, o abutre cantará sua canção maldita. Um maldito jornal da cidade trará minha foto e abaixo dela estará escrito: "Excelente pintor, expressionista, grande colorista, morto no dia 16 deste mês".

Cheio de ódio, ele abriu um longo sulco de azul-paris sob a carroça verde dos ciganos. Cheio de amargura, bateu a borda do amarelo-cromo nos frades de pedra junto ao meio-fio. Cheio de profundo desespero, aplicou cinabre numa área que deixara sem cor, erradicou o exigente branco, lutou fervorosamente por continuidade, gritou em verde-claro e amarelo-nápoles para o Deus implacável. Gemendo, lançou mais azul no insosso verde empoeirado, suplicante ele acendeu luzes mais ardentes no céu vespertino. Aquela pequena paleta toda de cores puras, sem misturas, da mais brilhante luminosidade, ela era seu consolo, sua torre, seu arsenal, seu livro de orações, seu canhão, com o qual atirava contra a morte má. Púrpura era negação da morte, cinabre era escárnio da decadência. Seu arsenal era bom; cheia de brilho, sua pequena tropa valente estava a postos, os tiros rápidos de seus canhões ecoavam radiantes. Mas não adiantava, todo atirar era inútil; mesmo assim, atirar era bom, era felicidade e consolo, ainda era vida, ainda era triunfo.

Tu Fu saíra, fora visitar um amigo que morava ali perto, em seu castelo encantado, entre a fábrica e o cais. Agora ele voltara e o trouxera com ele, o astrólogo armênio. Klingsor, o quadro terminado, respirou fundo ao ver os dois rostos, os bons cabelos loiros de Tu Fu, a barba preta e a boca sorridente de dentes brancos do mago. E com eles veio também Sombra, esguio, escuro, com os olhos profundamente afundados nas cavidades oculares. Seja bem-vindo também, Sombra, bom companheiro!

"Sabe que dia é hoje?", perguntou Klingsor a seu amigo.

"O último dia de julho, eu sei."

"Hoje eu fiz um horóscopo", disse o armênio, "e nele vi que esta noite me trará algo. Saturno está desfavorável, Marte neutro, Júpiter domina. Li Tai Po, você não é de julho?"

"Nasci no dia 2 de julho."

"Como eu pensava. Seus planetas estão confusos, meu amigo, só você pode interpretá-los. Fecundidade o envolve como uma nuvem que está prestes a rebentar. Seus astros estão estranhos, Klingsor, você deve estar sentindo."

Li guardou seus apetrechos. O mundo que ele pintara havia se apagado, o céu amarelo e verde estava apagado, a clara bandeira azul afogada, o belo amarelo assassinado e murcho. Ele estava com fome e sede, sua garganta estava cheia de poeira.

"Amigos", ele disse afetuosamente, "vamos ficar juntos esta noite. Não voltaremos mais a nos reunir, nós quatro, não estou lendo isso nas estrelas, está escrito no meu coração. Minha lua de julho acabou, suas últimas horas ardem escuras, nas profundezas a grande mãe está chamando. O mundo nunca foi tão belo, nunca um quadro meu foi tão bonito, relâmpagos estão brilhando, a música do declínio foi entoada. Vamos cantá-la juntos, a doce música melancólica, vamos ficar juntos aqui e beber vinho e comer pão."

Ao lado do carrossel, cuja tenda acabara de ser coberta e preparada para a noite, havia algumas mesas sob árvores, uma empregada coxa entrava e saía, uma pequena taberna ficava na sombra. Ali eles ficaram e se sentaram à mesa de tábuas, veio pão, e vinho foi vertido nas taças de barro, luzes se acenderam sob as árvores, lá fora o realejo do carrossel começava a soar, enérgico, ele lançava na noite sua música esfarelada e estridente.

"Hoje quero beber trezentos copos", exclamou Li Tai Po, e brindou com Sombra. "Salve, Sombra, valente soldadinho de chumbo! Salve, amigos! Salve, luz elétrica, lampiões de arco e lantejoulas brilhantes no carrossel! Oh, se Louis estivesse aqui, o pássaro fugitivo! Talvez ele já tenha voado para o céu à nossa frente. Talvez ele volte amanhã, o velho chacal, e não nos encontre mais, e ria e plante lampiões de arco e mastros com bandeiras em nossa sepultura."

O mago saiu silenciosamente e trouxe mais vinho, seus dentes brancos sorriam alegres na boca vermelha.

"Melancolia", ele disse, lançando um olhar para Klingsor, "é algo que não deve se carregar. É tão fácil — é o trabalho de uma hora, uma breve e intensa hora com os dentes cerrados, e você estará livre da melancolia para sempre."

Klingsor olhou atentamente para sua boca, para os brilhantes dentes claros que outrora, durante uma hora febril, haviam sufocado e triturado a melancolia. Também seria possível para ele o que fora para o astrólogo? Oh, breve, doce olhar para jardins longínquos: vida sem medo, vida sem melancolia! Ele sabia, esses jardins estavam fora de seu alcance. Ele sabia que estava destinado a outra coisa, Saturno olhava para ele de maneira diferente, Deus queria tocar outras canções em suas cordas.

"Cada um tem os seus planetas", disse Klingsor lentamente, "cada um tem a sua fé. Eu só acredito numa coisa: no declínio.

Estamos numa carruagem à beira de um abismo e os cavalos estão assustados. Estamos condenados, nós todos, temos que morrer, temos que nascer de novo, chegou a hora da nossa grande virada. É a mesma coisa em toda parte: a grande guerra, a grande transformação na arte, o grande colapso dos Estados no Ocidente. Aqui na velha Europa, tudo que era bom e nosso morreu; nossa bela razão se tornou loucura, nosso dinheiro é papel, nossas máquinas apenas ainda sabem atirar e explodir, nossa arte é suicídio. Estamos em decadência, amigos, é o que nos está destinado, já ecoa o tom Tsing Tsé."

O armênio serviu vinho.

"Como queira", ele disse. "Pode-se dizer sim e pode-se dizer não, é muito fácil. Declínio é algo que não existe. Para que houvesse declínio ou ascensão, teria que haver abaixo e acima. Mas não há abaixo nem acima, isso vive apenas no cérebro humano, a terra das ilusões. Todos os opostos são ilusões: branco e preto são ilusões, morte e vida são ilusões, bem e mal são ilusões. É o trabalho de uma hora, uma hora ardorosa com dentes cerrados, e o reino das ilusões estará dominado."

Klingsor ouvia atento sua boa voz.

"Estou falando de nós", ele respondeu, "estou falando da Europa, da nossa velha Europa, que durante dois mil anos pensou ser o cérebro do mundo. Isso vai desaparecer. Acha que não o conheço, mago? Você é um mensageiro do Oriente, um mensageiro também para mim, talvez um espião, talvez um senhor da guerra disfarçado. Você está aqui porque aqui o fim está começando, porque está farejando declínio aqui. Mas desapareceremos de bom grado, sabe, morreremos de bom grado, não nos defenderemos."

"Você também pode dizer: nasceremos de bom grado", riu o asiático. "O que lhe parece acabar, a mim talvez pareça nascer. Ambos são ilusão. Quem acredita na Terra como um disco fixo sob o firmamento vê e crê em ascensão e declínio — e todas, quase todas as pessoas acreditam nesse disco fixo! As próprias estrelas não conhecem nascente e poente."

"Os astros não se põem?", exclamou Tu Fu.

"Para nós, para os nossos olhos."

Ele encheu as taças, sempre era ele quem servia, sempre solícito e com um sorriso. Ele se foi com a jarra vazia para buscar mais vinho. A música do carrossel gritava estrondeante.

"Vamos até lá, está tão bonito", pediu Tu Fu, e eles foram, ficaram junto à barreira pintada, viram o carrossel girando desenfreado no brilho ofuscante das lantejoulas e espelhos, centenas de crianças com olhos ávidos fascinadas pelo brilho. Por um momento, Klingsor se deu conta e riu do primitivo e do negroide daquela máquina rodopiante, daquela música mecânica, das imagens e cores brutas e berrantes, espelhos e extravagantes colunas decorativas, tudo tinha traços de curandeiros e xamãs, de magia e artes encantatórias ancestrais, e todo o brilho desvairado e selvagem no fundo não era senão o brilho trêmulo da isca metálica que o lúcio toma por um peixinho e com a qual é fisgado da água.

Todas as crianças tinham que andar no carrossel. Tu Fu deu dinheiro para todas as crianças, todas as crianças foram convidadas por Sombra. Elas se apinhavam ao redor dos dois benfeitores, penduravam-se, imploravam, agradeciam. Uma linda menina loira, de doze anos, para ela todos deram, ela foi todas as vezes. Ao clarão das luzes, sua saia curta esvoaçava graciosa em volta de suas pernas bonitas de criança. Um menino chorava. Meninos brigavam. Junto com o realejo, os címbalos reverberavam, lançavam chamas no ritmo, ópio no vinho. Os quatro ficaram por um longo tempo em meio à algazarra.

Então eles se sentaram sob a árvore novamente, o armênio servia o vinho nas taças, fomentava declínio, sorria aberto.

"Hoje vamos esvaziar trezentos copos", cantou Klingsor; sua cabeça queimada de sol brilhava amarela, sua risada ressoava alto; Melancolia, um gigante, estava ajoelhado sobre seu coração trêmulo. Ele brindou, louvou o declínio, o querer morrer, o tom de Tsing Tsé. A música do carrossel ecoava estrepitante. Mas dentro do coração havia medo, o coração não queria morrer, o coração odiava a morte.

De repente, uma segunda música vibrou furiosa na noite, estridente, febril, vinda da casa. No térreo, ao lado da lareira, cujas cornijas estavam cheias de garrafas de vinho dispostas ordenadamente, um piano mecânico começou a tocar, arma automática, furiosa, vociferante, atropelada. Aflição gritava de notas desafinadas, ritmo aplainava pungentes dissonâncias com pesado rolo compressor. Havia gente ali, luz, barulho, rapazes dançavam, e moças, também a criada coxa, também Tu Fu. Ele dançou com a menininha loira, Klingsor assistia, seu curto vestido de verão esvoaçava leve e gracioso ao redor de suas pernas finas e bonitas, o rosto de Tu Fu sorria gentil, cheio de amor. Os outros estavam sentados no canto da lareira, tinham vindo do jardim, para perto da música, para o meio do alvoroço. Klingsor via sons, ouvia cores.

O mago pegava garrafas da lareira, abria, servia. Claro, o seu sorriso se abria no rosto marrom e inteligente. A música estrondeava terrivelmente na sala baixa. Na fileira de velhas garrafas sobre a lareira, pouco a pouco o armênio abria uma brecha, como um ladrão de templos desfalca, cálice por cálice, os paramentos de um altar.

"Você é um grande artista", sussurrou o astrólogo para Klingsor enquanto enchia sua taça. "Você é um dos maiores artistas desta época. Você tem o direito de se denominar Li Tai Po. Mas você, Li Tai, é uma pessoa precipitada, pobre, uma pessoa atormentada e angustiada. Você começou a cantar a música do declínio, está sentado cantando na sua casa em chamas, que você mesmo incendiou, e não se sente bem nela, Li Tai Po, mesmo se beber trezentos copos e brindar com a lua todos os dias. Você não se sente bem com isso, você sente muita dor, cantor do declínio, você não quer parar? Não quer viver? Não quer continuar a existir?

Klingsor bebeu e sussurrou de volta com sua voz um tanto rouca: "Alguém pode mudar o destino? Existe liberdade de querer? Você pode, astrólogo, conduzir meus astros para outro destino?".

"Conduzir não, posso apenas interpretá-los. Só se pode conduzir a si mesmo. Existe liberdade de querer. Ela se chama magia."

"Por que eu deveria fazer magia quando posso fazer arte? A arte não é igualmente boa?"

"Tudo é bom. Nada é bom. A magia suprime ilusões. A magia suprime a pior das ilusões, que chamamos de 'tempo'."

"A arte também não faz isso?"

"Ela tenta. Seu julho pintado, que você tem em sua pasta, é bastante para você? Você aboliu tempo? Não tem medo do outono, do inverno?"

Klingsor suspirou e ficou calado, bebeu calado; calado, o mago encheu sua taça. O piano mecânico tocava louco e desenfreado, entre os dançarinos flutuava angelical o rosto de Tu Fu. Julho chegara ao fim.

Klingsor brincou com as garrafas vazias em cima da mesa, ordenou-as num círculo.

"Estes são os nossos canhões", ele exclamou, "atirando com esses canhões acabamos com o tempo, a morte, a miséria. Eu também atirei contra a morte com cores, com o verde ardente, com o explosivo cinabre, com o doce verniz gerânio. Muitas vezes a atingi na cabeça, disparei branco e azul em seus olhos. Muitas vezes a afugentei. Muitas vezes ainda vou encontrá-la, vencê-la, ludibriá-la. Veja o armênio, ele está abrindo mais uma velha garrafa e injetará o sol engarrafado do verão passado em nosso sangue. O armênio também nos ajuda a atirar na morte, o armênio também não conhece outra arma contra a morte."

O mago partiu pão e comeu.

"Não preciso de uma arma contra a morte porque não existe morte. Mas uma coisa existe: o medo da morte. Ele pode ser curado, contra o medo existe uma arma. Vencer o medo é coisa de uma hora. Mas Li Tai Po não quer. Li ama a morte, ele ama seu medo da morte, sua melancolia, sua desventura, apenas o medo lhe ensinou tudo o que sabe fazer e pelo qual nós o amamos."

Sarcástico, ele brindou, seus dentes brilhavam, seu semblante ficava mais e mais alegre, ele parecia não conhecer dor. Ninguém respondeu. Klingsor atirou contra a morte com o canhão do vinho. Grande, a Morte estava diante das portas abertas do salão, que estava inflado de pessoas, vinho e música dançante. Grande, a Morte estava na porta, sacudia em silêncio a acácia preta, espreitava sinistra no jardim. Tudo lá fora era morte, cheio de morte, só ali no estreito salão ressonante ainda se lutava, ainda se lutava com bravura e galhardia contra o negro sitiador que ali perto choramingava junto às janelas.

Sarcástico, o mago olhou por cima da mesa, sarcástico encheu as taças. Klingsor já havia quebrado muitas taças, ele lhe dera novas. O armênio também bebera muito, mas continuava aprumado, como Klingsor.

"Vamos beber, Li", ele zombou em voz baixa. "Você ama a morte, você diz desaparecer de bom grado, morrer a sua morte de bom grado. Você afirmou isso, ou eu estou enganado — ou você enganou a mim e a você mesmo no final? Vamos beber, Li, vamos desaparecer!"

Raiva subiu dentro de Klingsor. Ele se levantou, ficou em pé, alto, o velho gavião com a cabeça afilada, cuspiu no vinho, jogou sua taça cheia no chão. O vinho tinto espirrou longe no salão, os amigos empalideceram, pessoas estranhas riram.

Mas, calado e sorridente, o mago trouxe uma nova taça, encheu-a sorridente e ofereceu-a sorridente a Li Tai. Então Li sorriu, então também ele sorriu. O sorriso passou como um raio de luar em seu rosto transtornado.

"Crianças", ele exclamou, "deixem esse forasteiro falar! Ele sabe muito, a velha raposa, ele vem de uma toca profunda e escondida. Ele sabe muito, mas não nos entende. Ele é velho demais para entender crianças. Ele é sábio demais para entender tolos. Nós, os moribundos, sabemos mais sobre a morte do que ele. Somos pessoas, não estrelas. Vejam minha mão que segura uma pequena taça azul cheia de vinho! Ela pode fazer muito, essa mão, essa mão marrom. Ela pintou com muitos pincéis, arrancou das trevas novos pedaços do mundo e os pôs diante dos olhos das pessoas. Esta mão marrom acariciou muitas mulheres abaixo do queixo e seduziu muitas garotas, ela foi muito beijada, lágrimas se derramaram sobre ela, Tu Fu escreveu um poema sobre ela. Nesta querida mão, amigos, que em breve estará cheia de terra e cheia de larvas, nenhum de vocês tocará mais. Bem, é por isso que eu a amo. Amo a minha mão, amo os meus olhos, amo a minha barriga branca, macia, eu os amo com pesar e com escárnio e com grande ternura, porque todos têm que murchar e apodrecer tão cedo. Sombra, caro escuro amigo, velho soldadinho de chumbo no túmulo de Andersen, isso também acontecerá com você, meu caro! Brinde comigo, à vida de nossos queridos membros e entranhas!"

Eles brindaram, Sombra deu um sorriso escuro de suas profundas cavidades oculares — e de repente algo passou pela sala, como um vento, como um fantasma. A música cessou inesperadamente, de repente, como se apagada, os dançarinos escoaram, foram engolidos pela noite, e metade das velas se consumira.

Klingsor olhou para as portas pretas. A Morte estava do lado de fora. Ele a viu em pé ali. Ele sentiu o cheiro dela. Cheiro de gotas de chuva na poeira da estrada, esse era o cheiro da Morte.

Então Li afastou a taça, empurrou a cadeira e lentamente saiu da sala, para o jardim escuro e além, para longe, para a escuridão, relâmpagos sobre a cabeça, sozinho. O coração lhe pesava no peito, como a lápide sobre uma sepultura.

Fim de tarde em agosto

Ao cair da tarde — durante o dia ele havia pintado ao sol e vento em Manuzzo e Veglia —, Klingsor chegou muito cansado a um pequeno e sonolento *canvetto*,* na floresta acima de Veglia. Ele conseguiu chamar uma velha taverneira, ela lhe trouxe uma taça de barro cheia de vinho, ele se sentou num toco de nogueira em frente à porta e abriu a mochila, encontrou um último pedaço de queijo e algumas ameixas e teve assim o seu jantar. A velha ficou sentada ali com ele, branca, encurvada e sem dentes, e contou, fazendo as rugas em seu pescoço trabalharem e com os olhos silenciados da velhice, sobre a vida de sua aldeia e de sua família, sobre a guerra e a inflação e sobre o estado dos campos, sobre vinho e leite e quanto custavam, sobre netos mortos e filhos que emigraram; todas as épocas e constelações daquela pequena vida camponesa foram expostas de maneira clara e gentil, bruta em parca beleza, cheia de alegria e preocupação, cheia de medo e vida. Klingsor comeu, bebeu, descansou, ouviu, perguntou sobre crianças e gado, pastor e bispo, elogiou gentilmente o vinho pobre, ofereceu uma última ameixa, estendeu a mão, desejou uma boa noite e subiu, com o bastão e carregado com a mochila, lentamente a escassa floresta da montanha em direção ao refúgio noturno.

Era a hora dourada da tarde, por toda parte ainda ardia a luz do dia, mas a lua já adquiria o primeiro brilho e morcegos

---

* Diminutivo da forma dialetal "canva", que significa "cantina".

começavam a flutuar no ar verde tremeluzente. Uma borda da floresta estava em paz na última luz, troncos claros de castanheiras diante de sombras pretas, uma cabana amarela irradiava suavemente a luz absorvida no dia, com brilho fraco como o de um topázio amarelo; as pequenas trilhas conduziam vermelho-rosadas e violeta através de prados, vinhas e florestas; aqui e ali um ramo de acácia já amarelo, o céu dourado e verde sobre montanhas azuis de veludo no oeste.

Oh, agora ainda poder trabalhar, no último encantado quarto de hora do maduro dia de verão que nunca mais voltaria! Como tudo era indizivelmente belo agora, quão calmo, bom e generoso, quão cheio de Deus!

Klingsor sentou-se na grama fresca, pegou o lápis mecanicamente e, sorrindo, deixou a mão cair outra vez. Ele estava exausto. Seus dedos sentiram a grama seca, a terra seca quebradiça. Quanto tempo mais, antes que aquele jogo agradável e emocionante acabasse! Quanto tempo ainda, e então mão e boca e olhos estariam cheios de terra! Tu Fu lhe havia enviado um poema naqueles dias, ele se lembrou e recitou devagar para si mesmo:

Da árvore da vida perco
As folhas, dia após dia.
Ó mundo tão diverso,
Convulso, como sacias!
Como sacias e fatigas,
Como deixas inebriado!
O que agora ainda cintila
Não demora está apagado.
Não demora o vento sibila
Sobre o ocre em minha cova.
Sobre a criança pequenina
Se debruça a mãe agora.

Seus olhos quero voltar a ver,
Seu olhar é o meu norte.
Tudo pode ir e esvaecer,
Tudo morre e anseia morte.
Só a mãe eterna permanece,
De onde viemos, o regaço.
Seu dedo brincando escreve
Nosso nome no etéreo espaço.

Era bom que fosse assim. Quantas das suas dez vidas Klingsor ainda tinha? Três? Duas? De qualquer forma, era ainda mais do que uma, mais que uma respeitável e regrada vida convencional e burguesa. E ele fizera muito, vira muito, pintara muito papel e tela, tocara muitos corações no amor e no ódio, trouxera ao mundo, na arte e na vida, vento fresco e muito escândalo. Ele amara muitas mulheres, destruíra muitas tradições e santuários, ousara muitas coisas novas. Ele esvaziara ávido muitos copos, respirara muitos dias e noites estreladas, ardera sob muitos sóis, nadara em muitas águas. Agora ele estava sentado ali, na Itália ou Índia ou China, o vento do verão investia temperamental contra as copas de castanhas, o mundo era bom e perfeito. Não importava se ele ainda pintaria cem ou dez quadros, se viveria mais vinte ou um só verão. Ele estava cansado, estava cansado. Tudo morre e anseia morte. Bravo Tu Fu! Estava na hora de ir para casa. Ele entraria cambaleante na sala, seria recebido pelo vento através da porta da varanda. Acenderia a luz e desempacotaria seus esboços. O interior da floresta com o pródigo amarelo-cromo e azul-chinês talvez fosse bom; daria um quadro algum dia. Para casa então, estava na hora.

Mas ele ficou sentado, o vento nos cabelos, no paletó de linho manchado e esvoaçante, sorriso e dor no coração crepuscular. Suave e frouxamente, o vento soprava, suave e silenciosamente, os morcegos voavam às cegas no céu que se apagava. Tudo morre, tudo anseia morte. Só a mãe eterna permanece.

Ele também podia dormir ali, pelo menos uma hora, estava quente. Deitou a cabeça na mochila e olhou para o céu. Como é belo o mundo, como sacia e fatiga! Passos desciam pela montanha, vigorosos, sobre solas soltas de madeira. Entre samambaias e giestas surgiu uma figura, uma mulher, já não se distinguiam as cores de suas roupas. Ela chegou mais perto, com um passo enérgico, regular. Klingsor se ergueu de um salto e deu boa-noite. Ela ficou um pouco assustada e parou por um momento. Ele olhou para o seu rosto. Ele a conhecia, não sabia de onde. Ela era bela e morena, seus dentes bonitos, firmes, brilhavam claros.

"Veja só!", ele exclamou e lhe estendeu a mão. Sentiu que algo o ligava àquela mulher, alguma pequena lembrança. "Já nos conhecemos?"

"*Madonna!* O senhor é o pintor de Castagnetta! Ainda se lembra de mim?"

Sim, agora ele se lembrava. Era uma camponesa do vale Taverne, uma vez, no passado já tão vago e confuso daquele verão, ele havia pintado por algumas horas em sua casa, tirara água do seu poço, cochilara por uma hora à sombra da figueira e no final ela lhe dera um copo de vinho e um beijo.

"Você nunca mais voltou", ela reclamou. "Mas tinha me prometido tanto."

Malícia e desafio soaram em sua voz grave. Klingsor ganhou vida.

"*Ecco*, tanto melhor, porque agora você veio até mim! Que sorte a minha, justo agora que eu estava tão sozinho e triste!"

"Triste? Não finja para mim, você é um brincalhão, não se pode acreditar numa palavra sua. Bem, tenho que continuar."

"Oh, então eu a acompanharei."

"Não é o seu caminho e não precisa. O que poderia me acontecer?"

"A você nada, mas a mim. Poderia muito bem vir alguém e agradá-la e ir com você e beijar sua adorável boca e seu pescoço e o seu lindo seio, alguém que não eu. Não, isso não pode acontecer."

Ele havia posto a mão em volta de sua nuca e não a tirou mais.

"Estrela, minha pequena! Querida! Minha pequena e doce ameixa! Morda-me, ou eu a comerei."

Ele a beijou, ela se curvou para trás rindo; entre relutar e objetar, ela cedeu à boca aberta, forte, retribuiu o beijo, fez que não com a cabeça, riu, tentou se libertar. Ele a segurou junto a si, sua boca na dela, sua mão no peito dela, os cabelos dela cheiravam a verão, a feno, giesta, samambaia, amoras. Inspirando profundamente o ar por um momento, ele inclinou a cabeça para trás, então viu no céu apagado, pequena e branca, nascer a primeira estrela. A mulher ficou em silêncio, seu semblante ficara sério, ela suspirou, pôs a sua mão sobre a dele e a pressionou com mais força contra o seu peito. Ele se abaixou com cuidado, pôs o braço atrás dos joelhos dela, ela não relutou, e ele a deitou na grama.

"Você me ama?", ela perguntou como uma menininha. "*Povera me!*"

Eles beberam o copo, vento acariciou seus cabelos e levou seu fôlego.

Antes de se despedirem, ele procurou na mochila, nos bolsos do paletó se não tinha nada para dar a ela, encontrou uma latinha prateada, com tabaco ainda pela metade, esvaziou-a e deu a ela.

"Não, não é presente, claro que não!", ele assegurou. "Apenas uma lembrança, para que não me esqueça."

"Não o esquecerei", ela disse. E: "Você vai voltar?".

Ele ficou triste. Lentamente, ele a beijou nos dois olhos.

"Eu vou voltar", ele disse.

Por mais um tempo, ficou ouvindo, imóvel, em pé, os passos das solas de madeira ecoarem morro abaixo, pela pradaria, pela floresta, sobre terra, rocha, folhas, raízes. Então ela se fora. A floresta estava preta na noite, o vento soprava morno sobre a terra apagada. Alguma coisa, talvez um cogumelo, talvez uma samambaia murcha, tinha um cheiro forte e amargo de outono.

Klingsor não conseguiu se decidir a voltar para casa. Por que subir a montanha agora, por que ir para dentro de paredes, para todos aqueles quadros? Ele se estendeu na grama e ficou deitado olhando para as estrelas, finalmente adormeceu e dormiu até que tarde da noite um grito de animal ou uma rajada de vento ou o frescor do orvalho o despertou. Então ele subiu até Castagnetta, encontrou sua casa, sua porta, suas paredes. Havia cartas e flores ali; amigos o haviam visitado.

Mesmo tão cansado como estava, ele ainda desempacotou suas coisas, de acordo com o velho e obstinado hábito, no meio da noite, e, à luz do lampião, viu os esboços do dia. O interior da floresta era belo; na sombra transpassada de luz, ervas e pedras brilhavam frias e preciosas como uma câmara de tesouros. Fora acertado trabalhar apenas com amarelo-cromo, laranja e azul e ter deixado de lado o verde-cinabre. Ele olhou para o esboço por um longo tempo.

Mas para quê? Para que todas aquelas folhas cheias de cor? Para que todo o esforço, todo o suor, toda a breve, ébria febre de trabalho? Havia redenção? Havia descanso? Havia paz? Exausto, quase sem se despir, ele afundou na cama, apagou a luz, procurou dormir e cantarolou os versos de Tu Fu para si mesmo:

Não demora o vento sibila
Sobre o ocre em minha cova.

Klingsor escreve a Louis, o Cruel

Caro Luigi! Faz tanto tempo que não ouço a sua voz. Você ainda vive na luz? O abutre já está roendo seus ossos? Você alguma vez já cutucou com uma agulha de tricô um relógio de parede que estivesse parado? Uma vez eu fiz isso e vi que de repente o diabo entrava no mecanismo e apressava todo o tempo que havia ali; os ponteiros apostavam corrida ao redor do mostrador, com um ruído sinistro, giravam loucamente, *prestissimo*, até que também de repente tudo parou e o relógio morreu. É exatamente o que acontece aqui conosco no momento: sol e lua correm pelo céu em desvario, os dias voam, o tempo nos escapa como que por um buraco no saco. Espero que o fim também seja repentino e que este mundo ébrio soçobre em vez de cair de novo num ritmo burguês.

Durante o dia, estou muito ocupado para que possa pensar em alguma coisa (aliás, como soa estranha, quando você diz em voz alta para si mesmo, uma "frase" como essa, "para que possa pensar em alguma coisa")! Mas muitas noites eu sinto a sua falta. Geralmente me sento em algum lugar da floresta numa das muitas adegas e bebo o popular vinho tinto, que na maioria das vezes não é bom, mas também ajuda a suportar a vida e favorece o sono. Algumas vezes, cheguei a adormecer à mesa no *grotto*, sob o sorriso dos nativos, e provei que minha neurastenia não pode estar tão ruim assim. Às vezes, amigos e moças estão lá, e exercito meus dedos na plasticina dos membros femininos e converso sobre chapéus, saltos e sobre a arte. Às vezes, conseguimos alcançar uma boa temperatura, então falamos alto e rimos a noite inteira, e as pessoas se alegram por Klingsor ser um companheiro tão divertido. Há uma mulher muito bonita aqui que me pergunta incisivamente por você toda vez que a vejo.

A arte que nós dois fazemos, como diria um professor, ainda depende do objeto de forma muito estrita (seria ótimo representar em forma de enigma visual). O que pintamos ainda são, embora com uma caligrafia um pouco livre e até bastante empolgante para a burguesia, as coisas da "realidade": pessoas, árvores, feiras, trens, paisagens. Nisso ainda nos submetemos a uma convenção. "Real" é como o burguês chama as coisas que são percebidas e descritas de maneira semelhante por todos ou por muitos. Pretendo, assim que este verão passar, pintar apenas fantasias durante algum tempo, principalmente sonhos. Em parte, isso também será bem ao seu gosto, quer dizer, será incrivelmente divertido e surpreendente como as histórias de Collofino* sobre o caçador de coelhos da catedral de Colônia. Embora eu sinta que o chão tenha ficado um pouco mais fino sob os meus pés, e em geral eu não deseje muito viver mais anos nem fazer muito mais, ainda gostaria de lançar alguns foguetes neste mundo voraz. Recentemente, um comprador de quadros me escreveu se dizendo admirado de como nos meus últimos trabalhos eu vivia uma segunda juventude. Ele não está de todo errado. Na verdade, a mim me parece que só comecei a pintar seriamente este ano. Mas o que estou experimentando é menos primavera e mais uma explosão. É incrível a quantidade de dinamite que ainda há em mim; mas ela não pode ser queimada com a lenha no fogão.

Caro Louis, muitas vezes me alegrei em segredo por saber que nós dois, velhos libertinos, somos no fundo tão comovedoramente acanhados e preferimos quebrar o copo na cabeça um do outro a deixarmos transparecer mutuamente nossos sentimentos. Que continue tudo assim, seu velho ouriço!

Hoje celebramos uma festa com pão e vinho naquele *grotto* perto de Barengo, nosso canto soou maravilhoso, na floresta

---

* O empresário, mecenas e colecionador alemão Joseph Feinhals (1867-1947) — sobrenome que significa literalmente "pescoço fino", de onde vem o pseudônimo latino, com o qual assinou diversas obras literárias.

alta à meia-noite, as velhas canções romanas. Quando se envelhece e se começa a sentir frio nos pés, é preciso de tão pouco para ser feliz: oito a dez horas de trabalho por dia, um litro de piemontês, meio quilo de pão, um Virgínia, algumas amigas e, sobretudo, calor e tempo bom. Temos isso aqui, o sol funciona maravilhosamente, minha cabeça está queimada como a de uma múmia. Em certos dias, tenho a sensação de que minha vida e meu trabalho estão apenas começando, mas às vezes me parece que trabalhei duro por oitenta anos e logo terei direito a descanso e aposentadoria. Todos chegam a um fim em algum momento, meu caro Louis, eu também, você também. Sabe Deus o que escrevo aqui para você, dá para ver que não estou muito bem. Devem ser hipocondrias, tenho muitas dores nos olhos e às vezes sou assombrado pela lembrança de um tratado sobre descolamento de retina que li anos atrás.

Quando olho pela porta da minha varanda, que você conhece, percebo que ainda temos que nos dedicar ao trabalho por mais um tempo. O mundo é indescritivelmente belo e diverso, através dessa alta porta verde ele ecoa dia e noite aqui em cima, grita e exige, e eu sempre corro de novo lá para fora e pego um pedaço dele para mim, um minúsculo pedacinho. Esta região verdejante ficou maravilhosamente clara e avermelhada com o verão seco, nunca pensei que recorreria ao vermelho inglês e ao Siena novamente. Depois tem o outono inteiro pela frente, campos de restolhos, vindima, colheita de milho, florestas vermelhas. Vou fazer parte de tudo isso mais uma vez, dia após dia, e pintar mais algumas centenas de estudos. Mas, então, sinto que vou tomar o caminho para dentro e mais uma vez, como fiz por algum tempo quando jovem, pintar totalmente de memória e imaginação, fazer poemas e inventar sonhos. É preciso disso também.

Um grande pintor parisiense, a quem um jovem artista pediu conselhos, disse-lhe: "Meu jovem, se quiser se tornar um pintor, não se esqueça de que precisa comer bem antes de mais nada. Segundo, a digestão é importante, cuide para que seu intestino funcione regularmente! E terceiro: sempre tenha uma bela namorada!". Sim, pode-se dizer que aprendi bem essas primeiras noções da arte e que na verdade nada me faltaria nesse sentido. Mas este ano, ele está amaldiçoado, mesmo essas coisas simples não estão mais funcionando comigo. Como pouco e mal, muitas vezes apenas pão por dias inteiros, às vezes o estômago me dá trabalho (acredite, é o trabalho mais inútil que alguém pode ter!), e também não tenho uma namorada de verdade, mas me encontro com quatro ou cinco mulheres, e estou tão exausto quanto faminto. Está faltando algo no mecanismo do relógio, e desde que o espetei com a agulha, ele até voltou a funcionar, mas depressa como o diabo, e está fazendo um barulho muito estranho. Como a vida é fácil quando se é saudável! Você nunca recebeu uma carta tão longa de mim, exceto talvez naquela época em que discutimos sobre a paleta. Quero parar agora, são cerca de cinco horas, a bela luz está começando. Saudações do seu

Klingsor.

Postscriptum:
Lembro que você gostou de um pequeno quadro meu, o mais chinês que já fiz, com a cabana, o caminho vermelho, o recorte de árvores em verde-veronese e a distante cidade de brinquedo ao fundo. Não posso enviá-lo agora, tampouco sei onde você está. Mas ele é seu, quero lhe dizer apenas por precaução.

Klingsor envia um poema a seu amigo Tu Fu
(Dos dias em que ele pintou o seu autorretrato)

Bêbado sento-me ao vento no bosque noturno,
O outono começa a roer os galhos cantantes;

Murmurando desce ao porão,
Para encher minha garrafa vazia, o taverneiro.
Amanhã, amanhã a pálida morte me cortará
A carne vermelha com sua foice sibilante,
Já há muito à espreita,
Eu a sei deitada, a feroz inimiga.
Escarneço dela, cantando noite adentro
Balbucio minha canção ébria na floresta cansada;
Zombar de sua ameaça
É o sentido da minha canção e da minha embriaguez.
Muito eu fiz e sofri,
Andarilho na longa estrada,
Agora à noite me sento, bebo e espero aflito,
Até que a foice reluzente
Me separe a cabeça do coração palpitante.

O autorretrato

Nos primeiros dias de setembro, depois de muitas semanas extraordinariamente secas de sol ardente, houve alguns dias de chuva. Nesses dias, na sala de janelas altas de seu *palazzo* em Castagnetta, Klingsor pintou seu autorretrato, que agora está exposto em Frankfurt.

Esse quadro terrível e ainda assim tão encantadoramente belo, seu último trabalho concluído, insere-se no final da sua obra daquele verão, no final de uma fase incrivelmente fervorosa e intensa, como seu apogeu e coroação. Chamou a atenção de muitos o fato de que todos que conheceram Klingsor o reconheceram imediata e infalivelmente nesse quadro, embora nunca um retrato se afastasse tanto de qualquer semelhança naturalista.

Como todas as obras tardias de Klingsor, esse autorretrato também pode ser visto dos mais variados pontos de vista. Para alguns, especialmente aqueles que não conheciam o pintor, o quadro é acima de tudo um concerto de cores, uma tapeçaria maravilhosamente harmoniosa que, a despeito de toda a policromia, tem um efeito sereno e nobre. Outros veem nele uma última tentativa audaz e desesperada de se libertar do figurativo: um rosto pintado como uma paisagem, cabelos que lembram folhas e cascas de árvores, cavidades oculares como fissuras rochosas — estes dizem que o quadro lembra a natureza apenas como a encosta de certas montanhas lembram um rosto humano, como certos galhos de árvores lembram mãos e pernas, apenas à distância, apenas como alegoria. Muitos, porém, ao contrário, veem neste trabalho apenas o objeto, o rosto de Klingsor, analisado e interpretado com implacável psicologia por ele mesmo, uma grande confissão, um manifesto impiedoso, eloquente, comovente e assustador. Outros ainda, entre eles alguns de seus mais acerbos críticos, veem nesse retrato apenas um produto e um indício da suposta loucura de Klingsor. Eles comparam a cabeça no quadro com o original visto de maneira naturalista, com fotografias, e encontram nas deformações e exageros das formas traços negroides, degenerados, atávicos, bestiais. Alguns deles também se detêm no idólatra e no fantástico desse quadro, veem nele uma espécie de autoadoração monomaníaca, uma blasfêmia e autoglorificação, uma espécie de megalomania religiosa. Todos esses pontos de vista são possíveis e também muitos outros.

Durante os dias em que pintou esse quadro, Klingsor não saiu, exceto à noite para beber vinho, comeu apenas pão e frutas que a empregada lhe trazia, não se barbeou e, nesse estado de negligência, com os olhos profundamente afundados sob a testa queimada, tinha de fato um aspecto assustador. Ele pintava sentado e de memória, apenas de tempos em tempos, quase só durante os intervalos, andava até o grande espelho antigo decorado com gavinhas de rosas, que ficava na parede norte, esticava a cabeça para a frente, abria os olhos, fazia caretas. Muitos, muitos rostos ele via atrás do rosto de Klingsor no grande espelho entre as singelas gavinhas de rosa; muitos rostos ele pintou em seu retrato: rostos infantis, doces e atônitos, têmporas de rapazes cheios de sonho, e ardor, olhos zombeteiros de bêbados, lábios de um sedento, de um perseguido, de um sofredor, de alguém em busca, de um libertino, de um *enfant perdu*. Mas a cabeça ele construiu majestosa e brutal, uma divindade da selva, um Jeová ciumento, apaixonado por si mesmo, um ídolo grotesco diante do qual se sacrificavam virgens e primogênitos. Essas eram algumas das suas faces. Uma outra era a do degenerado, o decadente, o que estava de acordo com sua decadência: musgo crescia em sua cabeça, os velhos dentes estavam tortos, sulcos atravessavam toda a tez murcha, e nos sulcos havia crostas e mofo. É disso que alguns amigos gostam particularmente na imagem. Eles dizem: é o homem, *ecce homo*, o cansado, ávido, indômito, infantil e requintado homem de nossa época decadente, o homem europeu, moribundo, que quer morrer: refinado por todos os desejos, doente de todos os vícios, entusiasmado pela consciência de seu declínio, disposto a qualquer progresso, pronto para qualquer retrocesso, todo ardor e também todo fadiga, entregue ao destino e à dor como o morfinômano ao veneno, solitário, oco, antigo, Fausto e Karamázov a uma só vez, animal e sábio, completamente desprotegido, sem ambição, completamente nu, cheio de medo infantil da morte e cheio de cansada disposição para morrer. E mais além, mais ao fundo, detrás de todos esses rostos, dormiam rostos distantes, mais profundos e mais velhos, pré-humanos, animais, vegetais, pétreos, como se, no instante da sua morte, a última pessoa na face da terra relembrasse, como num sonho vertiginoso, de todas as formas e figuras de seus tempos mais remotos e de sua juventude.

Naqueles dias tensos e frenéticos, Klingsor vivia como em êxtase. À noite, ele se enchia de vinho e depois ficava, com a vela na mão, na frente do velho espelho, olhando para seu rosto refletido, um rosto de bêbado com um sorriso melancólico. Uma noite, ele tinha uma amante consigo no divã do estúdio e, enquanto a estreitava nua junto a si, olhou-se no espelho e viu, por cima do ombro e colado aos cabelos desgrenhados dela, o próprio rosto, desfigurado, cheio de luxúria e cheio de nojo da luxúria, com olhos vermelhos. Ele lhe disse para voltar outro dia, mas ela ficou horrorizada, não voltou mais.

À noite, ele dormia pouco. Era frequente que acordasse de sonhos de medo, suor no rosto, furioso e cansado da vida, então ele pulava da cama imediatamente, punha-se diante do espelho no armário, lia a paisagem devastada desses traços transtornados, sombrios, cheios de ódio ou sorridentes, com um prazer maldoso. Ele teve um sonho em que via a si mesmo sendo torturado, unhas eram curvadas em seus olhos, o nariz rasgado por ganchos; e ele desenhou a carvão, numa capa de livro que estava por perto, esse rosto torturado, com as unhas nos olhos; o estranho desenho foi encontrado após a sua morte. Atingido por um ataque de nevralgia facial, agarrando-se curvado ao espaldar de uma cadeira, ele ria e gritava de dor, e mantinha o seu rosto desfigurado na frente do espelho, observava os espasmos e zombava das lágrimas.

E ele pintou nesse quadro não apenas seu rosto, ou seus milhares de rostos, não apenas seus olhos e lábios, o doloroso desfiladeiro da boca, a testa fendida, as mãos feito raízes, os dedos trêmulos, o escárnio à razão, a morte nos olhos. Com suas obstinadas, carregadas, densas, trêmulas pinceladas, ele pintou sua vida, seu amor, sua fé, seu desespero. Pintou legiões de mulheres nuas, arrastadas como pássaros na tempestade, sacrifícios oferecidos à divindade Klingsor, e um jovem com rosto de suicida, templos e florestas distantes, um velho deus barbudo poderoso e estúpido, o peito de uma mulher partido pelo punhal, borboletas com rostos nas asas e, bem ao fundo no quadro, na beira do caos, a Morte, um fantasma cinzento cravando uma lança pequena como uma agulha no cérebro de Klingsor pintado.

Depois de pintar durante horas, inquietação o dispersava, ele cambaleava incessantemente de um cômodo ao outro, as portas batiam atrás dele como que impelidas pelo vento, ele arrancava garrafas do armário, livros das estantes, tapeçarias das mesas, deitava-se no chão e lia, pendurava-se para fora das janelas e respirava fundo, procurava velhos desenhos e fotografias e enchia pisos e mesas, camas e cadeiras de todos os quartos com papéis, quadros, livros, cartas. Tudo se misturava confusa e tristemente quando vento e chuva entravam pelas janelas. Ele encontrou um retrato seu de quando era criança entre velhos objetos, uma fotografia aos quatro anos, num traje branco de verão, sob cabelos loiro-claros, esbranquiçados, um rosto de menino docemente desafiador. Encontrou os retratos de seus pais, fotografias de amantes de sua juventude. Tudo o ocupava, estimulava, instigava, atormentava, tudo o impelia para lá e para cá, ele juntava tudo perto de si, jogava de volta para longe, até que se inflamava novamente, se debruçava sobre sua prancha de madeira e voltava a pintar. Fazia mais profundos os sulcos nos penhascos de seu retrato, construía mais amplo o templo de sua vida, representava mais poderosa a eternidade de toda existência, mais soluçante sua transitoriedade, mais aprazível sua risonha alegoria, mais sarcástica sua condenação à deterioração. Então ele se erguia novamente, cervo acossado, e, tal qual prisioneiro na cela, trotava agitado pelas suas salas. Alegria o arrebatava, e o profundo prazer de criar, como uma tempestade úmida e jubilosa, até que a dor o derrubava novamente e lhe jogava na cara os fragmentos de sua vida e da sua arte. Ele orou diante de seu quadro e cuspiu nele. Ele estava louco, como todo criador enlouquece. Mas, na loucura da criação, ele fazia com infalível acerto, tal um sonâmbulo, tudo o que sua obra exigia. Ele sentia e acreditava piamente que, nessa luta atroz por seu retrato, não apenas se cumpria o destino e a justificação de um indivíduo, mas algo humano, universal, necessário. Ele sentia que agora estava novamente diante de uma missão, de um destino, e que todo o medo e fuga anteriores e todo o frenesi e alvoroço eram apenas medo e fuga dessa missão. Agora não havia mais medo ou fuga, apenas seguir em frente, golpes e punhaladas, triunfo e declínio. Ele triunfou e caiu e sofreu e riu e lutou, matou e morreu, deu à luz e nasceu.

Um pintor francês veio visitá-lo, a empregada o conduziu até o vestíbulo, desordem e sujeira sorriam sem graça na sala abarrotada. Klingsor veio, tinta nas mangas, tinta no rosto, pálido, barba por fazer, atravessou a sala com passos largos. O estrangeiro trouxe saudações de Paris e Genebra, manifestou sua admiração. Klingsor andava de um lado para outro, parecia não ouvir. Embaraçado, o visitante ficou em silêncio, e começou a se afastar, então Klingsor andou até ele, pôs a mão suja de tinta em seu ombro e olhou-o de perto nos olhos. "Obrigado", ele disse lenta, custosamente, "obrigado, querido amigo. Estou trabalhando, não posso falar. Falamos demais, sempre. Não fique com raiva de mim e mande lembranças aos meus amigos, diga-lhes que eu os amo." E desapareceu de novo na outra sala.

Ao final desses dias desvairados, ele pôs o quadro acabado na cozinha vazia e ociosa e a trancou. Ele nunca o exibiu. Depois, tomou Veronal e dormiu por todo um dia e uma noite. Então se lavou, fez a barba, vestiu roupas limpas, foi até a cidade e comprou frutas e cigarros para dar a Gina.

(1919)

A cidade dos estrangeiros no Sul

Esta cidade é um dos mais divertidos e lucrativos empreendimentos do espírito moderno. Sua origem e funcionamento baseiam-se numa síntese genial, como só conhecedores muito profundos da psicologia dos habitantes da cidade grande poderiam ter concebido, caso não queiramos simplesmente entendê-la como manifestação direta da alma metropolitana, como o seu sonho tornado realidade. Sim, pois essa obra realiza com ideal perfeição todos os anseios por férias e natureza da alma média dos moradores das grandes cidades. Como se sabe, o morador da grande cidade não deseja nada com tanto ardor quanto natureza, quanto idílio, sossego e beleza. Mas, como também se sabe, todas essas belas coisas que ele tanto deseja e das quais até pouco tempo a Terra era repleta lhe são totalmente indigestas, ele não consegue assimilá-las. E, como mesmo assim ele as quer ter, como ele pôs e não tirou mais da cabeça a natureza, também aqui, da mesma forma que há cigarros sem nicotina e café descafeinado, construiu-se uma natureza desnaturizada, uma natureza sem perigos, higiênica, desnaturada. E em tudo isso foi decisivo o princípio supremo das modernas artes aplicadas, a exigência de absoluta "autenticidade". Tem razão a indústria moderna em enfatizar esse requisito, que não era conhecido em épocas anteriores, porque então toda ovelha era de fato uma autêntica ovelha e dava lã autêntica, toda vaca era autêntica e dava leite autêntico e ainda não haviam sido inventadas ovelhas e vacas artificiais. Mas, depois que foram inventadas e quase substituíram as autênticas, logo se inventou também o ideal da autenticidade. Já se foram os tempos em que príncipes ingênuos mandavam construir, em algum pequeno vale alemão, ruínas artificiais, um eremitério de imitação, uma pequena Suíça falsa e um Posilipo copiado. Longe dos empreendedores de hoje a ideia absurda de querer simular para o conhecedor metropolitano algo como uma Itália nas cercanias de Londres, uma Suíça em Chemnitz, uma Sicília no lago de Constança. O sucedâneo da natureza que o citadino de hoje exige tem que ser necessariamente autêntico, autêntico como a prata com a qual ele serve seus banquetes, autêntico como as pérolas que sua esposa usa e autêntico como o amor pelo povo e pela república que ele traz dentro do peito.

Realizar tudo isso não foi fácil. O abastado morador da grande cidade exige, para a primavera e o outono, um Sul que corresponda às suas concepções e necessidades, um Sul de verdade, com palmeiras e limões, lagos azuis, cidades pitorescas; tudo isso foi fácil obter. Mas, além de tudo isso, ele exige também sociedade, exige higiene e limpeza, exige atmosfera urbana, exige música, técnica, elegância, ele espera uma natureza completamente dominada e reformada pelo homem, uma natureza que lhe proporcione estímulos e ilusões, mas que também seja dócil e nada exija dele, na qual ele possa se sentar confortavelmente com todos os seus hábitos, costumes e aspirações metropolitanas. Como a natureza é a coisa mais indomável que conhecemos, atender a essas exigências parece quase impossível; mas, como se sabe, nada é impossível para a força empreendedora do homem. O sonho foi realizado.

Naturalmente, a cidade dos estrangeiros no Sul não pôde ser produzida num único exemplar. Foram feitas trinta ou quarenta dessas cidades ideais, em cada lugar que atenda aos requisitos é possível ver uma delas, e quando tento descrever uma dessas cidades, não me refiro a esta ou àquela, ela não tem nome próprio, assim como um automóvel Ford, ela é um exemplar, uma de muitas.

Entre molhes extensos e ligeiramente curvos, estende-se um lago de água azul com pequenas e curtas ondas, à beira do qual se dá o desfrute da natureza. Na margem, flutuam inúmeros pequenos barcos a remo com toldos listrados e bandeirolas coloridas, barcos bonitos e elegantes com simpáticas almofadinhas e limpos como mesas de cirurgias. Seus proprietários andam de um lado para outro no cais, oferecendo incessantemente seus barcos de aluguel a todos os transeuntes. Esses homens andam em trajes como os de marinheiros, com o peito descoberto e bronzeados braços nus, falam correntemente italiano, mas são capazes de fornecer informações em qualquer outro idioma, têm brilhantes olhos meridionais, fumam charutos longos e finos e têm um aspecto pitoresco.

Ao longo da margem, na água, flutuam os barcos; em terra, corre o passeio do lago, uma rua dupla: a parte voltada para a água, sob árvores rigorosamente podadas, é reservada aos pedestres, a parte interna é uma deslumbrante e efervescente via de tráfego, cheia de ônibus de hotéis, automóveis, bondes e carroças. Nessa rua fica a cidade dos estrangeiros, que tem uma dimensão a menos do que as outras cidades: ela se estende apenas em comprimento e altura, não em profundidade. Consiste num denso e imponente cinturão de hotéis. Mas atrás desse cinturão há uma atração que não pode ser ignorada, atrás dele acontece o autêntico Sul, pois ali de fato existe uma cidade italiana antiga onde, num mercadinho apertado com um cheiro forte, são vendidos legumes, galinhas e peixes, onde crianças descalças jogam futebol com latas de conservas e mães com cabelos esvoaçantes e vozes potentes gritam os melodiosos e clássicos nomes de seus filhos. Ali cheira a salame, a vinho, a latrina, a tabaco e artesanato, ali, atrás de portas de lojas abertas, ficam homens joviais em mangas de camisa, há sapateiros sentados na rua batendo o couro, tudo é real e muito colorido e original, nesse cenário poderia se iniciar a qualquer momento o primeiro ato de uma ópera. Aqui se veem os estrangeiros fazendo descobertas com grande curiosidade e se ouvem com frequência estudiosos se manifestando de forma acessível sobre a alma do povo estrangeiro. Sorveteiros empurram seus carrinhos pelas vielas batendo matracas e apregoando suas guloseimas, aqui e ali um piano mecânico começa a tocar num pátio ou numa pracinha. Todos os dias, o estrangeiro passa uma ou duas horas nessa cidade pequena, suja e interessante, compra artigos de palha trançada e cartões-postais, tenta falar italiano e coleciona impressões do Sul. Também se fotografa muito ali.

Mais longe ainda, atrás da velha cidadezinha, fica o campo, onde há aldeias e prados, vinhedos e florestas, a natureza está lá, como sempre esteve, selvagem e não lapidada, mas os estrangeiros pouco veem dela, pois quando ocasionalmente passam em automóveis por essa natureza, eles veem campos e aldeias na beira da estrada tão empoeirados e hostis quanto em qualquer outro lugar.

Portanto, logo o estrangeiro retorna de tais excursões para a cidade ideal. Lá estão os grandes hotéis de vários andares, administrados por diretores inteligentes, com funcionários bem treinados e atenciosos. Lá passeiam vapores bonitinhos no lago e carros elegantes nas ruas, por toda parte o pé pisa em asfalto e cimento, por toda parte tudo acabou de ser varrido e lavado, por toda parte são oferecidas bijuterias e refrigerantes. No Hotel Bristol, hospeda-se o ex-presidente da França, e no Park Hotel, o chanceler do Império Alemão, em elegantes cafés se encontram conhecidos de Berlim, Frankfurt e Munique, leem-se os jornais da pátria e, de volta da Itália de opereta da cidade velha, adentra-se o bom e sólido ar de casa, da cidade grande, apertam-se mãos recém-lavadas, convida-se um ao outro para tomar refrescos, de vez em quando se telefona para a firma, circula-se alegre e animadamente entre pessoas simpáticas, bem-vestidas e divertidas. Em terraços de hotéis, atrás de balaustradas com colunas e de oleandros, poetas famosos se sentam e contemplam com olhos meditativos o espelho do lago, às vezes recebem representantes da imprensa, e logo se fica sabendo em que obra esse e aquele mestre estão trabalhando no momento. Num pequeno restaurante sofisticado, vê-se a atriz mais popular da cidade grande, ela usa um tailleur que é um sonho e alimenta um cachorro pequinês com a sobremesa. Também ela se encanta com a natureza e muitas vezes fica comovida até as raias da devoção quando à noite abre a janela do 178 do Palace Hotel e vê a infindável fileira de luzes cintilantes que se estende ao longo da margem e se perde sonhadoramente além da baía.

Com toda a calma e satisfação, perambula-se no passeio, os Müller de Darmstadt também estão lá, e ouve-se dizer que amanhã um tenor italiano, o único que realmente se pode ouvir depois de Caruso, se apresentará no salão do balneário. Ao entardecer, veem-se os pequenos vapores voltando para casa, observa-se o desembarque, encontram-se amigos novamente, fica-se parado um tempo diante de uma vitrine cheia de bordados e móveis antigos, depois começa a esfriar e então se volta ao hotel, atrás das paredes de concreto e vidro, onde o salão de refeições já brilha com porcelana, cristais e prata e onde mais tarde acontecerá um pequeno baile. De qualquer maneira, a música já começou, mal se acabou de fazer a toalete noturna, já se é recebido pelo som doce e acalentador.

Em frente ao hotel, o esplendor das flores se apaga lentamente com a noite. Ali, em canteiros entre muros de concreto, coloridas e carregadas, há plantas as mais floridas, camélias e rododendros, entre elas altas palmeiras, todas autênticas, e fartas hortênsias cheias de bastas esferas azul-frio. Amanhã haverá uma grande excursão em grupo para -*aggio*, pela qual se anseia alegremente. E caso amanhã se chegue acidentalmente a qualquer outro lugar, em vez de -*aggio*, a -*iggio* ou -*ino*, não faz mal, porque lá se encontrará a mesma cidade ideal, o mesmo lago, o mesmo cais, a mesma cidade pitoresca e divertida e os mesmos bons hotéis com as altas paredes de vidro atrás das quais as palmeiras nos assistem comer, e a mesma boa música suave e tudo o que faz parte da vida do citadino, quando se trata de aproveitá-la.

(1925)

Com os masságetas

Por mais que a minha pátria, se é que tenho uma realmente, supere todos os demais países do mundo em comodidades e magníficas instalações, nos últimos tempos voltei a sentir o desejo de sair pelo mundo e viajei para o distante país dos masságetas, onde, desde a invenção da pólvora, nunca mais estivera. Eu desejava ver o quanto esse povo tão célebre e valente, cujos guerreiros derrotaram o grande Ciro, havia mudado desde aquela época e adaptado seus costumes aos tempos atuais.

E, de fato, eu não havia superestimado os valorosos masságetas em minhas expectativas. Como todos os países que têm a ambição de estar entre os mais avançados, nos últimos tempos, o país dos masságetas passou a enviar um repórter ao encontro de cada estrangeiro que se aproxima de sua fronteira — naturalmente, sem contar o caso de estrangeiros importantes, distintos e veneráveis, pois estes certamente são honrados com muito mais, de acordo com sua posição. Se forem boxeadores ou campeões de futebol, eles serão recebidos pelo ministro da Higiene, se forem nadadores, pelo ministro da Cultura, e se forem detentores de um recorde mundial, pelo presidente ou pelo seu vice. Quanto a mim, fui poupado do assédio com tais atenções, eu era um literato e, por isso, veio até mim na fronteira um simples jornalista, um rapaz gentil de bela figura, e me pediu que, antes de entrar no país, eu lhe fizesse uma breve exposição sobre a minha ideologia e, especialmente, sobre as minhas opiniões a respeito dos masságetas. Esse belo costume, portanto, também havia sido introduzido ali nesse meio-tempo. "Meu senhor", eu disse, "como domino apenas imperfeitamente o seu esplêndido idioma, permita-me que me limite ao essencial. Minha visão de mundo é sempre a do país em que viajo, isso é óbvio. Quanto ao meu conhecimento sobre o seu célebre país e o seu povo, eles vêm do livro *Clio*, do grande Heródoto. Cheio de profunda admiração pela bravura de seu poderoso exército e pela memória gloriosa de sua heroica rainha Tômiris, tive a honra de visitar seu país no passado e agora finalmente quis renovar essa visita."

"Muito obrigado", disse o masságeta um tanto secamente. "Seu nome não é desconhecido para nós. Nosso Ministério da Propaganda acompanha com grande cuidado e atenção todas as manifestações do exterior a nosso respeito e, portanto, não escapou ao nosso conhecimento que o senhor é o autor de trinta linhas sobre hábitos e costumes dos masságetas, que publicou num jornal. Será uma honra para mim acompanhá-lo dessa vez em sua jornada por nosso país e assegurar-me de que possa notar o quanto nossos costumes se modificaram desde então."

Seu tom um tanto sombrio me indicava que minhas declarações anteriores sobre os masságetas, que eu tanto amava e admirava, absolutamente não haviam contado com plena aprovação no país. Por um momento, pensei em dar meia-volta, me lembrei da rainha Tômiris, que enfiara a cabeça do grande Ciro num odre cheio de sangue, e de outras vívidas manifestações do garrido espírito desse povo. Mas, afinal de contas, eu tinha meu passaporte e meu visto, e os tempos de Tômiris já haviam ficado para trás.

"Desculpe-me", disse meu guia, agora um pouco mais gentil, "se devo insistir em antes testá-lo em seu credo político. Não que haja algo contra o senhor, embora já tenha visitado nosso país antes. Não, apenas por uma questão de formalidade, e porque o senhor se remeteu a Heródoto de maneira um tanto unilateral. Como o senhor sabe, não havia propaganda oficial e serviço cultural na época daquele jônio sem dúvida muito talentoso, de modo que se podem relevar suas declarações um tanto imprecisas sobre o nosso país. Contudo, não podemos admitir que um escritor moderno se reporte a Heródoto, muito menos exclusivamente a ele. Portanto, meu caro colega, diga-me em poucas palavras o que pensa sobre os masságetas e o que sente por eles."

Suspirei um pouco. Bem, aquele jovem não estava disposto a facilitar as coisas para mim, ele insistia nas formalidades. Então, que fôssemos às formalidades! Comecei: "Naturalmente estou muito bem informado de que os masságetas não apenas são o povo mais antigo, piedoso, cultivado e ao mesmo tempo mais corajoso da Terra, que seus exércitos invencíveis são os mais numerosos, sua frota é a maior, seu caráter é o mais inflexível e ao mesmo tempo o mais amável, suas mulheres são as mais belas, suas escolas e instalações públicas são as mais exemplares do mundo, mas também de que possuem uma virtude que é tão valorizada em todo o mundo e que tanto falta a alguns outros grandes povos, isto é, a de ser, no sentimento de sua própria superioridade, tolerante e benévolo perante estrangeiros e não esperar de todo pobre estrangeiro, proveniente de um país menor, que esteja à altura da perfeição masságeta. Também sobre esses aspectos não deixarei de fazer meu relato com toda a veracidade em meu país de origem".

"Muito bem", disse gentilmente meu acompanhante, "o senhor realmente acertou na mosca, ou melhor, nas moscas, ao enumerar nossas virtudes. Vejo que o senhor está mais bem informado sobre nós do que parecia de início, e de meu fiel coração de masságeta lhe dou sinceramente as boas-vindas ao nosso belo país. Alguns detalhes provavelmente ainda precisarão ser complementados em seu conhecimento. Chamou a minha atenção de forma especial que o senhor não mencionou nossos grandes feitos em duas áreas importantes: o esporte e o cristianismo. Foi um masságeta, meu senhor, que estabeleceu o recorde mundial de salto internacional para trás com olhos vendados, com a marca de 11098."

"De fato", menti educadamente, "como pude esquecer disso! Mas o senhor também mencionou o cristianismo como uma área na qual seu povo estabeleceu recordes. Posso lhe pedir informações sobre isso?"

"Bem", disse o jovem. "Eu apenas gostaria de indicar que nos seria bem-vindo se o senhor pudesse adicionar um ou dois simpáticos superlativos em seu diário de viagem sobre esse tópico. Por exemplo, numa pequena cidade às margens do Arax, temos um velho sacerdote que rezou nada menos do que sessenta e três mil missas em sua vida, e em outra cidade, há uma famosa igreja moderna na qual tudo é feito de cimento, e cimento local ainda por cima: paredes, torre, pisos, colunas, altares, teto, pia batismal, púlpito etc., tudo, até o último castiçal, até a caixa de oferendas."

Bem, eu pensei, vocês devem ter também um pároco cimentado no púlpito de cimento. Mas fiquei calado.

"Veja", continuou o meu guia, "quero ser franco com o senhor. Temos interesse em promover o máximo possível nossa reputação de cristãos. Embora nosso país tenha adotado a religião cristã há séculos e não haja mais vestígios dos antigos deuses e cultos masságetas, ainda há uma pequena facção excessivamente fervorosa no país que pretende reintroduzir os antigos deuses da época do rei persa Ciro e da rainha Tômiris. Isso não passa de uma extravagância de alguns visionários, o senhor sabe, mas naturalmente a imprensa nos países vizinhos se apropriou dessa coisa ridícula e a está associando à reorganização de nosso exército. Estamos sob suspeita de querer suprimir o cristianismo, para, na próxima guerra, poder abolir mais facilmente as últimas restrições ao uso de todos os meios de extermínio. Esta é a razão pela qual uma ênfase no cristianismo de nosso país seria bem-vinda. Claro, longe de nós querer influenciar ainda que minimamente seus relatórios objetivos, mas posso lhe confiar à boca pequena que sua disposição de escrever um pouco sobre o nosso cristianismo poderá ter como resultado um convite pessoal do nosso chanceler. Entre outras coisas."

"Gostaria de pensar a respeito", eu disse. "Na verdade, o cristianismo não é minha especialidade. — E agora estou ansioso para ver o maravilhoso monumento que seus antepassados ergueram ao heroico Espargapises."

"Espargapises?", murmurou meu colega. "Quem seria?"

"Bem, o grande filho de Tômiris, que não suportou a humilhação de ter sido enganado por Ciro e cometeu suicídio quando foi feito prisioneiro."

"Oh, sim, é claro", exclamou meu acompanhante, "vejo que o senhor sempre volta a Heródoto. Sim, dizem que esse monumento era realmente muito bonito. Ele desapareceu da face da terra de uma forma curiosa. Escute só! Como o senhor sabe, temos um enorme interesse pela ciência, especialmente pela pesquisa da Antiguidade, e, no que diz respeito à quantidade de metros quadrados de terra escavada ou solapada para fins de pesquisa, nosso país ocupa o terceiro ou quarto lugar nas estatísticas mundiais. Essas enormes escavações, que se dedicavam principalmente a sítios pré-históricos, também levaram os arqueólogos às proximidades do monumento da época de Tômiris e, como essa área em particular prometia grandes achados, principalmente em ossos de mamutes masságetas, foram feitas tentativas de escavar o monumento até certa profundidade. E nisso ele desmoronou! Dizem que ainda restam vestígios deles no Museu Massageticum."

Ele me levou para o carro que nos esperava e, numa animada conversa, nos dirigimos para o interior do país.

(1927)

O mendigo

Há décadas, quando eu pensava na "história com o mendigo", ela era para mim uma história e não me parecia improvável nem especialmente difícil que um dia eu a contasse. Mas, como está cada vez mais claro pra mim, contar é uma arte cujos pressupostos hoje nos faltam, ou faltam a mim, e que por isso só pode ser exercida através da imitação de formas tradicionais, do mesmo modo que toda a nossa literatura, na medida em que é levada a sério e com sentido de responsabilidade pelos autores, tem se tornado cada vez mais difícil, questionável e, ainda assim, mais ousada. Hoje nenhum de nós, literatos, sabe em que medida sua visão de humanidade e de mundo, sua linguagem, seu tipo de crença e responsabilidade, seu tipo de consciência e problemática são familiares e análogos, abrangentes e compreensíveis para o leitor e também para os colegas. Falamos para pessoas que conhecemos pouco e das quais sabemos que leem nossas palavras e sinais já como língua estrangeira, com prazer e entusiasmo talvez, mas com uma compreensão muito imprecisa, enquanto a estrutura e o universo conceitual de um jornal político, de um filme, de uma reportagem esportiva lhes são acessíveis de forma muito mais natural, segura e completa.

Assim, escrevo estas páginas, que originalmente seriam apenas a narrativa de uma pequena memória da minha infância, não para meus filhos ou netos, a quem elas não diriam muita coisa, nem para outros leitores quaisquer, a não ser talvez para as poucas pessoas cuja infância e cujo mundo onde a viveram foram mais ou menos os mesmos que os meus, e que, muito embora não reconhecerão o núcleo dessa história não narrável (que é a minha experiência pessoal), identificarão pelo menos o palco, o pano de fundo, os bastidores e os figurinos da cena.

Mas não, minhas anotações também não se destinam a elas, e a existência dessas pessoas de alguma maneira preparadas e iniciadas não é capaz de elevar minhas páginas a uma narrativa, pois cenários e figurinos sozinhos não fazem uma história. Portanto, não preencho com letras minhas páginas vazias na intenção e na esperança de com isso atingir alguém para quem elas possam ter algum sentido semelhante ao que têm para mim, mas levado pelo conhecido, embora inexplicável, impulso para o trabalho solitário, o jogo solitário ao qual o artista obedece como a um instinto, ainda que ele justamente se contraponha aos chamados instintos naturais como hoje são definidos pela opinião pública ou pela psicologia ou pela medicina. Estamos num ponto, num trecho ou curva do caminho da humanidade, de cujas características faz parte não sabermos mais nada sobre o ser humano, porque nos ocupamos demasiado com ele, porque existe demasiado material sobre ele, porque uma antropologia, um estudo do homem, pressupõe uma tendência à simplificação da qual não somos capazes. Assim como os mais bem-sucedidos e modernos sistemas teológicos do nosso tempo nada enfatizam mais do que a total impossibilidade de qualquer saber sobre Deus, nossa ciência do homem se resguarda escrupulosamente de querer saber e afirmar alguma coisa sobre a essência do homem. Portanto, com os teólogos e psicólogos de posicionamento moderno acontece o mesmo que conosco, literatos: faltam as bases, tudo se tornou questionável e duvidoso, tudo é relativizado e revirado, e mesmo assim aquele impulso para o trabalho e o jogo permanece inabalado e, como nós, artistas, os homens da ciência também se empenham com fervor em aperfeiçoar suas ferramentas de observação e sua linguagem para obter do nada ou do caos pelo menos alguns aspectos observados e descritos com rigor.

Bem, tudo isso pode ser visto como um sinal de decadência ou como crise e fase de transição necessária — como aquele impulso continua a existir em nós e, uma vez que o seguimos, apesar de toda a dubiedade, continuamos a exercer nossos jogos solitários mesmo com todas as dificuldades; como sentimos um prazer, ainda que solitário e melancólico, e um pouco mais de sensação de vida e de justificação, não temos que nos queixar, embora possamos entender muito bem aqueles nossos colegas que, cansados da atividade solitária, cedem ao anseio por companhia, por ordem, clareza e adaptação e se entregam ao refúgio que se oferece na forma de igreja e religião ou de seus modernos substitutos. Nós, solitários e obstinados não convertidos, não temos apenas que suportar uma maldição, uma punição em nosso isolamento, mas também encontramos nele, apesar de tudo, uma espécie de possibilidade de vida, o que para o artista significa possibilidade de criar.

Quanto a mim, a minha solidão é quase completa, e o que recebo do círculo de pessoas que estão ligadas a mim pela língua, seja crítica ou reconhecimento, seja hostilidade ou camaradagem, geralmente não me atinge, tal como os votos de recuperação e longa vida de amigos em visita poderiam soar aos ouvidos de um moribundo. Mas essa solidão, esse não se enquadrar em regulamentos e comunidades e esse não querer ou não poder se adaptar a uma forma de existência e a uma técnica de vida simplificadas está longe de significar inferno e desespero. A minha solidão não é estreita nem vazia; embora não me permita a comparticipação em nenhuma das formas de existência hoje válidas, ela me facilita, por exemplo, a comparticipação em centenas de formas de existência do passado, talvez também do futuro; nela cabe uma parcela infinitamente grande do mundo. E sobretudo essa solidão não é vazia. Ela é cheia de imagens. Ela é uma câmara de tesouros de bens apropriados, de passado convertido em parte de mim, de natureza assimilada. E se o impulso para o trabalho e o jogo ainda tem um pouco de força em mim é por causa dessas imagens. Reter uma dessas milhares de imagens, dar-lhe forma, registrá-la, acrescentar uma página memorial a tantas outras, com o passar dos anos, tornou-se cada vez mais difícil e trabalhoso, mas não menos atraente. E a tentação de registrar e fixar é especialmente atraente com as imagens que provêm dos primórdios da minha vida e que, mesmo cobertas por milhões de impressões e experiências, conservaram cor e luz. Essas imagens primevas foram apreendidas num tempo em que eu era ainda uma pessoa, um filho, um irmão, uma criatura de Deus, e não um feixe de impulsos, reações e relações, ainda não era o homem da visão de mundo atual.

Tentarei portanto definir o tempo, o palco e as personagens da pequena cena. Nem tudo se pode comprovar com exatidão, como, por exemplo, o ano e a estação do ano, também não é muito exato o número das personagens participantes. É uma tarde, provavelmente na primavera ou no verão, e eu tinha na época entre cinco e sete anos, meu pai, entre trinta e cinco e trinta e sete. Era um passeio do pai com os filhos, as personagens eram: meu pai, minha irmã Adele, eu, possivelmente também minha irmã mais nova Marulla, o que não pode mais ser comprovado; além disso, também empurrávamos o carrinho de bebê, no qual levávamos ou essa irmã mais nova ou então, o que é mais provável, o nosso irmão mais novo Hans, que ainda não era capaz de falar nem de andar. O palco do passeio eram as poucas ruas externas do bairro Spalenquartier na Basileia dos anos 1880, entre as quais ficava a nossa casa, perto da sede do Clube de Tiro, na avenida Spalenringweg, que na época ainda não tinha a sua largura posterior, pois dois terços dela eram tomados pela via férrea que levava à Alsácia. Era um bairro pequeno-burguês, tranquilo e aprazível, na extrema periferia da Berna de então, algumas centenas de passos mais adiante já ficava a praça de tiro, na época infinitamente grande, a pedreira e as primeiras propriedades agrícolas no caminho para Allschwil, nas quais nós, crianças, às vezes recebíamos, num dos escuros e quentes estábulos, o leite recém-tirado da vaca para beber, de onde levávamos uma cestinha de ovos para casa, assustados e orgulhosos de que isso nos tivesse sido confiado. Ao nosso redor, vivia uma pacata burguesia, alguns poucos artífices, mas a maioria era de pessoas que iam para o trabalho na cidade e, no final da tarde, ficavam em suas janelas fumando cachimbos, ou no jardinzinho diante de suas casas, ocupadas com grama e pedriscos. A ferrovia fazia algum barulho, e tínhamos medo dos guarda-linhas que se alojavam numa cabana de tábuas com minúsculas janelinhas na passagem de nível entre a Austraße e a Allschwiler Straße e que vinham correndo desabalados feito o diabo quando queríamos resgatar uma bola ou chapéu ou flecha que tivesse caído no fosso que separava a via férrea da rua e no qual ninguém tinha o direito de pisar a não ser justamente esses guardas, que temíamos e nos quais nada me agradava, a não ser a deveras fascinante cornetinha de latão que eles usavam numa bandoleira sobre o ombro e com a qual, embora ela possuísse uma única nota, conseguiam expressar todos os graus de seus estados de agitação ou sonolência, conforme o caso. A propósito, apesar de tudo, certa vez, um desses homens, que foram para mim os primeiros representantes do poder, do Estado, da lei e da força policial, para minha surpresa foi muito humano e simpático comigo; ele acenara para mim, que estava ocupado com o pião e o chicote na rua ensolarada, pusera uma moeda na minha mão e me pedira gentilmente que buscasse para ele um queijo Limburger na mercearia mais próxima. Eu lhe obedeci alegremente, na mercearia recebi em mãos, devidamente embrulhado, o queijo cuja consistência e cheiro, porém, me pareceram repulsivos e suspeitos, voltei com o pacotinho e o troco e, para minha grande satisfação, estava sendo esperado pelo guarda-linha no interior de sua cabana, que havia muito eu desejava ver e na qual agora tinha permissão para entrar. Contudo, além da bela cornetinha amarela, que estava pendurada num prego na parede de tábuas, e do retrato, recortado de um jornal, de um homem com bigode em uniforme, afixado ao lado, não havia ali mais nenhum tesouro. Infelizmente, minha visita à lei e ao poder estatal acabou terminando com decepção e constrangimento, o que me deve ter sido extremamente penoso, pois jamais pude esquecê-la. O guarda, tão bem-humorado e gentil naquele dia, depois de receber o queijo e o dinheiro, não quis me deixar ir sem agradecimento e recompensa, tirou um filão de pão de dentro de um banco estreito, cortou um pedaço, cortou também do queijo um bom pedaço e o pôs ou colou em cima do pão, que me estendeu e me recomendou comer com apetite. Eu quis sumir dali junto com o pão, pensando em jogá-lo fora assim que escapasse da vista de meu benfeitor. Mas aparentemente ele farejara a minha intenção, ou queria ter um camarada ao seu lado durante a sua pequena refeição; ele arregalou os olhos, de um modo que me pareceu bastante ameaçador, e insistiu que eu comesse ali mesmo. Eu quis agradecer educadamente e me pôr em segurança, pois sabia muito bem, bem demais, que ele entenderia minha recusa pela sua gratificação e mesmo minha aversão pela iguaria de que ele tanto gostava como uma ofensa. E assim foi. Assustado e infeliz, balbuciei algo impensado, pus o pão na borda do banco, me virei e me afastei três, quatro passos do homem para o qual não me atrevia mais a olhar, então encetei o meu trote mais veloz e fugi para casa.

Os encontros com os guardas, os representantes do poder, eram na nossa vizinhança, no pequeno e ensolarado mundo em que eu vivia, a única coisa não familiar, o único buraco e janela para as trevas, os abismos e os perigos cuja existência no mundo já não me era mais desconhecida. Por exemplo, uma vez eu ouvira os berros exaltados de bêbados numa taverna no centro da cidade, uma vez eu vira uma pessoa com um casaco rasgado sendo conduzida por dois policiais e, uma outra vez, ao entardecer, no nosso subúrbio de Spalen, ouvira os ruídos, em parte assustadoramente inequívocos, em parte assustadoramente misteriosos, de uma pancadaria entre homens, e sentira tanto medo que nossa empregada Anna, que me acompanhava, teve que me carregar nos braços por um trecho do caminho. E depois ainda havia mais uma coisa, que me parecia indubitavelmente má, horripilante e mesmo diabólica: era o cheiro desagradável que havia nos arredores de uma fábrica, na frente da qual eu já passara várias vezes com camaradas mais velhos e cuja fumaça me causava uma espécie de nojo, aflição, revolta e medo profundo, um sentimento que de alguma estranha maneira era parecido com o que o guarda-linha e a polícia despertavam em mim, um sentimento do qual fazia parte, além da angustiante sensação de sofrimento violento e impotência, também uma dose ou subtom de má consciência. Sim, pois embora eu nunca tivesse realmente me deparado com a polícia nem sentido seu poder, ouvira muitas vezes de empregados ou camaradas a misteriosa ameaça: "Espere só, que eu vou chamar a polícia", e, como nos conflitos com os guarda-linhas, sempre havia algo como uma culpa da minha parte, a violação de uma lei que me era conhecida, ou apenas pressentida e imaginada; mas essas ameaças sinistras, essas impressões, sons e cheiros haviam chegado a mim longe de casa, no centro da cidade, onde de qualquer forma tudo era barulhento e amedrontador, ainda que extremamente interessante. Nosso tranquilo e ordenado pequeno mundo de ruas residenciais de subúrbio, com seus jardinzinhos na frente das casas e seus varais de roupas nos fundos, era pobre em impressões e advertências desse tipo, ele antes favorecia a crença numa humanidade bem-ordenada, amistosa e inofensiva, ainda mais que aqui e ali, entre os trabalhadores, artífices e aposentados, moravam colegas do meu pai e amigas da minha mãe, pessoas ligadas ao trabalho missionário: missionários aposentados, missionários em férias, viúvas de missionários, cujos filhos frequentavam as escolas da Casa Missionária, todas elas pessoas devotas e afáveis, que haviam voltado da África, Índia e China e que, embora eu absolutamente não pudesse, em minha classificação do mundo, equiparar a meu pai em posição e dignidade, levavam uma vida semelhante à dele e se tratavam familiarmente e se referiam uns aos outros como irmãos e irmãs.

Com isso, cheguei às personagens de minha história, das quais três são as principais: meu pai, o mendigo e eu, e duas a três são secundárias: minha irmã Adele, possivelmente também minha segunda irmã e nosso pequeno irmãozinho Hans, no carrinho que empurrávamos. Sobre ele, já escrevi memórias antes, em outra ocasião; nesse passeio em Basileia, ele não teve outra atuação ou participação que justamente a de ser nosso pequeno tesouro, ainda incapaz de falar, tão amado em nossa infância, cujo carrinho todos nós, inclusive nosso pai, considerávamos um prazer e uma distinção empurrar. Também minha irmã Marulla, se é que ela participou do nosso passeio naquela tarde, não entra em consideração como participante, também ela era pequena demais. De qualquer forma, ela deve ser mencionada, ainda que exista a mera possibilidade de que nos acompanhasse naquele dia, e, com seu nome Marulla, que em nosso meio chamava ainda mais a atenção como estranho e singular do que o igualmente pouco conhecido nome Adele, está dado algo da atmosfera e do colorido da nossa família. Sim, pois Marulla era um diminutivo de origem russa do nome Maria e expressava, ao lado de outros traços, algo do caráter de estranheza e singularidade de nossa família e de sua mistura de nações. É verdade que nosso pai, assim como nossa mãe e nosso avô e nossa avó, tinha estado na Índia e lá aprendera um pouco de híndi e sacrificara sua saúde a serviço da Missão, mas isso no nosso meio era tão pouco especial e espantava tão pouco, como se fôssemos uma família de navegadores numa cidade portuária. Na Índia, em regiões equatoriais ou com estranhos povos escuros em longínquas costas de palmeiras, também já haviam estado todos os outros "irmãos" e "irmãs" da Missão, também eles sabiam rezar o pai-nosso em algumas línguas estrangeiras, tinham feito longas viagens por mar e longas viagens por terra, que apesar de toda a fadiga eram muito invejadas por nós, crianças, em burricos ou carros de boi, e tinham histórias e explicações precisas e, às vezes, repletas de aventuras a respeito das maravilhosas coleções do Museu da Missão, quando nos era permitido visitar, sob sua condução, esse acervo no andar térreo da Casa Missionária.

Mas, fosse para a Índia, Camarões ou Bengala, os outros missionários e suas esposas podiam até ter viajado muito, mas no final das contas eram quase todos da Suábia ou Suíça, já quando um bávaro ou austríaco ia parar entre eles era uma grande sensação. Mas nosso pai, que chamava sua filhinha de Marulla, vinha de distâncias mais exóticas, mais desconhecidas, ele vinha da Rússia, era um balto, um teuto-russo, e até sua morte nada assimilou dos dialetos que eram falados ao seu redor, inclusive por sua mulher e seus filhos, mas falava, em meio aos nossos suábico e suíço-alemão, seu puro, cultivado, belo alto-alemão.* Embora, para alguns nativos, esse alto-alemão pudesse fazer nossa casa perder em intimidade e

---

* Língua culta oficial da Alemanha.

aconchego, nós o amávamos muito e éramos orgulhosos dele, assim como da figura esbelta, frágil, delicada do nosso pai, de sua testa alta e do olhar sempre franco, verdadeiro, que obrigava ao bom comportamento e ao cavalheirismo e apelava para o melhor no outro. Ele não era, como sabiam seus poucos amigos, e seus filhos já desde cedo também sabiam, um homem do mundo, mas um forasteiro, uma borboleta nobre e rara ou pássaro de outras zonas que se perdera entre nós, isolado e distinguido por sua fragilidade e sofrimento, bem como pela nostalgia por sua terra. Se amávamos nossa mãe com uma ternura fundada em proximidade, calor e comunhão, nosso pai amávamos com um suave tom de veneração, de temor, de uma admiração como os jovens não têm pelo que lhes é próprio e familiar, mas apenas perante o estrangeiro.

Por mais decepcionante, por mais ilusório que seja o esforço pela verdade, esse esforço, assim como a busca pela forma e pela beleza, é imprescindível em relatos desse tipo, que de outra forma não poderiam reivindicar nenhuma validade. É bem possível que meu esforço pela verdade não me leve mais perto da verdade, mas, de uma maneira ou de outra, talvez não reconhecível para mim mesmo, não será de todo em vão. Assim, quando escrevia as primeiras linhas deste relato, eu era da opinião de que seria mais fácil e não poderia fazer mal se eu nem sequer mencionasse Marulla, pois era extremamente duvidoso que ela fizesse parte desta história. Mas, veja só, isso era necessário afinal, já por causa de seu nome. Há casos de escritores ou artistas que se esforçaram com todo o rigor e a paciência para atingir numa obra esse ou aquele objetivo que lhes era caro e, embora não tenham alcançado esse objetivo, chegaram a outros objetivos e efeitos que pouco ou absolutamente não eram conscientes e importantes para eles. Pode-se muito bem imaginar que aquilo que Adalbert Stifter

mais levou a sério, pelo qual se esforçou com mais rigor e paciência em seu *Nachsommer*,* seja justamente o que hoje nos
entedia nessa obra. E, no entanto, todo o resto, o alto valor
dessa obra, que existe paralelamente e apesar do tédio e que
supera em muito o tédio, não teria se realizado sem esse esforço, sem essa fidelidade e paciência, essa luta pelo que é
tão importante para quem escreve. Assim, também eu devo
me empenhar em apreender o máximo possível de verdade.
Para isso, entre outras coisas, devo tentar ver de novo meu pai
como ele realmente era naquele dia do nosso passeio, porque
o todo da sua personalidade estava longe dos meus olhos de
criança, e ainda hoje, embora um pouco menos, assim permanece, mas devo tentar vê-lo novamente como eu o via naqueles dias, quando menino. Eu o via como algo quase perfeito e
inimitável, como pureza e dignidade de alma personificadas,
como um guerreiro, cavaleiro e mártir, cuja superioridade era
atenuada por sua condição de estrangeiro, apátrida, por sua
fragilidade física, o que o tornava acessível à mais calorosa
ternura e amor. Eu não conhecia nenhuma dúvida, nenhuma
crítica sobre ele, nessa época ainda não, mesmo que conflitos com ele infelizmente não me fossem algo estranho. Mas
nesses conflitos, embora para minha grande aflição e vergonha a posição dele perante mim fosse a de quem julga, adverte,
pune ou perdoa, era sempre ele quem tinha razão, eu sempre podia confirmar e reconhecer a advertência ou punição a
partir de minha própria consciência, nunca entrava em oposição ou desafio a ele e à sua justiça e virtude, a isso levaram
somente conflitos posteriores. Com nenhuma outra pessoa,
por mais que pudesse ser alguém superior a mim, voltei a ter
essa relação de subordinação natural, amorosamente despo-
jada de espinhos, ou, quando reencontrei um relacionamento

* "O veranico", romance de 1857 do escritor austríaco.

semelhante, por exemplo, com meu professor em Göppingen, ele não foi de longo prazo e, mais tarde, num olhar retrospectivo, acabou se me afigurando claramente uma repetição, um desejo de retornar àquela relação pai-filho. O que eu sabia sobre nosso pai naquela época era, em sua maior parte, fornecido por suas próprias histórias. Ele, que, de resto, não tinha uma natureza artística e era menos rico em imaginação e temperamento do que nossa mãe, encontrava um prazer e adquiria certo elã artístico quando narrava histórias sobre a Índia ou sua terra natal, sobre os grandes tempos de sua vida. Ele nunca se cansava de nos contar sobre sua infância na Estônia, a vida na casa de seu pai e nas propriedades rurais, com viagens em carroças cobertas e visitas ao mar. Um mundo extremamente aprazível e, apesar de todo o cristianismo, cheio de alegria de viver, que se descortinava diante de nós, nada desejávamos tão ansiosamente quanto um dia também ver aquela Estônia e Livônia, onde a vida era tão paradisíaca, tão colorida e tão divertida. Gostávamos muito de Basileia, do Spalenquartier, da Casa Missionária, da nossa Müllerweg* e dos vizinhos e camaradas, mas onde ali se era convidado para distantes propriedades no campo, onde ali nos serviam montanhas de bolos e cestas cheias de frutas, onde éramos postos em cima de jovens cavalinhos, fazíamos longas viagens em carroças cobertas? Nosso pai também introduziu um pouco dessa vida báltica e de seus costumes entre nós; tínhamos palavras como "Marulla", havia um samovar, uma foto do tsar Alexandre e alguns jogos e brincadeiras oriundas de seu país que ele nos ensinara, especialmente a de rolar ovos** na Páscoa, para a qual também podíamos convidar uma criança da vizinhança

---

* "Rua do moinho", onde morava a família Hesse em Basileia. ** São distribuídos doces no chão da sala, no qual cada jogador deve fazer rolar o seu ovo cozido duro, lançando-o de uma pequena calha de madeira em posição oblíqua; cada doce que o ovo do jogador tocar pertence a ele.

e impressioná-la com esses usos e costumes. Mas era pouco o que meu pai conseguira introduzir da pátria de sua juventude no estrangeiro, até mesmo o samovar acabou mais como uma peça de museu do que realmente sendo usado, e portanto era com as histórias da casa paterna russa, de Paide, Reval e Dorpat, do jardim de sua casa, das festas e viagens, que meu pai não apenas se recordava das coisas que amava e das quais fora privado, como também construía em nós, os filhos, uma pequena Estônia e imprimia em nossa alma as imagens que ele amava.

Assim, com essa espécie de culto que ele dedicava à sua pátria e à sua primeira juventude também certamente está relacionado o fato de ele ter se tornado um excelente jogador, parceiro e professor de jogos. Em nenhuma casa de que tivéssemos notícia, se conheciam e se sabiam jogar tantos jogos, se inventavam tantas e tão divertidas variações para eles, se criavam tantos novos jogos. No mistério de que nosso pai, o sério, o justo, o piedoso, não tenha se convertido numa distante imagem de altar, que ele, apesar de toda a reverência, tenha permanecido uma pessoa próxima e acessível ao nosso senso infantil, nisso teve um grande papel o seu talento para o jogo, assim como suas histórias e descrições. Para mim, o filho, é claro, nada do que hoje suponho sobre o significado biográfico e psicológico desse prazer pelo jogo estava presente. Para nós, crianças, apenas esse culto do jogo em si estava vivo e presente, e ele não apenas tem seu lugar em nossa memória, como também está documentado na literatura: nosso pai, logo após o período de que estamos falando, escreveu um pequeno manual folclórico com o título *Das Spiel im häuslichen Kreise*,* que foi publicado pela editora de nosso tio Gundert, em Stuttgart. O talento para o jogo o acompanhou também na velhice e nos

---

* "O jogo no círculo doméstico".

anos de cegueira adentro. Nós, as crianças, não o conhecíamos de outra maneira e tomávamos isso por uma obviedade, algo que pertencia ao caráter e às funções de um pai: se fôssemos levados para uma ilha selvagem com nosso pai ou jogados na masmorra ou nos perdêssemos em florestas e fôssemos parar no abrigo de uma caverna, poderíamos temer passar necessidades e fome, mas não vazio e tédio, nosso pai teria inventado jogos e mais jogos para nós, e isso mesmo se tivéssemos que ficar algemados ou no escuro, porque os seus favoritos eram justamente os que não exigiam nenhum aparato, por exemplo, adivinhas, enigmas, brincar com palavras, exercícios de memória. E quanto aos jogos para os quais eram indispensáveis peças e instrumentos, ele sempre gostava dos mais simples e feitos por ele mesmo e tinha uma antipatia contra o que era feito industrialmente e comprado em lojas. Durante muitos anos, jogamos jogos como Go Bang ou Halma em tabuleiros com figuras confeccionadas e pintadas por ele próprio.

A propósito, essa sua inclinação para a convivialidade, para a sociabilidade sob a proteção e suave coerção das regras do jogo mais tarde se tornou também uma marca e um traço de personalidade de um de seus filhos, o mais novo: à semelhança do pai, nosso irmão Hans também encontrava no convívio e no jogo com crianças a sua melhor recreação, sua alegria e sua compensação para muito do que a vida lhe negou. Ele, o tímido e por vezes um tanto medroso Hans, desabrochava tão logo fosse deixado sozinho com crianças, tão logo lhe fossem confiadas crianças, ele subia aos cimos de sua fantasia e alegria de viver, encantava e fascinava as crianças e transportava-se para um estado paradisíaco de despreocupação e felicidade, no qual era irresistivelmente amável e do qual, após sua morte, mesmo as mais austeras e críticas testemunhas oculares falavam com calorosa simpatia.

Nosso pai, portanto, nos levava para passear. Era ele quem empurrava o carrinho de bebê a maior parte do percurso, apesar de não ser nada robusto. No carrinho, sorrindo e surpreso com a luz, estava deitado o pequeno Hans, Adele ia ao lado de meu pai, enquanto eu era menos capaz de me adaptar ao ritmo *andante* moderado do passeio e ora corria na frente, ora ficava para trás por causa de uma descoberta interessante e implorava que ele me deixasse empurrar o carrinho, ora me agarrava ao seu braço ou casaco sem consideração à sua vulnerabilidade e o bombardeava com perguntas. Não me lembro de nada do que foi dito durante esse passeio, um entre mil semelhantes. A mim, e a Adele também, nada ficou na memória além do episódio com o mendigo. No livro ilustrado das minhas primeiras memórias, é uma das figuras mais impressionantes e instigantes, que me levou a pensamentos e reflexões dos mais diversos tipos, como ainda hoje, cerca de sessenta e cinco anos depois, me levou a estas reflexões e me obrigou ao esforço destes apontamentos.

Caminhávamos tranquilamente, o sol brilhava e pintava ao lado de cada acácia podada em forma de esfera da beira do caminho a sua sombra, o que aumentava ainda mais a sensação de pedantismo, regularidade e estética linear que aquela fileira de árvores plantadas sempre me causava. Nada aconteceu além do costumeiro e do cotidiano: um carteiro cumprimentou nosso pai e uma carruagem com quatro belos e pesados corcéis de uma cervejaria teve que esperar numa passagem de nível da ferrovia e nos deu tempo para admirar os magníficos animais, que eram capazes de olhar para nós como se quisessem conversar, e nos quais apenas me inquietava o mistério de seus cascos suportarem ser aplainados como madeira e cravados com aquelas ferraduras grosseiras. Mas na volta, já quando nos aproximávamos da nossa rua, aconteceu algo diferente e especial.

Um homem vinha na nossa direção, ele tinha uma expressão miserável e não muito boa aparência, um homem ainda bastante jovem com um rosto barbudo, ou melhor, não barbeado por muito tempo, entre a barba e os cabelos escuros despontavam bochechas e lábios de um vermelho vivo, a roupa e a postura do homem tinham algo de desleixado e selvagem e nos causaram tanto medo quanto curiosidade, eu senti vontade de observá-lo mais de perto e saber algo sobre ele. Ele pertencia, eu soube disso à primeira vista, ao lado misterioso e sombrio do mundo, podia ser um daqueles homens misteriosos e ameaçadores, mas não menos infelizes e problemáticos, aos quais às vezes ouvíamos os adultos se referirem como vagabundos, vadios, mendigos, bêbados, criminosos em suas conversas, que eram imediatamente interrompidas ou abafadas em sussurros quando notavam que uma das crianças estava escutando. Por pequeno que ainda fosse, eu não só tinha uma curiosidade natural, infantil por esse lado perigoso e sinistro do mundo, como também, assim penso hoje, já pressentia algo do fato de que essas criaturas maravilhosamente dúbias, tão miseráveis quanto ameaçadoras, que evocavam tanto repulsa quanto sentimentos fraternos, que essas figuras andrajosas, desmazeladas e desgarradas também eram "corretas" e válidas, que a sua existência era absolutamente necessária na mitologia, que, no grande jogo cósmico, o mendigo é tão indispensável como o rei, o esfarrapado vale tanto quanto o poderoso e o uniformizado. Assim notei com um arrepio, no qual o fascínio e o medo tinham a mesma parcela, aquele homem cabeludo se virar e dirigir seus passos até nós, eu o vi voltar os olhos um tanto tímidos para meu pai e, erguendo um pouco o gorro da cabeça, parar diante dele.

Gentilmente, meu pai retribuiu o cumprimento murmurado e, enquanto o pequeno acordava com a parada do carrinho e abria os olhos lentamente, assisti com extrema curiosidade à cena entre os dois homens à primeira vista tão estranhos um ao outro. Com mais intensidade do que geralmente acontecia, senti o dialeto de um e a língua culta, com os acentos precisos, do outro, como expressão de uma oposição interior, como se uma parede divisória entre meu pai e seu meio se tornasse visível. Por outro lado, era belo e emocionante ver como ele respondia à abordagem do mendigo de forma tão cordial e sem aversão ou estremecimento e o reconhecia como membro da fraternidade humana. Depois que haviam sido trocadas as primeiras palavras, o desconhecido tentou então atingir o coração de meu pai, na medida em que supunha nele uma pessoa bondosa e talvez fácil de comover, com uma descrição de sua pobreza, de sua fome e de sua miséria, havia algo cantante e conspiratório em seu modo de falar, como se ele se queixasse aos céus de sua desgraça: ele não tinha um pedaço de pão, não tinha um teto sobre a cabeça, mais nem um sapato inteiro, era uma penúria miserável, ele não sabia mais para onde se dirigir, e pedia encarecidamente algum dinheiro, já fazia muito tempo que não tinha nada no bolso. Ele não disse "bolso", mas "saco", enquanto meu pai em sua resposta preferiu a palavra "bolso". De resto, eu entendia mais a música e a mímica da cena, das palavras apenas poucas.

Minha irmã Adele, dois anos mais velha do que eu, era então num aspecto mais bem informada sobre nosso pai do que eu. Já naquela época ela sabia, o que ainda permaneceria oculto para mim durante muitos anos, que nosso pai nunca carregava dinheiro consigo e que, quando acaso isso acontecia, lidava de maneira bastante inábil e imprudente com ele, dava prata em vez de níquel, moedas grandes em vez de pequenas. Provavelmente, ela não duvidava de que ele não tivesse dinheiro consigo. Já eu tendia mais a imaginar que logo, na próxima vez em que o tom da canção lamentosa do mendigo se elevasse, ele poria a mão no bolso e daria na mão do mendigo ou despejaria em seu gorro uma grande quantidade de moedas de um franco e de meio franco, suficiente para comprar pão, queijo Limburger, sapatos e tudo o mais de que necessitava o estranho. Em vez disso, porém, ouvi meu pai responder a todos os apelos com a mesma voz gentil e quase cordial, e como suas palavras consoladoras e apaziguadoras finalmente se adensavam num breve e bem formulado discurso. O sentido desse discurso era, como mais tarde nós irmãos acreditamos nos lembrar, o seguinte: ele não tinha condições de lhe dar dinheiro, pois não trazia nenhum consigo, e também nem sempre com dinheiro se prestava ajuda, infelizmente as pessoas podiam gastá-lo das mais diferentes maneiras, por exemplo, com bebida em vez de comida, e nisso ele não queria ajudar de modo algum; por outro lado, não lhe era possível rejeitar alguém que realmente tivesse fome, por isso propunha que o homem o acompanhasse até a próxima mercearia, ali ele receberia pão suficiente para que pelo menos naquele dia não tivesse que passar fome.

Durante essa conversa, não saímos do lugar na larga rua, e eu pude observar os dois homens, compará-los e, com base em sua aparência, seu tom de voz e suas palavras, formar meus pensamentos. Naturalmente, a superioridade e a autoridade do meu pai permaneceram intactas nessa disputa, ele era sem dúvida não só o decente, bem-vestido, que se portava bem, mas também o que mais levava a sério seu interlocutor, o que dava mais atenção ao parceiro e era direto e sincero em suas palavras. Em compensação, o outro tinha aquele tom selvagem e algo forte e real atrás de si e de suas palavras, mais forte e mais real do que todo o bom senso e a boa educação: sua desgraça, sua pobreza, seu papel de mendigo, sua posição como porta-voz não apenas da sua miséria, mas de toda a que havia do mundo, e isso lhe dava uma importância, isso o ajudava a encontrar gestos e tons de que meu pai não dispunha. E, além disso, e para além de tudo isso, durante a tão bela e emocionante cena com o mendigo, foi surgindo pouco a pouco entre o pedinte e aquele a quem o pedido era feito uma semelhança indefinível, sim, certa fraternidade. Ela se baseava em parte no fato de que, quando abordado pelo homem pobre, meu pai o ouvira sem relutar ou franzir a testa, indicando que não impunha distância entre si e o outro, a quem reconhecia como natural o direito a ser ouvido e a compaixão. Mas isso era o de menos. Se aquele pobre barbudo de cabelos pretos não se encaixava no mundo das pessoas satisfeitas, que trabalhavam e se saciavam todos os dias, e, no meio daqueles asseados edifícios pequeno-burgueses com seus jardinzinhos na frente, dava a impressão de um forasteiro, o meu pai já era um desde muito tempo, ainda que de forma bem diferente, um estrangeiro, um homem de outra parte do mundo, que tinha com as pessoas entre as quais vivia apenas um vínculo frouxo, baseado em convenções, mundano e pouco desenvolvido. E assim como o mendigo parecia ter algo infantil, natural e inocente por trás de sua aparência desafiadora e desesperada, também havia muita infantilidade escondida atrás da fachada de piedade, gentileza e sensatez do meu pai. De qualquer forma — pois naturalmente na época eu não tinha todos esses pensamentos inteligentes —, quanto mais os dois falavam e provavelmente não se entendiam, mais eu sentia um tipo estranho de afinidade entre eles. E nenhum dos dois tinha dinheiro.

O meu pai se apoiava na borda do carrinho enquanto falava com o estranho. Ele lhe explicava que estava disposto a lhe dar um filão de pão, mas esse pão teria que ser buscado numa loja onde o conhecessem, e o homem estava portanto convidado a acompanhá-lo até lá. Com isso, meu pai pôs novamente o carrinho em movimento, virou-o e tomou a direção da Austraße, e o estranho acompanhou-o sem protestar, mas voltou a ficar um pouco envergonhado e estava visivelmente insatisfeito, a ausência de um donativo em dinheiro o decepcionara. Nós, crianças, nos mantínhamos bem perto do nosso pai e do carrinho, a alguma distância do estranho, que havia desistido de seu páthos e agora estava calado, ou antes emburrado. Eu, porém, o observava em segredo e tinha minhas preocupações, com aquele homem tantas coisas haviam se aproximado do nosso mundo imediato, tantas coisas inquietantes, no sentido de fazer pensar como também no sentido amedrontador, e agora que o mendigo ficara em silêncio e aparentemente de mau humor, eu voltara a gostar menos dele e ele se distanciava mais e mais daquela afinidade com meu pai, em direção ao desconhecido. Eu assistia a um pedaço da vida, da vida dos grandes, dos adultos e, como era extremamente raro que essa vida dos adultos se apresentasse a nós, crianças, com formas tão primitivas e elementares, eu estava profundamente fascinado, mas a alegria e a confiança de antes haviam se dissipado, como num dia claro um véu de repente pode abafar a luz e o calor e dissolver seu encanto.

Nosso bom pai evidentemente não parecia ter esse tipo de pensamento, seu rosto franco continuava sereno e cordial, o seu passo, animado e regular. Assim, seguimos todos, pai, filhos, carrinho e mendigo, uma pequena caravana, em direção à Austraße e nela até uma mercearia que todos conhecíamos e onde havia as mais diversas coisas para comprar, de pães variados a lousas, cadernos e brinquedos. Ali paramos, e o meu pai pediu ao estranho que esperasse um pouco junto conosco, as crianças, até que ele voltasse. Adele e eu nos entreolhamos, não nos sentimos nada bem, tivemos um pouco de medo e achamos um pouco estranho e não muito compreensível da parte do nosso pai que nos deixasse sozinhos com o desconhecido daquela maneira, como se fosse impossível que algo nos acontecesse, como se nunca no mundo crianças tivessem sido assassinadas por homens maus ou raptadas ou vendidas ou obrigadas a mendigar e a roubar. E ambos nos mantivemos, para nossa própria proteção, colados, um de cada lado, ao carrinho, que não pensávamos em abandonar em hipótese alguma. Nosso pai já havia subido os poucos degraus até a porta da mercearia, já pusera a mão na maçaneta, já desaparecera. Estávamos sozinhos com o mendigo, em toda a rua longa e reta não se via vivalma. Eu dizia a mim mesmo, na forma de uma promessa, para ser valente e viril.

Assim ficamos todos, talvez por um minuto, e nenhum de nós se sentia bem, exceto nosso irmãozinho, que nem mesmo havia notado o estranho e brincava satisfeito com seus dedinhos minúsculos. Ousei então erguer os olhos na direção do perigo e vi no rosto vermelho do mendigo a inquietação e a insatisfação ainda mais aumentadas, eu não gostava dele, ele me causava medo, eu via claramente que impulsos conflitantes lutavam dentro dele e o pressionavam a agir.

Mas então ele já havia chegado a uma conclusão em seus pensamentos e sentimentos, uma decisão o sacudiu por dentro, podia-se ver com os olhos o seu estremecimento. Mas o que ele decidira e então fez foi o contrário de tudo o que eu pensava ou esperava ou temia, foi o mais inesperado de tudo o que poderia acontecer, nos surpreendeu totalmente, a Adele e a mim, e nos deixou paralisados e emudecidos. Depois de ser percorrido por tremores, o mendigo ergueu um dos pés com seu sapato miserável, ergueu o joelho, ergueu as duas mãos com os punhos cerrados até a altura do ombro e saiu dali numa corrida que dificilmente alguém esperaria de sua figura, desabalado pela longa e reta rua abaixo, ele estava fugindo e corria, corria como um perseguido, até que alcançou a próxima rua transversal, desaparecendo de nossas vistas para sempre.

O que senti com essa visão não pode ser descrito, era tanto medo quanto alívio, tanto perplexidade quanto gratidão, mas também, no mesmo segundo, decepção, lamento. E então, com uma cara bem-disposta, um grande filão de pão branco na mão, nosso pai voltou da mercearia, espantou-se por um momento, ouviu nosso relato sobre o que acontecera, e riu. No final, foi o melhor que ele podia ter feito. Mas para mim foi como se minha alma tivesse corrido dali junto com o mendigo, para o desconhecido, para os abismos do mundo, e demorou muito até que eu me perguntasse por que o homem havia fugido do pão, como eu antes escapulira do petisco oferecido pelo guarda-linha. Durante dias e semanas, a experiência manteve seu frescor e inesgotabilidade e, por mais explicações que mais tarde pudéssemos imaginar, assim ela se mantém até hoje. O mundo dos abismos e mistérios no qual o mendigo desaparecera também esperava por nós. Ele sufocou e tirou do primeiro plano aquela vida bela e inocente, engoliu o nosso Hans, e nós, os irmãos, que até hoje e até a velhice tentamos resistir, também vemos a nós e às centelhas em nossa alma sob seu cerco e sua sombra.

(1948)

Os contos de Hermann Hesse

Volker Michels

> *A força do desfrutar e a do lembrar são*
> *mutuamente dependentes. Desfrutar significa*
> *espremer de uma fruta toda a sua doçura.*
> *E lembrar significa a arte de não apenas reter*
> *aquilo de que uma vez se desfrutou, mas*
> *também conformá-lo sempre com maior pureza.*
>
> Hermann Hesse

Há livros cuja leitura é trabalho e rouba forças, e outros, muito poucos, que possibilitam repouso e regeneração ao leitor, sem que ele precise fazer concessões a modas e gosto editorial. Desse tipo são os contos de Hermann Hesse. Quase nada em suas narrações é inventado, estilizado ou construído. Nada vai além do âmbito da percepção da própria experiência. Eles não oferecem um panóptico de acontecimentos inusitados, mas trazem à luz o inusitado nos acontecimentos cotidianos. Nesses estudos lírico-psicológicos, leitores ávidos por sensações provavelmente não encontrarão o que buscavam, mas jamais correrão o risco de se entediar. Sim, pois, apesar da falta de sensação e *action*, os contos de Hesse são envolventes. Esse fascínio, inerente a toda sua prosa, é obtido menos através do *que* é narrado, e mais de *como* se dá a narração. Estrutura e sensorialidade, ação e descrição, conteúdo e forma encontram-se dosados num equilíbrio que parece corresponder ao de nossos processos psicológicos de percepção. Com um refinamento proustiano, nuances atmosféricas do clima, descrições de paisagens de insuperável plasticidade acompanham e intensificam o comportamento das pessoas representadas. "Hesse é capaz", como já escrevia Kurt Tucholsky, "de algo que apenas poucos conseguem fazer. Ele não é capaz somente de descrever um fim de tarde de verão e uma piscina refrescante e o cansaço relaxante após o esforço físico — isso não seria difícil. Mas ele também sabe fazê-lo de tal forma que em nosso coração sentimos calor e frio e cansaço."

Em nenhum lugar nesses contos o instante, o presente e suas qualidades sensoriais são profanados em prol de uma missão, uma tendência. Hesse até mesmo definiu o conceito de felicidade com a fórmula "presente perfeito". E a qualquer momento ele poderia se identificar com a reivindicação de Robert Walser: "Eu não quero um futuro, eu quero um presente. Só tem um futuro quem não tem um presente, e quem tem um presente até mesmo se esquece de pensar no futuro". Para Hesse, narrar é presentificar, "fixar o efêmero e transitório em palavras, uma luta um tanto quixotesca contra a morte, contra o desaparecimento e o esquecimento".

Viver inteiramente no instante presente, porém, nossa sociedade permite apenas às crianças na idade pré-escolar. Depois, ou mesmo antes, adestramento e competição passam a canalizar a percepção. Mas "o homem, tal como a natureza o dotou", escreveu Hesse em 1905 em sua novela *Sob as rodas*,

é algo imprevisível, impenetrável, perigoso. Ele é um rio que desce de uma montanha desconhecida e é uma floresta sem caminho nem ordem. E, assim como uma floresta precisa ser desbravada e desbastada e limitada com violência, a escola tem que quebrar, vencer e limitar violentamente o homem natural; sua tarefa é, de acordo com princípios aprovados pelas autoridades, torná-lo um membro útil da sociedade e despertar nele qualidades cujo pleno desenvolvimento mais tarde será coroado com a rigorosa disciplina do quartel.

Durante toda a sua vida, Hesse se colocará contra tal utilitarismo coercitivo do livre desenvolvimento da personalidade e sempre tentará manter vivo o anseio pelo alternativo. Não só com o instrumento da sátira caricaturizante, mas também de forma mais efetiva com o recurso aparentemente tão inofensivo da memória precisa dos raros momentos de liberdade, da infância, de quando ainda era possível "viver todo o possível e imaginável ao mesmo tempo, confundir fora e dentro ludicamente, arrastar tempo e espaço como os bastidores de um cenário".

"Hesse prefere beber da nascente a beber da foz", respondeu Franz Karl Ginzkey em 1919 aos críticos que já naquela época tinham interesse em menosprezar essas alternativas como mera nostalgia da infância.

Quase a metade de todos os contos de Hesse é de tais memórias, da infância e dos anos escolares, da tensão entre liberdade e primeira domesticação, entre comunidade e individuação, curiosidade e tabus, padrões de comportamento instintivos e convencionais. Eles descrevem eventos vividos numa idade na qual a psicologia aprendeu a buscar os engramas e cunhagens mais duradouros e decisivos para o desenvolvimento posterior da personalidade. O próprio Hesse formulou isso da seguinte maneira: "O homem vive o que lhe acontece com toda a sua acuidade e frescor apenas na juventude, até cerca de treze, catorze anos, e disso se alimenta a vida inteira".

Poderíamos até mesmo designar os primeiros quinze anos de sua atividade literária como uma elaboração e uma reconstrução meticulosamente exatas, *à la recherche du temps perdu*, dessas primeiras experiências. Somente depois que estas foram conformadas, libertadas da memória crepuscular semiconsciente, traduzidas para a imagem e para a consciência do presente, a base se mostra suficientemente capaz de sustentar todos os seus futuros desenvolvimentos e metamorfoses. Em conversas sobre artistas e sua relação com a tradição e a própria infância, Hesse gostava de remeter ao exemplo da árvore que quanto mais alto cresce, mais profunda e firmemente lança as suas raízes.

Mas a ocupação intensiva com temas da puberdade e do desenvolvimento tem ainda outras razões em Hesse. Puberdade, portanto, necessidade e prontidão para transformação, mudança, diferenciação e flexibilidade, não era para ele algo que acontecesse uma só vez, fixo em certa idade e biologicamente determinado, mas uma espécie de disposição básica. Toda a biografia de Hesse e consequentemente seu desenvolvimento e influência literários se deram sob esse signo, que certa vez seu amigo e editor Peter Suhrkamp descreveu da seguinte maneira:

Dificilmente haverá entre os autores vivos um que enterre com tanta frequência o próprio cadáver e a cada vez recomece de um outro estágio. E sempre isso acontece a partir de uma necessidade real e sincera e, ainda assim, quando se olha para toda a existência, ela permanece uma unidade.

Também em sua obra tardia, *O jogo das contas de vidro*, Hesse dará forma a essa lei, de maneira mais enfática no muito citado poema "Degraus", todo ele um apelo a uma evolução determinada e inquebrantável:

A cada chamado da vida, o coração
Deve se dispor a despedida e recomeço
E com coragem e sem lastimar
Entregar-se a outros, novos laços.
E a cada começo cabe um feitiço
Que nos protege e ajuda a viver.

É preciso percorrer espaço por espaço,
Sem fazer de nenhum um novo lar.
O espírito do mundo não nos quer restringir,
Mas nos elevar degrau por degrau, expandir,
Mal nos acostumamos a um âmbito da vida
E, em seu conforto, nos ameaça a letargia.
Só quem se dispõe à viagem e à partida,
Foge da rotina paralisante e vazia.

Os renascimentos de Hesse a cada nova geração têm a ver em grande parte com essa atitude aberta a toda nova diferenciação e evolução.

A maior parte das suas primeiras narrativas se passa em sua cidade natal, Calw, no final dos anos 1880 e nos 1890. Em 1886, seu pai, o missionário báltico Johannes Hesse, após cinco anos de atividades como editor da revista da Missão em Basileia, foi chamado de volta a Calw, onde ele e a família passaram a residir na casa da editora Calwer Verlagsanstalt. Hermann tinha nove anos na época.

A bucólica cidadezinha à margem do rio Nagold, pelo qual naqueles anos ainda passavam balsas com troncos de abetos da Floresta Negra em direção à Holanda e à Inglaterra, com a floresta próxima, os moinhos, pontes, vertedouros e margens com juncais, constituía um microcosmo fechado em si, tanto suábico como internacional, um "Pequeno Mundo", como mais tarde Hesse chamaria seus contos sobre aqueles anos. Já naquela época, os balseiros, os comerciantes e os vagabundos contrastavam com os locais, a colorida e multifacetada simbiose de uma população dedicada à agricultura e aos ofícios manuais. Nesse campo de forças e no de sua origem supranacional, cresceu Hesse, que a eles deve uma infância com plenas possibilidades de desenvolvimento sensorial: caça de caranguejos no rio e pesca com linha e agulha encurvada, colheita do feno, coleta do lúpulo, prensa de mosto, fogueiras nos batatais e patinação no gelo, ao ritmo das estações. Esses elementos conferem à prosa de Hesse seus contornos e sua vividez, suas cores e seu frescor. Com uma imediatez sensorial normalmente própria apenas da pintura e da música, essas imagens são transmitidas em sua prosa por meio da linguagem, de resto tão árida. Mas não somente as imagens, também é transmitido algo para além delas, que quase se poderia chamar, como dizia Kurt Tucholsky, de seu "perfume". Em Hesse a imagem sempre se converte em símbolo.

Em 1923, ele escreveu em retrospectiva:

> Felizmente, conheci o que é imprescindível e mais valioso para a vida já antes do começo dos anos escolares, ensinado por macieiras, por chuva e sol, rios e florestas, abelhas e besouros [...] eu aprendi em nossa cidade natal, nas granjas e nas florestas, nos pomares e nas oficinas dos artífices. Eu conhecia as árvores, pássaros e borboletas, sabia cantar canções e assobiar com os dentes e ainda outras coisas que são de valor para a vida.

Sem dúvida, já naquela época havia concepções bastante diferentes sobre o que é "de valor para a vida". Assim, era inevitável que Hesse bem cedo sentisse o abismo entre a experiência autônoma e os rituais de comportamento da convenção e do ambiente. Uma discrepância que o atormentaria durante toda a sua vida e da qual se pode dizer que impregnou, ou mesmo provocou, profundamente sua obra. Uma obra que hoje se apresenta ao leitor isento como uma tentativa, diferente de livro para livro, de conciliar vida e pensamento, de superar o fosso, a aparente oposição, cedo sentida, entre razão e sensibilidade. Já o rapaz de quinze anos havia impactado seus pais com a radicalidade de suas expectativas: "Eu quero me lançar de cabeça contra esses muros que me separam de mim mesmo!" (carta de 30 de agosto de 1892).

Hesse sabia da mutabilidade e, portanto, também da progressiva degeneração e da irrecuperabilidade desse "Pequeno Mundo" antes da virada do século. E ele não descansou até que o tivesse retido e presentificado em seus romances, reflexões, memórias e contos. Mas não como um mundo perfeito (porque passado), tampouco como caricatura para a promoção de uma tendência política, mas em psicogramas amorosamente realistas: um mundo de artífices, aprendizes, operários, vendedores, criadas, cabeleireiros, cocheiros, mascates, asilados, náufragos e desajustados, em suma: autênticas pérolas do "proletariado", mas sem os cuidados ideológicos, em estado selvagem naturalista.

Não faltaram vozes a reprovar tais personagens deselegantes ou a apontar uma escandalosa ingenuidade do autor. Numa carta de 1908, Hesse se justifica:

Mas sobretudo eles [os críticos] não querem reconhecer meus temas e acham que eu deveria falar sobre grandes senhores e gênios, não sobre verdureiros e idiotas, mas fico feliz que me reconheçam e entendam que na minha aparente simplicidade também há orgulho e que a renúncia ao brilho tem suas razões.

Apenas poucos perceberam isso, e vozes como a seguinte (1912) estavam na ordem do dia:

Por que um escritor desperdiça seus bons dons para desenvolver em detalhes uma pessoa cujo objetivo máximo é ficar coçando a barba e fazendo tranças? Cumpre urgentemente perguntar o que o narrador vê nesses medíocres filisteus com cujos objetivos banais ele nos familiariza! Hermann Hesse é bom demais para se baratear dessa maneira e desperdiçar o talento que lhe foi dado com o que é insignificante.

Para compreender a escolha do material nessas primeiras narrativas, não é mais necessário evocar a sentença de Hesse: "Sempre fui a favor dos oprimidos, contra os opressores". Inúmeras cartas de leitores durante sua vida e traduções hoje disponíveis para milhões de leitores em todas as línguas e ambientes culturais do mundo provaram que esses estudos de personagens aparentemente tão locais e provincianos da cidade suábica de Calw, a Gerbersau de seus contos, com seus heróis tão beneficamente anti-heroicos, refletem, em sempre novas refrações, toda a diversidade da psicologia e das formas de comportamento humanas. Isso porque, por mais familiar que seja a impressão que causam os cenários, os conflitos que neles se desenrolam vão muito além do local, o microcosmo do aparentemente provinciano e individual remete ao todo a partir do detalhe. O que Seldwyla foi para Gottfried Keller, os Dublinenses para James Joyce ou, para Martin Walser, o ambiente de seu Anselm Kristlein, foi para Hesse o "Pequeno Mundo" de Gerbersau. Aqui e ali, nas diferentes histórias, ocasionalmente recorrem os mesmos locais e nomes: Marktbrunnen [fonte da praça do mercado] e Mühlkanal [canal do moinho], a nobre Gerbergasse [rua do curtume] e o rincão sombrio da Falkengasse [rua dos falcões], com seus corredores úmidos, calhas danificadas, janelas e portas remendadas, os desprivilegiados e a pequena nobreza da cidade, o misterioso mascate Hottehotte, as famílias Mohr, Trefz ou Dierlamm e a vizinha Lächstetten.

Foi Max Herrmann-Neiße quem até hoje melhor definiu esse tipo de narrativa. Assim, citamos aqui resumidamente algumas frases de sua resenha de 1933, que permaneceu quase de todo desconhecida:

A pequena cidade alemã do período anterior à guerra é pintada aqui, por um conhecedor tão afetuoso quanto atento à verdade, como o jardim zoológico de Deus que ela era então: intrincada, diversa, não totalmente inofensiva, mas no fundo frutífera. Com seus tipos esquisitos e pequenos aventureiros, criaturas sólidas e arruinadas, existências respeitáveis e duvidosas, com escreventes, balconistas, missionários, cabeleireiros, filhas de pastores e viúvas de oficiais de justiça, excursões de clubes, festivais de tiro e teatros mambembes [...] com desfalques, descarrilamento e suicídio. Mesmo com toda a mútua vigilância, difamação, com toda a maledicência, vício em fofocas, presunção arrogante e incompreensão cruel [...] pessoas, filhos da terra, ainda vivem aqui, com ampla e desimpedida independência, o seu destino individual próprio e inconfundível. Tudo pode terminar harmoniosamente com a ordinária felicidade cotidiana de um noivado, mas também na prisão [...] ou com a perda do equilíbrio psíquico e em desespero total perante a falta de sentido da existência. Sim, pois os céus e infernos deste pequeno mundo não são menos altos e profundos do que os cumes e os abismos de zonas mais ambiciosas. E por toda parte as tragédias e comédias da vida têm seu brilho escuro, suas múltiplas centelhas, seu significado eterno, sua dignidade e realidade, se um poeta verdadeiro souber detectá-los e lhes dar forma.

Dessas narrativas caracterizadas até aqui, nossa seleção contém seis exemplos: a retrospectiva de Calw "Da infância", escrita em 1903 ou 1904; a história escrita um pouco depois "Lua do feno", uma das narrativas favoritas de Kurt Tucholsky, sobre o despertar do interesse pelo sexo oposto, na qual Hesse elabora uma experiência da sua juventude em Bad Boll; "A olho-de-pavão noturna" (1911), uma reminiscência de um incidente ocorrido em seu décimo ano de vida; "O ciclone", publicado em 1913, que remonta à época por volta de 1895, quando Hesse era estagiário numa oficina de relógios de torre. Já no final dessa primeira fase de sua trajetória narrativa, está "Alma de criança", uma lembrança dos tormentos de consciência e das experiências com a autoridade do então menino de doze anos após um roubo. "Essa narrativa é magnífica, sua psicologia, da mais extrema sutileza", sentenciou recentemente Alexander Mitscherlich. Com ela e com o romance publicado no mesmo ano, *Demian* (1919), a temática do pequeno mundo de Gerbersau (cf. seus livros *Hermann Lauscher*, 1901; *Sob as rodas*, 1906; *Deste lado*, 1907; *Vizinhos*, 1908; *Desvios*, 1912; *Knulp*, 1915; *Bela é a juventude*, 1916) seria encerrada por décadas. Somente aos setenta anos, Hesse sentiria novamente a necessidade de presentificar as situações da primeira infância. Um exemplo dessa prosa tardia é a última narrativa de nossa seleção, "O mendigo" (1948), que remonta até mesmo aos anos de Basileia, quando Hesse tinha entre cinco e sete anos e era, portanto, mais jovem do que em seu período em Calw.

Se os diferentes gêneros das narrativas de Hesse fossem representados de forma exatamente proporcional em nossa seleção, teríamos que incluir neste volume mais ou menos o dobro de textos do "tipo Gerbersau", uma vez que eles constituem mais da metade de toda a sua obra narrativa. Nossa seleção, porém, tem outras ênfases. Ela permite que tomem mais fortemente a palavra os contos que durante décadas ficaram quase encobertos por Gerbersau; contos como os que Hesse pôde escrever sempre que a elaboração do passado deixava o olhar livre para o presente ou para o futuro. Eles mostram que também para Hesse a realidade sempre foi mais inesgotável do que qualquer fantasia. Assim, esses contos relatam e apresentam variações de observações e experiências de seu cotidiano, de forma mais flagrante no humorístico "A noite de autor", que, com alegre resignação, ilustra as demandas culturais do público e das autoridades responsáveis. Essa noite de autor, em 22 de abril de 1912, Hesse viveu em Saarbrücken ("é tudo literalmente verdade", ele escreveu em 1917 a um leitor, "casa de filisteus com cadeira dourada e papagaio, leitura na salinha meio vazia em cima do salão gigante com a orquestra da cervejaria e tudo").

Também outros textos trazem impressões de seu cotidiano, como o conto "*Taedium vitae*" (1908), que se passa no bairro de Schwabing, em Munique, no qual, com base numa história de amor, Hesse descreve suas experiências com a boemia. "A não fumante" (1913), conto que foi publicado pela primeira vez em livro somente em 1975, narra uma experiência de viagem com seu amigo compositor Othmar Schoeck. Suas observações do cotidiano político, cristalizadas como paródias atemporais, estão presentes nos três exemplos aqui incluídos: "Se a guerra durar mais dois anos" (1917), "O império" (1918) e "Com os masságetas" (1927). O primeiro foi publicado, sob pseudônimo, em plena guerra, e culmina na invenção francamente sarcástica de um "cartão de autorização de existência", para inspiração de políticos e burocratas de futuras gerações. Contos como "A cidade" (1910) e "A cidade dos estrangeiros no Sul" (1927) estão entre as peças mais marcantes do gênero. O primeiro, um esboço completo da história cultural e do desenvolvimento de nossa civilização, condensado em apenas sete páginas, que absolutamente não são sobrecarregadas por nenhum jargão técnico; o segundo, uma antecipação infelizmente muito precisa da futura perversão do já incipiente turismo de massa.

A história sobre o fim do vegetarista alemão "dr. Knölge" (*c.* 1910), que é estrangulado por um naturista fanático que regrediu a um gorila — e foi quem obteve o melhor sucesso no almejado "retorno à natureza" —, apresenta de forma caricata observações de 1907. Nessa época, Hesse passou quase um mês numa cura em Locarno e no monte Verità, onde uma mesclada colônia de "idealistas em fuga do mundo, profetas sequiosos por salvação, vegetabilistas, frugívoros, ocultistas, devotos da luz, ascetas, benzedeiros, hipnotizadores e teósofos" havia se estabelecido. Na época, em carta do monte Verità, ele escreveu: "Eu quase havia perdido a fé indispensável e instintiva no livre-arbítrio e aqui estou me recuperando com bastante conforto, de volta a um sansculótico estado original" (14 de abril de 1907).

Mesmo o conto mais antigo de nossa seleção é baseado num acontecimento verídico, que Hesse tirou de uma nota de jornal em 1900. Naqueles dias, haviam aparecido alguns lobos no Jura ocidental. Assustados, os camponeses conseguiram alcançar um deles e matá-lo. Essa história tão comovente devido à identificação do autor com o solitário perseguido é uma antecipação premonitória de sua própria problemática, do futuro "lobo das estepes". Ela também se anuncia no fragmento autobiográfico "Meditação" (1918-9). De forma expressa, porém, ela aparece pela primeira vez somente nos dois famosos autorretratos "Klein e Wagner" (1919) e "O último verão de Klingsor" (1919), criados em poucas semanas após vários anos de quase completa abstinência literária, quando Hesse prestou serviços assistenciais voluntários a prisioneiros de guerra. Como Friedrich Klein, o honorável funcionário público, cônjuge leal e pai de família com o sugestivo pseudônimo de Wagner, Hesse de repente rompe sua existência doméstica aparentemente tão segura para se recolher em algum lugar do Sul, oprimido por um crime imaginário, o assassinato quádruplo de sua esposa e dos três filhos. Também no Sul, além dos Alpes, ele entra na pele do pintor Klingsor e assimila o sentimento perante a vida dos artistas expressionistas dos grupos Die Brücke e Der Blaue Reiter, aos quais tem acesso por meio de "Louis, o Cruel", o pintor Louis Moilliet, amigo de August Macke e Paul Klee.

Já a narrativa "O padre Matthias" (*c.* 1910) não se deixa remontar tão facilmente a matrizes autobiográficas. Esse sagaz conto burlesco sobre a vida dupla de um frade de um mosteiro que, numa viagem no interesse da caridade de sua ordem, incorre ingenuamente em caminhos mundanos de diversão é talvez um exercício literário de Hesse, uma tentativa lúdica de reproduzir em sua língua e com temática própria o gênero narrativo das antigas novelas italianas, que ele admirou durante toda a sua vida.

Nossa seleção apresenta as histórias na ordem em que foram criadas e, assim, oferece um panorama do desenvolvimento épico de Hesse, que ao mesmo tempo traz à mostra constelações de sua biografia. De fato, como mencionamos no início, a vida e a obra desse autor se relacionam entre si como os componentes de uma equação matemática, de modo que toda análise precisa de seus escritos necessariamente se depara com sua correspondência biográfica. Tal identidade continuada se sedimenta estilisticamente como clareza e simplicidade. Para poder escrever assim, é preciso primeiro ter vivido assim. Disso resulta naturalmente uma precisão da expressão, cuja simplicidade evocativa poderia parecer ingenuidade a alguém que ouve as coisas em si, em vez de ouvir falarem sobre elas. Sim, pois não são as coisas que são complicadas, mas somente a sua representação, quando é necessário compensar o vivido de forma insuficiente com formalismos ou virtuosidades. Ainda não perdemos o hábito de tomar o incompreensível como genial.

Em Hesse, o problemático não é representado de maneira problemática, não se torna consciente apenas na escrivaninha, mas — como condição de sua escrita — precede o ato de escrever. Isso também pode ser percebido nos manuscritos de suas obras em prosa, das quais em regra existem apenas duas versões: a manuscrita e a cópia datilografada para a tipografia. Os manuscritos dão a impressão de terem surgido como que ditados, escritos rapidamente e de um só fôlego; são raras as inserções ou correções. No momento da escrita, a luta por conteúdo e forma já foi superada em Hesse. Assim ele consegue, de maneira semelhante à dos modelos que admirou ao longo de toda a sua vida, os antigos clássicos chineses, expressar as coisas mais complexas com os meios mais simples, numa linguagem em que a imagem inconsciente, a melodia, parece buscar a palavra que lhe pertence. Essa musicalidade, que é própria de toda a sua prosa, a graça natural do aparentemente fácil e evidente, a simplicidade e a moderação dos meios, bem como a abundância dos temas, motivos e detalhes, certa vez renderam a Hesse a comparação de ter enriquecido a literatura com o que Mozart acrescentou à música. A aparente ausência de esforço, que não pressupõe o viés intelectual por parte do público e que tornou os dois artistas comparavelmente populares, faz desse paralelo algo não tão infundado. Ao estilo musical de Mozart e ao literário de Hesse aplica-se o que Hesse escreveu em 1941 em seu poema "Prosa" sobre um poeta de caráter semelhante ao seu:

Tão simples, profana e quase trivial
É sua prosa! Copiá-lo no escrever
Parece fácil, mas é melhor esquecer.
De mais perto se vê que é genial
O que parecia comum. De uma bagatela
Surge um mundo; de sopros, melodias
Que parecem correr à toa, sem cautela,
Mas eis que advertem a outras, fugidias,
E o que menos se esperava se revela.

[...]

Como ele tira, tal mágico diletante,
De palavras banais, em arranjo fecundo,
Obras poéticas de encanto profundo,
Faz dançarem sílabas, tal flâmulas volantes,
Isso, amigos, jamais poderemos atingir,
Resta-nos apenas, com veneração, assistir
Como na montanha vemos as cores das borboletas e nos riachos, flores,
Que também parecem pura obviedade,
Mas espantam e são milagres de verdade.

Como exatamente a estrutura e o ritmo de suas frases estão adaptados à respiração natural pode ser ilustrado com um episódio que Hesse descreveu numa carta de 24 de janeiro de 1932:

> Uma opinião de leitor que me deixou feliz e também um pouco orgulhoso foi expressa certa vez por uma garota de uns treze anos, que teve que ler em voz alta algo meu para a sua mãe. Ela disse: "É tão bom que em Hesse, justo quando precisamos tomar fôlego, sempre há uma vírgula ou um ponto".

A capacidade de reconhecer as causas e nomear seus efeitos de forma sensorial depende da intensidade da experiência e do grau de vulnerabilidade. Eles determinam em que medida o individual pode se tornar universal e revelar regularidades psicológicas que são reconhecidas e vivenciadas como atuais também no ambiente alterado de outras gerações. Os contos de Hermann Hesse também mostram que a análise sem concessões do microcosmo privado e individual permite tirar conclusões sobre o macrocosmo do social e político, que absolutamente não são insignificantes e trazem clareza e imunidade diante dos perigos e das intimidações do quantitativo.

Mas não foi muito diferente de suas primeiras histórias, cujos heróis inapropriados foram considerados abaixo da dignidade de resenhistas ranzinzas, a forma como a crítica literária alemã reagiu nos últimos vinte anos ao estilo simples de Hesse, ao seu exemplo de não aparentar mais do que se tem a dizer: "Ser original em detrimento da compreensibilidade e da forma clara e precisa, isso não é arte".

Essa recusa à impostura artística, a qualquer coquetismo de afetação formal e estilística que não sirva à inteligibilidade geral do enunciado, é hoje mais incômoda do que nunca. Pois a vanguarda — na medida em que não se dedique a equipar as ideologias tradicionais com roupagem contemporânea — em geral se contenta com conteúdos que estão numa dissonância francamente tragicômica com a opulência dos recursos formais. O deserto saturado de uma sociedade assegurada contra si mesma e contra todas as situações extremas não é um terreno fértil para experimentos independentes. Entre a ginástica matinal e o noticiário noturno simplesmente faltam experiências que possam competir com as sensações de efeitos manipulados. Em vez da experiência direta, depende-se de situações preparadas e de um fantástico de ficção científica, enquanto o próprio debate é substituído por bom comportamento ou permanece dependente de comida ideológica enlatada.

Nosso setor cultural evitou essa complexa problemática invertendo a cadeia causal e chamando de fuga o que é confronto. A submissão conjuntural de todo empreendimento cultural e a pressão profissional por concessões estimulam os que dependem de seus salários a menosprezar justamente aqueles artistas que se opõem a tal elasticidade e se debruçam sobre as neuroses da época com uma exclusividade que custariam o emprego a um jornalista. Assim, torna-se compreensível por que nossos especialistas em tendências acusaram de uma "fuga" para o chamado "mundo são" da "interioridade" preferencialmente os artistas que enfrentaram os problemas da época com tal intensidade que seus trabalhos foram entendidos por todos — não apenas por colegas.

A influência que ainda hoje emana de autores como Hermann Hesse, Thomas Mann, Rainer Maria Rilke, Robert Walser ou mesmo Stefan Zweig não é sintoma de uma fuga para o "mundo são" do passado (quando tal mundo existiu?), mas ao mesmo tempo alternativa e antitoxina contra as deformações de nosso tempo.

É um erro lógico chamar de "são" algo que é terapia, como se remédio e saúde fossem a mesma coisa. É possível que alguém não se sinta à vontade para uma terapia tão autocrítica e introvertida e, portanto, suspeite dela, mas seu sucesso não pode mais ser indiferente para aqueles que acreditam ter uma melhor. Já no passado "são", anterior às duas guerras mundiais, Hermann Hesse escrevia:

Nosso tempo fala e grita mais sobre a arte do que o fez qualquer outro anterior, mas absolutamente não tem uma relação mais próxima ou mesmo mais pura com a arte do que gerações anteriores. Pelo contrário. Prova disso é, entre outras coisas, a totalmente ridícula falta de senso para a diversidade da arte. Não se aprecia o individual, não se constatam mais opostos e acréscimos com gratidão, mas se criam modas e estereótipos e, por conforto e mesquinhez, se despreza tudo o que não queira se harmonizar com o modelo válido no momento.

HERMANN HESSE nasceu em Cawl, na Alemanha, em 2 de julho de 1877. Filho de missionários protestantes que haviam pregado o cristianismo na Índia, o jovem Hesse, ainda que fosse um aluno modelo, abandonou o seminário e os estudos de teologia, revoltando-se contra o ensino nacionalista. Fugiu para a Suíça, onde se empregou em uma livraria e publicou seus primeiros livros — uma coletânea de poemas, em 1899, e *Peter Camenzind*, o romance inaugural, em 1904. Vencedor do prêmio Nobel de 1946 por seus "escritos inspirados", o escritor sempre se ocupou dos grandes dilemas da humanidade. Considerado um dos maiores criadores do século XX, foi profundamente influenciado pelo misticismo oriental. Com romances, contos e ensaios carregados de uma força espiritual vital e transgressora, Hesse capturou a imaginação de gerações de leitores. Autor de obras célebres como *Demian*, *Sidarta*, *O lobo da estepe* e *Narciso e Goldmundo*, morreu em 1962, na Suíça. Dele, a Todavia já publicou *Knulp* (2020).

SONALI BERTUOL nasceu em São Marcos (RS), em 1959. É formada em letras e especialização em tradução, ambos os cursos pela Universidade de São Paulo. Dedica-se, no campo da literatura de expressão alemã, à tradução de prosa atual e do século XX. Em 2017, com o apoio do DAAD, foi residente no Colégio Europeu de Tradutores, em Straelen, na Alemanha. Para a Todavia, também traduziu *Tumulto* (2019), de Hans Magnus Enzensberger.

A tradução desta obra foi apoiada por
um subsídio do Instituto Goethe.

Meistererzählungen © Hermann Hesse Collected Works, volumes 6-8 © Suhrkamp Verlag, Frankfurt am Main, 2001. Todos os direitos reservados à Suhrkamp Verlag, Berlim.

Todos os direitos desta edição reservados à Todavia.

Grafia atualizada segundo o Acordo Ortográfico da Língua Portuguesa de 1990, que entrou em vigor no Brasil em 2009.

capa
Luciana Facchini
ilustrações de capa e guardas
Fabio Zimbres
composição
Jussara Fino
preparação
Nina Schipper
revisão
Jane Pessoa
Ana Maria Barbosa

Dados Internacionais de Catalogação na Publicação (CIP)

Hesse, Hermann (1877-1962)
    O lobo e outros contos / Hermann Hesse ; seleção e posfácio Volker Michels ; tradução Sonali Bertuol. — 1. ed. — São Paulo : Todavia, 2021.

    Título original: Meistererzählungen
    ISBN 978-65-5692-197-6

    1. Literatura alemã. 2. Contos. I. Michels, Volker. II. Bertuol, Sonali. III. Título.

CDD 833

Índice para catálogo sistemático:
1. Literatura alemã : Contos 833

Bruna Heller — Bibliotecária — CRB 10/2348

todavia
Rua Luís Anhaia, 44
05433.020 São Paulo SP
T. 55 11. 3094 0500
www.todavialivros.com.br

fonte
Register*
papel
Munken premium cream
80 g/m²
impressão
Geográfica